suhrkamp taschenbuch 1807

André Kaminski (1923-1991), Erzähler, Stückeschreiber, Dramaturg und Reporter, arbeitete von 1945 bis zu seiner Ausbürgerung (1968) in Polen, danach in Israel, Nord- und Äquatorialafrika und in der Schweiz. Lebte zuletzt als freier Schriftsteller in Zürich.

Von André Kaminski liegen im suhrkamp taschenbuch vor: *Die Gärten des Mulay Abdallah. Neun wahre Geschichten* (st 930). *Herzflattern. Neun wilde Geschichten* (st 1080), *Nächstes Jahr in Jerusalem* (st 1519), *Schalom allerseits* (st 1637).

»Im Sport nennt man es wohl einen Hattrick: Schlicht mit *Kiebitz* hat André Kaminski sein drittes Buch überschrieben, das an den Erfolg von *Nächstes Jahr in Jerusalem* und *Schalom allerseits,* sein Tagebuch einer Deutschlandreise, anknüpft. Daß er wieder einen literarischen Treffer landet, steht außer Zweifel. Denn Kaminski erzählt erneut seine versonnene und versponnene Geschichte mit jener Mischung aus Melancholie und Humor, die nur ein Meister der jüdischen Erzählkunst beherrscht. Am Ende weiß man nicht, ob man lachen oder weinen soll.«

Nürnberger Nachrichten

Gideon Esdur Kiebitz hat die Sprache verloren. Ein Arzt in Zürich, ein ehemaliger Schulkamerad, versucht, Heilung zu bringen, unter einer einzigen Voraussetzung: Der Kiebitz hat ihm ungeschminkt mitzuteilen, was ihm alles im einundzwanzigsten Jahrhundert widerfahren ist. Und nun beginnt der Kiebitz zu erzählen. Schritt für Schritt offenbart sich ein Leben, das einem tatsächlich die Sprache verschlägt. Ein Leben zwischen den höchsten Höhen und tiefsten Tiefen, zwischen Himmel und Hölle, zwischen Aufstieg und Fall.

André Kaminski
Kiebitz

Roman

Suhrkamp

Umschlagmotiv: Aquarell von Rolf Goerler

suhrkamp taschenbuch 1807
Erste Auflage 1991
© Insel Verlag Frankfurt am Main 1988
Lizenzausgabe mit freundlicher Genehmigung
des Insel Verlags, Frankfurt am Main
Suhrkamp Taschenbuch Verlag
Alle Rechte vorbehalten, insbesondere das
des öffentlichen Vortrags, der Übertragung
durch Rundfunk und Fernsehen
sowie der Übersetzung, auch einzelner Teile.
Druck: Ebner Ulm
Printed in Germany
Umschlag nach Entwürfen von
Willy Fleckhaus und Rolf Staudt

1 2 3 4 5 6 – 96 95 94 93 92 91

*Für Jerzy Markuszewski,
der mir zeigte,
was Mut ist, und – wie immer –
für Doris*

...bin ich mit Deinen Bedingungen einverstanden und werde Dich – Deinen Wünschen entsprechend – in Zukunft mit »Sie« anreden. Deine Andeutung, dies sei therapeutisch notwendig, leuchtet mir ein, und so will ich Dich fortan »Herr Doktor« nennen. Damit gehen wir vielleicht einer gewissen Vertraulichkeit verlustig, die unsere einstige Beziehung zu kennzeichnen pflegte; doch schaffen wir jene Distanz, die zwischen Arzt und Patient zu herrschen hat, wenn Heilung erzielt werden soll. Du schreibst, wir müßten mit jener »juvenil-gymnasialen Familiarität« aufräumen, wollen wir den Idealzustand des Erwachsenseins erreichen. Wahrscheinlich hast Du recht, und ich werde versuchen, unsere gemeinsamen Jahre an der Zürcher Kantonsschule hintanzustellen und in Dir nur noch den berühmten Psychiater zu sehen, der Du inzwischen geworden bist. Bevor ich aber – wie Du ausdrücklich verlangt hast – auf Abstand gehe, möchte ich Dich an eine Bemerkung erinnern, die Du vor etwa vierzig Jahren in bezug auf meine Person fallen ließest. Du sagtest nämlich im Dir eigenen Tonfall, mein Name sei eine »Heimsuchung«. Du sagtest das während einer Deutschstunde, und der alte Zollinger war buchstäblich hingerissen. Das Wort »Heimsuchung« schien ihm ausnehmend zu gefallen, weil es so archaisch klang und nicht alltäglich. Jedenfalls gab er das Zeichen zu einem höhnischen Lachkonzert, das mich außerordentlich verwirrte. Viel später begriff ich erst, wie treffend Deine Bemerkung war. Heute nehme ich sogar an, daß mein Name der eigentliche Kern meines Übels ist. Er lastete auf meiner Existenz wie eine Erbkrankheit, doch was soll ich machen?

Ich heiße Kiebitz, und das ist noch nicht alles. Ich heiße Gideon Esdur Kiebitz. Immer wieder begegne ich wohlwollenden Menschen, die mich zu trösten versuchen. Ein Name sei doch nur ein Name und ohne tiefere Bedeutung. Sie irren sich leider. Der Name ist alles. Er ist eine Hose, in die man hineinpaßt oder nicht. Ich passe hinein, gehe aber daran zugrunde. Ich trage meinen Namen wie einen Buckel, mit dem ich zur Welt gekommen bin und eines Tages ins Grab steigen werde. Der Kiebitz ist ja bekanntlich ein Vogel. Er gehört zur Familie der Regenpfeifer. Was hilft es da, daß ich nach Sonne lechze. Seit meiner frühesten Kindheit dürste ich nach blauem Himmel und süßen Düften, doch bin ich dazu verurteilt, im Regen zu pfeifen. Im trüben zu fischen. Nach Würmern zu suchen in Erde, Schlamm und Unrat. Das alles wäre ja noch erträglich; aber ein Kiebitz ist noch etwas anderes. Ein unwillkommener Zaungast. Ein müßiger Zuschauer, der stets nur daneben sitzt und faule Bemerkungen macht. Schlimmer noch! Man verpönt ihn als Voyeur, der durchs Schlüsselloch in fremde Schlafzimmer späht. Man verabscheut ihn als Augenwichser und Ritzenkieker. Man will ihn loswerden. So schnell wie möglich. Das alles klebt an meinem Namen und noch viel mehr. Darum ist er – wie Du Dich damals ausdrücktest – eine Heimsuchung biblischen Ausmaßes. Meine Eltern müssen das gespürt haben; sie gaben mir – wahrscheinlich zum Ausgleich – zwei Vornamen. Gideon und Esdur. Während Kiebitz klein klingt und plebejisch, deutet Gideon in die Höhe. Gideon war ja ein Streiter Gottes und strahlender Held. Er führte die Juden gegen die Midianiter. Gegen die Amalekiter. Gegen die Stämme aus dem Osten. Er siegte, denn er war ein Auserwählter des Herrn. Er zog mit dreihundert Getreuen gegen einen hundertfach überlegenen Feind. Er zermalmte ihn; denn Gideon bedeutet »zermalmen«. Gideon war ein Riese, der uns Juden von der Fremdherrschaft befreit hat. Dieser Name – so nahmen meine Eltern wohl an – sei ein Gegengewicht zum unbedarften Kiebitz. Ein schrecklicher Irrtum! Meine Eltern haben die Bibel nur flüchtig gelesen, sonst hätten sie gewußt, daß Gideon auch ein Heuchler war und ein eitler Geck. Nach dem Sieg über die Feinde haben ihm die Juden die Königskrone angeboten; doch stolz hat er sie abgelehnt. Mit einem falschen Lächeln soll er zum Himmel geblickt und gerufen haben: »Es gibt nur *einen* König, und das ist Gott.« Darauf ging er hin und verlangte die Stirnbänder der erschlagenen Feinde. Sie wogen 40 Pfund reinen Goldes. Ein unermeßliches Vermögen, von dem er sich einen Leibrock fertigen ließ und einen Kniemantel aus purem Edelmetall; so demonstrierte er, wonach ihm der Sinn stand. Ein Stutzer war er nämlich. Den Weibern wollte er imponieren. Übrigens, er hatte siebzig Söhne; man kann also errechnen, wie er seine Zeit vertrödelt hat. Gideon ist mein Schutzpatron. Ich schäme mich in den Boden hinein. Aber ich trage noch einen zweiten Vornamen. Esdur. Das komme aus dem Assyrischen, hat mein Vater gesagt, und bedeute der »Traumreiche«. Der »Seelenvolle«. Der »Schlafwandler«. Bitteschön. Warum soll ich nicht traumreich sein oder seelenvoll? Man kann auch übertreiben. *Ich* übertreibe immer. Man kann seine Träume mit der Wirklichkeit verwechseln. Mein Verhängnis! Man kann so seelenvoll sein, daß man die Grenzen des Anstands überschreitet und geschmacklos wird. Eine meiner Schwächen! Ein Schlafwandler soll ich sein. Das klingt zwar phantastisch, doch kann man so ungeschickt durch die Nacht wandeln, daß man vom Dach stürzt und sich das Genick bricht. Ich muß das alles vorausschicken, denn in meinem Namen liegt wohl der Ursprung meines Gebrechens. Zumindest teilweise. Wie ich Dich kenne, wirst Du jetzt sagen, ich gehe zu weit mit meiner Nabelschau.

Du irrst dich. Ich weiß, daß Esdur »seelenvoll« bedeutet, aber was ist die Seele ohne Weisheit? Nicht viel mehr als unbehauener Marmor, und genau das bin ich. Ein Inhalt ohne Form. Ich gebe ja zu, daß Esdur besser klingt als Kiebitz, aber ein eigentliches Gegengewicht ist Esdur auch nicht. Du hast sicher nicht vergessen, wie die ganze Klasse mich gehänselt hat.

Auch Du hast mitgemacht, mein lieber Paul. Ich hatte schon damals einen gesegneten Appetit, und ihr nanntet mich Freßdur, was mich nicht wenig kränkte. Einzig der fette Äschbacher hatte seine Freude an mir. Er hockte am Klavier und gab von sich, Es dur sei Beethovens Lieblingstonart gewesen. Die Eroica, das fünfte Klavierkonzert und die Klaviersonate, opus 31, Nummer 3 habe er in Es dur komponiert, und jeder Esdur dürfe stolz auf so einen Namen sein. Aber lassen wir das! Aus noch ganz anderen Gründen ist mein Name eine »Heimsuchung«. Wegen der absurden Verknüpfung entgegengesetzter Größenordnungen zum Beispiel. Das hochtrabende Gideon neben dem murkligen Kiebitz. Das erhabene Esdur neben dem häßlichen Sumpfvogel. Die Aufeinanderfolge des Großartigen und Trivialen reizt unwillkürlich zu Ausbrüchen hämischer Heiterkeit. Der Spannungssturz vom gewaltigen Gideon zum armseligen Regenpfeifer wirkt schlechterdings lächerlich. Mein Name ist schlimmer als eine Heimsuchung. Er ist eine Farce. Oder ein Schwank fürs Vorstadttheater; nur daß er eigentlich hundstraurig ist.

Ich bin – wie Du weißt – ein Mann des Wortes. Die Rede ist mir Beruf und Berufung; doch hat mich das Schicksal mit Stummheit geschlagen. Ich kann nicht mehr sprechen. Ausgerechnet ich, dem man nachgesagt hat, ein Salbader zu sein. Ein Hintertreppendemagoge. Ein Schönredner für Minderbemittelte. Seit meiner Ankunft in Wien leide ich an merkwürdigen Sprachstörungen. Zu-

erst habe ich nur ein mir peinliches Stammeln bemerkt, das dann in qualvolles Stottern überging. Ich verhaspelte und verhedderte mich immer häufiger, bis ich nur noch unverständlich vor mich hinlallte. Seit letzten Dienstag wage ich nicht mehr, meine Mitmenschen zu kontaktieren. Beim Herannahen eines Unbekannten fange ich an zu zittern. Ich habe Atembeschwerden und Schweißausbrüche. Ich fühle, daß meine Zunge gelähmt ist. Du wirst also begreifen, daß ich Dich in diesem Zustand nicht aufsuchen kann. Ein therapeutisches Gespräch zwischen uns wäre ein Ding der Unmöglichkeit. Ich bitte Dich daher, mit mir eine Korrespondenztherapie zu versuchen. Das mag zwar ein psychiatrisches Novum sein, doch für mich ist das unter den gegebenen Umständen die einzige Lösung.
Ich habe ein Interview mit Dir in der »Neuen Zürcher Zeitung« gelesen und bin überzeugt, daß nur Du imstande bist, mir zu helfen. Du wirst einwenden, daß der persönliche Kontakt von größter Bedeutung sei und daß ich das spezifische Ambiente Deines Hauses spüren müsse, damit Dein Einfluß auf mich wirken könne. Ich glaube aber kaum, daß dieser Einwand in meinem konkreten Fall gültig ist. Wir kennen uns schließlich aus der gemeinsamen Gymnasialzeit. Ich erinnere mich genau an das Haus Deiner Eltern, das Du ja – den Fotografien nach zu schließen – noch immer zu bewohnen scheinst. Ich höre den zögernden Tonfall Deiner Stimme und sehe Dein spöttisches Lächeln. Die Pressebilder beweisen, daß Du Dich kaum verändert hast. Nach wie vor ähnelst Du Dürrenmatt wie ein Ei dem anderen. Du weißt doch, daß ich ein phantasiebegabter Mensch bin. Auch auf Entfernung kann ich mir vorstellen, wie Du jeweils reagierst. Aus Deinen Briefen werde ich unschwer die Gesten Deiner Hände und die Bewegung Deines Gesichts erraten. Ich habe – das muß ich unterstreichen – vor kurzem eine

kleine Erbschaft angetreten, die mir mein amerikanischer Onkel James Grayson liebenswürdigerweise hinterlassen hat. Ich verfüge also über die nötigen Mittel für meinen Unterhalt und die erhoffte Therapie. Ich bin selbstverständlich bereit, Dich für Deine Mühen reichlich zu entlohnen. Auch wenn ich in Wien wohne und Du in Zürich, weiß ich mit Bestimmtheit, daß du mich heilen wirst. Von jetzt an will ich Dich – wie Du es gewünscht hast – mit »Sie« anreden.
Ich hoffe also, sehr geehrter Herr Doktor, daß Sie mir auch als behandelnder Arzt gewogen bleiben und daß unsere einstige Beziehung durch meine neue Stellung als Ihr Patient nicht beeinträchtigt wird.
                    Mit vorzüglicher Hochachtung
                    Ihr G. E. Kiebitz

Herr Kiebitz,
Ihr Vorschlag, mit Ihnen eine Korrespondenztherapie zu versuchen, ist nicht uninteressant. Meines Wissens wäre das tatsächlich ein Novum in der Psychiatrie, das der Wissenschaft neue Wege bahnen könnte. Aus diesem Grunde habe ich mich entschlossen zuzusagen und hoffe auf das Gelingen unseres Experiments. Der Erfolg hängt von uns beiden ab, doch ganz besonders von Ihnen und Ihrer Bereitschaft, mir immer ungeschminkt und selbstkritisch Auskunft zu erteilen. Ich lege größten Wert auf Ihre Aufrichtigkeit, zumal Sie, wie ich mich sehr wohl erinnere, seit jeher eine gestörte Beziehung zu den Tatsachen unterhalten. Sie werden sich erinnern, daß wir Sie Don Kiebitz de la Mancha zu rufen pflegten, da Sie schon in Ihrer Jugendzeit gegen Windmühlen und für Ideale kämpften, die sich durch besondere Lächerlichkeit ausgezeichnet haben. Ich nehme an, daß Sie im wesentlichen derselbe geblieben sind. Wenn Sie gesund werden wol-

len, müssen Sie vom eisernen Willen beseelt sein, Umkehr zu tun. Ich jedenfalls zweifle keinen Augenblick daran, daß Ihr Gebrechen in direktem Zusammenhang mit Ihrer Lebensfremdheit steht, mit Ihrer Phantasterei und Geltungssucht. Ihr Name hat damit wenig zu tun. Es mag zutreffen, daß ich Sie seinerzeit deswegen verspottet habe, doch glaube ich kaum, daß es Ihr Name war, der Sie ins Verderben gestürzt hat. Es waren Ihre Hirngespinste – der Abgrund zwischen Ihren Wahnvorstellungen und der Realität. Ich wünsche darum, von Ihnen stets die nüchterne Wahrheit zu erfahren. Ich unterstreiche das Wort »nüchtern« und bitte Sie, von jeglichen Formen des Ihnen so geläufigen Überschwangs Abstand zu nehmen. Deshalb und aus keinem anderen Grund habe ich Sie gebeten, von jetzt an nur noch mein Patient zu sein. Familiaritäten wären, wie ich bereits gesagt habe, unserem Experiment abträglich. Ihre Hypothese über den Ursprung Ihres Gebrechens ist, das sei noch hinzugefügt, vollkommen unsinnig. Ihr Name kann nicht der Grund Ihrer Krankheit sein. Sie tragen ihn schließlich seit fast fünfzig Jahren, und Ihre Sprache hat erst jetzt versagt. Ihr Leiden ist zweifelsohne durch die Erfahrungen der letzten Zeit hervorgerufen worden. Über diese will ich unterrichtet werden. Aus Ihrer Anmeldung entnehme ich, daß Sie aus der Schweiz nach Polen und zwanzig Jahre danach aus Polen nach Österreich ausgewandert sind. In dieser erstaunlichen, zweimaligen Ortsveränderung dürfte des Rätsels Lösung liegen. Schreiben Sie mir also klipp und klar, wie Sie diese Zeit verbracht haben, und verschonen Sie mich mit Ihren Theorien. Der Psychiater bin ich und nicht Sie.

Sehr geehrter Herr Doktor,
ich verstehe, daß Sie mit Mißmut auf meine Hypothesen reagieren. Ich werde fortan versuchen, nur Fakten darzustellen und auf Kommentare zu verzichten. Wie ich nach Polen gekommen bin, wollen Sie wissen, und warum. Nun, es hat alles damit angefangen, daß wir – meine damalige Frau und ich – an einem messingbleichen Novembertag die Schweiz verließen und ins Land meiner Vorfahren reisten. Damals wußte ich nicht, Herr Doktor, daß man messingbleichen Tagen mißtrauen soll. Heute weiß ich, daß der November eine Endstation ist. Ich fuhr also mit Alice. Ins Wunderland, wie wir meinten, und das Herbstlicht verklärte unsere Hoffnungen.
Diese Frau war – so sah ich es in dieser Zeit – eine Windharfe. Aus Cremoneser Holz. Mit feingekurvten Körperformen. Ich konnte mich nicht satt hören an ihrer Stimme. Nicht satt sehen an ihren Augen. Sie hauchte die Wörter und gurrte wie eine Ringeltaube. Bewußt hatten wir alle Brücken hinter uns abgebrochen. Wir wollten keine Kompromisse mehr eingehen. Es gab kein Zurück für uns, das machte unsere Reise so schicksalhaft. Wir waren verliebt, und es fehlte uns an Weisheit. Wir wollten nicht wahrnehmen, daß der Weg ins Wunderland eine Einbahnstraße ist. Gepflastert mit sumpfgrünen Träumen. Wir beschwindelten uns. Wir redeten uns ein, am Ende des Weges liege Kanaan. Der gelobte Garten Gottes, wo Milch und Honig von den Bäumen tropfen. Wir wußten auch nicht, daß die Einbahnstraße zum Abgrund führt. Zum Ende der Welt. Zum absoluten Nullpunkt. Wir ratterten lächelnd in die Unterwelt zu jener eisernen Pforte mit dem rostigen Namen Zebrzydowice. Das ist unaussprechbar für westliche Zungen. Und schauerlich für polnische Ohren. Brzydko heißt nämlich »häßlich«, Wice hingegen »Dorf«. Polen beginnt mit einem häßlichen Dorf. Das war das erste Kapitel: Hier begann das

vermeintliche Paradies, und hier wollten wir unsere Liebe auf die Probe stellen.
Törichte Kinder waren wir, Herr Doktor. Auf alles meinten wir vorbereitet zu sein. Aber auf Zebrzydowice waren wir nicht vorbereitet, denn das war der äußerste Zipfel von Hinterindien. Das war Asien ohne Jadetempel, ohne Dschunken und Orchideen. Der fade Schlußpunkt einer humorlosen Erzählung. Wären wir älter gewesen und vernünftiger, hätten wir einen Nervenzusammenbruch erlitten. Statt dessen begrüßten wir die Grenzbeamten, als wären sie Erzengel des Himmels. Wir strahlten sie an und verteilten Schweizer Schokolade, gezuckerte Grüße aus der schlechteren Welt. Sie nahmen alles. Ohne mit den Wimpern zu zucken. Ihre Gesichter blieben zugenäht, und sie befahlen uns, die Koffer zu öffnen. Das war ihre Pflicht, zugegeben, aber warum wühlten sie darin, als verdächtigten sie uns der übelsten Missetaten? Heute weiß ich, daß sie uns einschüchtern wollten. Von Anfang an, um schrittweise unser Selbstwertgefühl zu brechen. Aber damals verschlossen wir die Augen vor den Tatsachen. Wir wollten unsere Träume nicht zerstören lassen. Sie fanden eine Dünndruckausgabe von Shakespeares Werken, verlegt in London und New York. Auf englisch, und das war die Sprache des Todfeinds. Sehr bedenklich, schienen ihre Augen zu sagen. Unsere Kleidungsstücke interessierten sie kaum. Sie wollten nur wissen, was in ihnen versteckt war. Das Waschzeug schauten sie erst gar nicht an, aber »Das Kapital« erregte ihren Argwohn. Eine Jubiläumsausgabe in braunem Leder. Karl Marx war ihnen kein Begriff, »Das Kapital« aber roch nach Kapitalismus, und der war verboten. Weiter fanden sie nichts, weshalb sie die Geduld verloren. Wir mißfielen ihnen aus unerklärlichen Gründen, und darum *mußten* sie etwas finden. Sie schlitzten alle Buchrücken auf, aber auch da war nichts. So befahlen sie uns,

den Eisenbahnwagen zu verlassen und erst wiederzukommen, wenn sie uns riefen. Wir fanden das in Ordnung und gehorchten ohne Widerrede. Wir überquerten den Bahnsteig, und zum ersten Mal atmeten wir polnische Luft. Wir waren im siebenten Himmel. Das war – so bildeten wir uns ein – die herbe Luft der sozialistischen Revolution. An einem Kiosk kauften wir zwei Dutzend Postkarten, die sich durch imposante Häßlichkeit auszeichneten. Wir setzten uns auf eine Eisenbank und schrieben an die Genossen, die zu Hause geblieben waren: »Herzliche Grüße aus dem einundzwanzigsten Jahrhundert«! Jawohl, lieber Herr Doktor. Genau das haben wir geschrieben.
Sie lächeln. Sie meinen, das sei ein Scherz gewesen. Aber nein. Wir meinten es ernst und kritzelten unsere Botschaft in tiefem Glauben an die neue Zeit. Was war nur damals mit uns los? Wir verschickten unsere Postkarten mit einem Text, der mich noch heute erröten läßt: »Herzliche Grüße aus dem einundzwanzigsten Jahrhundert«! Wir befanden uns im Zustand einer krankhaften Euphorie und wußten nicht, was wir taten. Das einundzwanzigste Jahrhundert ummoderte uns und stank uns an in seiner ganzen Öde. Und dennoch wähnten wir uns im Schlaraffenland. Alles begeisterte uns.
In der Nähe des Kiosks hockte ein Marktweib. Sie verkaufte fauliges Sauerkraut und addierte ihre Einnahmen mit einem Zählrahmen, indem sie speckige Holzkugeln über ein Drahtgestell schleuderte. Das sind ja Rechenmaschinen aus der Steinzeit, schoß es mir durch den Kopf. Doch gleich besann ich mich. Das durfte ich nicht denken. Also sagte ich mir: Der Zählrahmen ist rührend, eine Wiederauferstehung untergegangenen Volkstums, ein Überbleibsel gemütlicher Zeiten. Hinter einem Zaun standen Roßfuhrwerke mit Kutschern, die auf Reisende warteten. Heiser murmelten sie Gebete vor sich hin, wo-

bei sie die heilige Jungfrau um die seltsamsten Dinge baten: »Unbefleckte Jungfrau von Częstochowa. Schwarze Madonna von Polen. Gib uns heute unser täglich Brot und 590 Zloty für einen amerikanischen Dollar!« Sie flüsterten so laut, daß man sie hören, doch gleichzeitig so leise, daß man sie keiner illegalen Absichten bezichtigen konnte. Für Devisenhandel standen damals fünf Jahre Zuchthaus. Doch ganz Polen betrieb Devisenhandel und wird ihn betreiben bis ans Ende der Tage. Wir waren befremdet, Alice sogar empört – doch auch diese Erscheinung zählte ich zum Kapitel untergehenden Volkstums. Genau wie die Bettler, die sich plötzlich um uns scharten, in Lumpen gehüllte Krüppel an Leib und Seele. Doch bettelten sie nicht, weil es verboten war. Nur die Hände streckten sie aus. Sie sagten kein Wort, aber jeder von ihnen schien seine Methode zu haben, Mitgefühl zu erwekken. Der eine bebte am ganzen Körper. Der andere vergoß stumme Tränen. Der dritte starrte gläsern vor sich hin. Aber wir gaben nichts, obwohl uns fast das Herz blutete. Wir hatten ja gelernt, daß es keine Not gab im einundzwanzigsten Jahrhundert. Wer da um Almosen flehte, mußte ein Schmarotzer sein, ein arbeitsscheues Element. Zuerst gewahrten wir nur einen, dann drei oder vier. Zuletzt einen ganzen Haufen. Woher waren sie aufgetaucht? Es gab doch zahllose Sicherheitsbeamte und Kilometer von Stacheldrahtverhauen. Doch plötzlich kam jemand. Wie aus dem Nichts. Einer, der bei den Bettlern Schrecken verbreitete. In Zivil, und das verhieß nichts Gutes. Der nahm kein Trinkgeld, erklärte man uns später, und darum war er gefürchtet. Der Alptraum löste sich in Luft auf. Innerhalb weniger Augenblicke war wieder alles in Ordnung, und ein Bahnhofsbeamter gab uns das Zeichen einzusteigen. Bald würden wir weiterfahren können. Tiefer hinein in die Mongolei.

Das Abteil war jetzt menschenleer. Die Grenzbeamten

waren weg. Unser Gepäck ebenfalls. Da konnte etwas nicht stimmen. Wir eilten wieder hinaus. Zum Stationsvorsteher und beschwerten uns. Er blickte uns an, als wären wir auf den Kopf gefallen, und knurrte: »Seid ihr von allen guten Geistern verlassen? Wie kann man seine Habe unbewacht im Wagen lassen? Wißt ihr denn nicht, in welchem Land ihr euch befindet?«
Da erwiderte ich mit der mir eigenen Einfalt: »Es ist ausgeschlossen, daß wir bestohlen wurden. Man hat uns erst durchsucht, als schon alle Passagiere das Abteil verlassen hatten. Außer uns gab es nur Grenzbeamte und Zöllner.«
Der Stationsvorsteher rang nach Luft: »Und wer sagt euch, daß Grenzbeamte nicht stehlen können? Oder Zöllner? Die können noch viel mehr. Die sind uniformiert und tragen das Parteibuch in der Tasche.«
Angewidert drehten wir uns um und gingen ins Abteil zurück. Dieser Kerl war ein Miesmacher. Ein erratischer Block aus vergangenen Zeiten. Er meinte wahrscheinlich, wir stünden auf seiner Seite und seien Gegner der neuen Welt, weil wir aus dem Westen kamen. Wenn der hoffte, uns einfach den Kopf verdrehen zu können, dann täuschte er sich. Wir zählten schließlich zur Avantgarde. Neue Menschen waren wir. Baumeister des einundzwanzigsten Jahrhunderts. Uns enttäuschte nichts, und Rückschläge festigten unsere Überzeugung. Das Gepäck hatte man uns geraubt. Na und? Wir konnten auch ohne Gepäck leben. Noch besser sogar. Ohne Ballast war es uns leichter.

Herr Kiebitz,
es juckt mich, Sie zu fragen, ob Sie ein Psychopath sind oder ein Idiot. Ihr Verhalten schließt weder die eine Möglichkeit aus noch die andere. Ich denke aber, daß mit

Ihren Sinneswahrnehmungen etwas nicht in Ordnung sein kann. Sie scheinen grundsätzlich nur das zu perzipieren, was Ihren Wunschvorstellungen entspricht. Sie sichern sich Ihren Seelenfrieden mit Hilfe plumper Illusionen. Ihr Brief befremdet mich in jeder Hinsicht. Zahllose Fragen drängen sich auf. Wie kamen Sie dazu, Ihr warmes Nest zu verlassen? Warum fuhren Sie ausgerechnet in ein Land, von dem nichts übriggeblieben war und das ganz offensichtlich von Spitzbuben regiert wurde? Ging es Ihnen denn schlecht in der Schweiz? Kaum, denn ich erinnere mich an Ihr Elternhaus, an schöne Bilder, Skulpturen und Teppiche. Nur ein Irrer konnte das aufgeben. Oder waren Sie vielleicht ein Opfer von Verfolgung? Wegen Ihrer Rasse oder Ihrer Überzeugung? Ganz bestimmt nicht, denn die Schweiz ist bekanntlich eines der tolerantesten Länder der Welt, was auch *Sie* nicht bestreiten können. Und dann dieser horrende Selbstbetrug. Die Unfähigkeit, den Tatsachen in die Augen zu blicken. Diese infantile Begeisterung für den erstbesten Humbug, mit dem Sie konfrontiert werden. Ich will natürlich Ihrem Bericht nicht vorauseilen, und es liegt mir fern, Ihren Fall bereits jetzt zu beurteilen, doch muß ich herausfinden, ob Ihre Geistesstörung angeboren oder erworben ist. Wenn sie angeboren ist, was ich nicht hoffe, kann ich Ihnen nicht helfen. Für endogene Hirnschäden bin nicht ich zuständig, sondern der Neurologe. Sollte es sich jedoch um ein exogenes Übel handeln, wäre eine Heilung denkbar. Ich muß Ihnen aber einschärfen, daß Sie in Ihren Briefen auf jede Form von Überschwang verzichten sollten. Wenn Sie schreiben, Ihre Frau sei eine Windharfe gewesen und dazu noch aus Cremoneser Holz, erschweren Sie uns die kritische Einsicht in die tatsächliche Situation. Verzichten Sie bitte auf alle Schnörkel! Schreiben Sie kurz und nüchtern, wie es der alte Zollinger von uns verlangt hat. Das liegt in Ihrem ureigensten Interesse.

Sehr geehrter Herr Doktor,
Ihr Schreiben hat mich, gelinde gesagt, verärgert. Sie werfen mir Überschwang vor, wo doch dieser Überschwang nichts anderes ist als eine Widerspiegelung meines Wesens. Wenn Sie meine Person erforschen wollen, kann es gewiß nicht Ihre Absicht sein, mich zu einer künstlichen Sprache zu nötigen. Im Gegenteil. Sie müßten es begrüßen, in meinem Bericht eine vollkommene Übereinstimmung von Stil und Inhalt zu finden. Aber das ist ja nur meine unmaßgebliche Meinung, die hier nicht ins Gewicht fällt.
Sie fragen mich also, wie ich mein warmes Nest verlassen konnte und unter welchen Umständen ich in Polen angekommen bin, von dem nichts übriggeblieben war als Staub und Asche. Die Frage ist berechtigt, denn damals war Warschau kaum mehr als ein geographischer Begriff. Für mich und meinen Enthusiasmus war es ein Heldenfriedhof, der meine Phantasie beflügelte. Sofort nach unserer Ankunft meldete ich mich bei der »Regierungsstelle für Heimkehrer« – einer Holzbaracke inmitten von Trümmerbergen. Überall stank es nach Verwesung. Nach verkohlten Mauern und Exkrementen. Räudige Hunde streunten durch die Steinwüste. Blutarme Kinder huschten vorbei. Vor wenigen Jahren hatte es hier noch Straßen gegeben, Häuserzeilen mit Nummern und Namen, Geschäfte und Büros – aber nichts stand mehr an seinem Platz. Nur eine einsame Gaslaterne. Geknickt rostete sie vor sich hin. Hinter ihr ragte eine Fassade aus den Ruinen. Ein Balkon mit geborstenem Geländer hing herab, und auf dem Balkon wuchs eine Birke. Ich war überwältigt. Ein anderer Planet war das. Eine Opernkulisse.
Hinter dem Schreibtisch saß ein Krüppel und glotzte mich an: »Was suchen Sie bei uns?« Ein müdes Grinsen zuckte um seinen Mund. Er wollte wohl andeuten, daß

es hier nichts zu suchen gab und schon gar nichts zu finden.
»Ich bin soeben angekommen«, sagte ich unsicher, »und möchte gern arbeiten.«
»So? Arbeiten möchten Sie gern. Hier wird nicht gemöchtet, mein Herr. Hier muß man arbeiten, ob es einem paßt oder nicht. Wer bei uns nicht arbeitet, bekommt auch nichts zu essen. Oder haben Sie sich das Essen mitgebracht? Auf Vorrat für die nächsten paar Jahre?«
Das Männlein gab sich betont abweisend. Alles an ihm war spitz. Eine dünne Nase ragte aus seiner Visage. Die Lippen waren blau, und wenn er sprach, sah man seine schwarzgezackten Zähne. Er strahlte Argwohn aus und üble Laune. Wahrscheinlich war er ein Jude. Einer, dem die Angst in den Gliedern steckte. Immer noch oder schon wieder. Er trug eine jämmerliche Montur, die ihm Autorität verschaffen sollte – doch alles an ihm war peinlich. Er glich viel mehr einem Narren als einem Staatsbeamten, obwohl er sich, seiner Funktion entsprechend, höchst offiziell verhielt. Er war der erste Pole, mit dem ich zu tun hatte. Ermutigend war er nicht. Es störte ihn eindeutig, daß ich gekommen war, und während er sprach, kritzelte er Figuren auf ein Kalenderblatt: »Ich bin dazu da, Ihnen eine Stelle zuzuweisen. Was können Sie?«
Das war eine schwierige Frage. Was konnte ich? Nicht viel. Jedenfalls nichts Nutzbringendes. Ich hatte studiert, promoviert, gelehrte Abhandlungen geschrieben. Aber das war schon alles.
Der Beamte putzte sich mit einem Streichholz die Nägel und grunzte: »Sie werden doch einen Beruf haben, oder nicht?«
Mißtrauen züngelte mir entgegen. Wollte ich hier Fuß fassen, mußte ich seine Sympathie gewinnen. Ich antwortete so bescheiden wie möglich: »In der Schweiz habe ich Geschichte unterrichtet.«

»Ach du meine Güte, Geschichte«, stöhnte er, »ausgerechnet Geschichte.«
Ich spürte, daß ich etwas Falsches gesagt hatte, und fügte hastig hinzu: »Aber ich nehme jede Arbeit an, die man mir zuweist. Wo Sie mich hinstellen, gebe ich mein Bestes.«
»Jede Arbeit wollen Sie annehmen – das gibt es nicht bei uns. Man tut *eine* Arbeit, aber die gut.«
Mir wurde klar, daß ich mit jedem Satz meine Lage verschlimmerte, und ich sagte verzweifelt: »Ich bin jetzt siebenundzwanzig Jahre alt. Wie Sie sehen, erfreue ich mich einer guten Gesundheit. Ich bin ein ganz leidlicher Sportler, weder schwächlich noch arbeitsscheu. Sagen Sie mir, wo man mich brauchen kann, und ich gehe.«
Er schneuzte sich lange und umständlich. Ich spürte, daß ihm niemand gefiel, und ich am allerwenigsten. Ich starrte durchs Fenster und erblickte eine Ratte, die zwischen aufgeschlitzten Bettspiralen durchkletterte. Ich hatte noch nie eine Ratte gesehen. Das Leben kannte ich hauptsächlich aus Büchern. Aus zweiter Hand, und da gewahrte ich dieses scheußlichste aller Nagetiere. Ein paar Schritte von mir. Das war die Wirklichkeit. Mein Herz frohlockte. Nur die Hand mußte ich ausstrecken, und ich konnte sie packen. Ich war am richtigen Ort. Leben aus erster Hand, durchzuckte es mich, und der Bucklige sagte: »Ich will Ihnen klaren Wein einschenken, verehrter Herr. Bei uns versteht man unter Geschichte etwas anderes...«
»Als was?« fragte ich überrascht.
»Als bei euch im Westen. Geschichte ist eine heikle Angelegenheit. Aber wenn Sie unbedingt Geschichten erzählen wollen... Wie wäre es mit dem Rundfunk?«
Das war kein Scherz, Herr Doktor, das war Ernst. Er hatte beschlossen, mich zum Rundfunk zu schicken, obwohl ich keine Ahnung hatte, was man dort treibt. Man

funkt, überlegte ich, wie es das Wort nahelegt. In die Runde, höchstwahrscheinlich. Ich sollte also Geschichten erzählen, weil ich Geschichte studiert hatte. Logisch, oder nicht? Hätte ich Kunst studiert, würde er mich in eine Kunstdüngerfabrik geschickt haben. Das alles war erstaunlich, und doch sagte ich: »Warum eigentlich nicht? Die Idee ist originell. Die Leute werden sich wundern, wenn ich mich vorstelle...«
Aber niemand wunderte sich. Im Gegenteil. Meine neuen Kollegen lächelten komplizenhaft und schlugen mir vor, unverzüglich mit der Arbeit zu beginnen: »Morgen ist ein historischer Augenblick. In Frankfurt an der Oder. Du bist doch ein Historiker – demnach der richtige Mann an der richtigen Stelle. Du fährst hin und sprichst eine Reportage.«
»Wie macht man das«, fragte ich unschuldig.
»Ganz gewöhnlich. Dort steht ein Mikrophon. Du nimmst es in die Hand und fängst an zu reden.«
»Was denn, um Gottes willen?«
»Was du siehst und was dir dazu einfällt. Es ist die einfachste Sache der Welt. Fahr hin, Genosse, und mach dir keine Sorgen!«
Ich machte mir trotzdem Sorgen. Weil ich ein Jude bin und mir *immer* Sorgen mache. Das war zu neu für mich. Zu ungewohnt. Woher wußten die Genossen, daß es einen historischen Augenblick geben würde? Bisher hatte ich gemeint, historische Augenblicke entstünden zufällig. Wie Sternschnuppen, die vom Himmel stürzen, wenn sie niemand erwartet. Aber die Genossen belehrten mich eines Besseren: »So war das früher. Heute hat sich alles geändert. Wir warten nicht auf die Ereignisse, sondern schaffen sie. Wir sind – wie Stalin sagt – die Schmiede der Weltgeschichte. Das wirst du noch lernen. Vieles mußt du lernen bei uns. Stelle keine unnützen Fragen. Fahre hin, und alles geht von selber.«

So tat ich es. An Ort und Stelle erfuhr ich, daß die Staatsoberhäupter von Polen und Ostdeutschland einen Vertrag unterzeichnen wollten. Großartig. Über die ewige Freundschaft an Oder und Neiße. Fabelhaft. Für alle Zeiten, wie man mir versicherte. Das war natürlich ein einmaliger, ein durchaus historischer Augenblick: Die Grenze des Hasses würde zur Grenze des Friedens werden. Durch zwei Unterschriften. Eine Unterlassung der Vorsehung sollte endlich korrigiert werden. Zum ersten Mal seit der Erschaffung der Welt. Von nun an – so donnerte es aus tausend Lautsprechern – würde alles anders sein. Ich nahm es zur Kenntnis, doch eine innere Stimme sagte mir, daß Verträge aus Papier sind. Ich hatte Geschichte studiert – in der nüchternen Schweiz – und gelernt, daß man Abmachungen zu zerreißen pflegt. Oder zu verbrennen. In regelmäßigen Abständen. Vor den Augen einer tobenden Volksmenge. Ob so ein Augenblick historisch ist, erkennt man normalerweise erst im nachhinein... Ach Gott. Es war ein Kreuz, Historiker zu sein. Jedenfalls verdrängte ich meine Zweifel und flüchtete in technische Details. Wie man ins Mikrophon zu sprechen habe, wie groß die Distanz sein müsse zwischen den Lippen und der Membrane. Wie laut man reden solle und wie schnell. Kurz, ich paßte mich an, doch fühlte ich mich verlegen. Der Kopf tat mir weh, aber daran gab ich dem Wetter die Schuld.

Ein feuchter Nebel hing über Frankfurt, es war kalt und ungemütlich. Die Stadt lag in Trümmern. Nur um den Hauptplatz – ich glaube, er hieß Stalinplatz – standen ein paar intakte Fassaden. Ein Ozean bleicher Menschen wogte durch die Straßen. Sie waren armselig gekleidet und marschierten ausdruckslos auf einen Punkt zu, der einst die Stadtmitte war. Ich hatte mir vorgenommen, die Reportage des Jahrhunderts zu liefern, einen unvergeßlichen Bericht über diese Sternstunde der Menschheit –

doch hatte ich ein bedrückendes Gefühl, mir fehlte die Stimmung. Trotzdem nahm ich das Mikrophon in die Hand, ordnete meine Notizen und machte mich bereit. Es wird schon schiefgehen, sagte ich mir, und wahrhaftig. Es ist schiefgegangen. Gott sei Dank, denn sonst wäre ich Reporter geworden. Hofberichterstatter der Partei...
Doch alles kam anders. Zu meinem Erstaunen schlug die allgemeine Lustlosigkeit der Leute in flammende Erregung um, und zwar auf das Stichwort »historisch«. Als die Lautsprecher verkündeten, es sei heute ein historischer Tag in der Geschichte Europas, explodierten die Massen. Der Moment sei gekommen, zu jubeln und zu frohlocken, und tatsächlich: Das Volk begann zu rasen. Ganz Frankfurt schien aus dem Häuschen – denn eine neue Ära war angebrochen. Das Zeitalter der brüderlichen Zusammenarbeit und proletarischen Solidarität. So donnerte es aus tausend Lautsprechern, und die große Inbrunst brach los. So schien es mir wenigstens.
Bisher hatte ich angenommen, es gäbe zwei Grundtypen von Begeisterung. Die kontinentale und die mediterrane. Die letztere hat man im Blut, dachte ich. Sie sitzt in der Haut und wartet darauf, in die Luft zu fliegen. Man fährt ganz einfach aus der Epidermis. Man zetert und zerreißt sich das Hemd. Man weint oder schluchzt oder schlägt dem Nächststehenden vor Überschwang die Zähne aus. Daneben gäbe es – so wähnte ich – die kontinentale Variante, bei der man seine Zustimmung durch gepflegtes Verziehen der Mundwinkel bezeugt. Durch die Bewegung einer Hand, die vorher chemisch gereinigt und tagelang im Tiefkühler entkeimt wurde. Man demonstriert seinen Beifall, indem man die Lippen zu einem unmerklichen Schmunzeln löst und dann, sich zurücklehnend, in die Hände klatscht oder mit dem Kopf nickt. In Frankfurt an der Oder erlebte ich eine dritte Gattung. Die revolutionäre. Es war dies die organisierte Tollwut. Die

gesteuerte Hemmunglosigkeit. Der skandierte Wahnsinn für die Massenmedien.

Menschenhaufen strömten vorbei und brüllten Losungen, die wie Hammerschläge auf mich niedersausten. Nach einstudierter Choreographie taumelten sie durch die Straßen: Eine Million kreischender Stimmbänder, die im Rhythmus von Dampflokomotiven vorwärtsstampften. In Frankfurt an der Oder hatte man fünfhunderttausend Deutsche zusammengezogen und noch einmal so viele Polen, die man in Lastkraftwagen und Extrazügen herbeigeschafft hatte. Im gemischten Chor schrien sie, daß der Kommunismus die Zukunft der Menschheit sei und die Arbeiterklasse der Garant des Weltfriedens. Zum zweiten Mal lief mir die Gänsehaut über den Rücken. Das war das Leben. Ich brauchte nur die Hand auszustrecken und konnte es fassen... Ich stand irgendwo in der Mitte des Platzes. Auf einem umzäunten Podest, das mich vom allgemeinen Veitstanz abschirmen sollte. Erschüttert lauschte ich, wie meine Rundfunkkollegen ihre Messe zelebrierten. Sie deklamierten geflügelte Worte ins Mikrophon, und ihre Hingabe erlahmte keinen Augenblick. Manchmal schwollen ihre Stimmen an und schmeichelten den vorbeiziehenden Menschenmassen. Dann wurden sie zurückhaltend und drohend, daß einem angst und bange wurde. Ob meine Kollegen ehrlich waren, konnte ich nicht beurteilen. Ich war noch ein Anfänger und hatte kein Recht zu fragen, ob das alles echt war oder nicht. Vielleicht logen sie ja, die Hofberichterstatter der Partei, und verdienten damit ganz einfach ihr Geld. Und? Letzten Endes muß jeder sein Geld verdienen. Ich auch. Man muß leben, Herr Doktor, oder sind Sie anderer Meinung? Das Volk muß ebenfalls leben und brüllt mit. Ich konnte wirklich nicht wissen, ob die nervösen Zuckungen dieser Menge spontan waren oder nur inszenierte Epilepsie. Obwohl ich immer sehr musikalisch war und

jeden falschen Ton im Orchester hörte, obschon ich zusammenzuckte, wenn ein Instrument nicht richtig spielte, war ich diesmal schwerhörig wie nie zuvor. Ich vermied es, Fragen zu stellen, denn ich fürchtete die Antwort.
Das einzige Problem, das mich beunruhigte, war formeller Natur. Sollte ich nun aus meinem Manuskript lesen oder frisch von der Leber weg ins Mikrophon hinein improvisieren? Ich war vorsichtig und entschied mich fürs Lesen. So würde ich wenigstens nicht steckenbleiben und nur das sagen, was ich zu Papier gebracht hatte. Das Schicksal durchkreuzte aber meine Absicht. Gottes Fügung, nehme ich heute an. In dem Moment nämlich, als ich anfangen wollte, fegte ein Wirbelwind über den Festplatz und riß mir die Notizen aus der Hand. Schrecklich. Jetzt stand ich allein mit meinen Worten! Ich mußte improvisieren, ob ich wollte oder nicht. Wie unter Zwang sprach ich, was mir von den Lippen kam. Mein Kopf war heiß vom erhabenen Anblick, doch mein Herz – wie soll ich das nur erklären? – blieb kühl, zurückhaltend, kontinental und nüchtern. Ich konnte nicht anders. Die Erziehung am Zürcher Gymnasium brach durch. Was ich an jenem Wintertag dem Mikrophon anvertraute, war nichts als die Wahrheit, und daher unbrauchbar. Der Teufel weiß, warum ich so sachlich blieb. Vielleicht sitzen ja seit meiner Geburt irgendwelche Bremsen in meiner Zunge, die auf falsche Töne reagieren. Wahrscheinlich hat mir in diesem Augenblick ein innerer Pharisäer zugeflüstert, ich solle auf der Erde bleiben. Meine Schweizer Erziehung – Sie verstehen, was ich meine, Herr Doktor – und die Ermahnungen Zollingers trugen ihre Früchte. Ich faßte mich kurz. Es war dies einer der seltenen Momente in meiner Laufbahn, in denen ich mich an die Fakten hielt. Ich teilte nur mit, was ich sehen konnte, und verzichtete darauf, über die Hutschnur zu phantasieren. Nach einigen Minuten machte ich Schluß

und schleuderte das Mikrophon auf das Podest. Ich machte mich aus dem Staub. Der Nachtexpreß fuhr um 17 Uhr 30. Ich stieg ein und spürte, daß irgendwo meine Würfel gefallen waren.

Der Zug kroch langsam durch die Ebene, und bis nach Warschau waren es vierzehn Stunden. Ich war sterbensmüde, doch einschlafen konnte ich nicht. Ich saß allein in meinem Abteil, spann schwarze Gedanken und war enttäuscht von mir. Ich war durchgefallen. Die Reportage war, gelinde gesagt, jämmerlich gewesen, und ich fragte mich, was aus mir werden würde. Man hatte mir die große Chance gegeben. Ich hatte sie verspielt. Merkwürdig. In jenen Jahren verspielte ich Dutzende von Chancen. Ich weiß nicht, warum. Mag sein, daß meine Bremsen kreischten. Unglaublich. In der Schweiz hatten sie nie gekreischt. Erst hier, im einundzwanzigsten Jahrhundert.

Ich saß also in meinem Abteil und blies Trübsal. Plötzlich gewahrte ich eine Erscheinung: Im Korridor, fünf Schritte von mir, stand eine – wie soll ich das nennen – Hexe oder Nymphe oder weiß der Kuckuck, was das war. Eine korallenfarbene Pfirsichblüte. Eine rotschopfige Undine. Sie lehnte sich an die Verglasung, rauchte und wippte mit dem Fuß.

Ich muß hier einschieben, daß mir solche Begegnungen nicht fremd sind. Sie gehören zur Geschichte meiner Mißerfolge. Sie kehren wieder in regelmäßigen Abständen. Jedesmal, wenn ich irgendwo versage, läuft mir eine Frau über den Weg. Eine Versuchung tritt vor mich hin und verdreht mir den Kopf. Ich muß unterstreichen, daß Frauen niemals die Ursache meiner Niederlagen waren. Im Gegenteil, immer erschienen sie als Gegengewicht, als Trost, Linderung und Zuspruch. Stets waren sie der Anfang eines neuen Kapitels – so auch auf der Heimreise von Frankfurt.

Ich kann mich nicht erinnern, ob diese Circe mich ansah. Ich weiß nur, daß sie äugelte und mit den Wimpern trillerte. Sie linste mir zu und blickte dabei durch mich hindurch, und mir schien, als sei sie eine Himmelserscheinung. Unvermittelt drehte sie sich um und trat ein: »Ich heiße Irena, und du?«

Mir wurde heiß und kalt zugleich. Ich wußte nicht, was ich mit mir anfangen sollte, und erwiderte dümmlich: »Wir kennen uns nicht, oder irre ich mich?«

Sie drückte ihre Zigarette aus und zündete sich eine neue an. Dann setzte sie sich neben mich, und ihr Duft vernebelte meinen Verstand: »Wenn du willst, werden wir uns kennen.«

Sie roch nach frischem Brot und rückte jetzt ganz nahe an mich heran. Ihr Knie berührte das meine. War ich ein Mann, mußte ich sie nehmen – aber ich war kein Mann, Herr Doktor. Ich war ein Soldat der Weltrevolution. Sie legte die Hand um meinen Hals und versuchte, mich zu ködern. Sie lockte mich ohne Worte und bekirrte meine Sinne, doch ich saß da wie ein Holzklotz. Ich brachte keine Silbe hervor und starrte ins Leere. Da verfinsterte sich ihr Gesicht. Sie rückte von mir weg und sagte mit eisiger Stimme: »Was ist los mit dir, Junge? Hast du Stimmbruch?«

Jetzt bebte ich am ganzen Leib. Der Schweiß rann mir von der Stirn, doch blieb ich standhaft wie der heilige Antonius von Padua.

Sie ließ nicht locker und bohrte weiter: »Was mit dir los ist, habe ich gefragt. Bist du pulverscheu? Hast du Kanonenfieber, oder was?«

Ich raffte den Rest meines Mutes zusammen und bat sie um Verzeihung. Ich sei bekümmert und nicht in der Laune, mit jemandem zu tändeln.

Da stand sie auf und verließ das Abteil. Unter der Türe drehte sie sich um und sagte höhnisch: »Du weißt, was du versäumst, Junge. Sei glücklich mit deinem Kummer und schlafe wohl!«

Sie werden begreifen, Herr Doktor, daß ich nun erst recht nicht einschlafen konnte. Meine Gedanken flitzten hin und her. Von Frankfurt an der Oder zur Melusine mit dem tizianroten Haar. Wie konnte ich nur so verklemmt sein? So kleinmütig und schlapp? Ich war doch ein Kerl aus Stahl, bildete ich mir ein. Warum verschlug es mir die Sprache, wenn die Gelegenheit sich in Form eines historischen Ereignisses oder einer Hexe mit weißer Haut und lockender Stimme bot? Lag das alles am Zürcher Gymnasium? Erklären Sie mir das, Herr Doktor! Warum jubelte ich nicht, als zwei Völker gelobten, sich auf alle Zeiten die Hände zu reichen? War ich ein verkappter Feind? Ein Kriegstreiber? Oder scheiterte ich an meiner Unentschlossenheit, am gefrorenen Herzen des westlichen Intellektuellen? Vielleicht war ich einer von jenen, die versuchen, sich den Pelz zu waschen, ohne dabei naß zu werden. Sie hatte recht, die rote Irena. Ich hatte Kanonenfieber und zuckte zurück, wenn das Leben an mich herantrat. Sowohl im Klassenkampf wie in der Liebe. Ein Zauderer war ich. Eine kalte Leber, wie die Juden sagen. Warum nahm ich Irena nicht, als sie mich umgarnte? Es war ja nicht zu bestreiten, daß mir die Kompaßnadel zu Berge stand und mein Blut zu sieden begann, doch meine Triebe waren blockiert. Mein Herz schlug in Synkopen, es pochte wie verrückt, doch der Kopf sagte nein. Mein Leib lechzte nach Lust und sagte ja. Hier brodelte der Grundkonflikt meines Wesens, und die Augen fielen mir zu. Ich träumte von der lachsfarbenen Circe. Ich sah sie nackt vor mir, und ihr Haar streichelte meine Hüften. Ich bereute meine Standhaftigkeit und holte im Schlaf nach, was ich bei vollem Bewußtsein so tölpelhaft versäumt hatte.

Als ich erwachte, dämmerte der Morgen. Ich fühlte mich

zermartert und torkelte zur Toilette. Was ich im Spiegel erblickte, erfüllte mich mit Entsetzen. Ich hatte dicke Säcke unter den Augen, mein Gesicht war klein und kraftlos. Was war nur geschehen mit mir? Zum Zwitter war ich geworden. Zum Hermaphroditen zwischen Lustmolch und Pflichtmensch: ein Mann, der einerseits nach Hohem strebte, und eine Memme, die genußsüchtig dem Diesseits verfallen war.
Gegen neun Uhr kam mein Schnellzug im Westbahnhof an. Ich erwischte ein Taxi und fuhr ins Funkhaus. Ich wußte, was mich erwartete. Die Hofreporter hatten – jeder für sich – sechzig Minuten lang gepredigt. Ich nicht einmal fünf. Die Kollegen hatten Lobhymnen gehudelt. Ich aber war frostig geblieben. Schlapp, unbeteiligt und neutral. Ein Versager war ich. Doppelten Schiffbruch hatte ich erlitten. Vor dem Mikrophon und vor der korallenfarbigen Pfirsichblüte. Dafür mußte ich büßen, kein Zweifel.
Der alte Uzdánski empfing mich mit sarkastischer Verachtung. Er klaubte eine Zigarette aus seinem Etui und knurrte: »Wir danken Ihnen.«
Ich verstand kein Wort und fragte: »Wofür?«
»Für die zwei Reportagen...«
»Was für zwei Reportagen«, stotterte ich, »ich habe nur *eine* gemacht, und die war dürftig.«
»Zwei Reportagen, Genosse Kiebitz. Die erste und die letzte.«
Noch am selben Tag wurde ich strafversetzt. Ich hatte Glück im Unglück. Man hätte mich auch einsperren können. Damals wußte ich nicht, sollte ich lachen oder weinen. Das war meine erste Schlappe im einundzwanzigsten Jahrhundert. Die erste richtige Niederlage meines Lebens. Heute frage ich mich, ob das nicht der Anfang einer Pechsträhne war, die in der Folge zu meinem Gebrechen führte. Was meinen Sie, Herr Doktor?

Herr Kiebitz,
ich will gerne annehmen, daß die zwei Schlappen jenes Tages der Anfang einer Pechsträhne waren. Das heißt aber noch lange nicht, daß hier der Ursprung Ihres Gebrechens zu suchen ist. Mißerfolge führen ja bekanntlich nicht selten zu einer Selbstfindung. Es ist absurd zu glauben, der Mensch könne nur über Erfolge zu seiner Reife gelangen. Im Gegenteil. Wir Schweizer zum Beispiel kennen die Kunst, im Schatten zu stehen und unscheinbar zu bleiben. Mauerblümchen werden nicht gepflückt, wie Sie wohl wissen. Die größte Überlebenshoffnung haben, statistisch gesehen, kleine Leute, denn sie fallen nicht auf. Ich habe jedenfalls den Eindruck, daß Sie an einer bipolaren Erfolgsneurose leiden, die in Ihrem Judentum verankert ist – einerseits an einem schweren Minderwertigkeitskomplex, andererseits an einer explosiven Geltungssucht, die nur das Gegenstück Ihres Minderwertigkeitskomplexes sein dürfte. Zu den beiden Polen Ihrer Neurose würde ich folgendes sagen: Der Minderwertigkeitskomplex kommt in einer fatalen Erfolgsfeindlichkeit zum Ausdruck. In der Psychiatrie spricht man von kataplektischen Hemmungen, die sowohl im geschlechtlichen als auch im beruflichen Bereich der Erfüllung Ihrer Wünsche entgegenwirken. Kataplektische Hemmungen gehen im allgemeinen auf Kindheitserfahrungen zurück. In Ihrem Fall dürften sie jedoch mit dem tief verwurzelten Schuldgefühl der Juden zu erklären sein. Sie bestrafen sich für den Gottesmord, die Kreuzigung Christi sowie für die Habgier und Gewinnsucht, die Ihrer Rasse eigen sind. Andererseits leiden Sie an einem überwältigenden Geltungsbedürfnis, mit dem Sie Ihre Selbstverachtung zu kompensieren suchen. Nicht zufällig wollten Sie Reporter werden. Ein Hoherpriester des kommunistischen Festrituals, ein Barde der roten Diktatur, der die Obrigkeit beweihräuchert und Lobre-

den auf den Herrscher hält. Sie träumten wahrscheinlich davon, die Siege des Autokraten zu besingen, ein professioneller Schmeichler zu werden und so perfekt zu schmeicheln, daß Sie zum Liebling des Tyrannen würden. Sie trachteten danach, Ihre Kleinheit zu überwinden, indem Sie zum Propagandisten des Großen wurden. Sie wollten ein Höfling sein, am Hofe leben, sich satt fressen und dem Machtgefüge künstlichen Glanz verleihen. Sie putzten dem Despoten die Fassade auf, puderten ihm die Fratze. Jawohl. Das ist die eigentliche Schlappe. Nicht der Mißerfolg mit dem rothaarigen Mädchen. Hier müssen wir mit unserer Analyse ansetzen. Die Mißerfolge waren bei genauerem Hinsehen gar keine Mißerfolge. Vielmehr umgekehrt. Zweimal hatten Sie versagt, doch was wäre geschehen, wenn Sie reüssiert hätten? Ein Hofreporter wären Sie geworden oder der Geliebte eines dubiosen Weibs. Ich neige dazu, Ihre Erfolgsfeindlichkeit als erfreuliche Bremse Ihres Geltungsbedürfnisses zu werten, als Faktor der Stabilität. Doch sagen Sie in Ihrem Brief, im Schlaf hätten Sie nachgeholt, was Sie bei vollem Bewußtsein »so tölpelhaft versäumten«. Sie führen demnach ein Doppelleben – Ihre Persönlichkeit ist gespalten. Ein Abgrund tut sich auf zwischen Ihren Tagen und Nächten. Ein bewußtes Leben mit Bremsen des Verstandes, den Sie möglicherweise besitzen... und eine hemmungslose Traumwelt. Das wäre an sich kein Unglück, doch verwischen Sie die Grenzen der beiden Bereiche. Allzuoft fassen Sie Entschlüsse, die aus den Phantasien Ihres Unterbewußten hervorschießen. Es sind dies infantile oder pubertäre Tendenzen, denen Sie immer wieder zum Opfer fallen. Sie erstreben das Irreale, das Unmögliche und Gefährliche. Ich habe Sie schon einmal daran erinnert, daß wir Sie Don Kiebitz nannten. Don Kiebitz de la Mancha. Sie sind einer geblieben. Auf Ihrer Rosinante stürmen sie durch die Jahre – als apokalyptischer

Reiter von der traurigen Gestalt. Nach Polen mußten Sie fahren, um dort Ihrem Verhängnis entgegenzugaloppieren. Beim Rundfunk ließen Sie sich anstellen, und was geschah? Sie wurden strafversetzt. Sie erfuhren Kalamitäten und Debakel, und das alles wegen Ihres krankhaften, jüdischen Geltungsbedürfnisses, vermischt allerdings mit kataplektischen Hemmungen. Sie wollten hervorragen, und gleichzeitig haben Sie sich geduckt. Die Höhepunkte sind halsbrecherisch und genußreich. Sie sehnen sich danach und fürchten sie. Diesen Konflikt nennt man neuerdings Orgasmusangst. Ich weiß noch nicht, gegen was wir angehen sollen. Gegen die Geltungssucht oder die Erfolgsverweigerung. Oder gegen eine dritte Variante, die wir noch zu finden haben. Vorläufig möchte ich aber erfahren, wie sich ihr Leben weitergestaltete, nachdem Sie strafversetzt wurden.

Sehr geehrter Herr Doktor,
bevor ich meine weiteren Irrwege schildere, will ich auf Ihre Hypothese von den kataplektischen Hemmungen eingehen. Von jener psychischen Blockade, die Sie amüsanterweise mit Orgasmusangst umschreiben. Diese Hypothese hat mich befremdet und belustigt, weil sie keineswegs meinen Erfahrungen entspricht. Ihre Gedankengänge stützen sich auf falsche Voraussetzungen. Erstens wollte ich kein Hofreporter werden. Der Mann vom Heimkehrerbüro bestimmte mich dazu, und ich willigste ein, ohne zu wissen, was mich erwartete. Zweitens hatte ich keine Zeit, ein Schmeichler des Regimes zu werden, weil ich nach 24 Stunden entlassen wurde. Ich wurde entlassen, weil ich den Erfordernissen eines Propagandisten nicht entsprach. Weil ich den Tyrannen nicht hofieren, weil ich mich an die Tatsachen halten wollte. Weil ich aus der Schweiz kam und neutral war bis

ins Rückenmark. Was nun die Orgasmusangst betrifft, bin ich ebenfalls nicht Ihrer Meinung. Orgasmusangst bedeutet doch, daß ich den Leidenschaften abhold wäre. Das Gegenteil trifft zu. Ich bin im Sternzeichen des Stiers zur Welt gekommen und darum extrem diesseitig veranlagt. Natürlich huldige ich auch hohen Idealen, doch schreibe ich dies meinem schlechten Gewissen zu: Ich bin nämlich von einer animalischen Sinnlichkeit, die ich durch übertriebene Vergeistigung wiedergutzumachen suche. Seit meinen Jugendjahren will ich beweisen, daß ich ein Idealist bin und die Wonnen des Fleisches verachte. Über diesen Zwiespalt, dieses verhängnisvolle Doppelspiel werde ich noch manches zu erzählen haben; doch kehren wir zu meiner Geschichte zurück.

Ich wurde also strafversetzt, was in jenen Zeiten eine milde Form des Büßens war. Man hätte mich auch davonjagen oder in ein »Erziehungslager« stecken können. Statt dessen schickte man mich zu Dardzinski in die Lehre – als Regieassistent in der Hörspielabteilung. Uzdánski hatte mir einen Denkzettel verpassen wollen, doch nun war ich trotz des Schmerzes über meine Niederlage der glücklichste Mensch der Welt. Der Chef hatte mich zu demütigen beabsichtigt, aber er verbannte mich ins Märchenreich der Kunst. Ins süße Exil des Theaters. Die besten Schauspieler Polens kamen in unser Studio, herrliche Frauen und überirdische Männer, die hoch über dem Morast des Alltags zu stehen schienen. Sie sprachen mit einem wundervollen Schmelz in der Stimme, und alles, was sie taten, war mir großartig und bedeutungsvoll. Ich trug den Ehrentitel eines Assistenten – in Wirklichkeit mußte ich für Dardzinski Kaffee kochen. Den Schauspielern brachte ich belegte Brötchen, jedoch kam es mir nicht in den Sinn, mich zu beklagen. Dieses Leben berauschte mich, und dabei hoffte ich, höchstens eine

Nebenrolle spielen zu können. Was wollte ich mehr, Herr Doktor? Ich lernte einen neuen Beruf, der mich unendlich mehr interessierte als die verstaubten Dokumente im Genfer Staatsarchiv. Das wird Sie erstaunen, Herr Doktor, denn Sie sprechen von den Charakterfehlern, die meiner Rasse eigen sind, und davon, daß ich stets nur nach Erfolgen gelechzt habe. Das stimmt nicht oder nur teilweise. Ich beobachtete Dardzinski. Wie er sich vorbereitete, wie er die Texte analysierte, wie er den Schauspielern ihre Rollen erklärte. Ich beobachtete den Tonmeister, wie er auf Anweisung des Meisters die Mikrophone verteilte. Die Cutterin, die nach seinen Wünschen die Geräuschkulisse mischte. Den Komponisten, der Dardzinskis Visionen in Musik umsetzte. Alle spielten im Orchester des großen Zauberers. Alle vergötterten den Alten, der bewußt in einer unwirklichen Welt thronte; sie war schöner, dichter und wahrhaftiger als der Alltag. In diesem Mikrouniversum war ich ein winziges Zahnrad, aber ich fühlte mich restlos glücklich. Bis zu jenem Freitag, den ich nie vergessen werde.

Dardzinski schickte mich ins zentrale Warenhaus und befahl mir, für ihn Schnürsenkel zu besorgen. Widerwillig gehorchte ich, denn ich spürte einen giftigen Unterton in seiner Stimme. Als ich zurückkam, deutete er mit dem Daumen auf seine Füße, womit er mir zu verstehen gab, ich sollte ihm die alten Schnürsenkel aus- und die neuen einfädeln. Das war zu viel. Ich kam schließlich aus der Schweiz, wo man weder vor Landvögten noch Regisseuren in die Knie geht. Ich bebte vor Empörung, doch nahm ich mich zusammen und rang nach Worten:
»Was... wieso... warum behandeln Sie mich wie einen Kuhdreck?«
»Weil Sie einer sind, Herr Kiebitz. Ganz einfach.«
Jetzt wußte ich es. Er hielt mich für einen Auswurf. Für einen unverbesserlichen Dummkopf, dem nicht zu hel-

fen war. Ich gab ihm zwar keinen Anlaß dazu, aber offenbar beurteilte er mich ähnlich wie die Pfirsichblüte im Nachtexpreß. Was hatte man nur gegen mich? Ich konnte mir nichts zusammenreimen, und so fragte ich mit hochrotem Kopf: »Mit welchem Recht beleidigen Sie mich? Habe ich Ihnen etwas getan?«
Dardzinski kam auf mich zu. Er schüttelte mitleidig den Kopf, und ich sah, daß ich ihn anekelte. Seine Augen flakkerten, und er zischte: »Ein intelligenter Mensch, Herr Kiebitz, flüchtet von Polen in die Schweiz. Sie aber sind ein Kuhdreck und flüchten aus der Schweiz nach Polen.«
»Und?« fragte ich verzweifelt.
»Nichts«, gab Dardzinski zurück, »fädeln Sie mir die Schnürsenkel ein, und wir fahren weiter!«
Sie werden fragen, Herr Doktor, warum ich mir das alles gefallen ließ. Ganz einfach: weil ich ihn liebte. Ich betete zu ihm wie zu einem Gott. Ich wollte werden wie er. Ein Fixstern am Himmel. Darum konnte er mich erniedrigen. Vor allen Kollegen und Schauspielern. Ich nahm ihm nichts übel – denn er gehörte der Kunst.

Herr Kiebitz,
Sie werden nicht bestreiten können, daß dieser Dardzinski recht hatte, als er Sie verhöhnte. Seine Argumentation leuchtet mir ein, wenn sie auch nicht besonders höflich formuliert war. Seine Worte waren hart, aber wahr. Was ich *nicht* verstehe, ist Ihre Entrüstung. Sie haben doch selbst gesagt, daß Dardzinski ein großer Künstler war. Sie müssen doch zugeben, daß er die Dinge bei ihrem Namen nannte – warum also Ihr Gezeter? Was gab es da aufzubegehren? Nur weil er Sie ins Warenhaus schickte, um Schnürsenkel zu kaufen? War das Ihrer unwürdig? Sie schreiben, Sie seien aus einem Land gekom-

men, wo man weder vor Landvögten noch Regisseuren auf die Knie fällt. Es stimmt wohl schon, daß wir in der Schweiz ein gewisses Ehrgefühl haben, aber niemand würde es hier ablehnen, Schnürsenkel zu kaufen. Sie erklären voller Überschwang, womit Sie übrigens endlich aufhören sollten, daß Sie werden wollten wie Dardzinski. Was hinderte Sie also daran, ihm die Schuhe zu binden? Sie beteten zu ihm wie zu einem Gott. Einem Gott aber dient man gehorsam, auch wenn er einen auf die Probe stellt. Ich sehe *einen* roten Faden in Ihrem Leben: immer wieder diese Geltungssucht. Dieser ungestüme Dünkel. Vielleicht strebt tatsächlich der kleine Kiebitz in Ihnen nach dem großen Gideon. Vielleicht sind es die Minderwertigkeitsgefühle des Frustrierten, die Sie zu immer neuen Fehlschritten verleiten. Und weil wir gerade davon reden: In Ihrem letzten Brief nennen Sie sich einen Lüstling, ein sinnliches Tier, das stets versucht, seine Animalität mit hochtrabenden Idealen zu kaschieren. Das interessiert mich allerdings. Sie bringen mich auf eine Spur, die ich fast übersehen hätte. Sie tarnen Ihr wahres Gesicht hinter der rührenden Maske eines Weltverbesserers. Das ist sonderbar. Es gibt zahllose Wüstlinge, die stolz sind auf ihre Triebhaftigkeit. Was drängt *Sie* dazu, sich zu verbergen? Dieses Rätsel werden wir lösen müssen, um weiterzukommen. Und noch ein Rätsel: Welche Rolle spielt eigentlich Ihre Frau in der ganzen Geschichte? Sie scheint doch eine gesunde Schweizerin gewesen zu sein, weder jüdisch noch intellektuell, oder?

Sehr geehrter Herr Doktor,
es trifft zu, daß meine damalige Frau eine grundnormale Schweizerin war. In Genf hatte sie – neben ihrer Arbeit als Sekretärin – das Abendgymnasium absolviert und danach beschlossen, an der Warschauer Universität Litera-

turwissenschaft zu studieren. Alice war nicht weniger strebsam als ich. Sie hoffte, im sozialistischen Polen die höchsten Gipfel zu erklimmen. Verstehen Sie mich richtig, Herr Doktor! Sie war weder ehrgeizig noch streberhaft. Sie wollte nur unseren Idealen dienen, und ihre Motive waren edel. Sie besuchte sämtliche Vorlesungen ihrer Fakultät, und nicht nur das: Sie legte ein beispielloses Pflichtgefühl an den Tag. Sämtliche Torheiten notierte sie, die damals gelehrt wurden, und gab sich eine erstaunliche Mühe, sie zu verstehen. Man dozierte in jenen Jahren so kolossalen Unsinn, daß Alice hinter allem geheimnisvolle Wahrheiten vermutete. Die Literatur des Westens – erklärte man zum Beispiel – sei ein getreues Spiegelbild des untergehenden Kapitalismus und deshalb in Bausch und Bogen abzulehnen. Sie glorifiziere die Verwesungserscheinungen einer absterbenden Gesellschaft und sei darum ein perfides Unterdrückungsinstrument in den Händen der herrschenden Klassen. Das klang so ungeheuerlich, daß man zuerst Atem holen mußte, um es zu begreifen und dazu Stellung zu beziehen. Alice stand anfänglich unter Schock und vermied es, kritische Fragen zu stellen. Ich muß hier hinzufügen, daß sie die Tochter eines Bauarbeiters war, eines lebenslustigen Säufers aus Fribourg, der die Hälfte seines Daseins im Alkoholrausch verbrachte; die andere in linksradikalen Versammlungen, wo er für die respektlosen Lieder geschätzt wurde, die er mit schriller Stimme vorzutragen pflegte. Auf diesen Vater waren wir außerordentlich stolz. Er war ein Aushängeschild unserer Gesinnung, ein Prachtexemplar der revolutionären Arbeiterklasse. Alice war also von Haus aus exzentrisch veranlagt, und das Außergewöhnliche erschütterte sie kaum. Sie besaß den gesunden Menschenverstand der kleinen Leute. Sie verspürte eine unwiderstehliche Lust, den Problemen auf den Grund zu gehen, wobei sie sich – typisch schweize-

risch – auf die Randprobleme des Alltags konzentrierte und den Hauptfragen eher aus dem Weg ging.
Sie machte sich zum Beispiel unbeliebt, als sie einmal entdeckte, daß in der Seminarbibliothek Bücher fehlten. Sie waren einfach nicht da, spurlos verschwunden. Auf ihre Fragen erklärte man Alice, die Bücher seien noch gar nicht eingetroffen – sie seien zwar vermerkt, doch erst für den Ankauf bestimmt. Das war offensichtlich gelogen, und Alice antwortete, man solle ihr keine Märchen erzählen. Die Bücher seinen bereits ausgeliehen worden, was beweise, daß sie existierten. Nun sagte man ihr, es seien dies Bücher, die man nicht jedermann in die Hand geben könne. Alice war außer sich. Sie glaubte nämlich – was ihr das Leben immer von neuem erschwerte – an das Prinzip von der Gleichheit aller Menschen und erwiderte scharf: »Wollen Sie mir sagen, *wem* man diese Bücher nicht in die Hände geben darf?«
»Das kann ich Ihnen nicht sagen, Genossin. Darüber entscheidet das Parteikomitee.«
»Ausgezeichnet – und wer wählt das Parteikomitee?«
»Das wissen Sie so gut wie ich. Die Basis.«
»Interessant. Die Basis wählt also das Parteikomitee, und das Parteikomitee entscheidet, was die Basis lesen darf und was nicht. Stimmt das?«
»Das stimmt. Warum fragen Sie?«
»Weil ich wissen möchte, wer eigentlich oben sitzt und wer unten.«
»Die Basis ist die oberste Instanz. Sie sitzt oben. Sie hat das letzte Wort. So steht es in den Statuten.«
»In dem Fall will ich wissen, warum die oberste Instanz – ich meine die kleinen Parteimitglieder, die oben sitzen und das letzte Wort in allen Fragen haben – nicht lesen darf, was sie will.«
Eine trockene Pause trat ein. Alice setzte sich, und der Bibliothekar antwortete mit geschlossenen Augen: »Die

verbotenen Bücher sind verboten, weil sie verboten sind. Ich möchte Ihnen raten, Genossin Kiebitz, keine überflüssigen Fragen zu stellen.«
Der Bibliothekar hatte erstaunlicherweise kluge Gesichtszüge. Er sah keineswegs so aus, als glaubte er den Humbug, den er Alice vorsetzte. Im Gegenteil. Es war ihm höchst unangenehm, keine überzeugenderen Antworten parat zu haben. Er war kurzsichtig, kniff ständig die Augen zusammen und hatte sympathische Fältchen auf der Stirn. Diese Fältchen ließen vermuten, daß er ein nachdenklicher Mensch war. Trotzdem ging er hartnäckig allen Hürden aus dem Weg und wählte stets die bequemsten Lösungen. Er hieß übrigens Sunderland, und Alice nahm an, er stammte aus Großbritannien oder Amerika. Das war möglicherweise sein Geheimnis, dachte Alice – und versuchte, ihm eine Falle zu stellen: »Sie wissen doch, verdammt noch mal, daß wertvolle Bücher aus der Seminarbibliothek verschwunden sind. Jemand muß sie entfernt haben. Wenn Sie der Sache nicht nachgehen, Mister Sunderland, kann das für Sie peinliche Folgen haben.«
Sunderland nahm die Brille von seiner Nase. Ihm war klar geworden, daß man mit diesem Mädchen nicht fertig wurde. Alice dachte in anderen Kategorien. Sie kam von einem anderen Sonnensystem, Herr Doktor, wo man andere Maßstäbe, andere Vorstellungen und vor allem andere Moralbegriffe hatte als in Polen. Sunderland spürte, daß er jetzt alles oder nichts sagen mußte, um sein Gesicht zu wahren. Er nahm ein Taschentuch, putzte seine Gläser und sagte, indem er Alice hilflos anblinzelte: »Genossin Kiebitz, ich habe Sie gewarnt. Sie stellen zu viele Fragen. Das muß schlecht enden für Sie. Vergessen Sie nicht, daß Sie aus dem westlichen Ausland kommen.«
»Sie allerdings auch, nach Ihrem Namen zu schließen«, erwiderte Alice in höchster Erregung.

»Sie irren sich schon wieder, werte Genossin. Ich bin in Polen zur Welt gekommen. Ich bin ein Bauernsohn aus der Tatra und weiß, wie ich mich zu verhalten habe. Ihre Hartnäckigkeit ist verdächtig. Sie suchen möglicherweise die Wahrheit, was ich nicht bestreiten will, das ist *Ihre* Sache. Bei mir werden Sie die Wahrheit nicht finden. Gehen Sie lieber zum Professor! Er wird Ihnen eher helfen als ich.«

Alice befolgte diesen Rat. Sie ging zum Professor und schlug mit der Faust auf den Tisch. Der vor ihr saß, war ein Mensch mit glanzlosen Augen und einer gelblichen Glatze. Allem Anschein nach war er ein Jude, denn in seinem Unterarm war eine sechsstellige Nummer eintätowiert. Er sah aus wie sein eigener Schatten, er hatte die Hölle des Konzentrationslagers überlebt. Er zitterte mit Kopf und Händen und beobachtete Alice mit angsterfülltem Kinderblick: »Meine liebe junge Genossin, es gibt nun einmal Bücher, die man nicht jedermann in die Hand gibt. Sie sind sehr schön und sehr jung. Ich hoffe, daß Sie noch lange leben wollen. In Freiheit, wenn irgendwie möglich. Erinnern Sie sich daran, daß es so etwas gibt wie eine praktische Vernunft. Es gibt, wenn Sie Hegel studiert haben, die Einsicht in die Notwendigkeit. Verstehen Sie?« Der Professor zwinkerte vielsagend und fuhr fort: »Sie müssen sich mit unserer Realität abfinden. Sie ist notwendig und daher unvermeidlich. Rennen Sie nicht gegen Windmühlen an. Windmühlen sind stärker als wir.«

Der Professor bildete sich ein, Alice überzeugt zu haben. Da aber täuschte er sich. Alice war von veilchenhafter Unschuld und anerkannte keine Ausflüchte: »Was ist das für eine Haarspalterei? Mit Hegel wollt ihr mir den Mund stopfen, ja? Ich soll euren Kleinmut mit praktischer Vernunft verwechseln? Keine Fragen mehr stellen, um nirgendwo anzuecken? Mich ducken und an der

Oberfläche kleben, um der Wahrheit aus dem Weg zu gehen? Wozu bin ich denn nach Polen gekommen? Doch nicht, um eine Wanze zu werden...«
Der Professor sah ein, daß es keinen Sinn hatte, mit Alice zu hadern. Darum schneuzte er sich, schloß die Augen und ließ erkennen, genug gesagt zu haben.
Nur wenige Stunden danach erzählte mir Alice mit flakkernden Augen und Zorn in der Stimme: »Dieser Professor widert mich an, und Sunderland hat etwas zu verbergen!«
»Wie sagst du, heißt er«, fragte ich verdutzt.
»Sunderland. Der Bibliothekar unserer Seminarbücherei. Ein Engländer wahrscheinlich oder ein Amerikaner. Warum fragst du?«
»Unwichtig«, gab ich zurück.
»Sage mir, warum du fragst!«
»Ich hatte einen Onkel, der so hieß – der Mann meiner Tante väterlicherseits. Bronka Sunderland aus New York. Sie starb an Altersschwäche, er hingegen eines gewaltsamen Todes, sagt man. In Auschwitz oder Krakau, aber genau weiß es niemand.
Alice sprang auf: »Das bedeutet doch gar nichts. Es gibt Hunderte von Sunderlands auf der Welt. Tausende wahrscheinlich. Warum soll ausgerechnet *mein* Bibliothekar mit *deinem* Onkel verwandt sein?«
»Du hast recht«, antwortete ich, »aber es gibt ja die verrücktesten Zufälle. Kannst du ihn nicht fragen, ob sein Vater Adam hieß? Einfach so. Mehr will ich nicht wissen.«
Alice war nun ebenfalls neugierig geworden. Sie bat mich, mehr über den armen Onkel zu berichten. Ich sagte das wenige, was ich wußte. Daß er kurz vor Ausbruch des letzten Weltkriegs verschwunden war. Daß es dann still geworden war um ihn. Bis uns eines Tages das Gerücht erreichte, daß er nicht mehr lebte.

»Was soll das heißen?«
»Daß er erschossen wurde oder gehängt.«
Am folgenden Morgen fragte Alice den Bibliothekar, ob er jemanden namens Adam Sunderland kenne. Sunderland schwieg, und Alice bohrte weiter: »Er war verheiratet mit einer Bronka Sunderland aus New York. Ehemals Bronka Kiebitz, geboren in Warschau.«
Der Bibliothekar stand vor ihr mit zugekniffenen Lippen. Plötzlich griff er zur Tischplatte, schnappte nach Luft und torkelte davon. Sein Benehmen war höchst verdächtig, und so beschlossen wir, der Sache nachzuspüren. Leider. Ich hätte besser getan, den schlafenden Hund in Ruhe zu lassen. Ich setzte eine Lawine in Bewegung, die mein weiteres Leben erschütterte.
Alice ging noch einmal zum Professor und fragte ihn, wer dieser Bibliothekar eigentlich sei. Der Professor erbleichte. Er begann, sich zu fürchten, und begriff, wie gefährlich sie war – wie schrecklich infantil und unzurechnungsfähig. Darum gab er Alice ausweichende Antworten und folgte der alten Volksweisheit, wonach es klüger sei, einem Zahnausreißer zu trauen denn einer törichten Jungfrau: »Jeder Mensch, Genossin Kiebitz, und besonders jeder Pole hat etwas zu verbergen. Aus den verschiedensten Gründen allerdings. Manchmal ist es weiser, nicht nachzuforschen; man könnte dabei stürzen. Darum sind wir diskret in diesem Land. Diskretion ist ein fundamentales Menschenrecht...«
»Wer er ist, habe ich gefragt, Herr Professor.«
»Mein Assistent am literaturhistorischen Seminar. Etwas über dreißig Jahre alt. Gebürtig aus dem Tatragebirge. Aus dem Kościeliskotal, falls Ihnen das etwas sagt. Wir haben ihm den Posten eines Bibliothekars gegeben. Halbamtlich. Zu Klagen ist es bisher nicht gekommen...«
Alice hatte nun genug von der Komödie und platzte her-

aus: »Warum verspotten Sie mich, Herr Professor? Ist das eine Verschwörung, oder was? Gibt es Dinge, die ich nicht wissen darf? Weil ich eine Frau bin? Weil ich aus der Schweiz komme? Weil ich nicht mitspiele bei eurer praktischen Vernunft? Oder habt ihr ganz einfach kein Vertrauen zu mir?«

Der Professor erwiderte jetzt gereizt: »Ich habe Ihnen alles gesagt, was ich von diesem Menschen weiß. Mehr muß ich nicht wissen und will es auch nicht. Sunderland ist talentiert und äußerst belesen. Alles andere hat nicht mich zu interessieren, sondern die Staatspolizei.«

Alice wurde immer nervöser und wütete: »Man hört hier nicht auf, mich zu demütigen, Herr Professor. Ich weiß doch selbst, daß er talentiert ist und belesen. Sonst hätte man ihm ja nicht diese Stelle gegeben. Warum sagen Sie mir Unverbindlichkeiten, die nichts bedeuten?«

Der Professor antwortete beleidigt: »Sunderland ist der Sohn eines Bergbauern, steht in seiner Karteikarte. Er kommt aus der obersten Alphütte des Kościeliskotals. Statistisch gesehen, müßte er eher beschränkt sein oder ungebildet. Ist das anders in der Schweiz? Werden eure Gletscher von Philosophen bevölkert?«

»Nein, Herr Professor«, erwiderte Alice kalt, »aber ich glaube kaum, daß Sunderlands Vater ein Bergbauer ist.«

»Wollen Sie damit sagen, daß ich lüge?«

»Ja.«

Sie schütteln wahrscheinlich den Kopf, Herr Doktor. Sie meinen, daß Alice verrückt war und schnurstracks ihrem Verhängnis entgegensteuerte. Sie sehen richtig, denn sie brachte Personen gegen sich auf, die sie durchaus mochten – wie dieser Professor zum Beispiel. Er war ja kein Lügner. Nicht einmal ein Kneifbeutel war er. Er sprach nur eine andere Sprache als wir, das war alles. Im Unterschied zu uns war er in der Hölle gewesen. Solche Leute wissen mehr. *Wir* meinten, für die Wahrheit kämpfen zu

müssen. Für eine offene Beziehung zwischen den Menschen. *Er* fand, daß sich das nicht lohnte. Was lohnt sich schon, frage ich heute? Darüber kann man verschiedener Meinung sein. Er jedenfalls dachte in anderen Kategorien als wir. Er hatte solche Abscheulichkeiten erlebt, daß er nur eines lohnend fand: davonzukommen. Alice war außer sich: »Philosophie des geringsten Widerstands!« sagte sie. »Da können wir nicht mitmachen! Es ist eine Schande, davonzukommen. Dein Onkel, zum Beispiel. Er ist erschossen worden oder gehängt. Er ist nicht davongekommen. Auf ihn kann man stolz sein...«
So war sie, meine damalige Frau. Unnachgiebig und radikal. Ich war anders. Ich wurde von Zweifeln geplagt. Ich war nicht einmal sicher, daß mein Onkel den Heldentod gestorben war. Es gab da zu viele Unklarheiten; vielleicht war ja auch er davongekommen. Ich konnte nicht mehr schlafen und beschloß, selbst ins Kościeliskotal zu fahren, wo Sunderland herzukommen behauptete. Und möglicherweise auch sein Vater, der vielleicht mein Onkel war.
Ich bat also um einen kurzen Urlaub und reiste in die Hohe Tatra. Nicht etwa um dort Ferien zu verbringen, auch nicht um die Champagnerluft einzuatmen, die von den blauen Berghängen herunterschäumte. Ich wanderte von Zakopane zum Kasprowy Wierch und kletterte über unwegsame Pfade dem obersten Stadel entgegen, von dem der Professor gesprochen hatte. Ich mußte mehr erfahren über den Bibliothekar oder über dessen Vater, der auf so geheimnisvolle Weise verschwunden war.
Da widerfuhr mir etwas, das mich aus meiner Gelassenheit schleuderte. Sie werden ausrufen, Herr Doktor, das sei ein Frühsymptom meines Gebrechens, der erste Anflug meiner Geistesverwirrung! Dem ist nicht so. Vor einer zerbröckelten Mauer stand – ich kann es beschwören – mein toter Onkel und hackte Holz. Jawohl. Der ge-

schiedene Mann meiner Tante Bronka aus New York hackte Holz, obwohl er schon lange tot war. Sie halten mich für einen Psychopathen, ich weiß. Sie sind ein Mann der Wissenschaft und glauben nicht an ein Leben nach dem Tod. Ich auch nicht. Aber ich sah mit eigenen Augen: Das war derselbe Mensch, der uns kurz vor Kriegsausbruch in Zürich besucht hatte. Der berühmte Adam Sunderland, von dem Somerset Maugham behauptet hatte, er sei der witzigste Reiseführer der westlichen Welt. Der Jude, der seinen Kunden das triste Polen so schmackhaft machte, daß sie nur noch davon träumten, Polnisch zu lernen und immer wieder zurückzukommen.

Herr Kiebitz,
Sie schweifen zwar vom Thema ab, doch Ihre abstruse Geschichte könnte uns auf eine interessante Fährte führen. Zweierlei frappiert mich: erstens die Darstellung Ihrer Frau und zweitens das angebliche Zusammentreffen mit Ihrem toten Onkel. Was Ihre Frau betrifft, meine ich, in ihr eine chronische Belastung Ihres Gleichgewichts zu erkennen. Sie hat nicht aufgehört, Sie mit ihrer Radikalität herauszufordern. Sie hat Sie aufgewiegelt und Ihre Tendenz zu extremistischen Höhenflügen noch potenziert. Ihre Frau hat Sie gewissermaßen an den Rand des Deliriums gebracht. In diesem Zusammenhang verstehe ich die Vision vom toten Onkel. Es fragt sich nun, wie früh solche Wahnvorstellungen bei Ihnen aufgetreten sind – es ist dies von größter Bedeutung. Ich schließe eine endogene Schizophrenie nicht aus, doch müßte ich mehr über diesen merkwürdigen Reiseführer erfahren. Was für eine Rolle hat er in Ihrem Leben gespielt? Sie haben einen Besuch in Zürich erwähnt. Stimmt das oder ist auch das nur eine Halluzination?

Sehr geehrter Herr Doktor,
von Halluzinationen kann keine Rede sein. Adam Sunderland hatte mich tatsächlich in meinem Elternhaus besucht. Leibhaftig und dreidimensional. Ich war damals ungefähr vierzehn Jahre alt. Er hatte viel Zeit für mich und spielte mir – auf der Geige, die er stets mit sich führte – die Solopartiten von Johann Sebastian Bach vor. Er spielte aus dem Gedächtnis. Leicht wie eine Maienwolke. Als er die Chaconne zum besten gab, mußte ich heulen, da ich nie etwas Vergleichbares gehört hatte. Jetzt – also zwölf Jahre später – stand er wieder vor mir und hackte nun mit einer Axt grobe Holzklötze entzwei. Er schien durchaus lebendig zu sein, und hätte ich nicht die Berichte über seinen Tod gehört, wäre ich wohl weniger verblüfft gewesen. Man hatte mir ja erzählt, er sei auf dem Marktplatz von Krakau gehängt worden – oder er habe seinen Dornenweg in einer Gaskammer von Auschwitz beendet. Andere Leute wollten wissen, er hätte in Treblinka sein eigenes Grab geschaufelt und sei dann durch einen Genickschuß niedergestreckt worden. Kurz und gut, er mußte irgendwo für sein Vaterland gestorben sein, und seine letzten Worte wären gewesen: »Niech żyje Polska!«, »Es lebe Polen!«, und das klang mir immer recht überzeugend, denn Polen war seine große unerwiderte Liebe. Noch eine andere Variante besagte, Onkel Adam hätte im letzten Augenblick versagt und herzzerreißend geschluchzt, was ich ihm nicht übelgenommen hätte, denn ich wußte nicht, wie *ich* mich in einer ähnlichen Situation verhalten würde. Und dann noch die letzte Variante: Sie schien mir völlig unwahrscheinlich zu sein, doch gefiel sie mir immer am besten. Sie wurde von einem gewissen Mac Lellan kolportiert, der Onkel Adam gut gekannt haben wollte. Der deutsche Scharfrichter soll nämlich gefragt haben, ob Sunderland einen letzten Wunsch habe. Vollkommen lächerlich! Wann hätte je ein

deutscher Henker einen polnischen Juden nach seinem letzten Wunsch gefragt? Aber der Schotte behauptete, genauso sei es gewesen. Onkel Adam hätte auf die Frage des Nazis in reinstem Oxfordenglisch geantwortet: »Would you be so kind, Sir, as to kiss my backside!« Sie verstehen doch diesen Ausdruck, Herr Doktor. Er bedeutet nichts anderes, als daß der Henker meinen Onkel am Arsch lecken sollte. Ich sagte bereits, daß diese Variante ganz unwahrscheinlich ist, doch gefiel sie mir außerordentlich. Mac Lellan meinte sogar, diese Tollkühnheit hätte meinem Onkel das Leben gerettet. Der Deutsche verstand nämlich kein Wort, wußte aber, daß die Wehrmacht dringend Leute mit Sprachkenntnissen brauchte.
Wie auch immer es gewesen sein mag: Mein toter Onkel stand vor dem baufälligen Stadel und hackte Holz. Daran gab es nichts zu rütteln, denn meine fünf Sinne waren nie wacher als in diesem Augenblick. Ich wurde also zum Zeugen eines Wunders, und Ihre Unterstellung, ich hätte halluziniert, ist unbegründet, ja, irrig. Mein Onkel trug eine gestickte Góralenjacke und verwaschene Filzhosen mit rotverziertem Hosenlatz. Vor mir stand bei hellichtem Tag das originellste Gespenst der Welt, und hinter ihm wölbte sich eine Steinbrücke über den Sturzbach. Er schaute nicht auf, als ich mich näherte. Ich blieb ein paar Schritte von ihm stehen, aber er hackte weiter. Ich traute meinen Sinnen nicht. Schließlich war ich im Geiste des Marxismus erzogen worden, und den Glauben an Gespenster wies ich als Überbleibsel einer reaktionären Weltanschauung zurück. Es gab unbestreitbar nur zwei Möglichkeiten: Entweder hatte ich nicht alle Tassen im Schrank oder es war geschehen, was nicht geschehen durfte – ein Wunder. Die dritte Möglichkeit, daß der Mann tatsächlich lebte, zog ich gar nicht in Betracht. Ich befand mich in einer absurden Situation, Herr Dok-

tor. Auch Sie hätten da Ihre Gelassenheit verloren. Sie gehören zwar einem besonders nüchternen Berufsstand an und glauben nur der exakten Wissenschaft, aber in diesem Augenblick wären auch Sie vom Blitz gerührt worden! Schon die bloße Idee, Onkel Adam könnte noch leben, widersprach dem gesunden Menschenverstand. Dazu kam noch seine unmögliche Erscheinung: die Góralenjacke und der bestickte Hosenlatz, die bäurische Axt in seinen fragilen Fingern und sein ganzes Aussehen überhaupt. Die Nase war krumm, die Haut käsig, der Körper untersetzt und dennoch mager. Es war zum Lachen und zum Weinen: Adam Sunderland mit Peigeles und abstehenden Ohren. Ein Bergbauer mit einer Kopfbedeckung, die man als Sennenkäppchen oder als Schabbesdeckel hätte bezeichnen können. Es war dies unzweifelhaft der geigende Fremdenführer, der seine angelsächsischen Kunden – er war ja in England erzogen worden – für das judenfeindliche Polen begeistert und dem vierzehnjährigen Neffen die Solosonaten von Bach ins Herz geträufelt hatte. Das war keine Fieberphantasie, Herr Doktor, die mich damals überfiel. Vor mir stand ein Mensch aus Protoplasma, aus lebender Substanz, aus Fleisch und Knochen und Blut. Über ihm ragten die Gipfel des Kasprowy Wierch zum Himmel, und unter ihm grünten die Hänge des Kościeliskotals.
Sie schütteln den Kopf, Herr Doktor. Die Vision vom toten Onkel, sagen Sie, sei ein unfehlbares Symtom akuter Geistesverwirrung gewesen. Sie irren sich. Nicht ich war oder bin verrückt, sondern er. Er war es schon immer. Darum hatte sich meine Tante von ihm scheiden lassen, obwohl sie ihn weiter liebte. Sein Äußeres war immer eine Katastrophe gewesen. Ich hatte mich geschämt, mit ihm durch die gesitteten Straßen von Zürich zu gehen. Und trotzdem hatte ich ihn vergöttert, vom ersten Augenblick an. Ab und zu war er auf unseren Eßtisch gestie-

gen und hatte englische Gedichte aufgesagt – mit dem Brustton eines Heldentenors und den Gesten eines Satyrs. Sie können mir beide Hände abhacken, aber dieser Mann vor mir war keine Fata Morgana. Es war *er* und niemand anders.

Ich starrte ihn an und wollte nicht glauben, was ich sah. Auch ich meinte anfänglich, es sei dies nur ein Tagtraum, doch erinnerte ich mich dann der britischen Volksweisheit, wonach die Prüfung des Puddings im Essen bestehe. Gut, das Experiment sollte entscheiden, ob ich fieberte oder nicht. Darum riß ich alle Energie zusammen. Ich packte den Mann bei den Schultern und brüllte: »Onkel Adam, ich bin es. Dein Neffe aus Zürich.« Doch *er* glotzte mich an und schwieg. So kreischte ich ein zweites Mal: »Die Solopartiten von Bach – kannst du dich nicht an sie erinnern?« Und da geschah etwas. Er nahm ein dikkes Scheit vom Pflock, hob es in die Luft und haute es mir über den Schädel, daß ich bewußtlos zusammensackte. Als ich erwachte, war er verschwunden. Er hatte sich in Luft aufgelöst.

Ich war ratlos. Was hätten *Sie* getan, Herr Doktor? Ich machte mich auf den Rückweg und kehrte unverrichteter Dinge nach Warschau zurück. Wenn das wirklich Onkel Adam war – und er war es mit Gewißheit –, dann hatte er sich einen ungeheuerlichen Scherz geleistet. Er war vielleicht der witzigste Reiseführer der Hemisphäre, aber jetzt war er zu weit gegangen. Mag sein, sagte ich mir, daß er tatsächlich im Jenseits war und bloß zum Spaß durch die Tatratäler spukte, um hartgesottene Rationalisten aus dem Gleichgewicht zu bringen. Aber es gab ja noch eine Möglichkeit: Vielleicht lebte Onkel Adam und wußte es nur nicht. Es soll schließlich Leute geben, die den Verstand verlieren, weil sie die Ungereimtheiten des Daseins nicht verkraften. Ich gestehe, ich fand keine Erklärung für das Erlebte. Ich mußte selbst wie ein Irrenhäusler ausgesehen haben, als ich in Zakopane in die Bahn stieg, um über Krakau und Kielce nach Hause zurückzureisen.

Herr Kiebitz,
was hat eigentlich dieses Märchen in unserer Therapie zu suchen? Sie teilen mit ausschweifenden Details mit, daß Sie einem Mann begegnet sind, der längst tot war und den es also nicht geben konnte. Nehmen Sie mir's nicht übel, aber ich kann daraus nur schließen, daß Ihre Sinnesverwirrungen schon damals, vor guten achtzehn Jahren, aufgetreten sind. Die Erscheinung in jener Berggegend bezeugt, daß Sie seit langem an den Auswüchsen Ihrer Phantasie zu leiden haben. Es sei denn, daß Ihr merkwürdiger Onkel gar nie gestorben war und es sich bei jenem »Wunder«, wie Sie es nennen, um ein gewöhnliches Mißverständnis handelte. Da Sie aber so viele Varianten seines Todes anführen, darf man annehmen, daß Ihr Verwandter kaum mehr unter den Lebenden weilte. Andererseits widersprechen sich die diesbezüglichen Aussagen so gewaltig, daß man anzunehmen vermag, es könnte da etwas nicht gestimmt haben. Möglicherweise ist Ihr Onkel dank seiner eminenten Sprachkenntnisse verschont geblieben und in den Dienst der Deutschen getreten. Diese Hypothese würde sein unsinniges Verhalten plausibler machen. Früher oder später mußte ja jemand herausfinden, daß er ein Kollaborant war – und sein Schicksal wäre besiegelt gewesen. Sei es, wie es wolle. Ihre Geschichte ist zwar spannend, doch hilft sie uns nicht weiter. Sie deutet höchstens darauf hin, daß Sie an einer vererbten oder frühzeitig erworbenen Schizophrenie leiden. Sollte das zutreffen, wäre eine Behandlung mit Neuroleptika zu erwägen. Vorher würde ich aber gerne erfahren, wie sich die Beziehungen zu Ihrer Frau gestalteten, nachdem Sie aus dem Gebirge zurückgekehrt waren.

Sehr geehrter Herr Doktor,
Ihre Hypothese, mein Onkel könnte sich in den Dienst des Bösen gestellt haben, ist für mich nicht annehmbar. Sie würde den Hergang der Geschichte zwar wahrscheinlicher machen, wäre jedoch ein nicht wiedergutzumachender Schlag gegen meine Überzeugungen. Nie könnte ich akzeptieren, daß ein Mensch die Solopartien Bachs spielt und gleichzeitig zum Handlanger Satans wird. Er hat wie ein Gott gespielt, und Sie machen ihn zum Teufel. Unmöglich, Herr Doktor! Auch muß ich Ihre Auffassung zurückweisen, der Bericht über Adam Sunderland brächte uns nicht weiter. Natürlich bringt er uns weiter. Allein schon meine Heimreise von Zakopane beweist das Gegenteil.
Der Zug ratterte die Weichsel entlang. Traurige Wolkenschwaden hingen über den Birkenhainen, und ich rekapitulierte zum hundertsten Mal die Szene, die ich eben erlebt hatte. Ich hatte nicht geträumt: Die dicke Beule auf meiner Stirn war Beweis genug. Mein Onkel hatte mich zusammengeschlagen, daran war nicht zu zweifeln! Aber mit der bloßen Vernunft ließ sich das auch nicht erklären. Ich grübelte, kombinierte und spürte, daß ich langsam in ein Labyrinth geriet, aus dem ich schwer wieder zurückfinden würde. Ich befand mich auf den ersten Stufen einer endlosen Treppe, die in die Tiefe führte. In die Hölle. Siebenundzwanzig Jahre lang war es mir bis dahin gelungen, mehr oder weniger auf dem Teppich zu bleiben, auf dem Festland logischen Denkens. Jetzt aber glitt ich aus. Ein Bronzetor ging hinter mir zu, und ich begann, am ganzen Leibe zu zittern. Schweißtropfen traten mir auf die Stirn. Ich weiß, Herr Doktor, für Sie ist das ein weiteres Frühsymptom, aber Sie täuschen sich. Ich hatte nur Angst. Ich sah mich mit einer Welt konfrontiert, deren Existenz mir bisher unbekannt war: Da vernahm ich den Klang einer Bratsche – einer weichen Frauenstimme, die

mich ansprach, als wären wir alte Bekannte: »Sie fiebern, scheint mir, kann ich Ihnen helfen?«
Die Stimme gehörte einer – wie soll ich sagen – einer Wiesenblume. Einem jungen Wesen, das im gleichen Abteil saß und, wie ich später erfuhr, ebenfalls nach Warschau reiste. Ich antwortete, daß mir niemand helfen könne, und erzählte, was mir widerfahren war: die absolut unwahrscheinliche Geschichte, daß mein Onkel mich nicht erkennen wollte, obwohl uns viele Jahre eine herzliche Freundschaft verbunden hatte. Es sei unglaublich, sagte ich. Wie habe er mich nur verleugnen können?
Eine Baßstimme mischte sich darauf in das Gespräch. Sie gehörte einem Mann, der am Fenster saß und in der Bibel las. Er blieb in seine Lektüre versunken und sprach, ohne aufzuschauen: »Was finden Sie daran so unglaublich? Ich finde das ziemlich natürlich...«
Der Kerl, ein Priester oder ein Ordensgeistlicher, sah aus wie ein Selbstporträt von Dürer. Sein Gesicht war knochig und schwermütig, es strahlte Erfahrung aus. Ich zögerte einen Augenblick und sagte dann: »Ziemlich natürlich finden Sie das? Sie verspotten mich, oder was?«
»Ich verspotte Sie überhaupt nicht. Ich sehe nur, daß Sie anders denken als wir.«
»Sie kennen mich doch gar nicht. Wie kommen Sie dazu, mich zu beurteilen?«
»Sie sprechen mit einem fremden Tonfall. Sie sind besser gekleidet als unsereins. Daraus schließe ich, daß Sie aus dem Ausland kommen.«
»Was beweist das?«
»Wer heute nach Polen kommt, denkt anders als wir.«
»Was heißt anders? Besser oder schlechter?«
»Wer heute nach Polen kommt, ist einer von ihnen.«
»Ich verstehe Sie nicht. Einer von wem?«
Jetzt lächelte der Mann in seine Bibel hinein und flü-

sterte: »Einer von denen, die am Ruder stehen und befehlen.«
»Und darum ist das ziemlich natürlich? Er hat mich nicht erkennen wollen und mich wie Luft behandelt. Sie phantasieren, Hochwürden. Ein Toter hat sich von mir abgewendet, weil... weil ich einer von *ihnen* bin. Ist es das, was Sie sagen wollen?«
»Genau das ist es. Sogar die Toten haben Angst vor euch. Gelobt sei Jesus Christus!«
Mit diesen Worten verließ er das Abteil und stieg aus. Eben waren wir in Kielce angekommen, wo der Zug eine halbe Stunde lang stehenblieb. Ich war erschüttert und verwirrt. Man hatte Angst vor mir. Weil ich einer von *ihnen* war. Gehörte ich denn zu dem Klüngel, der am Ruder stand und Befehle erteilte? Ich hatte noch nie einen Befehl erteilt. Ich hatte auch nicht im Sinn, Macht auszuüben. Und trotzdem hatte man Angst vor mir. Ich sah die Wiesenblume an, die stumm im Abteil saß: »Sogar die Toten haben Angst vor euch, hat er gesagt. Und die Lebenden?«
Das Mädchen lächelte: »*Ich* habe keine Angst vor Ihnen. Ganz und gar nicht.«
»Was heißt ganz und gar nicht?«
»Weil ich auch aus dem Ausland komme. Hören Sie nicht, daß ich einen Akzent habe?«
»Doch – aber viel haben Sie ja nicht gesagt. Kommen Sie ebenfalls aus der Schweiz?«
»Mein Akzent verrät mich. Vor der Ehe war ich Schweizerin.«
»Was machen Sie in Polen?«
Das Mädchen räusperte sich. Dann entgegnete sie mit zögernder Stimme: »Ich... ich fahre in die Hauptstadt. Um meinen Mann zu besuchen.«
»Sie leben getrennt?«
»Das kann man so sagen. Er sitzt im Gefängnis.«

Das verschlug mir den Atem. Alles hatte ich erwartet, aber nicht das. Gefängnisse im einundzwanzigsten Jahrhundert! Da ich das nicht wahrhaben wollte, sagte ich: »Er wird wohl bald wieder herauskommen, nehme ich an.«

Das Mädchen blickte zum Fenster hinaus und antwortete leise: »Vielleicht kommt er bald wieder heraus, aber nicht lebend.«

Ich komme vom Hundertsten ins Tausendste. Sie werden mich tadeln, Herr Doktor, daß ich schon wieder vom Thema abweiche. Aber das ist ja das Thema! Das Leben entwickelte sich anders, als ich es mir vorgestellt hatte. Daran war *ich* schuld. Nicht das Leben. Ich angelte nach Fischen, doch zog ich immer wieder schlammige Stiefel aus dem Wasser. Ich suchte meinen Onkel und fand eine Schweizerin, eine Landsmännin, deren Schicksal mich verwirrte. Antonius von Padua, werden Sie sagen – schon wieder eine Versuchung. Und natürlich in der Eisenbahn. Aber Sie täuschen sich, Herr Doktor. Ich bin zwar so ein Antonius und ich lasse mich gerne versuchen, doch diese Bratsche war kein Teufel, der mich auf die Probe stellte. Das Mädchen interessierte mich. Es gefiel mir sogar. Und mit ihr begann ein Abenteuer, das mein Leben auf den Kopf stellen sollte. Nicht so, wie *Sie* denken, Herr Doktor, und auch nicht so, wie *ich* dachte.

Sie werden es kaum glauben, aber ich kannte den Mann dieses Mädchens. Sehr gut sogar. Wir waren jahrelang befreundet gewesen. Vielleicht nicht gerade befreundet, aber immerhin vertraut. Und wie hätte ich gedacht, daß er so in mein Leben hineinplatzen würde. Er im Gefängnis – das wollte mir nicht in den Kopf. Er hatte schon immer etwas Rätselhaftes an sich gehabt. Mein Vater pflegte zu sagen, er sei ein Zwielicht, und konnte ihn nicht leiden. Er traf damit ins Schwarze: Janusch war tatsächlich eine dämmrige Gestalt. Mehr noch, ein Scharlatan, ein

Spieler, ein kleiner Hochstapler, der sich durchs Leben pokerte, ein Schmarotzer, der sich von seinen Mitmenschen nährte. Das wußten alle, die ihn kannten, doch niemand hätte daraus den Schluß gezogen, daß er ein Spion war. Nur Polizisten konnten so einen Blödsinn erfinden. Janusch war alles, aber kein amerikanischer Agent. Agenten sind anpassungsfähig und flexibel, Janusch aber war stur. Spione spielen gleichzeitig auf verschiedenen Klavieren, doch er spielte auf einem einzigen und auch nur das, was auf dem Notenblatt stand. Spione sprechen die Sprache ihrer Feinde, er beherrschte kaum die eigene. Er war ein monomanischer Kommunist, und solange ich ihn kannte, wich er nie einen Fingerbreit von der Parteilinie ab.

Wir hatten uns in Zürich kennengelernt. Er nannte sich Doktor Zakrzewski, aber mein Vater wußte sofort, daß das weder ein Zakrzewski war noch ein Doktor. Wahrscheinlich war auch der Vorname falsch – obwohl er zu ihm paßte. Janusch. Das erinnerte an Janus, den doppelköpfigen Gott des Anfangs und des Endes, den Beschützer der Schwindler und Falschmünzer. Der Vorname Janusch gab mir zu denken, doch störte er mich nicht. Die Zweideutigkeit seines Pseudonyms beschäftigte meine Phantasie, und ich malte mir alle möglichen Abgründe hinter seiner Maske aus. Unsere Beziehung war von Anfang an problematisch. Wir waren uns in einem Kaffeehaus begegnet, und gleich hatte er mir vorgeschlagen, mit ihm Schach zu spielen, und zwar um Geld. Nicht eigentlich um Geld, sondern um ein Abendessen, das ich mir damals selbst nicht leisten konnte. Trotzdem setzte ich mich an seinen Tisch und hoffte, mit ein paar ausgefallenen Zügen seinen Respekt zu gewinnen. Angriffslustig wählte ich eine originelle Eröffnung, mit der ich ihn einschüchtern wollte. Ich erreichte nur das Gegenteil. Ein müdes Lächeln huschte über seine Lippen, und er

konterte mit einem Rösselsprung, den jeder Anfänger für selbstmörderisch gehalten hätte. Entweder, dachte ich, war das ein Stümper oder ein Wichtigtuer. Doch bald zeigte es sich, daß er weder das eine war noch das andere. Nach elf Zügen setzte er mich matt. Ich knirschte mit den Zähnen und forderte eine Revanche. Zu meinem Ärger setzten sich ein paar Gaffer zu uns, die schadenfroh schmunzelten und zu wissen schienen, was mich erwartete. Ich hielt mich für einen überdurchschnittlich guten Spieler und wollte nicht wahrhaben, daß mich dieser Kerl einfach zermalmte. Wir spielten jetzt um ein Mittagessen, was für mich damals unerschwinglich war. Mit Bitterkeit stellte ich fest, daß Janusch ganz unaufmerksam war. Seine Blicke schweiften hinaus, wo sommerlich gekleidete Nymphen vorbeipromenierten und ihm aufmunternd zuzwinkerten. Unsere Partie langweilte ihn. Er wußte, daß er mich in die Ecke spielen würde, und zwar in elf Zügen. Mit der linken Hand, wie man sagt. Jeden legte er in elf Zügen auf den Rücken – und daraus bestritt er seinen Lebensunterhalt.
Das mag dubios klingen, aber hinter Januschs Spielwut steckte die Armut. Wer weiß, vielleicht sogar der Hunger. Seine Ankläger knüpften daraus einen Strick, an dem sie ihn aufhängen wollten. Ein Revolutionär lebt nicht von solchen Einkünften, sagten sie. Eine Torheit: Nirgends steht geschrieben, wovon ein Revolutionär zu leben hat. Er steht doch außerhalb der Gesellschaft. Er darf tun, was ihm paßt und beliebt. Zudem geht es beim Schach mit guten Dingen zu. Mogeln ist ausgeschlossen.
Ich schrieb Ihnen, Herr Doktor, daß Janusch sich durchs Leben pokerte. Das stimmt, aber auch beim Poker kann man nicht betrügen. Wie beim Schach entscheidet auch hier die Intelligenz, die spekulative Phantasie. Aber die Genossen behaupteten, er sei ein Schurke. Seine Frau war von seiner Unschuld überzeugt. Sie hatte drei Kinder von

ihm, die in der Schweiz bei den Großeltern lebten. Sie hatte mit ihm viele Jahre verbracht und kannte ihn genau, mit allen seinen Fehlern und Vorzügen: »Schach ist kein Spiel«, sagte sie, »sondern ein Denksport. Ich kann beschwören, daß er ohne Betrügereien gewann. Er kalkulierte, einverstanden, er kombinierte, das ist wahr. Janusch ist so etwas wie ein lebender Rechenautomat. Er irrt sich nie oder fast nie, weder im Schach noch im Alltag. Sie haben ihn ja gekannt, Herr Kiebitz. Sie waren sein Freund und müssen wissen, daß er kein Verräter ist. Sagen Sie, ob ich recht habe!«
Ich deutete bereits an, daß diese Frau mich faszinierte. Ich war zwar nicht ganz von der Unschuld ihres Mannes überzeugt, doch ihre Worte beeindruckten mich. Was sie sprach, konnte nicht falsch sein. Je länger sie auf mich einredete, desto klarer wurde mir, daß ich mich engagieren mußte. Auch ich war schließlich der Meinung, daß er glänzend denken konnte – aber gescheit war er nicht. Er war listig, vielleicht sogar verschlagen, doch im Grunde genommen primitiv und unschöpferisch. Nichts Persönliches ging von ihm aus. Keine Spur von Individualität. Er zog nur den Vorteil aus den Irrtümern seiner Gegenspieler. Mag sein, daß das auch eine Form von Intelligenz ist, aber nicht von Klugheit.
Heidi, so hieß seine Frau, blickte mir in die Augen und wartete auf eine Antwort. Ihre Pupillen verengten sich, und ihr Mund war halb geöffnet. Ob ich überzeugt sei, daß er kein Verräter war. Ich wußte es wirklich nicht, Herr Doktor. Was weiß man schon über seinen Nächsten? Trotzdem sagte ich: »Er ist kein amerikanischer Spion. Wenigstens damals war er keiner.«
»Und, Herr Kiebitz? Werden Sie etwas unternehmen für ihn?«
»Ich werde tun, was in meiner Macht liegt.«
Zurück in Warschau, trat ich unsicher und verwirrt in

meine Wohnung. Eine ganze Nacht lang erzählte ich Alice, was ich erlebt hatte. Die unglaubliche Geschichte mit Onkel Adam, die schauerlichen Worte des Priesters, die Begegnung mit Heidi und deren Tragödie mit Janusch, der bereits die Schnur um den Hals trug, obwohl er nichts verbrochen hatte.
»Hier in Polen?«
»Ja.«
»Das gibt es nicht.«
»Was?«
»Daß hier jemand an den Galgen kommt, wenn er nichts verbrochen hat.«
»Es gibt Irrtümer, Alice. Vielleicht wurde Janusch Opfer einer Verleumdung. Eines Ränkespiels. Alles ist möglich auf dieser Welt.«
»Aber nicht in einem sozialistischen Staat.«
»Warum nicht?«
»Weil wir gegen unsere Feinde kämpfen. Nicht gegen unsere Freunde.«
»Theoretisch hast du recht, Alice, aber...«
Plötzlich spürten wir, daß unser Gespräch gewissermaßen über die Ufer treten könnte, und so versuchten wir, es einzudämmen. Alice ging hinaus, um Tee zu kochen. Da rief sie aus der Küche: »War er wirklich dein Freund?«
»Weder ja noch nein«, gab ich zurück, »er hatte es schwer und versuchte zu überleben. Und er überlebte. Gegen alle Regeln der Wahrscheinlichkeit. Unter den Faschisten verbrachte er vier Jahre in einem Straflager. Dann flüchtete er in den Westen und überstand die Qual der Emigration. Zuerst in Österreich, dann in der Tschechoslowakei, zuletzt in der Schweiz. Überall lebte er illegal. Dutzende von Altkommunisten wurden umgebracht. Doch Janusch schwamm stets obenauf. Er überlebte so gekonnt, daß man anfing, ihn zu verdächtigen. Er hatte

viele Feinde und niemanden, der ihm wirklich über den Weg traute...«
»Ob du sein Freund warst, habe ich gefragt.«
»Ich hatte eine eher sachliche Beziehung zu ihm. Von Zuneigung konnte keine Rede sein. Wir hatten die gleiche Überzeugung, und das genügte. Auch mich störte es ein wenig, wie virtuos er sich über Wasser hielt. Wer weiß, vielleicht hätte ich es vorgezogen, wäre er gelegentlich einmal untergegangen. Wie ein Held, wie eine positive Gestalt aus sowjetischen Lesebüchern. Er aber war ein Antiheld, und statt zu sterben überlebte er. Aber *leben* konnte er nicht. Nicht einmal ordentlich reden. Seine Aussprache war erbärmlich, sein Wortschatz von erschreckender Dürftigkeit. Für alles hatte er zwei Vokabeln: Scheiße und hundertprozent. Was ihm mißfiel, war Scheiße, der Rest war hundertprozent. Ein zartes Filet, eine leidenschaftliche Frau oder ein Geistesblitz Stalins waren hundertprozent, Amerika war Scheiße. Die Philosophie Kierkegaards, die abstrakte Malerei oder die Gedichte Rilkes – alles Scheiße! Deutsch war zwar nicht seine Muttersprache, aber auch auf polnisch artikulierte er sich wie ein Pfahlbauer. Ganz gleich, in welcher Sprache er sich ausdrückte, die Welt war entweder schwarz oder weiß. Scheiße oder hundertprozent. Dazwischen gab es nichts. Er anerkannte nur zwei Qualitäten. In der Mitte war das Niemandsland. Ich gebe zu, er war ein Idealkommunist, ein Revolutionär ohne Fehl und Tadel. Ich verstehe nicht, was seine Ankläger von ihm wollen.«
»Also vertraust du ihm?« fragte Alice.
»Das habe ich nicht gesagt, aber ich glaube nicht, daß er ein amerikanischer Agent ist. Man kann ein krummer Kerl sein. Oder ein Zwielicht, wie mein Vater zu sagen pflegte. Man kann schwindeln und hochstapeln, mogeln oder falschspielen, aber das bedeutet ja noch lange nicht, daß man ein Verräter ist. Zwischen einem Luftikus und

einem Überläufer gibt es doch einige Nuancen, nehme ich an.«
Alice schenkte uns Tee ein und fragte, ohne mich anzuschauen, ob ich bereit sei, für diesen Janusch die Hand ins Feuer zu legen. Darauf erwiderte ich, ebenfalls ohne sie anzuschauen: »Seine Frau kennt ihn in- und auswendig. Sie ist von seiner Unschuld überzeugt.«
Jetzt blickte mir Alice in die Augen: »Hast du ihr etwas versprochen?«
Ich zündete mir eine Zigarette an: »Nein, versprochen habe ich nichts...«
Das war eine Lüge, Herr Doktor, die erste Lüge, die ich Alice zumutete. Und von diesem Augenblick an war unsere Beziehung nicht mehr die gleiche wie vorher. Was ich hier schreibe, ist sicher nicht die präzise Widergabe jenes Gesprächs. Möglicherweise vermische ich heutige Einsichten mit meinem damaligen Bewußtsein, das – zugegeben – dürftig war. Ich bezweifle zum Beispiel, daß ich die Schwarzweißmalerei meines Bekannten schon zu diesem Zeitpunkt als Negativum empfand. Auch bin ich nicht sicher, daß ich bereits imstande war, Stalins Ausrottungsfeldzüge gegen seine Rivalen in Frage zu stellen. Trotzdem waren mir in dieser Nacht wohl Worte von der Zunge geschlüpft, die kaum mehr der Haltung eines linientreuen Parteimitgliedes entsprachen. Auch meine offensichtliche Lüge war ein Beweis dafür, daß die Begegnung mit Heidi zum Zerbröckeln meiner Glaubenssätze beigetragen hatte.

Herr Kiebitz,
einleitend muß ich Ihnen sagen, daß dieser doppelköpfige Janusch kaum verdient, mit so viel Akribie geschildert zu werden. Er ist nämlich noch weniger als ein Zwielicht. Er ist eine Null, und ich hoffe nicht, daß er

eine entscheidende Rolle in Ihrem Leben gespielt hat. Ich frage mich nur, ob Ihre Erwägungen über Schuld oder Unschuld dieses Menschen aus jener Zeit stammen oder erst später in Ihrem Bewußtsein aufgetaucht sind. Nehmen wir an, Sie hätten schon damals die Subtilität aufgebracht, zwischen einem Lotterknaben und einem Spion zu unterscheiden, dann wäre das immerhin ein Zeichen von Urteilskraft gewesen, von der ich in Ihren bisherigen Berichten wenig zu spüren bekommen habe. Nehmen wir jedoch an, Sie seien erst später zu den geschilderten Einsichten gelangt, dann wäre das erst recht ein erfreuliches Symptom. Das würde nämlich bedeuten, daß ein Reifeprozeß stattfand, daß Sie aus Ihrer Infantilität herauskrochen und langsam ein logisch denkender Mensch wurden. Was nun Ihre Schweizerin betrifft, so mag es ja tatsächlich sein, daß diese Eisenbahnbekanntschaft Ihr Leben verändert hat. Ob sie als Frau in Ihren Alltag eingedrungen ist oder nur als Denkanstoß, kann ich noch nicht beurteilen. Jedenfalls hat sie die Kruste Ihrer Naivität so gewaltig zersprengt, daß Sie ihr versprochen haben, »zu tun, was in Ihrer Macht steht«. Daß Sie in der darauffolgenden Nacht Ihre Lebensgefährtin beschwindelt und ihr gesagt haben, Sie hätten »nichts versprochen«, werte ich positiv. Es zeugt von einer Entwicklung und beweist, daß Sie nicht eingestehen wollten (oder konnten), daß Sie von den bisherigen Prinzipien abzugleiten begannen. Ihre Frau hätte das für Verrat gehalten, für ideologische Treulosigkeit. Um so lobenswerter scheint es mir, daß Sie trotzdem zu diesem Zwielicht standen, daß Sie Janusch wenigstens in Ihren vier Wänden vor falschen Anschuldigungen in Schutz nahmen. Diese Haltung erstaunt mich bei Ihnen, und ich schreibe sie der Erziehung zu, die Sie in unseren Schweizer Schulen genossen haben. Ihre anständige Haltung rechne ich Ihnen hoch an und beginne, die Beseitigung Ihres Übels für möglich zu halten.

Nichtsdestoweniger muß ich darauf bestehen, daß Sie sich kürzer fassen und Ihre Lebensgeschichte auf die wesentlichen Punkte reduzieren.

Sehr geehrter Herr Doktor,
ich weiß nicht, ob ich mich über Ihren letzten Brief freuen oder ärgern soll. Was Sie schreiben, ist sowohl ermunternd als auch taktlos. Ich glaube kaum, daß ich meine Redlichkeit der schweizerischen Erziehung verdanke. Sie ist ein Bestandteil meiner Persönlichkeit. Auch ohne das Zürcher Gymnasium hätte ich mich für die Gerechtigkeit eingesetzt. Was ich bei euch gelernt hatte, war die Kunst, mich listig zu verstellen. Nie hätte ich mich zum Abitur durchgewurstelt, wäre ich unter eigener Flagge gesegelt. Ich mußte den biederen Eidgenossen mimen, um überhaupt akzeptiert zu werden. Doch will ich, wie Sie es wünschen, mich kurz fassen und zu meinem Freund zurückkehren, der wie ich ein Doppelleben zu führen gelernt hatte.
Janusch Zakrzewski war – wie ich – ein Jude und bemühte sich – wie ich –, diese Tatsache zu verschleiern. Um jeden Preis, denn das Judentum war sein Schandfleck, sein wunder Punkt. Darum wurde sein Dasein zu einer einzigen Maskerade, und darum gab er sich als Doktor Zakrzewski aus, womit er nur bewies, daß er nicht jener Schlaumeier war, für den er sich hielt. Einen solchen Namen konnten ja die Schweizer gar nicht aussprechen; auch konnten sie sich dabei nichts denken. Was bedeutet schon Zakrzewski? Für Schweizer klingt das nach Zigeunern und fahrendem Gesindel. In Polen klingt das anders – nach Hochadel und Gutsbesitzern, nach Peitsche und Reitstiefeln. Aber in Zürich! Zakrzewski bekam kein Mensch über die Zunge. Noch schlimmer: Wer so hieß, konnte nur ein Jude sein. Ein Ostjude, und

das heißt: ein Habenichts. Reiche Juden behandelte man bestens. Man nannte sie hochachtungsvoll Israeliten mit einem Unterton von Anerkennung für ihre Karriere. Israeliten haben Geld und aussprechbare Namen wie Bloch oder Guggenheim. Man mochte sie zwar auch nicht, aber ihre Namen drückten etwas aus und stellten etwas vor. Ein gutgehendes Geschäft. Ein Bankkonto bei der Kreditanstalt. Eine Villa am Südhang des Zürichbergs.

Wie gesagt, Janusch hatte sich verrechnet. Sowohl mit dem Doktortitel als auch mit dem Namen. In der Schweiz ist ein Doktor entweder begütert oder – wenn er schlecht gekleidet ist – ein dubioser Emigrant, ein Flüchtling aus irgendeinem Ghetto, den man möglichst bald loswerden will. Was haben diese lästigen Ausländer schon für Diplome? Papierfetzen aus Sofia oder Bukarest. Halbwilde sind das, ohne Geld und ohne Manieren. Sie kennen ja diese Vorurteile, Herr Doktor, und sicher verstehen Sie, warum Janusch genau das erreichte, was er hatte vermeiden wollen. Er hatte sich enttarnt und erregte die Aufmerksamkeit der Behörden.

»Sage mir jetzt endlich«, bohrte Alice ungeduldig, »ob du dich engagiert hast. Du weichst mir aus. Du erzählst mir Geschichten, die mich langweilen. Du hast ihr Hoffnungen gemacht. Gib es doch zu!«

»Ich habe ihr keine Hoffnungen gemacht, verdammt noch mal. Ich sehe nicht ein, was ich zugeben soll. Ich bin nur verwirrt und beunruhigt. Man hat Janusch verhaftet, und zwar nicht im kapitalistischen Westen, sondern im kommunistischen Polen, für das er sein Leben lang gekämpft hat. Und worauf stützt sich die Anklage? Seine Frau sagt, auf den falschen Namen und den erfundenen Doktortitel. Ein Falschspieler bist du, hätten sie ihm ins Gesicht geschrien, mit fremden Federn hast du dich geschmückt. Einen erschwindelten Titel hast du getragen.

Zwei Namen. Zwei Überzeugungen. Also sei er ein Doppelagent. Als Janusch darauf erwiderte, auch Lenin habe nicht Lenin geheißen, sondern Uljanow, und Stalins richtiger Name sei Dschugaschwili, schlug ihn der Verhörrichter ins Gesicht. Eine Judensau aus Galizien solle sich nicht mit Lenin vergleichen. Und schon gar nicht mit Stalin, dem genialen Führer des Weltproletariats.«
»Und das glaubst du?« stöhnte Alice.
»Der Verhörrichter ist wohl eine Ausnahme. Auch in der Partei soll es Schweine geben. Nur eben...«
»Was?«
»Auch ich bin eine Judensau aus Galizien, und ich sehe schwarz für die Zukunft.«
»Wenn daran auch nur ein Stäubchen Wahrheit ist, Gideon, müssen wir uns aufhängen. Aber es kann nicht wahr sein. Diese Frau hat dich angelogen. Ich frage dich zum letzten Mal: Hast du ihr etwas versprochen?«
»Ich habe gesagt«, gestand ich jetzt, »daß ich alles tun würde, was in meiner Macht liegt. Aber du weißt ja, wie ohnmächtig ich bin. Ein kleiner Assistent beim Rundfunk, der mithilft, klassische Stücke zu inszenieren. Niemand nimmt mich ernst. Was kann ich schon unternehmen?«
Es dämmerte bereits in unserem Zimmer. Wir waren todmüde. Was wir vermeiden wollten, war eingetreten: Unser Gespräch war über die Ufer getreten. Jetzt mußten wir es zu Ende führen. Es ging um den Sinn unseres Daseins. Um den Sinn unserer Ehe. Alice hatte Tränen in den Augen: »Wenn es wahr ist, was man dir erzählt hat, müssen wir weg von hier.«
»Man läßt uns nicht hinaus, Alice.«
»Also, was?«
»Es bleibt uns nur eines«, sagte ich mit heiserer Stimme, »ausharren und die Wahrheit suchen.«
Alice, die ich noch nie hatte weinen sehen, wischte sich

eine Träne von der Wange und flüsterte: »Die Wahrheit suchen? Und wenn wir sie finden? Was dann?«
Ich rang verzweifelt nach Worten und sagte: »Es gab eine Zeit, wo uns nichts erschüttern konnte...«
Alice ging zum Fenster und blickte auf die Straße hinaus: »Das alles ist unmöglich. Ich glaube nicht daran.«
Ich ging auf sie zu und nahm sie in meine Arme. Ich küßte sie auf die Augen, doch sie löste sich aus der Umarmung: »Diese Frau hat dich angelogen. Das siehst du doch ein.«
»Nehmen wir an, sie hat mich angelogen, aber... was würdest du tun an meiner Stelle? Zur Polizei gehen? Dich einsetzen für diesen Menschen? Auch wenn er keine Schuld hat, was würde dann weiter geschehen?«
»Wenn er ohne Schuld ist, Gideon, mußt du hingehen.«
»Sie könnten mich dortbehalten, Alice. Ich würde vielleicht nicht zurückkehren.«
Alice drehte sich zu mir um und fragte unvermittelt: »Hast du Angst?«
Eine schreckliche Frage war das, Herr Doktor. Ein Ton von Geringschätzung lag in ihrer Stimme – denn Alice hatte nie Angst gehabt. Auch jetzt nicht. Sie war ein Proletariermädchen und wagte alles, wenn sie von einer Sache überzeugt war. Aber an Janusch zweifelte sie. Sie kannte ihn nur aus meinen Erzählungen, und die waren einseitig. Wahrscheinlich hatte ich die Worte so gewählt, daß ein schiefes Bild von ihm entstanden war. Mit winzigen Pinselstrichen hatte ich ihn schlechter gemacht, um selbst besser dazustehen. Janusch war – politisch gesehen – nicht viel fragwürdiger als ich. Im Gegenteil, er war ein Granitblock, was ich von mir nicht sagen konnte. Vielleicht hatte ich ihn bewußt bloßgestellt, um nicht zu ihm stehen zu müssen. Ich hatte ihn mit scheinbar unwesentlichen Vorbehalten entwertet und sein Bild ins Wanken gebracht. Damit hatte ich mehr erreicht als beabsichtigt.

Alice mißtraute Janusch so sehr, daß sie auch dessen Frau in Frage stellte: »Warum soll ich ihren Worten Glauben schenken? Es ist schließlich ihre Pflicht, den Mann zu stützen, mit dem sie zusammenlebt. Drei Töchter hat sie von ihm. Wenn sie ihn liebt, *darf* sie nicht unbefangen urteilen. Sie wäre eine Verräterin, kehrte sie sich von ihm ab. Aber eine vertrauenswürdige Zeugin ist sie nicht.«
Seit jener Nacht sind Jahrzehnte verflossen, aber ich erinnere mich genau. Nicht an die einzelnen Worte, doch an die quälende Bedrängnis, in die mich Alice stieß. Sie stellte mich vor die Wahl, ein Weichtier oder ein Mensch zu sein: »Wenn du von seiner Unschuld überzeugt bist – ich bin es nicht –, mußt du hingehen und ihn verteidigen. Wenn nicht, lasse die Hände aus dem Spiel!«
Das schien ganz einfach, aber es war eine Gleichung mit lauter Unbekannten. Wer war Janusch? Ich kannte ihn aus der Schweiz. Ich wußte, mit wem er verkehrt, was er getrieben und wovon er gelebt hatte. Doch wer war er wirklich? Kannte ich ihn genug, um für ihn zu bürgen? Und: Wer war eigentlich Heidi, seine Frau? Ich hatte keine Ahnung. Als Janusch sie kennengelernt hatte, war ich bereits nicht mehr in Zürich gewesen. Sie war anmutig, ja, mehr als das: Sie war bestrickend, anziehend und voller Temperament. Sie war der Typ der Schweizerin, die furchtlos für ihre Überzeugungen einsteht, auch wenn sie dabei den Kopf riskiert. Ob sie die Wahrheit sprach, konnte ich nicht beurteilen. Ich glaube aber kaum, daß sie log. Sie bog höchstens die Wahrheit etwas zurecht, um mit ihr leben zu können. Wer tut das nicht? Doch, alles in allem, war sie eines der aufrichtigsten Wesen, denen ich je begegnet bin. Und dann die dritte Frage, die schwierigste überhaupt: Wer war *ich*? Wie ehrlich waren meine Überlegungen? Wovor hatte ich Angst? Fürchtete ich, selbst an den Galgen zu kommen? Oder war alles viel komplexer? Hatte ich Angst, meinen Glau-

ben zu verlieren? Sollte der Verhörrichter tatsächlich Janusch ein Judenschwein genannt haben, war es aus mit meiner Religion. Aber diesen Gedanken stieß ich von mir weg. Im sozialistischen Polen, wenige Jahre nach dem Sieg über Hitler? Nein, der Verhörrichter hatte gewiß manches gesagt, aber das nicht. Unmöglich! Und es gab *noch* eine Angst. Was würde aus *mir* werden, wenn Janusch – trotz seiner offensichtlichen Unschuld – gehängt würde? Könnte ich weiter so dahinleben? Nein, mein Gewissen würde mich umbringen. Das Dasein würde mir unerträglich. Ich mußte etwas unternehmen.
Aber was?
Alice riet mir, noch einmal nach Zakopane zu reisen, um mit Heidi zu sprechen und die Wahrheit zu erfahren. Diese Lösung gefiel mir, denn ich war neugierig auf Januschs Frau. Mehr als das. Ich war bezaubert von ihr und mußte immer wieder an sie denken. Außerdem gewann ich Zeit, um die Entscheidung hinauszuschieben.
Sie meinen zweifellos, Herr Doktor, ich hätte mich verliebt. Das war nicht der Fall, denn ich liebte ja Alice. Aber sie begann, mir lästig zu werden. Ihre Kompromißlosigkeit brachte mich in schwierige Situationen. Sie verlangte eindeutige Haltungen, klare Entscheidungen. Ich war anders als sie. Ich wollte leben, meine Arbeit beglückte mich. Das Theater rückte mich aus der Welt der Tatsachen ins Nirwana der Kunst. Mehr wollte ich nicht. Alice und ich waren grundverschiedene Menschen. Der Abstand zwischen uns wurde immer größer. Ich fühlte, daß ich mich jetzt entscheiden mußte. Für Janusch oder gegen ihn. Für Alice oder gegen sie. Für ihren Lebensstil oder meinen – doch hatte ich keine Lust dazu. Seit jeher gehe ich Entscheidungen aus dem Wege. Mag sein, daß da die Wurzel meines Gebrechens liegt...

Herr Kiebitz,
Ihre Annahme ist nicht von der Hand zu weisen: Langandauernde Unentschlossenheit kann unter Umständen zu völligem Verstummen führen, zu einer Sprachverweigerung als Ausdruck psychotischer Angst vor der Entscheidung. Es ist dies durchaus denkbar, doch dürfen wir nicht vergessen, daß seit jener Konfliktsituation zwanzig Jahre vergangen sind, und Ihre Krankheit ist schließlich neueren Datums. Sie haben, wie Sie selbst schreiben, sich erst dieses Jahr in totales Schweigen verkapselt. So fällt es mir schwer, einen kausalen Zusammenhang herzustellen. Es kann natürlich sein, daß sich Ihr Wankelmut über lange Perioden hinweg vertieft hat, um schlußendlich in eine somatische Krise zu münden. Ich bin mir da noch nicht sicher. Nur eines ist mir klar: Ihre Frau hat mit Gewißheit zu Ihrer Krankheit beigetragen. Mit ihrer Unversöhnlichkeit hat sie Ihren Alltag zur Hölle gemacht. Sie saßen gewissermaßen in der polnischen Falle, von einer Rückkehr in den Westen konnte keine Rede sein. Was wollte Ihre Frau also von Ihnen? Den unerbittlichen Kampf um die Wahrheit? Wie stellte sie sich das vor? Daß Sie in die Messer des Regimes rannten? Gott sei dank tauchte nun eine andere Frau auf. Ob sie vernünftiger war als Alice, werden wir sehen. Erzählen Sie mir von Ihrer zweiten Reise nach Zakopane! Das könnte uns weiterbringen.

Sehr geehrter Herr Doktor,
ich glaube, ich kann Ihre Erwartungen nicht befriedigen. Ich rede zwar viel von der »anderen Frau«, aber nicht aus dem Grund, den Sie vermuten. Die »andere Frau« übernahm die Rolle eines Kettenglieds, einer Mittelsperson, die mich, ohne es zu wollen, in ein neues Sonnensystem lockte. Sie werden protestieren und sagen, daß ich mich

wieder in Überschwang verliere. So ist es aber nicht. Die »andere Frau« brachte mich in das Magnetfeld eines Freundeskreises – eines Männerquartetts, das zu einem späteren Zeitpunkt mein Leben veränderte. Die vier Kumpane zertrümmerten meine Maßstäbe, stellten meine Grundsätze auf den Kopf und machten mich vom müßigen Zuschauer zu einem Akteur. Heidi spielte dabei die genannte Rolle: Ihr verdanke ich die Bekanntschaft jener Männer, die meine Wiedergeburt verursachten. Darum und aus keinem anderen Grunde erwähne ich die »andere Frau« mit so viel Emphase.

Ich reiste also, wie Alice mir geraten hatte, zum zweiten Mal ins Tatragebirge. Diesmal nicht, um meinen toten Onkel zu finden, sondern um Einzelheiten über den doppelköpfigen Janusch zu erfahren. Ehrlich gesagt, hatte ich allerdings noch ein anderes Ziel: Heidi, die mich zutiefst verwirrte. Sie war ein Rätsel, das ich lösen mußte. Sie war mein Frauentyp, eine heilige Johanna, die mit flammenden Augen einer Idee huldigte. Sie glaubte – wie Alice – an die Gerechtigkeit und schien mir bereit, dafür auf den Scheiterhaufen zu steigen. Ein mysteriöses Lächeln spielte um ihre Mundwinkel. Wenn sie einen anblickte, meinte man, sie würde einen gleich in die Arme schließen – doch sie tat es nicht. Hunderte Male hatte ich Lust, sie zu küssen, aber mir fehlte der Mut. Sie war so unerhört natürlich, daß ich mir neben ihr künstlich vorkam.

Wir saßen allein in ihrer Dachkammer. Seit Janusch im Gefängnis war, bewohnte sie einen Kasernenbau, in dem das Waisenhaus untergebracht war. Sie verdiente ihr Brot als Putzfrau, und ich wunderte mich, wie gelassen sie davon sprach. Aus der Fensterluke ihrer Kammer sah man die Bergspitzen und die untergehende Sonne. Innen gab es nur Platz für einen Holzstuhl und ein paar Bücher an der Wand. Heidi saß auf dem Bett und musterte mich.

Ihre Gelöstheit ließ mich verkrampfen. Sie fragte mich nach meiner Jugend in der Schweiz. Sie wollte wissen, warum ich nach Polen gekommen sei. Seit wann ich ihren Mann kenne und was ich von ihm hielte. Ich antwortete unverbindlich. Heidi schwieg für einen Moment, dann sagte sie – wieder mit ihrem mysteriösen Lächeln –, es sei schade, daß sich unsere Wege erst jetzt und unter solchen Bedingungen gekreuzt hätten. Dann fügte sie hinzu, ich sei wohl nicht mehr in Zürich gewesen, als sie Janusch kennengelernt habe. Immer dieser Janusch! Ich spürte den Puls in meinen Schläfen, schwitzte an den Händen und wußte nicht, wie ich dem peinlichen Thema entrinnen konnte. Das ganze Gespräch drehte sich um diesen Kerl, der an meiner Geduld zerrte. Ich spürte den Duft ihres Haares, aber zwischen Heidi und mir hing ein Vorhang, eine undefinierbare Fremdheit. Da kam mir eine Idee. Ein unkeuscher Gedanke, der Bewegung in unser Gespräch bringen würde. Ich fragte sie unvermittelt, ob sie Janusch liebte. Ein bleiernes Schweigen war die Folge. Minuten verflossen, doch plötzlich stand sie auf und ging zum Waschbecken. Sie tauchte den Kopf ins kalte Wasser und sagte dann, indem sie sich das Gesicht trocknete: »Das ist vorbei. Schon lange. Er ist nicht der, den ich meinte. Ein anderer Mensch ist er geworden.«
Ich hockte da, wie vom Blitz getroffen. Das klang verheißungsvoll. Ich versuchte, Gleichmut zu mimen, und sagte heiser: »Wer ist schon der, den man meint? Man läßt sich verleiten durch äußerliche Signale. Man verknüpft gewisse Signale mit gewissen Qualitäten. Bis man merkt, daß man sich geirrt hat.«
»Ja. Ich habe mich geirrt.«
»Das kann ich nicht glauben.«
»Warum denn nicht?«
»Weil Sie so leidenschaftlich für ihn kämpfen.«

»Das eine hat nichts mit dem anderen zu tun, Herr Kiebitz. Ich kämpfe für ihn, weil er unschuldig ist.«
»Ich hatte gemeint, aus Liebe.«
»Aus Liebe kann jeder kämpfen, Herr Kiebitz. Das wäre kein Beweis seiner Unschuld.«
»Aber Sie glauben doch, daß man ihm trauen kann?«
»Politisch ja. Unbedingt. Aber genau das spricht gegen ihn.«
»Warum?«
»Weil er lange genug hier lebt, um zu wissen, in welchem Sumpf wir versinken. Wenn er der alte wäre, hätte er den Genossen den Kampf angesagt. Aber er ist ein anderer geworden. Eine Made im kommunistischen Speck. Er hat sich in der Jauchegrube wohl gefühlt und hat mitgemacht.«
»Aber Sie wollen ihn doch retten? Ich begreife Sie nicht.«
»Er ist kein Spion, Herr Kiebitz, nur ein Drückeberger. Das ist nicht das gleiche.«
»Wenn Sie das so sehen, Heidi, bin auch ich eine Made im Speck, und zwar eine besonders vornehme. Ich arbeite beim Rundfunk und streue Blumen in den täglichen Eintopf. Sophokles, Shakespeare, Molière. Damit das Volk auch den Rest schluckt. Finden Sie, ich müßte ebenfalls den Genossen den Kampf ansagen?«
»Ich lebe *mein* Leben... Sie das Ihre. Ich kann nicht für Sie entscheiden. Ich weiß nur, daß im März der Prozeß stattfindet... Wenn man so etwas Prozeß nennen kann.«
»Schrecklich. Was wird passieren?«
»Nichts, er hat keine Chancen.«
»Was soll das bedeuten?«
»Er wird den Prozeß nicht überleben...«
Heidi saß mit versteinertem Gesicht vor mir, doch aus ihren Pupillen funkelte ein Zorn, der mich erschauern ließ.

Ich spürte, daß ich meinem Schicksal nicht entrinnen konnte, und fragte tonlos: »Erwarten Sie von mir, daß ich mich für ihn einsetze?«
»Ja.«
»Und Sie finden, daß sich das lohnt?«
»Wenn Sie nicht wollen, können Sie es bleiben lassen.«
»Wenn ich mich einsetze, muß ich wissen, daß es für eine gute Sache ist. Sagen Sie aufrichtig! Ist Janusch ›eine gute Sache‹?«
»Sie haben mir die Geschichte Ihres Onkels erzählt, der Sie nicht kennen wollte. Er hatte Angst, enttarnt zu werden. Alle haben hier Angst voreinander, sogar die Toten haben Angst, sagt der Pfarrer, und er muß es ja wissen...« Sie wurde immer erregter, immer wilder. Sie sprang vom Bett und packte mich an den Schultern: »Sie sind doch kein Kaninchen. Ich sehe Ihnen an, daß Sie ein Mann sind!« Ich spürte ihren Atem, als sie so sprach. Sie duftete nach Schlüsselblumen, und ihre Augen flackerten: »Ich weiß, Sie werden hingehen. Sie werden sein Zeuge sein. Sie müssen ja nichts beschönigen. Erzählen Sie einfach, was Sie wissen. Sie allein können ihn retten. Darf ich auf Sie zählen?«
Was hätte ich tun sollen, Herr Doktor? Ich konnte nicht ablehnen – sie war zu schön, zu begehrenswert. Und sie hatte gesagt: »Ich sehe Ihnen an, daß Sie ein Mann sind«. Ich tat, was auch Sie gemacht hätten. Ich versprach, in den nächsten Tagen zur Polizei zu gehen und zu berichten, was ich wußte. Als ich ging, gab Heidi mir einen flüchtigen Kuß auf den Mund, wenn ich mich richtig erinnere.
Äußerst beunruhigt kehrte ich nach Warschau zurück. Ich hatte ihr zu viel versprochen! Aber andererseits hatte sie mich um ihre Finger gewickelt. Nie vorher hatte ich mich so nahe am Abgrund gefühlt wie an jenem Tag – ich bangte buchstäblich um meinen Kopf.
Ich erzählte meiner Frau, was sich ereignet hatte. Alles,

bis auf den Kuß. Was ich berichtete, entsprach den Tatsachen: daß Heidi herausgefunden hatte, wer Janusch in Wirklichkeit war; nicht der jedenfalls, den sie anfänglich kennengelernt hatte. In Polen sei er ein kleiner Schuft geworden, eine Made im Speck, ein Parasit, der von seiner Macht profitieren wollte. Ich erzählte, daß Heidi ihn nicht mehr liebte und sich nur für ihn einsetzte, weil ihre Loyalität und ihr Sinn für Gerechtigkeit dies verlangten. Alice reagierte anders, als ich es erwartet hatte. Heute weiß ich, es war instinktive Eifersucht. Sie empörte sich und warf Heidi Kleinmut vor: »Jetzt, ausgerechnet jetzt wendet sie sich ab von ihm? Er steht unter dem Galgen. Er braucht sie mehr als je zuvor, und da hört sie auf, ihn zu lieben. Eine merkwürdige Person, diese Heidi!«
Ich entgegnete, Heidi wisse wohl mehr über Janusch als wir. Sie habe ihn in der Schweiz als stahlharten Revolutionär kennengelernt. Erst in Polen sei er vor die Hunde gegangen. Ein Opportunist sei er geworden, ein selbstherrlicher Bürokrat. Doch Alice blieb hartnäckig. Bisher war sie gegen Janusch gewesen, doch nun sah sie, vielleicht aus Angst vor der Rivalin, alles in anderem Licht: »Wenn sie sich lossagt von ihm, hast du dich erst recht für ihn einzusetzen. Wenn du es nicht tust, gehe *ich* an deiner Stelle.«
»Was regst du dich auf?« sagte ich. »Der Prozeß findet ja erst im März statt. Wir haben noch ein paar Wochen.«
»Ein paar Wochen, sagst du? In ein paar Wochen soll er gehängt werden, und du zögerst, für ihn in den Zeugenstand zu treten? Was ist aus dir geworden?«
Jetzt war ich in die Ecke getrieben. Zwei Frauen wollten – aus unterschiedlichen Gründen –, daß ich Janusch rettete, und *ich* hatte Angst, man könnte mich einsperren und mir irgendwelche Geständnisse entreißen. Ich schlotterte, weil ich Angst vor der Folter hatte. Unsinn, versuchte ich, mir einzureden. Wie konnte ich nur an so

etwas denken? Ich war erst seit drei Jahren in diesem Land, und schon dachte ich wie die anderen. Wie die reaktionäre Presse des Westens. Wie die amerikanischen Radiostationen. Unsinn also; im einundzwanzigsten Jahrhundert wurde doch nicht gefoltert! Nein, ich konnte mich nicht auf die Seite der Greuelpropaganda stellen! Und so sagte ich voller Verzweiflung: »Gut, ich gehe zur Polizei. Nur eines muß ich noch wissen: Was hat Heidi gemeint, als sie gesagt hat, Janusch hätte von seiner Macht profitiert? Das gibt es hier doch nicht. Bei uns regiert schließlich das Volk. Sie muß mir beweisen, daß es so ist, wie sie behauptet. Sonst kann sie mir gestohlen bleiben, und ich trete nicht in den Zeugenstand.«

Herr Kiebitz,
Sie befinden sich in der Selbstbezichtigungsphase Ihrer Analyse. Sie schreiben sich alle Sünden der Weltgeschichte zu und hoffen, dafür belohnt – beziehungsweise geheilt – zu werden. Im konkreten Fall Ihrer damaligen Situation waren Sie klüger als die beiden Frauen, zwischen denen Sie standen. Sie hatten vollkommen recht, sich nicht in die Arme des Henkers werfen zu wollen. Natürlich war das gegen Ihre Grundsätze! Aber immerhin haben Sie an Ihrem Katechismus gezweifelt und sich vernünftig verhalten. Zum ersten Mal in Ihrem Leben. Bravo! Sie hatten Angst – das zeugt von Vernunft. Angst ist ja nicht Ausdruck von Kleinmut, sie beweist vielmehr das Vorhandensein von Intelligenz. Ich weiß nicht, wie Ihre Geschichte weitergeht, ich weiß nur, daß Sie noch am Leben sind. Sie sind nicht umgebracht worden, und daraus schließe ich, daß bei Ihnen der Verstand über die Schwärmerei gesiegt hat. Jetzt bin ich neugierig auf den weiteren Verlauf Ihres Berichts und hoffe, daß Sie sich *nicht* allzu tapfer den Verführungskünsten dieser Heidi

entzogen haben. Auch sie hat zu viel von Ihnen verlangt; doch ihre Forderungen entsprangen faktisch einem leidenschaftlichen Widerstand gegen den Sumpf, in dem Sie alle damals gelebt haben.

Sehr geehrter Herr Doktor,
ich danke Ihnen für Ihr Verständnis. Es tut mir wohl, hin und wieder als vernünftiges Wesen bezeichnet zu werden. Leider bin ich aber überzeugt, daß meine Beweggründe nicht intelligenter, sondern im höchsten Maße dubioser Natur waren. Ich fuhr nämlich zum dritten Mal nach Zakopane und dachte ununterbrochen an den Kuß, den mir Heidi zum Abschied gegeben hatte. Vielleicht war ja alles nur ein Traum gewesen – und Heidi hatte mich gar nicht geküßt! Und dennoch bildete ich mir ein, dieser Kuß sei so etwas wie eine Anzahlung auf künftige Genüsse gewesen...
Ich saß in einem verrauchten Abteil. Die Mitreisenden lasen, strickten und ließen sich einlullen vom regelmäßigen Geratter des Zuges. Wie war das also gewesen? Heidi hatte gesagt, nur ich könnte Janusch retten. Genau, das hatte sie gesagt. Und ich hatte ihr versprochen, zur Polizei zu gehen. Nein, ich hatte gesagt, daß ich mich in den nächsten Tagen stellen und zu Protokoll geben würde, was ich wußte. So war es gewesen. Und danach hatte sie meinen Kopf in beide Hände genommen und mir einen Kuß auf die Lippen gehaucht, und ich war so verwirrt gewesen, daß ich die Gelegenheit nicht hatte nutzen können. Behutsam war ich die Treppe hinuntergegangen und hatte mich noch einmal umgedreht. Sie war im Gegenlicht gestanden und hatte ausgesehen... ja, wie eigentlich? Ich konnte mich nicht mehr erinnern. Ihr Bild verschwamm – hier im Zug – mit einem anderen. Mit dem der Feuerlilie – der rothaarigen Irena, die mir ins Ohr ge-

flüsterte hatte: »Wenn du willst, werden wir uns kennen«.
Ich fuhr mit dem Schnellzug nach Zakopane und sehnte mich nach Heidi – und plötzlich war mir die andere vor Augen, die korallenfarbene Undine, von der ich nicht wußte, wo sie jetzt sein mochte. Ich hatte sie nicht einmal gefragt, wo sie zu Hause war. Ein Tölpel war ich gewesen, ein Bauer aus der Schweiz, der Angst vor ihr hatte. Nein, vor mir selbst hatte ich Angst. Sie hatte sich angeboten, und ich hatte sie davongejagt. Das nächste Mal würde ich klüger sein. Wenn sie jetzt auftauchen würde – wie damals im Nachtexpreß –, ich würde sie nehmen, ihr meine ganze Lebenslust einspritzen, sie in den Hals beißen, mit beiden Händen ihr Haar zerzausen. Eigenartig: Ich dürstete nach zwei Frauen zugleich, nach Irena und Heidi, und wußte nicht, welche ich mehr begehrte. Die eine war ein Rätsel, die andere ein Geheimnis.
Noch drei Stunden, und ich würde in Zakopane ankommen. Würde in Heidis holzgezimmerte Mansarde treten, wo es nach Harz duftete und einem Frauenkörper. Begehrte sie mich denn wie ich sie? Ihr Mann saß seit Jahren im Gefängnis – theoretisch mußte sie hungern nach Zärtlichkeit, mußte aufgezehrt sein vor Begierde. Wie sollte ich mich verhalten, um ans Ziel zu gelangen? Und warum eigentlich? Ich hatte doch Alice, meine Windharfe aus Cremoneser Holz, die schönste Frau, die mir je begegnet war.
Ich fand keine Antwort auf meine Frage. Heute weiß ich sie. Ich hatte Angst. Angst vor dem Tod. Ich fürchtete die Folgen meines Abenteuers. Ich mußte mich einsetzen für Janusch, wie es Heidi von mir verlangte und Alice ebenfalls. Ich konnte nicht mehr kneifen. Es war klar, wo ich enden würde. Am Galgen. Zwei Frauen verlangten von mir das letzte Opfer. Einen Beweis meiner Männlichkeit. Das höchste Opfer also. Ich mußte es bringen, doch vorher wollte ich leben. Noch ein einziges Mal.

Heidi empfing mich eher zurückhaltend: »Sind Sie dort gewesen?«
Verlegen antwortete ich: »Ich brauche noch *eine* Auskunft. Dann werde ich gehen.«
»Ach so?« erwiderte sie enttäuscht und bat mich in ihre Kammer. Sie trug einen Schlafrock aus grüner Seide, der mich ihre vollen Brüste sehen ließ. Da sie ja nicht gewußt hatte, daß ich kommen würde, war sie etwas ungehalten über meinen Besuch: »Ich habe wenig Zeit für Sie, Herr Kiebitz. In einer Stunde bin ich verabredet.«
Ich fiel aus allen Wolken. Das hatte ich nicht erwartet. Sie traf also jemanden. Wen? Ich hatte mir gar nicht vorstellen können, daß es außer mir und Janusch einen Dritten geben konnte. Ich versuchte zu verbergen, wie bestürzt ich war, und sagte sachlich: »Ihre Worte haben mich verunsichert.«
»Was für Worte?«
»Sie sagten am letzten Freitag, Janusch habe seine Macht mißbraucht. Ich muß wissen, was Sie damit gemeint haben. Welche Macht besaß er denn? Wo hat er gearbeitet?«
»Bei der Staatssicherheit, Herr Kiebitz. Das mußten Sie doch wissen.«
»Nein, davon wußte ich nichts.«
»Wo sonst hätte er denn arbeiten sollen? Er hatte ja keinen Beruf. So ging er halt zur Polizei. Sein Leben lang hat er von Macht geträumt. Und dann hatte er sie.«
»Hat er sie mißbraucht?«
»Ich gebe Ihnen ein Beispiel, Herr Kiebitz. Eines Tages benötigten wir einen Gasofen fürs Badezimmer – aber Gasöfen waren rationiert. In den Geschäften gab es keine. Da ging Janusch zum Spengler an der Ecke und sagte, er möge ihm einen besorgen. Als der Mann antwortete, es gäbe keine Gasöfen, sagte Janusch, er möge ihm einen auftreiben, und zwar noch heute. Der Spengler

hatte keine Wahl, denn Janusch hatte ihm seinen Ausweis gezeigt. Er beschaffte den Gasofen auf dem Schwarzmarkt und installierte ihn auch. Was weiter geschah, können Sie sich vorstellen.«

»Was geschah weiter?«

»Janusch zeigte ihn an, und der Spengler kam ins Arbeitslager. Mein Mann hatte damit zwanzigtausend Zloty gespart.«

»Das kann ich nicht glauben.«

»Ich war dabei, Herr Kiebitz, und weiß, es ist wahr. Ich könnte noch andere Geschichten erzählen.«

»Erzählen Sie!«

»Wir hatten einen Nachbarn. Er war Chirurg im Militärkrankenhaus. Ein schöner Mensch, fein und geistreich. Seine Frau litt an einer unheilbaren Lähmung. Seit Jahren lag sie bewegungslos im Bett und wartete nur noch auf den Tod. Eines Abends stieg Janusch auf den Speicher, um einen Koffer zu holen. Dabei überraschte er den Nachbarn mit einem jungen Mädchen. Der Fall war eindeutig, aber Janusch wußte sich zu benehmen. Er meinte nur, die Herrschaften sollten sich nicht stören lassen. Man sei schließlich großzügig und könne sich arrangieren.«

»Arrangieren hat er gesagt? Ohne Umschweife?«

»Es hat jedenfalls genützt, denn von diesem Tag an bekam Janusch allmonatlich ein unauffälliges Geschenk. In Form ausländischer Waren und westlicher Banknoten. Er lebte wie die Made im Speck.«

»Und Sie haben da mitgemacht, Heidi?«

»Ich habe ihn zweimal gewarnt. Beim dritten Mal sagte ich, ich würde ihn verlassen, wenn sich das wiederholte.«

»Ich glaube Ihnen«, sagte ich tonlos, »doch ich begreife nicht, warum Sie von Pontius zu Pilatus laufen, um sein Leben zu retten. Hat das einen Sinn?«

Sie schüttelte den Kopf. Ihre Augen füllten sich mit Tränen, und sie flüsterte: »Was hat schon einen Sinn?«

Ihr Gesicht schien jetzt wie versteinert, aber plötzlich weinte sie aus tiefster Seele. Sie seufzte, rang nach Luft und ließ den Tränen freien Lauf. Ich mußte sie trösten, was mir äußerst gelegen kam. Ich beruhigte sie so behutsam wie möglich, erhob mich von meinem Stuhl, setzte mich neben sie aufs Bett und legte den Arm um ihren Hals: »Habe ich Sie verletzt? Ich muß etwas gesagt haben, was Ihnen weh tut.«
»Es ist nicht Ihre Schuld. Die Tränen machen mich häßlich. Ich schäme mich, vor Ihnen zu weinen.«
Das war die Gelegenheit. Sie schämte sich vor mir. Sie wollte nicht häßlich sein in meiner Gegenwart. Günstig, dachte ich, jetzt durfte ich ihr sagen, wie sehr sie mich bezauberte. Daß mich ihre Tränen überhaupt nicht störten, daß sie einer Anemone im Frühlingswind gleiche; daß sie die Bewegungen eines Rehs und die Wimpern einer Gazelle habe. Die schmeichelhaftesten Dinge flötete ich ihr ins Ohr, das ganze mir verfügbare Arsenal von Übertreibungen, und ich streichelte ihr sanft übers Haar. Dabei zog ich sie an mich heran. Noch immer wurde Heidi von einer heißen Verzweiflung geschüttelt. Ich wisperte ihr zu, sie solle sich beruhigen. Ich sei doch bei ihr. Ich ließe nicht zu, daß ihr ein Leid widerfahre. Ich küßte sie auf die Augen und die Stirn. Gleichzeitig legte ich ihr scheinbar achtlos die Hand auf die Brust und blickte begehrlich in ihre Augen. Der Schlafrock, der sie nur lose umhüllte, öffnete sich. Meine Hand glitt hinunter zu ihren Hüften. Sie schluchzte verloren vor sich hin. Irgend etwas verkrampfte sich in ihr – vielleicht huschte aber auch nur eine Gänsehaut über ihren Körper. Ich küßte ihren Nakken und fragte leise: »Bist du mir böse?«
Ich duzte sie, womit ich andeutete, daß es nun soweit sei. Doch sie antwortete mit der Unschuld eines Kindes: »Weshalb denn? Du bist ja gut zu mir.«
Das war unerhört. Sie saß jetzt nackt neben mir wie eine

Liebesgöttin aus weißem Marmor. Lag in meinen Armen und merkte es nicht. Oder doch? Vielleicht wollte sie nur prüfen, wie durchtrieben ich war. Also fragte ich scheinheilig: »Meinst du wirklich, daß unser Leben keinen Sinn hat?«
»Ich weiß es nicht«, entgegnete sie, indem sie ihre Tränen von der Wange wischte, »mag sein, daß es einen hat, wenn...«
»Wenn was?«
»Wenn man ihm einen gibt.«
Jetzt war ich fast sicher, daß sie mich ermunterte, alle Rücksichten fallenzulassen und ein Mann zu sein. Trotzdem blieb ich unentschlossen, denn sie tat nichts, was mir hätte Mut geben können. Sie saß nur da und weinte. Ich küßte sie auf die Stirn und flüsterte: »Was soll nun geschehen?«
»Das weißt du genau.«
»Was möchtest du, Heidi?«
»Daß du hingehst, um dein Versprechen einzulösen.«
»Jetzt?«
»Ja, wir haben keine Zeit zu verlieren.«
»Und dann?«
»Dann sehen wir weiter. Du wirst es nicht bereuen...«
Ich nahm ihren Kopf in beide Hände und hauchte ihr ins Ohr: »Einen Kuß, Heidi, einen einzigen, und ich gehe.«
»Um sieben Uhr kommt Bronek.«
»Bronek?« fragte ich fassungslos. »Wer ist Bronek?«

Herr Kiebitz,
Sie erzählen mir von Ihrem dritten Besuch in Zakopane, als wüßten Sie, daß ich Sie tadeln werde. Sie fahren fort mit Ihren Selbstbezichtigungen und stellen sich als ruchlosen Verführer dar. Ich bin da anderer Meinung. Nicht Sie sind zu tadeln, sondern die Wiesenblume, die nichts

anderes war als eine gewöhnliche Hetäre. Ich sage nicht Straßenhure, weil Straßenhuren ungeschminkt und ehrlich ihrem Geschäft nachgehen. Bei dieser Person war es offenbar anders. Sie lockte und köderte Sie mit verschiedensten Kniffen. Sie reizte Ihre Begierde, um Sie für ihr Ränkespiel zu mißbrauchen. Dabei wußte sie, daß sie mit Ihrem Leben spielte. Wenn Sie zur Polizei gingen, kehrten Sie niemals zurück. Darüber mußte sich diese Heidi im klaren sein. Trotzdem appellierte sie an Ihre Ehre. Mehr noch, an Ihre männliche Eitelkeit. Ich denke, ohne Erfolg. Sie sind ja am Leben geblieben. Ihre Vernunft dürfte ausnahmsweise über Ihre Triebe triumphiert haben. Sie sind einer Kokotte entronnen. Das freut mich ungemein, obwohl hier wieder Ihre Orgasmusangst mitgespielt hat. Diese Blockade hat Sie zwar um eine Ekstase gebracht, doch gleichzeitig Ihren Kopf gerettet. Ich nehme jetzt an, daß Ihr Gebrechen irgendwo im Spannungsfeld zwischen Furia und Ratio angesiedelt ist. Zwischen Dionysos und Apoll, wie Zollinger zu sagen pflegte. Da ich selbst ein durchaus apollinischer Mensch bin, befriedigt mich der Ausgang Ihres Abenteuers, der mich hoffen läßt, daß wir früher oder später den Weg zu Ihrer Genesung finden werden.

Sehr geehrter Herr Doktor,
diesmal befinden *Sie* sich eindeutig auf dem Holzweg. Heidi war keine Hetäre, das kann ich beschwören. Sie war das spontanste Wesen, dem ich je begegnet bin. Sie hatte nie Hintergedanken, und Ihr letzter Brief hat mich, ehrlich gesagt, entrüstet. Wie können Sie nur einer unverdorbenen Frau solche Absichten unterstellen? Sie wollte schließlich nichts als Gerechtigkeit und verlangte von mir nur eines: Mensch zu sein. Sie bat mich, zu Protokoll zu geben, was ich wußte. Eine Kokotte hätte das Gegenteil

verlangt: zu sagen, was ich nicht wußte, also zu lügen. Heidi aber wünschte, daß ich die Wahrheit sprach. Ist das ein Vergehen? Nehmen Sie es mir nicht übel, Herr Doktor, aber hier gehen unsere Ansichten auseinander. Lassen Sie mich weiterberichten, und Sie werden sich davon überzeugen können, daß alles ganz anders war, als Sie denken. Am nächsten Morgen nämlich, an meinem Schicksalstag, da ich zur Polizei gehen sollte, mußten wir Dardzinski in die Notfallstation bringen, ihn hatte ein Herzinfarkt ereilt, als wir die Proben zu einem neuen Stück begannen, zu Richard dem Dritten.
Dardzinski erklärte gerade den Schauspielern seine Vision der Tragödie. Er schien erregter als gewöhnlich, war in gewissen Momenten fast euphorisch, wie mir schien. Seine Stimme klirrte scharf und überschlug sich: »Schon beim ersten Auftritt, meine Damen und Herren, verkündet Richard, daß er entschlossen ist, ein Bösewicht zu sein, und diesen Vorsatz verwirklicht er hartnäckig. Mit Heuchelei, Verrat, Meineid und Meuchelmord bahnt er sich den Weg zum Königsthron, zur absoluten Macht. Er ist ein hassenswerter Teufel, und was ist? Wir empfinden Mitgefühl für ihn! Das ist Shakespeare, meine Damen und Herren. Er versteht es, eine Gestalt darzustellen, daß wir sie verabscheuen – und doch sind wir von ihr fasziniert. Seine Gefühlskälte stößte uns ab, doch wir erbarmen uns seiner. Warum? Weil dieses Scheusal ein Krüppel ist, von Geburt an mißgestaltet und lahm. Daraus entsteht ein frustriertes, ein pervertiertes Liebesbedürfnis, das dieser Richard nicht befriedigen kann und das uns betroffen macht. Die Menschen ekeln sich vor ihm, aber sie nehmen Anteil an seinem Schicksal, denn Shakespeare hat ihn mit einer überragenden Intelligenz ausgestattet. Mit einem brillanten Witz und einem komödiantischen Genie, mit dem er die mächtigsten Feinde zu düpieren versteht. Richard meistert jede Rolle souverän.

Ob er den frommen Christen heuchelt, den besorgten Freund, den über allen Beifall erhabenen Monarchen oder den zärtlichen Liebhaber. Immer ist er der Inbegriff des Bösen. Seine Niedertracht ist so gewaltig, daß ihm niemand widerstehen kann. Ich glaube, wir haben es hier mit einem höchst aktuellen, einem wahrhaft zeitgenössischen Drama zu tun!«

Dardzinski blickte jetzt herausfordernd in die Runde. Er sah allen Anwesenden scharf in die Augen und höhnte dann: »Sollte zufällig ein Polizeispitzel unter uns sein – wenn mich jemand denunzieren will, meine Damen und Herren, rate ich ihm, jetzt genau hinzuhören: Ich, Slawomir Dardzinski, erkläre in aller Offenheit, daß Richard der Dritte eine geniale Vorwegnahme des georgischen Massenmörders ist, des blutrünstigen Diktators, der in Moskau thront und...«

Da griff der Meister sich ans Herz. Seine Stimme riß ab. Er wankte und stürzte vom Sessel. Wir hoben ihn auf und brachten ihn zur Unfallstation. Aber – Theater ist Theater – zwei Stunden später ging die Probe weiter. Das Schicksal – oder, besser gesagt, die Bürokratie – entschied, daß *ich*, Dardzinskis Assistent, die Regie übernehmen sollte. Dieses Ereignis bedeutete für mich eine Wende. Von einem Tag auf den anderen war ich vom Knecht zum Herrn geworden. Bisher hatte ich im besten Fall die Rolle eines Faktotums gespielt, jetzt trat ich ins Rampenlicht. Die Schauspieler merkten sich plötzlich meinen Namen, wurden neugierig auf meine Meinung. Was ich tat und sagte, bekam auf einmal Gewicht. Und so fand ich endlich den triftigen Grund, den ich gesucht hatte – vor Heidi, Alice und mir selbst. Es blieb mir jetzt keine Zeit, mich der Staatssicherheit zu stellen, Janusch hin oder her. Ich überließ ihn seinem Geschick, und wären nicht gewisse Ereignisse eingetreten, läge er jetzt im Grab.

Dardzinski kam nicht mehr. Den Rest seines Lebens verbrachte er im Sanatorium. Am letzten Februartag leitete ich die erste Probe und fuhr – auf meine Weise allerdings – in der Erklärung des Dramas fort: »Richard besaß einen Buckel und einen Klumpfuß. Das hatte natürlich großen Einfluß auf seinen Charakter. Seine Verkrüppelung, seine ganze abstoßende Körperlichkeit erfüllten ihn mit maßloser Wut und bestialischem Willen zur Macht. Bitteschön, doch bei aller Verehrung für Herrn Dardzinski, muß ich die Frage stellen, ob so etwas allein genügt, ans Ruder zu gelangen. Millionen von Krüppeln bevölkern unseren Planeten. Sie alle träumen von der Macht, doch bleiben sie namenlos. Richard hingegen wurde König von England, indem er rücksichtslos alle Widersacher aus dem Weg räumte. Wie war das möglich, meine Damen und Herren? Wer hat ihn gefördert? Wem hat er seine Karriere zu verdanken? Shakespeare selbst gibt uns die Antwort. In einigen Nebensätzen, die von den meisten Regisseuren unterschlagen werden, liegt des Rätsels Lösung. Sogar Herr Dardzinski hat sie aus dem Textbuch gestrichen, obwohl sie von ungeheurer Bedeutung sind. Ich meine die Sätze aus dem zweiten Akt, Szene sieben, mit denen Shakespeare das Verhalten der Bürger charakterisiert. In diesem Verhalten nämlich, meine Damen und Herren, liegt der Hund begraben. Die Bürger stehen angesichts des Schrecklichen bockstill herum und sagen kein Wort. Sie stehen da wie stumme Bilder, wie unbelebte Steine, die sich nicht wehren – und das ist das Geheimnis Richards. Das erklärt den Siegeslauf des Halunken. Nicht seine Frustriertheit, nicht die Wut des Zukurzgekommenen führt ihn zum Gipfel der Macht, sondern das Volk. Das Volk mit seiner dummen Geduld. Es läßt sich zertreten, weil es die Gewaltherrschaft duldet und sie widerstandslos auf sich nimmt. Es hat ein selbstquälerisches Vergnügen daran, gedemütigt zu werden.

Genau das weiß Richard, und das gibt ihm die Kraft zur Grausamkeit. Darin liegt die Quelle aller Tyrannei. Solange das Volk Angst hat vor der Obrigkeit, meine Damen und Herren, solange es nicht aufsteht und sein Schicksal selbst in die Hand nimmt, wird Blut fließen auf der Welt.«

Das war die erste Probe, die ich leitete, und – was ich nie erwartet hätte – mein erster Triumph. Ein paar Sekunden lang schwiegen die Schauspieler, doch dann applaudierten sie mir begeistert. Was hatte ihnen so gefallen? Ich hatte doch nur das Stück analysiert. Im Geiste Shakespeares hatte ich zu sprechen versucht und meine privaten Gedanken hinzugefügt. Aber ich hatte dabei – um die Wahrheit zu sagen – keine Hintergedanken. Ich ahnte ja nicht, was um mich herum geschah. Noch immer wähnte ich mich – mit einigen Vorbehalten allerdings – im einundzwanzigsten Jahrhundert. Aber nie wäre mir in den Sinn gekommen, einen Bezug herstellen zu wollen zwischen der hier herrschenden Diktatur und dem Gewaltregime eines Richard des Dritten. Ich sprach von den Leiden des englischen Volkes vor fünfhundert Jahren, die Schauspieler hingegen meinten, ich hätte von Polen gesprochen. Vom Polen von heute. Gott vergebe mir meine Arglosigkeit! Ohne daß ich es beabsichtigt hätte, begannen die Kollegen, mich als Widerstandskämpfer zu respektieren, als mutigen Aufwiegler. Man feierte und beklatschte mich, wo immer ich auftauchte. Man erzählte, ich hätte mit tollkühnen Worten zur Rebellion aufgerufen. Schlau hätte ich die allgemeine Passivität an den Pranger gestellt und durchblicken lassen, daß man sich erheben müsse gegen jedes Verbrechen. So wurde ich, der ich Regisseur werden wollte, zum Monument. Ohne es zu wissen, tanzte ich auf einem Vulkan, und daß ich damals nicht verhaftet wurde, verdanke ich der Weltgeschichte.

Am 2. März 1953 war etwas Unvorstellbares geschehen. Joseph Wissarionowitsch Stalin hatte einen Hirnschlag erlitten. Das war theoretisch zwar nicht möglich, da Götter keine Hirnschläge erleiden, aber es war geschehen – in Stalins eigener Wohnung. Die amtliche Verlautbarung erschien erst zwei Tage danach, und zwar aus der weisen Überlegung, daß man den Völkern die Wahrheit nur tröpfchenweise verabreichen dürfte. In Moskau und zahllosen Städten des Sowjetreiches wurde für Stalin gebetet. Von der Elbe bis zum japanischen Meer herrschte Staatstrauer. Millionen von Lautsprechern verbreiteten regelmäßig ärztliche Bulletins, bis am Abend des 5. März die Zeit stehenblieb. Das Genie hatte für immer die Augen geschlossen. Der Übermensch wurde im großen Kremlsaal aufgebahrt, und Menschenmassen strömten herbei, um vom Führer, vom Alleinherrscher, vom Vater der Völker Abschied zu nehmen. Die Welt weinte. Aus verschiedenen Gründen natürlich. Die einen aus Wut, weil Stalin eines natürlichen Todes gestorben war, die anderen, weil sie Angst hatten vor der Polizei. Viele Menschen bekundeten karrierelüstern ihre Loyalität, und *ich* hatte das Gefühl, die Erde würde aus ihrer Bahn geschleudert. Ich schäme mich heute, Herr Doktor, aber an jenem Tage vergoß ich aufrichtige Tränen.
Und dann gab es noch Leute wie Janek Duch, die einfach verrückt waren. Sie wußten nicht, was sie taten, und weinten darum am überzeugendsten. Janek Duch sah aus, wie er hieß – denn Duch bedeutet Gespenst oder Nachtmahr. Er grinste ununterbrochen, abends wie morgens, glotzte in die Ferne und bat um Erbarmen. Auch seine Stimme griente, wonnetrunken und schwachsinnig. Seine Worte überschlugen sich, hilflos schnappte er nach Luft und gab entkräftet zu verstehen, wie ungeheuer erheitert er war oder wie überwältigt von den trefflichen Bemerkungen seines jeweiligen Gegenübers. Er

war – davon war ich damals überzeugt – ein Prachtmensch. Kerle wie er liebte ich. Sie paßten in mein Weltbild. Janek Duchs Hände waren verkrümmt und verdreht, und eine gewisse Ähnlichkeit mit einer buddhistischen Tempeltänzerin war nicht zu leugnen. Sein rechter Mundwinkel war gelähmt, gefühllos und stets halb geöffnet. Seine Hüften waren verbogen und asymmetrisch. Ein Bein nach innen geknickt, humpelte er durch die Straßen, die Finger weit auseinandergespreizt und den Kopf zwischen die Schultern geklemmt, als duckte er sich vor unsichtbaren Feinden. Das war Janek Duch – ein Opfer des Weltuntergangs, des Warschauer Aufstands, den er mit Gottes Hilfe überlebt hatte. Er war – was ich zuerst gar nicht wußte – mein Nachbar und hauste mit seiner Tante in den Trümmern einer ehemaligen Mietskaserne. Dieser Mensch, oder sagen wir es aufrichtig, dieses Monstrum, sollte mein Schicksal werden. Itzek Jungerwirth hatte mich vor ihm gewarnt, aber ich hatte nicht auf ihn gehört. Ich meinte ja, alles besser zu wissen als die anderen. Jungerwirth war ein Kaltblütler, ein herzloser Spötter, dem nichts heilig war auf dieser Welt. Er wohnte im gleichen Haus wie ich, rauchte 80 Zigaretten am Tag und war Zahnarzt, weshalb ich immer einen großen Bogen um ihn machte. Heute weiß ich, daß er mehr Erfahrung hatte als ich und wußte, was er sagte. Doch nicht von ihm will ich berichten, sondern von Janek Duch, der alle Attribute eines Märtyrers besaß. Ihm schenkte ich mein Herz, weil ich für Leute eine Schwäche habe, die sich opfern. Selbst bin ich ja alles andere als ein Märtyrer. Ich bin ein Kiebitz und bleibe schön im Schatten, wo es kühl ist und ungefährlich. Ich finde stets einen guten Platz, von dem aus man alles sehen kann. Daher stammt wohl mein schlechtes Gewissen. Aber lassen wir das, Herr Doktor! Schon wieder verliere ich mich in Nebensächlichkeiten. Janek Duch sah also aus wie ein Geißelbruder, wie der

Glöckner von Notre Dame. Zum ersten Mal sah ich ihn am 7. März 1953. Alle Räder standen an diesem Tage still, Fabriken und Büros waren zugesperrt. Polen trauerte, wie es hieß, und wer nicht mitschluchzte, kam ins Gefängnis. Der Führer des Weltproletariats hatte uns verlassen. Wir waren verwaist. Von einem Tag auf den anderen hatten wir den Vater verloren, den Lehrer, den starken Mann. Alles wurde abgeblasen an diesem Tag, sogar meine Proben. Ich streunte ziellos durch die Straßen und kam schließlich zum Schloßplatz, wo ein riesiger weißer Sarg stand. Um den Sarg herum drängten sich die Musiker der Warschauer Philharmonie, die den Trauermarsch von Chopin spielten. Ihre Gesichter waren eingefroren und aschgrau. Auf dem weißen Sarg lag ein riesiges Seidentuch in purpurner Farbe. Dahinter stand eine Riesenfotografie des Verstorbenen. Der Schloßplatz wimmelte von Menschen, und der Sarg war leer – der Leichnam Stalins lag ja in Moskau, doch alle spielten das Spiel einer Grablegung. Alle Beteiligten wußten, was ihnen drohte, wenn sie nicht mitmachten. Es war ein überwältigendes Affentheater, Herr Doktor, denn nirgendwo auf der Welt war der Tyrann so verhaßt wie in Warschau. Die Veranstaltung verlief ohne Zwischenfälle, denn Tausende von Geheimpolizisten waren aufgeboten, um den fehlerlosen Ablauf der Zeremonie zu gewährleisten. Und dennoch ereignete sich das Unmögliche. Mitten im Trauermarsch löste sich eine Erscheinung aus der Menge: Es war elf Uhr früh, ein Spuk humpelte auf den Sarg zu. Dutzende von Männern hätten eingreifen können, doch nichts geschah. Die Erscheinung war so unbeschreiblich ekelhaft, so mißgestaltig, krumm und verwachsen, daß alles erstarrte: Es war Janek Duch, den ich bis dahin noch nie gesehen hatte. Er schleppte sein Wrack über den Schloßplatz und blieb plötzlich vor dem Stalinbild stehen. Dieser Anblick war so ungeheuerlich, daß die Musik abbrach. Zehntausende hielten den Atem an, und ihre Neugier wurde belohnt. Janek Duch zog ein Messer aus dem Stiefel, blickte zum Himmel empor und schnitt sich die Schlagader auf. Das Blutz spritzte in die Luft und rann über den weißen Sarg auf das Pflaster, wo es eine karminrote Lache bildete. Da wollte einer nicht weiterleben, weil sein Gott vom Schauplatz abgetreten war. Kurz darauf brach der Krüppel zusammen, weiß wie eine Wachskerze. Wäre ich nicht herbeigeeilt und hätte ich ihn nicht auf die Schulter geladen und aus dem Menschenhaufen weggeschleppt, wäre er wahrscheinlich verblutet. Ich trug ihn zur bereitstehenden Ambulanz – es war ja alles fabelhaft organisiert –, und man brachte den Märtyrer ins Krankenhaus. Ich war glücklich. Ich fieberte vor Stolz, einem Helden geholfen zu haben, einem Mann, der sein Leid nicht anders zum Ausdruck bringen konnte als mit dem Versuch, aus dem Leben zu scheiden!

Auf dem Heimweg traf ich Itzek Jungerwirth, der mit ranzig blasiertem Blick an mir vorbeisah. Er war nicht der Mann, den ich jetzt brauchte, denn mein Herz jubelte. Ich war in Hochstimmung. Die eben erlebte Szene hatte dem historischen Tag einen poetischen Stempel aufgesetzt. Trotzdem sprach ich Itzek Jungerwirth an und hoffte, wenigstens heute sein Mitgefühl zu gewinnen:

»Was sagen Sie zu diesem Schauspiel? Hat man je so etwas gesehen?«

»Sicher«, erwiderte der Zahnarzt, indem er angewidert seinen Mund rüsselte, »man hat schon anderes gesehen. Ich persönlich habe *alles* gesehen. Ich war in Rußland.«

»Dieser Mensch war aufrichtig«, gab ich zurück, »er hat vor Erregung gezittert.«

»Ich will Ihnen etwas sagen, Herr Kiebitz. Diese Leute zittern immer vor Erregung. Darum werden sie angeheuert.«

»Ich schwöre Ihnen, er war spontan. Ich habe ihn von ganz nahe gesehen.«
»So spontan wie eine Militärparade. Gott segne Ihre Einfalt!«
»Ein zynischer Schurke sind Sie!« schrie ich. »Alles müssen Sie in den Dreck ziehen. Für einen Witz würden Sie Ihre Mutter verkaufen.«
»Meine Mutter vielleicht nicht, aber diesen Selbstmörder schon. Man hat ihn gemietet. Vorgeschoben wie eine Schachfigur, um den Taumel zu entfesseln. Ohne Taumel kein Kommunismus.«
»Also nichts als Komödie, behaupten Sie? Ein gewöhnlicher Politschwank? Das glauben Sie ja selber nicht.«

Herr Kiebitz,
Sie schreiben, Sie hätten mitgeweint an jenem Tag. Ich finde das ziemlich bedenklich – und Ihre Erklärung dafür fadenscheinig, ja, skandalös. Stellen Sie sich vor, ein Bekannter würde Ihnen mitteilen, er hätte am Todestag Hitlers geweint. Das würde Sie doch anekeln, oder nicht? Sie berichten von den Ereignissen jenes Morgens, als wären sie bedeutungslos gewesen. Sie überspielen Ihr Verhalten mit lächerlichen Ausreden: die Erde sei aus ihrer Bahn geschleudert worden! Sie unterschlagen die Kleinigkeit, daß Sie einem Massenmörder nachgetrauert haben. Zu einem Henker haben Sie gebetet, Herr Kiebitz, obwohl Sie hätten wissen müssen, was für ein Scheusal er war. Warum verharmlosen Sie Ihre wahre Rolle? Wen wollen Sie irreführen? Mich oder Sie sich selbst? Sie waren doch ein Mitläufer, ein Anhänger des Tyrannen, und Sie entblöden sich nicht, Ihre Haltung zu rechtfertigen. Ich rate Ihnen ernsthaft, Ihrer Vergangenheit ehrlich ins Auge zu blicken. Wenn es einen vernünftigen Grund gibt für Ihr plötzliches Verstummen, dann ist dieser wahr-

scheinlich in einem generellen Schuldgefühl zu suchen, das Ihnen – wie man sagt – die Sprache verschlagen hat. Seien Sie aufrichtig! Ich rate Ihnen das im Interesse Ihrer baldigen Heilung. Und hören Sie auf, diesen Zahnarzt als Zyniker darzustellen! Er war ganz ohne Zweifel der normalste Mensch in Ihrer Umgebung. Er interessiert mich mehr als dieser Quasimodo, dem Sie so viele Zeilen widmen.

Sehr geehrter Herr Doktor,
ich habe nicht gesagt, daß der Zahnarzt ein Zyniker war. Ich habe nur erklärt, daß ich ihn damals verabscheut habe. Seine kaltschnäuzige Art kam mir geschmacklos vor. Alles wollte er durchschauen, nichts konnte ihm imponieren. Und diesen unglücklichen Niemand, der die Phantasie hatte, sich selbstlos die Schlagader aufzuschlitzen, überschüttete er mit seinem Gespött. Er mochte ja recht haben, der alte Griesgram, aber er verletzte mich trotzdem. Er war ein exemplarischer Abwiegler. Nichts ärgerte ihn so sehr wie ein Funke aufrichtiger Begeisterung. Ich unterstreiche ja, Herr Doktor, daß ich heute ganz anders denke, und Sie treffen natürlich ins Schwarze, wenn Sie von einem finsteren Fleck in meiner Biographie reden. Am besten, ich spräche nicht darüber, aber ich suche ja Heilung von meinem Gebrechen und muß alles bekennen, wenn ich gesund werden will.
Der Hauptgrund meines Irrglaubens lag zweifellos in meinem Judentum. In meiner Dankbarkeit gegenüber Stalin, der Hitler auf den Rücken gelegt hatte. Stalin war die einzige Hoffnung meiner Rasse gewesen. Meine Tränen am Warschauer Schloßplatz galten den 16 Millionen Russen, die durch ihren Tod dem Nazispuk ein Ende gesetzt hatten. Ich weinte für Stalin und damit für die sowjetische Jugend. Ich glaube kaum, daß Sie das nachvoll-

ziehen können – also will ich lieber weiterfahren in meiner Erzählung.
Jungerwirth zum Trotz erkundigte ich mich nach dem Zustand meines Selbstmörders, und es gelang mir, seine Adresse ausfindig zu machen. Er wohnte ganz in meiner Nähe, unter den Trümmern eines ausgebombten Hauses. Ich besuchte ihn am nächsten Morgen und stellte bald fest, daß er sich nicht an mich erinnerte. Ich fand das in Ordnung. Wer war ich schon neben ihm? Ein unbeschriebenes Blatt. Dennoch teilte ich ihm mit, daß *ich* ihn zur Ambulanz geschleppt hätte und nun käme, ihm meine grenzenlose Bewunderung auszudrücken. Ich wollte ihm auch versichern, daß ich jederzeit bereit wäre, ihm zu helfen – er müßte sich nur melden. Janek Duch griente, flatterte glückselig mit den Schultern, und seine Kinnlade bebte.
Ich muß hier einfügen, daß ich in jenen Tagen von ganz besonderen Gewissensqualen geplagt wurde. Ich hatte ja einer ungewöhnlichen Frau versprochen, für ihren Mann in den Zeugenstand zu treten und ihm womöglich das Leben zu retten. Ich hatte jedoch nichts unternommen. Ich hatte mich hinter künstlerischen Aufgaben versteckt. Hinter Shakespeare und Richard dem Dritten und anderen Belanglosigkeiten. Der Prozeß mußte jetzt stattfinden. Vielleicht gestern oder morgen, und der einzige Mensch, der für Janusch bürgen konnte, war ich. Es war also höchste Zeit, mich zu rehabilitieren – vor der Welt und vor mir selbst. Darum und aus keinem anderen Grund bot ich dem Krüppel meine Hilfe an: Ich würde Himmel und Erde in Bewegung setzen, um alle seine Wünsche zu erfüllen. Das war ein zweites Versprechen innerhalb weniger Tage, aber bedeutend weniger gefährlich als das erste. An Janusch konnte ich mir die Zähne ausbeißen, an Duch nicht. Duch war ein Volksheld, einer, der bewiesen hatte, daß er bereit war, für den Kom-

munismus zu sterben. Oder für Stalin, was meiner damaligen Ansicht nach auf dasselbe herauskam. Duchs Name stand in der Zeitung, im Zentralorgan der Partei. Als Beispiel für den »unbeschreiblichen Schmerz des polnischen Proletariats«. Wenn ich *ihn* unterstützte, machte ich wieder gut, was ich an Janusch versäumt hatte. Außerdem würde mir das ein gutes Zeugnis ausstellen, bei den Genossen wie bei den Sicherheitsorganen. Ich konnte mich also großmütig finden, und Duch war im siebenten Himmel. Er fragte mich, wer ich denn sei, wo ich wohne und womit ich mein Brot verdiene. Ich sagte ihm die Wahrheit: daß ich Regisseur sei beim Rundfunk und ich ihm, wenn erwünscht, eine Stelle vermitteln könne. Er traute seinen Ohren nicht. Beim Rundfunk? »Ja«, sagte ich und bat Duch auch gleich um ein paar Angaben zur Person:
»Wann sind Sie geboren, Herr Duch?«
»Im Jahr 1935. Am Tag des heiligen Johannes.«
»Und wo?«
»In Kalisch, Wohltäterchen.«
»Nennen Sie mich Kiebitz, bitteschön! Und Ihre soziale Herkunft?«
»Arbeiterklasse, mit Verlaub. Ich bin unehelich, aber meine Mutter ist tot, und Gott möge ihr verzeihen für ihre Sünden.«
»Ich nehme an, Sie haben Lust, beim Rundfunk zu arbeiten. Habe ich recht?«
Jetzt strahlte Duch wie ein Kürbis in der Sonne. Er entblößte die Schneidezähne, kaute an seiner Unterlippe und stammelte: »Sie haben recht, Wohltäterchen. Ich will dem Vaterland dienen und... und in die Lücke springen, die der große Stalin hinterlassen hat. Für den Sozialismus! Für Polen!«
Duch machte mich verlegen mit seiner Dankbarkeit – und auch ein bißchen stutzig. War das echt, was der von sich gab? Itzek Jungerwirth würde sich kaputtlachen.

Das sei ganz gewöhnliches Schmierentheater. Pitz aufs Wasser und gezuckerte Seife! So ungefähr würde der Zahnarzt spotten, dachte ich, doch *ich* war geschmeichelt. Ich verdrängte meine Zweifel. Ein Beweis, daß Duch es ernst meinte, war immerhin, daß er sich die Schlagader aufgeschnitten hatte.

Ich ging also zum Personaldirektor und erzählte ihm die Geschichte des selbstlosen Krüppels, der für Stalin sterben und für den polnischen Rundfunk leben wollte. Der Personaldirektor blieb vollkommen ernst. Er durfte ja nicht lachen über einen Volkshelden, dessen Fotografie im Zentralorgan erschienen war. Heute weiß ich, daß er Duch für einen Hornochsen hielt, doch hatte er zugleich Angst vor mir. Er wußte ja nicht, was ich über ihn melden würde, wenn er ablehnte. Darum tat er, was ihm am ungefährlichsten schien, und gab Duch eine Stelle. Janek Duch wurde Chef der Materialverwaltung und Mitglied des Direktionsgremiums. Von da an war er, zumindest theoretisch, mein Vorgesetzter.

Itzek Jungerwirth fand, es geschähe mir recht.

»Was geschieht mir recht?«

»Daß er Ihnen nach dem Leben trachtet.«

»Sie sind verrückt, mein Lieber. Er ist mir dankbar!«

»Sie werden sehen, er wird Ihnen ein Bein stellen. Ihnen in den Rücken fallen. Irgendwo. Irgendwann. Wenn Sie es am wenigsten erwarten. Er wird sich für Ihr Mitgefühl rächen. Nichts ist unerträglicher, als bei jemandem in der Kreide zu stehen. Hören Sie auf mich, Herr Kiebitz! Verlassen Sie dieses Land! Machen Sie sich aus dem Staub! Je eher, desto besser...«

Ich sagte bereits, Herr Doktor, daß ich nicht auf ihn hörte. Leider. Hätte ich es getan, wäre ich heute vielleicht gesund. Ich pfiff jedenfalls auf seine Worte und blieb in Polen, weil mir nichts anderes übrigblieb.

Herr Kiebitz,
die Geschichte mit dem Quasimodo bringt mich auf eine neue Fährte. Sie sind ein pathologischer Weihnachtsmann. Sie leiden unter einer Zwangsneurose und wollen geliebt werden. Um jeden Preis. Sie fürchten jedoch, daß dies auf natürlichem Weg nicht erreichbar ist. Darum beschenken Sie alle möglichen und unmöglichen Personen und hoffen auf deren Dankbarkeit. Sie kaufen sich Ihre Freunde und vergessen, daß jedes Geschenk seinen Preis hat. Duch zitterte vor Ihnen, weil Sie ihn mit Wohltaten überhäuften. Alle hatten Angst vor Ihnen, weil Sie großzügig waren. Eine absurde Situation: Wer weiß, ob hier nicht das Grundmuster Ihres Lebens liegt? Vielleicht sind Sie ja nur nach Polen übergesiedelt, um dort Bewunderung und Anerkennung zu ernten. Sie mußten ja gar nicht auswandern. Sie fühlten sich doch wohl in der schönen Schweiz. Trotzdem wagten Sie den Wahnsinn. Sie übersiedelten nach Polen und boten sich Ihrem Vaterland als Geschenk an. Sie wollten 30 Millionen Herzen für sich gewinnen. Ein aussichtsloses Vorhaben, aber darüber werden wir später noch reden müssen. Vorläufig sollten wir nach den Wurzeln forschen, die Ihrer Zwangsneurose zugrunde liegen. Im allgemeinen geht derlei auf infantile Entzugserscheinungen zurück. Ich denke, daß Sie von Ihrer Mutter nicht an der Brust gestillt worden sind. Vielleicht sind Sie das Opfer eines generellen Geizes gewesen, der ja in euren Kreisen ziemlich verbreitet sein soll. Ich nehme an, Sie haben einfach zu wenig bekommen – und deshalb versucht, sich Zuwendung gewissermaßen im nachhinein zu erkaufen. Das ist vorläufig nur eine Hypothese. Es gilt jetzt, ihr weiter nachzugehen.

Sehr geehrter Herr Doktor,
Ihre Hypothese amüsiert mich. Ich blicke nämlich auf eine glückliche Kindheit zurück. Ich kann mich nicht erinnern, jemals unzureichend ernährt worden zu sein. Was Sie über den generellen Geiz bemerken, entspricht wohl eher Ihren Vorurteilen als irgendwelchen Tatsachen. Mit Ihren Einseitigkeiten erinnern Sie mich an Jungerwirth, der ein Meister der Hypochondrie war. Ein Schwarzseher erster Klasse, dem die verstiegensten Behauptungen recht waren, um seine Theorien zu beweisen.
Oh, Gott! Schon wieder dieser Zahnarzt. Er muß mich betört haben, der alte Querkopf. Früher einmal – so hat er erzählt – sei er ein Künstler gewesen, und zwar *vor* der Sintflut. Pianist soll er gewesen sein und weltberühmt. Er habe Konzerte in allen Erdteilen gegeben. Die Frauen seien ihm nachgestiegen bis in die Hotelzimmer – eine absurde Vorstellung, bei dieser Gestalt! –, bis in die Hotelzimmer also, bis in die Badezimmer, bis in die Toiletten hätten sie ihn verfolgt. Ach, diese Frauen! Er habe sie geliebt und liebe sie noch immer. Nur *sie* seien ihm geblieben. In der Erinnerung, in Form von sepiafarbenen Lichtbildern, die überall an seinen Wänden klebten – neben dem Rasierspiegel, unter den Tischverglasungen, sogar im Ordinationszimmer, wo er den terrorisierten Patienten die Zähne ausriß. Jedes Bild, so Jungerwirth, sei ein Abenteuer. Eine heiße Umarmung. Eine rasende Liebesnacht. Er habe wallend schwarzes Haar gehabt – und zwar *vor* dem 1. September 1939 – und eine geschmeidige Haut, doch in der Zwischenzeit sei er in der Hölle gewesen. Das glaubte ich ihm allerdings. Das las ich in seinen Augen und in seinen grünspanigen Tränensäcken, die pochten und pulsten bei Tag und bei Nacht. Und seine Nasenflügel. Ständig in Alarmbereitschaft, leicht hochgezogen und immer ein Unheil witternd. Da-

bei sei er vor Ausbruch des Krieges ein Optimist gewesen. Er habe an etwas geglaubt. An die klassische Harmonie zum Beispiel. An die Regeln des Kontrapunkts als Widerspiegelung der universellen Symmetrie. Jawohl, er sei von der Vernunft überzeugt gewesen und vom gesunden Menschenverstand... Aber dann war jener Schicksalsmorgen gekommen, der 1. September des schwarzen Jahres 1939, der für die Hälfte der Menschheit ein Schlußstrich war. Das Ende der alten Zeitrechnung. Für Itzek Jungerwirth war es der Untergang. Er hatte zerbrechliche Hände, eine dünne Haut und nicht den geringsten Sinn für praktische Angelegenheiten. Um ihn herum platzten Bomben und Granaten. Er aber suchte fieberhaft nach seinem Reisepaß. Er wollte verreisen. Nicht aus Angst, sondern aus Verbitterung: weil man bei diesem Krach nicht Klavier spielen konnte. Aus dem Westen kam die Wehrmacht, aus dem Osten die rote Armee, und Itzek ging zum Hauptbahnhof, um eine Fahrkarte nach New York zu lösen, wo er einen Onkel hatte. Aber die Schalter waren geschlossen: »Wegen Weltuntergang außer Betrieb«, wie ein Witzbold an das Eingangsportal geschmiert hatte. Die Eisenbahnen verkehrten nicht mehr, die Ostseehäfen waren blockiert, alle Flugplätze zerstört. Der Klaviervirtuose mußte feststellen, daß sämtliche Fluchtwege abgeschnitten waren. Es blieb ihm also nur die Wahl zwischen Selbstmord auf deutsch oder Freitod auf russisch.
Ein wahrhaft jüdisches Pech, stöhnte er. Dabei sind wir doch ein auserwähltes Volk, die Glückspilze der Weltgeschichte. Gott zeichnet uns unentwegt aus. Pianisten macht er aus uns, Schachweltmeister, Nobelpreisträger der Physik und Medizin. Aber hat man je einen jüdischen Meisterboxer gesehen? Einen jüdischen Schützenkönig? Sind wir denn für Kriegszeiten gerüstet? Natürlich nicht. Gott liebt uns. Er schenkt uns Schicksalsschläge, und dies

nur, um uns seine Gunst zu zeigen. Es ist *sein* Lieblingsscherz, *uns* im falschen Moment die falsche Musik spielen zu lassen. Eine kleine Nachtmusik im Bombenregen von Warschau.

Itzek Jungerwirth warf einen Silberzloty in die Luft. Kopf oder Zahl? Er warf Kopf und ergab sich den Russen. Genauer gesagt, einem Politkommissar namens Pierduchin, der so viel Dreck am Stecken hatte, daß er immerzu um sein Leben bangte und alle Schandtaten ausführte, die ihm von oben befohlen wurden. Pierduchin fragte Itzek nach seinem Namen. Wahrheitsgetreu antwortete er, er heiße Jungerwirth. Das sei aber kein russischer Name, nörgelte der Kommissar. Natürlich nicht, erwiderte der Klavierspieler. Er sei ja kein Russe, sondern Pole und darüber hinaus noch Jude. »Ein Pole?« wunderte sich Pierduchin. »Und dazu noch ein Jude? Wie ist das möglich. Man ist entweder das eine oder das andere!«

»Das ist nicht nur möglich«, gab Itzek zurück, »sondern auch wahr.«

Doch kaum hatte er das gesagt, bereute er es auch schon. Der Kommissar blinzelte Itzek an, als hätte er ihn ertappt, und bemerkte schlau: »Dann haben Sie also zwei Reisepässe. Einen polnischen und einen jüdischen. Habe ich recht?«

»Jüdische Reisepässe gibt es noch nicht, Herr Kommissar.«

»Dann zeigen Sie mir den polnischen!«

»Den habe ich auch nicht. Als ich ihn mitnehmen wollte, fiel eine Bombe auf mein Haus, und seither habe ich keine Dokumente mehr.«

Jungerwirth wurde verschickt. In den hohen Norden, wo es keine Ortsnamen gibt und keine Straßen, nur Schnee und Polarhunde, Stacheldraht und trostlose Wachttürme. Das Straflager hieß »Glückliche Zukunft«, lag 95

Kilometer vom Kältepol der Erde entfernt und in der Mitte der Unterwelt. Der Pianist war elf Wochen lang in einem Viehwagen unterwegs, wo er ein paar Landsleute kennenlernte, Delinquenten aus Warschau, die ebenfalls keine Dokumente und keine Ahnung hatten, was ihr Vergehen war. Sie alle hatten Zeit, über ihr Schicksal nachzudenken, und einer sagte zu Itzek: »Die Wahrheit hast du gesprochen, du Holzkopf. Wir sind in einem Land, wo nur die überleben, die lügen.«
Jungerwirth beschloß, nie wieder die Wahrheit zu sagen. Gleich nach der Ankunft im Straflager wurde er verhört. Ein Kalmüke fragte ihn nach seinem Beruf. Itzek antwortete: »Kanalarbeiter.«
»Charaschoo«, sagte der Kalmüke, »wir graben hier den längsten Kanal der östlichen Halbkugel. Ich mache dich zum Gruppenchef.«
»Warum?«
»Weil du qualifiziert bist.«
»Und was würdet ihr aus mir machen, wenn ich einen anderen Beruf hätte?«
»Was für einen Beruf?«
»Was weiß ich? Klaviervirtuose, zum Beispiel.«
»Ebenfalls Kanalarbeiter.«
»Und meine Finger?«
»Die kannst du dir in den Arsch stecken, Genosse. Und stell hier keine überflüssigen Fragen!«
Finstere Nacht wälzte sich über Jungerwirth. Was er auch sagte, war falsch. Er mußte einen Kniff finden. Irgend etwas jenseits von Lüge und Wahrheit. Da fand er eine Lösung. Der Konzertpianist war schließlich tot. Nur der Kanalarbeiter war noch am Leben. Mit schweren Händen und knorrigen Fingern. Eines Tages rief man ihn zum Komandír. Zum Prozeß, wie das hieß. Der Komandír kaute an einer Wurst und mauschelte mit vollem Mund: »Weiß der Jude, wofür wir ihn anklagen?«

»Natürlich, Genosse Volksgerichtshof. Man klagt mich an der Verschwörung gegen das sowjetische Vaterland.«
»Ganz genau. Aber gegen wen richtet sich deine Verschwörung? Konkret, meine ich. Wir wollen Namen.«
»Meine Verschwörung richtet sich gegen Lenin.«
»Und den willst du umbringen, du Misthaufen?«
»Den und keinen anderen, Genosse Volksgerichtshof.«
»Das ist aber nicht möglich, du Abfall. Lenin ist tot und liegt im Mausoleum. Seit zwanzig Jahren.«
»Ich will ihn trotzdem umbringen, Genosse Volksgerichtshof. Ich bin ein Leichenschänder. Seit meiner Geburt.«
»Und wer hat dich angeworben, du Regenwurm? Konkret, meine ich. Wir wollen Namen.«
»Ein gewisser Beethoven.«
»Vorname?«
»Johann Sebastian. Wohnhaft in Tokio.«
»Merkwürdiger Name. Was weiß der Jude über ihn?«
»Daß er ein Feind des sowjetischen Vaterlandes ist. Ein korrupter Intellektueller, der keine nützliche Arbeit verrichtet.«
»Bereut der Hebräer seine Tätigkeit?«
»Keine Spur, Genosse Volksgerichtshof. Ich bin stolz darauf.«
»Warum?«
»Weil ich auch ein Feind bin, Genosse Volksgerichtshof. Ich möchte das sowjetische Vaterland in die Luft sprengen. Sobald ich Gelegenheit habe. Bin ich jetzt frei?«
»Theoretisch ja. Praktisch nein. Zuerst mußt du uns sagen, wo du herkommst.«
»Aus Warschau. Am Nordhang des Popokatepetl.«
»Adresse?«
»Neben dem Bahnhof.«
»Und mit wem hast du gewohnt? Konkret, meine ich. Wir wollen Namen.«

»Mit niemandem, Genosse Volksgerichtshof. Ich hatte nur drei Zimmer.«
»Was hattest du?«
»Drei Zimmer mit Küche und Bad.«
»Und das erzählst du einem Altkommunisten? Einem Veteranen der Oktoberrevolution?«
»Jawohl.«
»Drei Zimmer mit Küche und Bad, sagst du? Für einen Furz, der Kanäle gräbt und die Luft verpestet. Weißt du, was das ist?«
»Nein, Genosse Volksgerichtshof.«
»Das ist kapitalistische Propaganda. Dafür bekommst du den Paragraphen 81. Verstanden?«
»Verstanden, Genosse Volksgerichtshof. Kann ich jetzt gehen?«
»Nicht sofort.«
»Aber wann?«
»In zehn Jahren.«

Herr Kiebitz,
ich frage mich, warum Sie so ausführlich über diesen Jungerwirth berichten. Sie konnten ihn doch nicht leiden! Nur mit Widerwillen hätten Sie sich seine Geschichten angehört! Und dennoch erzählen Sie sie mit pedantischer Akribie. Jungerwirth muß Sie fasziniert haben! Ich kann nicht leugnen, daß mir das ein gewisses Vergnügen bereitet. Dieser Mensch hat Ihre Wahnvorstellungen zerstampft. Er hat Ihnen die Wahrheit über das Sowjetparadies demonstriert, und dafür haben Sie ihn verabscheut. Er hat getan, was auch ich tue. Er hat Ihre Trugbilder zerstört. Gut, er war ein Griesgram und ein ewiger Nörgler. Was er auch sagte, ging Ihnen auf die Nerven, weil er sich auf Tatsachen stützte. Bei Ihnen war das Gegenteil der Fall. Sie versteckten den Kopf im Sand. Sie flüchteten vor

der Realität und beharrten auf Ihren Irrtümern, die Sie mehr liebten als sich selbst. Darauf beruht – heute noch – Ihre Geistesverwirrung. Allen Erfahrungen zum Trotz unternehmen Sie immer wieder alles, was Ihnen Schaden bringt. Sie sind sogar stolz darauf. Sie kommen sich besser vor als Ihre Mitmenschen. Weil Sie in den Wolken schweben, hoch über dem Alltag. Heute noch behaupten Sie, Jungerwirth sei ein Scheusal gewesen und ein widerwärtiger Zyniker. Dabei mußten Sie doch bemerkt haben, daß er ein Realist war. Der einzige Realist in Ihrer Umgebung. Und Sie litten und leiden an Realitätsverdrängung! Vielleicht müßten Sie endlich umdenken, um Ihre Gesundheit wiederzufinden. Vielleicht sollten Sie sich ein Beispiel nehmen an diesem »Scheusal«.

Sehr geehrter Herr Doktor,
ich habe nicht vor, mir an Jungerwirth ein Beispiel zu nehmen. Dann bleibe ich lieber stumm. Ich bin nicht bereit, mir die Flügel stutzen zu lassen. Meine Lebenslust ist mir wichtiger als die Fähigkeit, mit der Herde zu blöken. Mag sein, daß Jungerwirth lebenstüchtig war – aber was hatte er davon? Ob er log, Wahrheit sprach oder verrückt spielte, er sank ja immer tiefer. Er bekam zehn Jahre, weil er behauptet hatte, eine Dreizimmerwohnung bewohnt zu haben. Für sich allein, in Warschau, am Nordhang des Popokatepetl! Zehn Jahre verbrachte er in der »Glücklichen Zukunft«, um dort sein Haar zu verlieren und den Rest seiner Zähne. Er magerte ab, und seine Haut wurde gelb und runzlig. Als er nach Ablauf der Strafe in seine Heimat zurückkehrte, war er ein Skelett. Ein Schatten seiner selbst. Nicht nur zehn Jahre hatte er verloren, auch die virtuosen Finger und seinen Beruf. Er absolvierte einen Schnellkurs in praktischer Stomatologie und wurde Zahnarzt. Eine Kreuzung zwischen Kon-

zertpianist und Kanalarbeiter. Sie schreiben, Herr Doktor, mein Bericht beweise, daß er mich fasziniert hätte. Sie irren sich. Je mehr er mich mit seinem Realismus aufwiegelte, desto hartnäckiger widersetzte ich mich. Ich gebe ja zu, daß seine Warnungen sich später bewahrheiten sollten – aber das spricht noch lange nicht für seine Gesinnung. Er war ein geistreicher Schwadroneur, doch empfand ich ihn als eine Wanze und machte grundsätzlich das Gegenteil von dem, was er mir riet. Dabei wußte er mehr als ich. Er hatte mehr erduldet. Was *ich* wußte, hatte ich aus Büchern, er hingegen aus dem Leben.
Seine Erfahrungen konnte man ihm ansehen. Zum Beispiel seine Kieferknochen: Sie malmten und knirschten ohne Unterbrechung, auch wenn er schwieg. Seine Augen quollen aus den Höhlen wie Glasmurmeln, und er hörte nicht auf zu quengeln und zu jammern, daß das Erschreckendste auf der Welt die menschliche Blödheit sei.
»Sie zum Beispiel, Herr Kiebitz, sind doch ein gebildeter Mensch. Aber leider nur scheinbar. Ihr Hirn ist von Krusten überwuchert. Sie denken nicht, sondern Sie dämmern. Wie ein Nachtschattengewächs, das unterirdisch vor sich hin vegetiert. Ein Leiterwagen sind Sie. Ohne Deichsel und ohne Bremse, und Sie werden unvermeidlich ins Nichts stürzen. An einem Janek Duch werden Sie zerschellen. Am ersten besten Monstrum, weil Sie blind sind, taub und sentimental. Sie rühmen sich, grundsätzlich auf der Seite der Verlierer zu stehen. Schön ist das und selbstlos – aber Verlierer sind Versager und tragen selbst die Schuld an ihrem Scheitern. Sie wollen bestaunt werden und vergöttert. Sie spielen den Nikolaus, der die Habenichtse mit Geschenken überhäuft. Sie sind tatsächlich ein ›Wohltäterchen‹, und dieser Quasimodo nennt Sie auch so. Ist das nicht niedlich? Dabei sinnt er schon

heute auf Rache. Und eines Tages wird er Ihnen das Messer in den Rücken stoßen. Er wird Sie auslöschen, denn nichts ist so hassenswert wie einer, bei dem man Schulden hat. Und jetzt ist er sogar Ihr Vorgesetzter. Fabelhaft. Hoch hinauf haben Sie ihn gehoben, und jetzt stehen Sie unter ihm. Er wird auf Ihnen herumtrampeln.«
»Wie kommen Sie darauf?«
»Weil Sie wissen, wo er herkommt. Daß er als Nichts nur dank Ihrer Barmherzigkeit aufsteigen konnte. Sie sind der Kronzeuge seiner unverdienten Karriere. Seine Untergebenen haben Angst vor ihm. Sie kriechen vor ihm auf den Knien. Wenn sie nur ahnten, wer er wirklich ist, würden sie ihm ins Gesicht spucken.«
»Und was schließen Sie daraus?«
»Daß er Sie umbringen wird, Herr Kiebitz. Er muß Sie beiseite schaffen, und darum beschwöre ich Sie: Hauen Sie ab!«

Herr Kiebitz,
ich glaube kaum, daß Duch das einzige Opfer war, das Sie mit Ihren Wohltaten überhäuft haben. Ich nehme an, Sie haben sich mit ganzen Kohorten von Gläubigern umgeben – das ist ja für Sie das große Lebensgefühl. Wenn Sie geliebt werden – oder es zumindest meinen –, sind Sie glückselig. Dabei versinken Sie immer tiefer im Morast. Ihr Zahnarzt hat ganz richtig bemerkt, daß Wohltäter unvermeidlich am Kreuz enden. So ist es wahrscheinlich auch gekommen, aber Sie sind ahnungslos bis zum letzten Augenblick geblieben. Jeder konnte voraussehen, daß Sie eines Tages an Ihrer Menschenliebe scheitern mußten. Daß Sie vor lauter Philanthropie erstickten, denn eine Meute verwöhnter Hunde wedelte um Sie herum. Alle warteten sie auf den Augenblick, da sie sich rächen und Sie zu Tode beißen konnten. Habe ich recht?

Bestimmt, denn Sie deuten ja selber an, daß sich die Prophezeiung des Dentisten bewahrheitet hat. Erzählen Sie, wie es weiterging!

Sehr geehrter Herr Doktor,
die Schwarzseherei Jungerwirths war wohlbegründet. Das Schicksal erfüllt sich ja immer. Aber auf Umwegen und nicht dann, wenn man es erwartet. Nach dem Tode Stalins war die Welt für uns nicht mehr dieselbe. Warum, wußte man nicht genau, aber die Menschen lebten anders. Die Katze war weg, und es tanzten die Mäuse. Vorläufig noch vorsichtig. Hinter verschlossenen Türen und mit Filzpantoffeln an den Füßen...
Mein Richard der Dritte wurde ein Erfolg, ja, ein Schlager. Nicht, weil er besonders gut inszeniert war, sondern weil er die Mechanismen der Herrschaft durchleuchtete. Das war nun nicht *mein* Verdienst. Shakespeare war schuld an meinem Triumph, und ich profitierte von der Konjunktur. Dardzinski hatte im rechten Moment seinen Herzinfarkt gehabt, ich war zum idealen Zeitpunkt in die Bresche gesprungen, und Stalin war zur Hölle gefahren, als ich es am meisten gebraucht hatte. Jetzt war ich der gefeierte Regisseur. Die Zeitungen priesen mein Talent, die Kritik lobte meinen Mut. Das Publikum jubelte mir zu und machte mich zum Helden des moralischen Widerstands. Jetzt fühlte ich mich stark genug, meine Rechnung zu begleichen. Mir war klar, daß ich nun nach Zakopane reisen mußte, um Heidi meine Unterstützung anzubieten. Ich konnte jetzt sagen, daß ich bereit sei, ihren Mann aus dem Kerker zu holen. Die Zeiten hatten sich ja geändert. Man würde mich nicht einsperren, man würde mich anhören und meine Zeugenaussage gebührend würdigen. Ich war schließlich der berühmte Künstler, der sich gegen die Tyrannei aufge-

lehnt hatte. Ich konnte alles aufs Spiel setzen, zumal eine einzigartige Belohnung auf mich wartete. »Du wirst es nicht bereuen«, hatte Heidi gesagt. Was das bedeutete, war offensichtlich: eine unvergeßliche Nacht in ihren Armen – oder vielleicht noch mehr. Ich stand einen Schritt vor der Erfüllung meiner Träume, doch ein Stachel brannte in mir. Der Stachel hieß Bronek. Wer war dieser Mensch?
Heidi empfing mich freundlich, aber distanziert. Sie öffnete die Tür und sagte: »Danke schön, ich bin Ihnen sehr verpflichtet.«
»Ich verstehe nicht«, stammelte ich, »für was?«
»Für Ihre Anteilnahme, Herr Kiebitz. Aber sie ist nicht mehr nötig. Janusch ist frei.«
Ich schnappte nach Luft. Das hatte ich nicht erwartet. Ich suchte nach Worten, um meine Verblüfftheit zu überspielen: »Frei, sagst du? Wie ist das möglich?«
»Es hat sich offenbar etwas geändert.«
»Und... seid ihr wieder zusammen?«
»Mein Mann liegt im Krankenhaus. Dort wird er einige Monate verbringen müssen. Nur gesund wird er nie wieder. Die Folter hat ihn geknickt.«
Heidi sprach so entsetzlich kühl, wie wenn sie mir mitteilte, die Gicht hätte ihren Mann geknickt oder der Heuschnupfen. Zum ersten Mal erfuhr ich aus erster Hand, daß man hier Menschen folterte – im einundzwanzigsten Jahrhundert. Hatten also die westlichen Giftmischer doch recht? Der Boden wankte unter meinen Füßen, doch ich hatte nicht den Mut nachzufragen. Darum umging ich das Problem und sagte mit geheucheltem Mitleid: »Was wirst du jetzt tun, Heidi? Kehrst du nach Warschau zurück? Oder in die Schweiz zu deinen Kindern?«
»Ich denke nicht daran.«
»Aber du kannst doch nicht hierbleiben.«

»Warum soll ich nicht können?«
»Als Putzfrau? In einem Waisenhaus?«
»Ich bleibe hier.«
»Du hast doch einen Beruf – was vertrödelst du deine Tage?«
»Hier gefällt es mir.«
»Aber du bist doch allein.«
»Ich habe Bronek.«
»Wer ist Bronek?«
»Mein Liebhaber.«
Die Welt ging unter für mich. Ich hatte nichts mehr zu hoffen – sie hatte einen Liebhaber! Ich mußte Gleichmut mimen, um nicht lächerlich zu erscheinen. Darum fragte ich, wie unbeteiligt: »Ist er von hier?«
»Er ist ein Zögling dieses Waisenhauses.«
»Das ist ein Scherz.«
»Es ist die Wahrheit.«
»Dann ist er ja ein Kind.«
»Er ist zwanzig Jahre jünger als ich, aber ein Kind ist er nicht.«
»Was soll das heißen?«
»Daß er anders ist als du.«
Was wollte sie damit sagen? Wollte sie mich verletzen, oder was? Ich lachte gekünstelt und fragte: »Also besser als ich?«
»Das habe ich nicht gesagt.«
»Stärker, nehme ich an.«
»Er ist schwach und häßlich. Er sieht aus wie ein Frosch.«
»Gut. Ist er dann vielleicht klüger, gebildeter, interessanter?«
»Er ist, wie soll ich mich ausdrücken, ein beschriebenes Blatt.«
»Und ich ein unbeschriebenes, willst du das sagen?«
»Ich weiß nur, daß er in der Hölle war.«

»Ich muß ihn kennenlernen.«
»Soll ich ihn rufen?«
»Ich bitte dich darum.«
Vielleicht hätte ich das nicht sagen dürfen, Herr Doktor. Offenbar wollte ich das Schicksal herausfordern. Mit Bronek begann nämlich ein neues Kapitel für mich – durch ihn lernte ich ein anderes Einmaleins. Nicht unmittelbar, aber aus zweiter Hand. Als Kiebitz, der fremden Leuten in die Karten schaut. Bronek war einer der vier Männer, die mein Leben durcheinanderbrachten. Doch zunächst will ich den Eindruck schildern, den er auf mich machte, als er in Heidis Mansarde trat.
Broneks hervorstechendstes Merkmal war seine Männlichkeit. Eine unheimliche Ruhe strömte aus seinen Augen, eine geradezu verführerische Ruhe. Sie war – so schien es mir gleich – das Produkt einer vollkommenen Furchtlosigkeit. Man sah Bronek an, daß er vor nichts und niemandem Angst kannte. Er gehörte zu jener Menschenrasse, die nie um etwas bittet. Vielmehr umgekehrt: Man kommt zu so einem wie ihm und hält es für eine Ehre, dienen zu dürfen. Man will ihm etwas schenken, obwohl er offensichtlich *nichts* braucht. Er genügt sich selbst und weiß, daß man ihn bewundert. Ich war überzeugt, daß Heidi um ihn geworben hatte, nicht er um sie. Dabei sah er tatsächlich wie ein Frosch aus. Wie eine getrocknete Pflaume. Von tausend Runzeln durchfurcht, als hätte er in eine Zitrone gebissen. Seine Züge schienen von Mißmut geprägt und von griesgrämlicher Ablehnung. Er hatte eine dünne, polnische Nase und kleine Äuglein wie ein Elephant. Und dennoch lächelte er unentwegt, hintergründig und geheimnisvoll. Ein winziges Licht züngelte in seinen Pupillen, und ich wußte sofort: so einem fliegen alle Herzen entgegen. So einer ist – trotz seiner Visage – ein Glückspilz, den die Frauen vergöttern. Da Heidi gesagt hatte, er sei in der Hölle gewesen

und sei – im Gegensatz zu mir – ein beschriebenes Blatt, wollte ich ihn unbedingt kennenlernen. Ich wollte Nachrichten aus der Unterwelt und bat ihn zu erzählen.
Er begann damit, aber ohne große Lust – denn ich war nicht sein Typ. Er witterte in mir einen Gegenspieler, einen Klassenprimus, den Knaben aus guter Familie. Möglicherweise auch einen, der Heidi den Hof machte. Aber das hätte ihn wenig gestört, er war seiner Sache sicher. Er wußte, daß Heidi ihm ergeben war. Jetzt warf sie ihm ein ermunterndes Lächeln zu, und er sah mich an: »Meine Geschichte besteht aus drei Kapiteln. Das erste ist sentimental, das zweite anstößig und das dritte schrecklich. Ich beginne von vorne, mit dem ersten Septembertag des Jahres 1939, als ich zum ersten und zum letzten Mal in die Schule ging. Ich erinnere mich, es gab Luftballons und Pfefferkuchen. Eine Feuerwehrkapelle spielte die Nationalhymne. Ich war im siebenten Himmel – doch um elf Uhr schrillten die Sirenen. Es regnete Bomben aus den Wolken, und die Leute kreischten, es sei Krieg. Wissen Sie, was Krieg ist, Herr Kiebitz?«
»Ich weiß es nicht«, antwortete ich beschämt und zündete mir eine Zigarette an.
»Ich wußte es *auch* nicht, damals, denn ich war ein Kind. Sie sind doch auch ein Kind, oder irre ich mich?«
Er wollte mich ärgern, aber ich entgegnete tapfer: »Ich versuche, eines zu bleiben und mich nicht großkriegen zu lassen.«
Er grinste vieldeutig und fuhr fort: »Der Horizont färbte sich rot, und man schickte uns nach Hause. Aber ich hatte kein Zuhause mehr. Meine Straße war ein Trümmerhaufen. Unter ihm lagen meine Eltern. Ich besaß keine Bilder von ihnen, und so geschah das Schlimmste, was geschehen kann. Ich vergaß, wie sie ausgesehen hatten. Jetzt war ich ein Waisenkind. Ich hatte niemanden auf der Welt. Niemanden und nichts, nur ein goldenes

Amulett, das an meinem Hals baumelte. Darauf standen sechs Buchstaben: BRONEK. Ich zitterte, daß ich es verlieren könnte, und umklammerte es krampfhaft. Wenn es verlorenginge, dachte ich, hätte ich keinen Namen mehr. Ohne die sechs Buchstaben wäre ich ein herrenloser Hund, und jeder würde mir ins Gesicht treten. Hat man Sie schon mal ins Gesicht getreten?«
»Nein«, flüsterte ich und starrte aus dem Fenster.
»Das ist der Unterschied«, knurrte er, »Sie sind halt ein Glückspilz, ich nicht. Ich hatte nur mein Amulett und einen Taufpaten, der Ludek hieß und in Lublin wohnte. Holzschnitzer war er, und er sang bei der Arbeit. Traurige Lieder, die mir unvergeßlich waren. Können Sie singen?«
»Was soll diese Frage? Natürlich kann ich singen. Und?«
»Weil Leute, die singen, ein empfindsames Herz haben. Und darum setzte ich mir in den Kopf, ihn zu finden. Seine Adresse kannte ich nicht, aber ich machte mich auf den Weg. Lublin sei irgendwo im Osten, sagten die Leute, ich flüchtete nach Osten. Die Hoffnung, ihn zu finden, war gering. Trotzdem hastete ich vorwärts. Hinter mir brannten die Wälder, vor mir die Bauerndörfer. Ich flehte zu Gott, er möge mein Namensschild beschützen, denn solange ich es besaß, war ich ein Mensch. Immer wieder griff ich unter mein Hemd, nach den sechs Buchstaben. Sie waren noch da, also gab es mich. Plötzlich polterten Panzerwagen auf mich zu. Ich verstand nichts mehr: Ich hatte doch gemeint, das Unglück käme von hinten. Aus dem Westen, wo die Deutschen waren – aber jetzt kam es aus der anderen Richtung. Die Straßen waren schwarz von Menschen, die alle nach Osten flohen. ›Ruski!‹ hörte ich die Menge schreien – die Russen! Sie ratterten heran. Eine Herde vorsintflutlicher Ungeheuer. Die Erde bebte unter ihnen, doch wie sie gekom-

men waren, verschwanden sie auch wieder. Es wurde still. Erstickend still, und ich murmelte ein Gebet vor mich hin: ›Onkel Ludek, du mein Schutzengel. Komm und hilf mir, denn ich bin allein auf der Welt!‹ Da geschah ein Wunder. Glauben Sie an Wunder, Herr Kiebitz?«
»Ich glaube an Zufälle«, erwiderte ich ausweichend, »Wunder überlasse ich den Pfaffen.«
»Da bin ich ganz anderer Meinung. Die Welt ist voller Wunder, aber die Pharisäer können sie nicht sehen. Finden Sie nicht auch?«
»Verschonen Sie mich mit Ihren Bemerkungen, sonst gehe ich.«
»Bitteschön«, gab Bronek zurück und schenkte sich vergnügt einen Schnaps ein. »Bleiben Sie nur sitzen. Ich werde Sie in Ruhe lassen und unentwegt weiterberichten. Es ereignete sich also ein Wunder. Eine weiße Limousine rollte heran, und in ihr saß eine Königin. Wie im Märchen. Mit silbernem Haar und einer schottischen Wolldecke auf den Knien. Sie spähte nach allen Richtungen, als würde sie jemanden suchen. Unvermittelt befahl sie dem Fahrer anzuhalten. Sie kurbelte das Fenster herunter, und – ich weiß, es klingt verrückt – in dem Ameisenhaufen von Flüchtlingen deutete sie auf *mich* und fragte, ob ich das Jesuskind sei. Sie fragte mich allen Ernstes, und ich war so verdutzt, daß ich nicht antworten konnte. Ich starrte sie nur an. Tränen liefen über mein Gesicht, und die gute Fee lud mich ein mitzufahren. Sie lächeln, Herr Kiebitz. Eine kitschige Geschichte, werden Sie vielleicht sagen. Aber so ist es gewesen. Genau wie ich es erzähle. Die Fee erklärte mir, sie sei von königlichem Geblüt, nämlich die Gemahlin des Grafen Tischkiewitsch, des tapferen Lubomir Tischkiewitsch, der am ersten Kriegstag in deutsche Gefangenschaft geraten war. Sie fahre jetzt auf ihr Landgut und wolle sich meiner annehmen. Das überstieg mein Fassungsvermögen. Warum denn ich

und kein anderer? Weil mich der Allmächtige geschickt habe, sagte die Gräfin, um die Welt zu erlösen und dem Vaterland Frieden zu bringen. Das war zuviel. Ich begann zu schreien. Das Gegenteil sei der Fall. Der Herrgott habe mich gezüchtigt, unser Haus zerschmettert und meine Eltern unter den Trümmern begraben. Da streichelte mich die gute Fee und sagte, sie werde ab jetzt meine Mutter sein. In diesem Augenblick knatterte eine Polizeistreife heran: Ein Dutzend schwarzer Teufel auf plumpen Motorrädern. Sie umstellten die Limousine und befahlen uns, die Dokumente zu zeigen. Meine Beschützerin sagte vornehm, man möge ihr keine Widerwärtigkeiten bereiten – sie sei die Gräfin Tischkiewitsch, gehöre zum Hochadel und habe nicht im Sinn, sich ein solches Benehmen gefallen zu lassen. Sie wünsche unverzüglich weiterzureisen, denn man erwarte sie auf ihrem Schloß. Da wurden wir alle drei aus dem Wagen gezerrt. Man stellte uns mit dem Gesicht an eine Fabrikmauer, und wir mußten die Hände in die Höhe strecken. Die Kerle unterhielten sich – wie ich später erfuhr – auf russisch und legten der Gräfin Handschellen an. Ich zeterte und brüllte, man dürfe sie nicht berühren. Sie sei die Mutter Gottes und eine königliche Hoheit, und wer ihr Unrecht tue, lande schnurstracks in der Hölle. Die Polizisten lachten sich krumm und fragten, wer denn *ich* sei. Ich brachte kein Wort hervor und bebte am ganzen Leibe. Da einer dieser Teufel Polnisch konnte, fragte er mich aus, und ich sagte ihm, was ich wußte. Der Kerl übersetzte seinen Kumpanen, ich sei ein Junker, der sich als Gassenflegel verkleidet habe, um nicht aufzufallen – in Wirklichkeit sei ich ein Herrensohn. Darauf tastete man mich von oben bis unten ab und fand das Amulett. Es war aus Gold. Damit hatten sie den Beweis, mein Schicksal war besiegelt. Ich war einer von oben. Ein adliger Schurke, ein verdammter Ausbeuter. Einer der Teufel versuchte

nun, mir das Kettchen vom Hals zu reißen. Allerdings hatte er nicht damit gerechnet, daß ich mich wehren würde. Ich kratzte ihn blutig, schrie und tobte. Ich verkrallte mich in seinen Nacken und kreischte, ich würde eher krepieren als die sechs Buchstaben herzugeben. Die Russen quiekten erst vor Vergnügen, doch dann wurden sie böse, weil sie mir nicht beikommen konnten. Ich war eine Wildkatze, mit der sie nicht fertig wurden. Also fesselten sie mir Hände und Füße und hoben mich auf einen Lastwagen. Dann ging die Reise los, und zwar Richtung Krosno, wie ich hörte. Die Dörfer, die wir durchquerten, lagen in Schutt und Asche, es stank nach Aas und verkohltem Hausrat. Leichen verfaulten auf den Feldern, doch *ich* war unverzagt. Ich hatte etwas gelernt. Daß auch Zwerge eine Chance haben, wenn sie zurückschlagen. Wenn sie sich wehren; retten sie ihre Haut und ihre Ehre. Können Sie zurückschlagen, Herr Kiebitz?«
»Wenn es nötig ist, kann ich zurückschlagen. Erzählen Sie weiter!«
»Die Tatsachen haben mir gezeigt, daß sich Widerstand bezahlt macht. Mein Amulett habe ich behalten. Nicht aus Zufall, sondern weil ich mich zur Wehr gesetzt hatte. Nur keine Angst, sagte ich mir, sonst bin ich verloren.«
Bronek sprach mehr oder weniger an mir vorbei. Er sah nur Heidi an und schien mich überhaupt nicht zur Kenntnis zu nehmen. In seiner Stimme flackerte Ablehnung. Mir wurde klar, daß wir zwei Welten angehörten. Er verachtete mich. Jetzt ereiferte er sich und blickte durch mich hindurch, als wäre ich aus Glas: »Mein Innerstes wollten sie haben. Sie trachteten nach meiner Seele. Was meinen Sie, Herr Kiebitz, gibt es eine Seele, oder ist auch sie eine Erfindung der Pfaffen?«
»Ich nehme an, daß es eine Seele gibt, obwohl sie wissenschaftlich nicht beweisbar ist. Sie wollen mich demütigen. Warum eigentlich?«

»Im Gegenteil, Herr Kiebitz. Sie heißen doch Kiebitz, wenn ich recht verstanden habe. Ein lächerlicher Name für meine Ohren...«

Jetzt hatte ich die Wahl: entweder zurückschlagen oder den Raum verlassen. Ich wählte den Kompromiß und knirschte: »Ich sagte soeben, daß ich zurückschlagen kann, wenn es sein muß. Erzählen Sie weiter und verzichten Sie auf Ihre Ausfälligkeiten!«

Natürlich hatte er mich kränken wollen. Jetzt wußte er, daß ich mich nicht einschüchtern ließ. Er mäßigte seinen Ton: »Ich wurde also nach Krosno gebracht. Zum Verhör. Auf die Frage nach meiner Herkunft gab ich zu Protokoll, ich sei der Sohn Gottes. Mein Name sei Jesus von Nazareth, und man möge mich nicht belästigen, sonst gäbe es ein Unglück. Der Beamte fand mich charaschoo – wie er sagte – und wollte wissen, wo ich wohne. Ich entgegnete, mein Haus sei nicht von dieser Welt. Es stehe hoch über den Wolken, und nur Kinder könnten es sehen. Der Mann haute sich auf den Schenkel, er schien entzückt zu sein: ›In den Wolken wohnst du, Junge? Aber warum hast du unserem Wachtmeister die Visage zerfetzt?‹

›Weil er mein Amulett wollte. Er hat bekommen, was er verdient hat, und den nächsten, der es versucht, bringe ich um.‹

Der Beamte lachte schallend und verurteilte mich zu sechs Jahren Verbannung. Aus Gnade, sagte er, weil ich so lustig erzählen könne. Am nächsten Morgen sperrte man mich in einen Viehwagen, in dem es nach Kot und faulem Stroh stank. Wo man mich hinführte, wußte ich nicht. Jedenfalls nicht zu Onkel Ludek, den ich nie wiedersehen sollte. Fenster gab es keine in dem Wagen, nur eine Klappe für die Nahrung. Ich hörte nichts als das Rattern der Räder. Bald wußte ich nicht mehr, ob es Tag war oder Nacht. Wochenlang hockte ich regungslos in mei-

ner Ecke. Ich schlief, bis ich anfing zu glauben, daß ich tot sei. Das kennen sie doch, Herr Kiebitz. Sie sind doch ein Schweizer. Und Schweizer meinen zu leben, doch kommen sie tot zur Welt.«
»Warum sagen Sie das? Woher kennen Sie die Schweizer? Muß das sein, verdammt noch mal?«
»Es muß nicht sein. Aber ich möchte Sie endlich reden hören. Wer sind Sie eigentlich? Was sitzen Sie da auf dem Bett meiner Freundin und glotzen mich an, als wäre ich ein Gespenst?«
»Weil Sie mich aus der Fassung bringen. Weil Sie gelebt haben – und ich nicht...«
Da warf er mir einen flüchtigen Blick zu. Er begann also, mich ernst zu nehmen. Jedenfalls zündete er sich eine Zigarette an und fuhr in seiner Erzählung fort: »Eines schönen Tages – es gab auch schöne Tage in meiner Kindheit – riß ein Soldat die Wagentür auf. Er nahm mir die Fesseln von den Füßen, und ich durfte aussteigen. Das Sonnenlicht blendete so sehr, daß mir die Augen zu zerplatzen drohten. Ich konnte überhaupt nichts sehen, ich war erblindet auf der langen Reise. Man brachte mich in ein Lazarett, wo ich gewaschen wurde. Freundliche Stimmen umschwirrten mich. Ich hatte das Gefühl, auf einem belebten Platz zu liegen, doch war es finster um mich herum – nur Lärm war zu hören. Ein Sprachengewirr betäubte meine Ohren. Ich verstand kein Wort, doch spürte ich, daß man sich um mich kümmerte. Vor allem Frauen, und das beruhigte mich. Sie legten ihre Hände auf mein Haar und versuchten, mich zu trösten, doch es gelang ihnen nur halb, ich wußte ja nicht, wo ich war. Ihre Stimmen klangen noch fremdländischer als alles, was ich bisher vernommen hatte. Trotzdem war um mich so etwas wie Mitgefühl. Ich saß verdrossen auf meinem Bett und brütete vor mich hin. Alles hatte man mir genommen – jetzt auch noch das Augenlicht. Nur das Amulett war

mir geblieben. Ich hatte also meinen Namen, mehr brauchte ich nicht. Es vergingen Tage und Wochen. Und langsam fing ich an, wieder zu sehen. Zuerst nur Umrisse. Graue Schatten. Bizarre Formen. Dann kehrten auch die Farben zurück. Ich sah, daß ich mich in einer Welt von Blumen und sanftmütigen Menschen befand. Und schließlich kam der Morgen, an dem ich entlassen wurde. Ich faßte neue Hoffnung. Lebenslust packte mich. Ich kletterte auf einen Lastwagen – diesmal ohne Fesseln –, und weiter ging meine Reise. Durch die Steppe. Über Sanddünen. Immer weiter in den Süden. Hunderte, Tausende von Meilen legten wir zurück. Ich bekam Feigen zu essen und süße Trauben. Köstlichkeiten, die ich nie gekostet hatte. Offenbar war ich in einem anderen Land, vielleicht auf einem anderen Planeten. Jedenfalls nicht in Polen. Auch nicht in Rußland. Vielleicht im Paradies? Plötzlich, am zehnten Tag, färbte sich der staubgelbe Himmel und wurde türkisblau. Wir waren mit unserem Lastwagen am Ende der Wüste angekommen und standen vor einer Barackensiedlung inmitten blühender Felder. Hier begann das zweite Kapitel meines Lebens. Der Fahrer brachte mich in ein Amtszimmer und stellte mich vor. Ich sei der Sohn eines Polacken – das konnte ich gerade noch verstehen –, und mein Name sei Jesus von Nazareth. Da platzte ich heraus. Mein Name sei Bronek. So stehe es auf meinem Amulett, und so wolle ich gerufen werden. Hinter dem Schreibtisch saß eine junge Frau, die mich anlächelte. Sie begrüßte mich mit sonderbaren Worten, die ich nicht verstand. Sie sah aus wie eine Gazelle, ihre Haut war olivgrün und ihre Augen schwarz wie die Nacht. Ich fühlte mich wohl in ihrer Nähe und gab zu verstehen, daß ich hierbleiben wollte. Sie nickte mit dem Kopf, und ich begriff, daß ich willkommen war.«
Ich kann mir denken, Herr Doktor, mit welchem Mißbehagen Sie jetzt lesen, was ich über diesen Bronek mitteile.

Was kann er denn mit meinem Gebrechen zu tun haben, und was nützt er Ihnen und Ihrer Diagnose? Nichts, werden Sie sagen, aber Sie täuschen sich. Bronek und seine Freunde wurden – zu einem späteren Zeitpunkt – zu Katalysatoren meiner Wandlung. Bronek zog mich in seinen Bann. Wie eine Märchengestalt. Wie ein Held aus alten Sagen, obwohl er mich anfänglich nicht leiden mochte. Jedenfalls faszinierte er mich über alle Maßen. Weil er einen Willen hatte – und ich nicht. Weil er so eifersüchtig auf seiner Identität bestand, auf seiner Persönlichkeit und seinem Namen. Bei mir war es ja immer umgekehrt. Ich schämte mich meines Namens und wollte stets ein anderer sein. Bronek war ein Rätsel für mich, eine eigentümliche Kreuzung zwischen dem kleinen David und dem schlauen Odysseus. Er strebte unbeugsam seinem Ziel entgegen, lebte sein eigenes Leben und verstand es, in vollen Zügen zu genießen. Er war noch ein Kind, als er seine Irrfahrten begann und auszog, seinen Onkel zu suchen. Den Holzschnitzer, von dessen Liedern er immer wieder träumte. Dieser Bronek hatte ein Ideal. Ich hatte ein Parteiprogramm.
Bronek glühte. Jedes seiner Worte war explosiv. Vielleicht hatte die Gräfin mehr als ich gewußt. Vielleicht hatte ihn tatsächlich Gott geschickt, um uns zu erlösen. Ich bat ihn weiterzuerzählen, und er fuhr fort: »Ich war also zu sechs Jahren Zwangsarbeit verurteilt worden. Und diese sechs Jahre verbrachte ich in einer Siedlung, die zu einem sogenannten Sowchos gehörte, einem Staatsgut, in dem es nur Frauen gab. Es war alles andere als Zwangsarbeit, die ich hier zu leisten hatte. Die Männer von hier waren eingezogen worden und dienten irgendwo im Westen. In Europa, an der rumänischen Grenze, wie man erzählte. Es gab weit und breit nur *einen*, den man als Mann bezeichnen konnte. Sie wissen doch, was ein Mann ist, Herr Kiebitz?«

»Jawohl, ich weiß es. Und Sie?«

Meine Antwort schien ihn zu amüsieren, und schmunzelnd erzählte er weiter: »Dieser Mann hieß Gawril und war 89 Jahre alt. Er hatte keine Zähne mehr und war so fürchterlich mager, daß man stets befürchten mußte, er würde sich in Dampf auflösen. Er war nämlich Bademeister im Sowchos – verantwortlich für die Körperhygiene, wie es hieß –, und *ich* war ihm zugeteilt. Als Hilfsbademeister, was ein hoher Dienstgrad war für einen siebenjährigen Rotzjungen. Ein halbes Jahr nach meiner Ankunft hauchte der Alte seine Seele aus. Ich wurde befördert und war nun ›Chefbademeister‹. Sie können sich vorstellen, wie stolz ich war. Ich war der jüngste Chefbademeister der Welt. Mein Amulett hatte mir also Glück gebracht. Die Weiber rackerten auf dem Feld, doch einmal in der Woche kamen sie in die Dampfstube, um sich zu reinigen. Ich heizte, scheuerte und putzte bis in die Nacht hinein und freute mich über das Lob meiner Kundinnen. Bisher hatte ich ja nur drei Frauen gekannt: meine Mutter, die Gräfin und die heilige Jungfrau von Tschenstochau, die in unserer Kirche stand und weinte. Alle drei waren unwirkliche Wesen, und mein Frauenbild war dementsprechend ideal. Jetzt aber lernte ich Weiber kennen. Weiber aus Fleisch und Blut. Sie konnten traurig sein und lustig, und für mich waren sie weder wirklich noch unwirklich: nur nackt waren sie und erregt. Sie kreischten wie aufgescheuchte Gänse und benahmen sich ohne Scham. Gawril war für sie kein Mann mehr, ich hingegen noch keiner. Aber sie beobachteten genau, wie ich heranwuchs und kräftiger wurde. Manchmal gab es welche, die auf mich zutraten, angriffslustig und keck. Sie streichelten mich und betasteten mein Geschlecht, um zu prüfen, wie reif es schon sei. Ich verstand jedoch nicht recht, was sie damit meinten. Eines Tages aber – ich war bald zwölf Jahre alt – erschien eine feingliedrige junge Frau mit wunderschönen Augen. Sie mochte zwanzig Jahre alt sein, gurrte wie eine Taube und war unbeschreiblich flink mit den Händen. Sie sagte, ich solle mich entkleiden und auf dem Holzschragen ausstrecken. Dann liebkoste sie meine Füße und Schenkel, obwohl wir nicht allein waren. Ein paar Dutzend Frauen umringten uns, sahen zu und stießen dabei kleine Schreie aus. Das Mädchen, es hieß Larissa, begann nun, meinen Nabel zu küssen und meine Hüften. Ihre Brüste strichen über mein Gesicht. Ein süßer Strom pulste durch meinen Leib, und mein Glied wuchs und wurde hart. Sie nahm es zwischen ihre Lippen und schleckte es ab. Sie sog daran, bis ich in tausend Fetzen zu zerbersten drohte. Da setzte sie sich auf mich und steckte meinen Kolben in sich hinein. Sie wippte auf und ab, hob und senkte ihren Körper, stöhnte leise und gab tierische Laute von sich, bis sie unvermittelt zu jubeln begann. In diesem Augenblick schossen meine Säfte in ihren Leib. Da drehte sie sich zu den anderen Mädchen und frohlockte: ›Er ist ein Mann!‹ Von jenem Tag an wurde ich zum Abgott des Dampfbads, und immer wieder mußte ich an die Gräfin denken. Wie hatte sie sich ausgedrückt? Der Allmächtige hätte mich geschickt, um den Menschen Frieden zu bringen? So war es wohl. Ich brachte ihnen den Frieden.« Jetzt blickte mir Bronek zum ersten Mal in die Augen und sprach mit einem spitzen Diskant in der Stimme: »Eine schlüpfrige Geschichte, was?«

»Ganz im Gegenteil«, gab ich zurück, »nur etwas eigentümlich. Ich weiß nicht, ob ich Ihnen glauben soll.«

»Es ist mir gleichgültig, ob Sie mir glauben, Herr Kiebitz. Jedenfalls weiß ich, wovon ich erzähle, denn es war die beste Zeit meines Lebens. Und nun werden Sie fragen, was dieses Treiben mit dem Allmächtigen zu tun hatte.«

»Genau das möchte ich wissen.«

»Sehr viel. Denn dieses unheilige Treiben war eine Rückkehr zur Harmonie, zu einer ungetrübten Glückseligkeit wie am Anfang der Zeiten. Alles, was dem Körper Ruhe gibt, alles, was uns in Einklang bringt mit der Natur, ist göttlich. Sie kommen aus dem Westen und begreifen nicht, was ich meine. Es ist aber, wie ich sage. Ich beglückte alle. Ich schuf im Dampfbad ein Paradies. Was ich tat, war gegen die Vorschriften, gegen die Gesetze, denn die meisten Frauen waren verheiratet. Ihre Männer standen an der Front und opferten – wie man sagte – ihr Leben für die Heimat. Was wir betrieben, war Ehebruch. War es Sünde? Nein, von Sünde, von Frevel konnte keine Rede sein. Nicht die Liebe ist schlecht, sondern der Haß. Nicht der Frieden, sondern der Krieg. Der Krieg ist ein Werk des Teufels, die Liebe eine Blüte des Himmels. Gott wußte, was er tat. Er gab uns die Genüsse des Körpers – als Vorgeschmack des ewigen Lebens.«

Herr Kiebitz,
was soll Ihr letzter Brief? Wir haben doch vereinbart, daß Sie sich an die Tatsachen halten. Wenn Sie anfangen zu phantasieren, müssen Sie sich einen anderen Psychiater suchen. Ich kann nicht glauben, daß dieser Bronek das alles erzählt hat. Ich glaube eher, *Sie* haben jenes Dampfbad erdichtet, um Ihren verdrängten Wünschen Ausdruck zu verleihen. Aus Ihren Worten spricht der alternde Blaubart, der unbefriedige Voyeur, also der Kiebitz, der zusieht und selber nicht den Mut hat mitzumachen. Sie mystifizieren diesen Kerl. Sie machen ihn zum Liebesgott, der Sie selber immer sein wollten. Hätte Bronek das alles erlebt, würde er in Anwesenheit seiner Geliebten wohl kaum den Mund aufgemacht haben. Und schon gar nicht in Anwesenheit eines Mannes, dem er zum ersten Mal begegnet ist. Ich finde Ihren Brief sehr bedenklich. Er wirft ein peinliches Licht auf Ihre Sexualität. Ich ver-

mute, daß hier homophile Tendenzen im Spiel sind. Sie schildern nämlich eine Orgie, die, zumindest in der Phantasie, den Erzähler und die beiden Zuhörer miteinander verquickt. Sie schaffen ein Spannungsfeld zwischen zwei Männern und einer Frau, wobei die beiden Männer in einen lüsternen Zusammenhang geraten. Soll ich so Ihre Hymne auf diesen Mann begreifen? Er habe Ihr Leben verändert! Er sei zum Katalysator Ihrer Wandlung geworden! Das mag ja sein – aber offenbar im Sinn einer verhängnisvollen Perversion. Schreiben Sie weiter! Doch sagen Sie mir unumwunden, was an Ihrem Bericht Dichtung ist und was Wahrheit!

Sehr geehrter Herr Doktor,
bevor ich in meinem Bericht fortfahre, muß ich einige Punkte Ihres Schreibens richtigstellen. Ich habe mir Broneks Erzählung nicht ausgedacht. Ich habe nur wiederholt, was er uns – das heißt Heidi und mir – erzählt hat. Daher kann auch nicht von erotischen oder gar homoerotischen Phantasien gesprochen werden. Im Gegenteil. Auch ich habe Broneks Geschichte mit einem gewissen Mißbehagen vernommen, und es hat mich gestört, daß Heidi dabei war. Ihre Vermutung, perverse Tendenzen seien da im Spiel gewesen, ist völlig aus der Luft gegriffen. Bronek hat mir imponiert. Er imponiert mir noch heute, weil er alles erlebt hat, was ein Mensch erleben kann. Das heißt aber nicht, daß ich ihn begehrt habe. Wie kommen Sie nur darauf, Herr Doktor? Auch habe ich den Bericht dieses Menschen nicht als Abartigkeit gesehen, sondern – ganz gleich, ob das nun tatsächliche Ereignisse waren oder nicht – als Ausdruck einer märchenhaften Utopie: Die Szenen im Dampfbad widerspiegeln einen uralten Menschheitstraum, die Sehnsucht nach der heiteren Vereinigung unter Ausschluß der Männer, weil

Männer immer Rivalität in die Welt bringen. Neid. Kampf aller gegen alle. Bronek war aufgewachsen, ohne zu wissen, was Konkurrenz ist. Ich sagte bereits, Herr Doktor, daß er von einer beispiellosen Furchtlosigkeit war. Das hatte er seinen Jahren in Turkestan zu verdanken. Bronek war nie von einer Frau verschmäht worden. Umgekehrt: Alle Frauen, die ihn kannten, begehrten ihn und wünschten, von ihm beglückt zu werden. Wäre er in einer Männergesellschaft aufgewachsen, hätte er die Qualen der Eifersucht gekannt, die Minderwertigkeitsgefühle des Sitzengebliebenen. Statt dessen hat er die uneingeschränkte Erfüllung erlebt und mehr bekommen, als er nur wünschen konnte. Sie wissen, welch tiefe Abscheu ich heute gegen das Sowjetsystem empfinde, doch muß ich gestehen, daß es zumindest *einen* Mann hervorgebracht hat, den man im wahrsten Sinne des Wortes als Menschen bezeichnen darf. Bronek besaß ein souveränes, ein wahrhaft königliches Selbstgefühl und war mir deshalb in jeder Hinsicht überlegen. Das müssen Sie wissen, Herr Doktor, bevor ich weiterberichte.

Bronek erzählte uns, daß die Liebesorgien im Dampfbad immer ausgelassener wurden: Sie seien sozusagen zum Gottesdienst ausgeartet. Ich weiß, das klingt seltsam. Also erteile ich das Wort wieder Bronek, dessen Geschichte immer ungewöhnlicher wurde.

»Unser Venuskult huldigte der Liebe, und ich war der halbwüchsige Hohepriester. Alles war wie ein Traum, doch die Folgen ließen nicht auf sich warten: Ich hatte ein gutes Dutzend Frauen geschwängert, aber wußte nicht, was aus den Früchten unserer Spiele geworden war. Erst kurz vor meiner Rückkehr nach Polen erfuhr ich, daß ich Vater einer Schar von Kindern war, die man in verschiedenen Waisenhäusern untergebracht hatte – als angebliche Opfer der Kriegswirren und der sich ständig verändernden Frontlinie. Für mich als Waise war es nur natürlich, daß ich Waisen zeugte, die ihrerseits wieder Waisen in die Welt setzen würden. Ich dachte mir nur: vielleicht wird bald die ganze Menschheit verwaisen, vielleicht wächst eine ganze Armee anonymer Kinder heran, die weder Väter haben noch Mütter und nur ein Gefühl von Obdachlosigkeit, weil sie unwillkommen und überzählig sind. Eines Tages läuteten die Kirchenglocken, obwohl sie im Sowjetreich gar nicht läuten durften, und Popen eilten herbei, die es offiziell gar nicht gab, und dankten Gott für den Frieden. Die Rundfunksprecher verkündeten in allen Sprachen, der Krieg sei siegreich beendet und alles sei wieder so schön wie vorher. Alle jubelten, nur ich nicht, denn ich begriff: Meine Uhr in Turkestan war abgelaufen, das Jesuskind mußte verschwinden. Zweihundert Weiber hatten nur noch *eine* Sorge. Mich loszuwerden, und zwar so schnell wie möglich, denn bald würden ihre Männer zurückkehren. Also mußten alle Spuren meines Gastspiels ausgelöscht werden! Was nun über die Bühne ging, war eine Komödie sondergleichen. Die Amazonen des Staatsguts beantragten beim Bezirksrat meine Ernennung zum Helden der sozialistischen Arbeit, die höchste Auszeichnung, die es damals gab. Die Parteisekretärin schrieb ein Gesuch an die oberste Behörde und verlangte, man möge mir – für die Verdienste um das Wohl des Staatsgutes – den selten vergebenen Zivilorden verleihen und mir darüber hinaus einen Wunsch erfüllen, der angesichts meines beispiellosen Eifers vollkommen gerechtfertigt sei. Ich hätte nämlich schon immer den Wunsch geäußert, unverzüglich nach Kriegsende in die Heimat zurückzukehren, um dort am Aufbau einer gerechten Gesellschaft teilzunehmen. Ich nehme an, daß dieses Schreiben einstimmig gutgeheißen wurde – die Sache duldete ja auch keinen Aufschub. Heute weiß ich, daß ich in jenen Tagen nur knapp dem Tode entronnen bin. Hätte nämlich der Bezirksrat das Gesuch abgelehnt, würden mich die Frauen gewaltsam aus dem Weg geräumt haben – denn der Zeuge ihres Treibens mußte verschwinden. Gott sei Dank aber bekam ich den Orden und blieb am Leben. Zweihundert Frauen fuhren mit mir im Triumphzug nach Aschchabad, wo die feierliche Ehrung stattfinden sollte. Und Larissa persönlich hielt die Ansprache zu meinen Ehren: Ich hätte – sagte sie, indem sie mir vielsagend zuzwinkerte – der gesamten Belegschaft unschätzbare Dienste geleistet. Als armes, unschuldiges Waisenkind sei ich in den Sowchos gekommen, doch hätte ich einen wunderbaren Eifer an den Tag gelegt, um die Genossinnen in jeder Hinsicht zufriedenzustellen. Ein Sowjetbürger sei ich zwar nicht, aber ein Sohn des heldenhaften polnischen Volkes, und darum sei auch mein Wunsch zu respektieren, so schnell wie möglich in das Vaterland zurückzukehren, um dort die Fundamente der Volksmacht zu legen und die Fahne der Revolution aufzupflanzen. Sie sei überzeugt, daß die Partei der Arbeiterklasse alles unternehmen würde, um meiner Bitte nachzukommen. Doch würden alle Mitglieder der Belegschaft – ohne Ausnahme – des Genossen gedenken, der ihnen soviel Freude bereitet hätte, und ihn in dankbarster Erinnerung behalten. Durch seine unermüdlichen Anstrengungen hätte er sich um das Wohlbefinden von zweihundert Frauen verdient gemacht, und darum würde sie vorschlagen, das Dampfbad, das er so beispielhaft betreut hätte, ab heute ›Broneks Paradies‹ zu nennen. Die Rede der schönen Larissa wurde von den Frauen mit großem Beifall begrüßt. Die Verantwortlichen des Bezirksrates schienen nicht zu merken, was gespielt wurde, und alles verlief nach dem Wunsch meiner Amazonen. Ein imposanter Orden wurde mir an die Brust geheftet, und nach Absingen der Internationale brachte man mich zum Bahnhof, wo ich in einen Wagen erster Klasse gehievt wurde. Auf Nimmerwiedersehen.

Sieben Wochen später überquerte ich die Grenze bei Brest-Litowsk, und da begann das dritte, das schreckliche Kapitel meiner Geschichte. Ich war, wie man so sagt, am Ziel meiner Träume. Hier lebte, wenn er nicht tot war, mein Onkel Ludek. Hier stand irgendwo der Trümmerhaufen, unter dem meine Eltern vermoderten. Ich hoffte, hier vielleicht auch die Gräfin zu finden, wenn sie nicht im Namen der proletarischen Gerechtigkeit aufgeknüpft worden war. Die Zöllner waren Patrioten von altem Schrot und Korn. Sie haßten die Russen und betrachteten meinen Orden mit bösem Mißtrauen. In ihren Augen blitzte ein Respekt, hinter dem sich Ekel und Verachtung verbargen. Ein Beamter ging so weit, sich vor mir zu verbeugen, und bemerkte doppeldeutig, er könne doch einen Helden nicht ins total zerstörte Warschau schicken, denn Warschau gebe es gar nicht mehr. Statt dessen schicke er mich besser nach Posen, was praktisch unberührt sei. Dort könne ich mich wohl fühlen und zu einem tüchtigen Katholiken heranwachsen. ›Es lebe Polen‹, sagte er und klopfte mir freundschaftlich auf die Schulter. Doch irgend etwas stimmte nicht. Ich war beunruhigt, und bald sollte ich auch erfahren, was der Mann im Sinn hatte.«

Herr Kiebitz,
noch immer kann ich nicht begreifen, warum Sie diesem Bronek eine solche Bedeutung geben. Was hatte er denn getan, um – wie Sie schreiben – zum Katalysator Ihrer Metamorphose zu werden? Bis jetzt weiß ich nur, daß er einen ganzen Stall geiler Stuten befriedigt hat. Deswegen ist er doch noch kein Übermensch. Ich nehme an, daß Sie ihn einfach überbewerten. Aus einer verdrängten Homosexualität heraus, oder – was ebenfalls möglich ist – um die Schlappe zu verkraften, die er Ihnen als Nebenbuhler

beigebracht hat. Er war ja der Liebhaber der Schweizerin, die Sie so sehr beeindruckt hat. Falls Sie über ihn keine substantielleren Informationen besitzen, schlage ich vor, endlich das Thema zu wechseln.

Sehr geehrter Herr Doktor,
ich habe ganz und gar nicht die Absicht, das Thema zu wechseln. Ich wundere mich, daß Sie so gereizt auf Bronek reagieren. Beneiden Sie ihn etwa? Er war – wie Heidi sagte – ein beschriebenes Blatt. Sind Sie auch eines, oder schämen Sie sich wie ich, das Leben nur aus zweiter Hand zu kennen?
Ihr Widerwillen gegen meinen Freund stimuliert mich jedenfalls, mehr über ihn zu berichten. Er kam also – wie ich bereits schrieb – nach Posen, das ihm von Anfang an ein Greuel war. Es habe dort nach dünnem Bier und toten Ratten gestunken. Im Vergleich mit dem sowjetischen Misthaufen sei es zwar eine Weltstadt, der Misthaufen jedoch sei ihm lieber gewesen. In seinem Weibersowchos habe er sich wie ein Vogel gefühlt, ungebunden vom frühen Morgen bis zum späten Abend, in Posen hingegen seien die Männer am Ruder gewesen. Alles habe an seinem Platz gestanden und jemandem gehört. Wehe dem, der sich dort an fremdem Eigentum vergriffen habe – der sei sofort bestraft worden. In Turkestan habe er sich an die Frauen gewöhnt, an ihre Mütterlichkeit, an die Wärme ihres Temperaments. Mit Frauen könne man reden, sagte er, mit Männern sei es umgekehrt. Immer und überall seien sie Herren und fühlten sich erst stark, wenn jemand schwächer sei als sie.
Bronek war kein Männerfeind. Er haßte nur die Männerherrschaft, die das Leben zur Hölle macht, und erzählte weiter: »Am Bahnhof wurde ich von einem Pfaffen in brauner Kutte und hölzernen Sandalen abgeholt. Er sagte

mir, wir führen miteinander ins Kloster. Das war eine Anzüglichkeit, die mich anwiderte. Wir kannten uns noch gar nicht, und schon sprach er von ›miteinander‹. Ich spürte die Verlogenheit dieses Ausdrucks. Ich sollte also tun, was *er* wollte. Er wollte mich gängeln, und das machte mich widerspenstig. Mit welchem Recht fuhr er denn ins Kloster mit mir? Hatte er mich gefragt? Keine Spur. Er wußte nur, daß ich schon lang nichts mehr gefuttert hatte. Daß ich hungrig war und schwach auf den Füßen. Ich fragte ihn argwöhnisch, ob man im Kloster etwas essen könne, worauf er mir erklärte, das Kloster sei das Vorzimmer zum Paradies. Wer Gott diene, bekomme dort Nahrung für Körper und Seele. Darauf fragte ich, was geschehe, wenn jemand Gott *nicht* dienen wolle – ob man dann verhungern müsse? Darauf antwortete der Kerl, er sei beauftragt, mich auf den rechten Weg zu führen. Schon wieder so eine Anmaßung. Er war beauftragt. Und ich? Hatte ich nichts zu sagen? Woher wußte er, ob er recht hatte? Das Gesicht des Pfaffen war buttergelb, und es lächelte unentwegt, aber ich spürte, daß es nur eine Fratze war. Eine verkrampfte Grimasse! ›Miteinander werden wir den Weg suchen‹, säuselte er, ›und wenn du nur willst, werden wir ihn finden. Gott wartet auf dich, mein Sohn!‹ Er machte mich rasend. Miteinander. Den richtigen Weg. Mein Sohn. Lauter Versuche, dachte ich, mich kleinzukriegen. Besitz von mir zu ergreifen. Der Mensch war verrückt. Meine Sünden wolle er mir vergeben, sagte er. Was für Sünden? Woher wußte er überhaupt, daß ich gesündigt hatte? Ich fühlte mich ohne Schuld und brauchte kein Kloster, um zu leben. Und keinen Pfaffen, der nach Mottenkugeln und warmem Essig roch. Ich hielt es nun nicht mehr aus und fragte ihn, wer er überhaupt sei. Da stellte er sich vor: Bruder Ludek sollte ich ihn nennen. Das paßte mir noch weniger: Erstens war er nicht mein Bruder, und zweitens

gab es nur *einen* Ludek für mich. Der wohnte in Lublin, wenn er überhaupt noch am Leben war. Ich hätte weder Vater noch Mutter, sagte ich, und von einem Bruder sei mir schon gar nichts bekannt. Darauf fragte er nun, mit wem denn *er* die Ehre habe. Ich antwortete, daß ich das Jesuskind sei und der Welt den Frieden bringe. Darauf entgegnete das Pfäfflein, bei Gotteslästerung gebe es drei Tage Hungerarrest. Jetzt sagte ich, mir sei das wurscht und er solle mich gern haben. Mein Begleiter begann mich zu hassen. Trotzdem strahlte er mich aus seinen Schweinsäuglein an und sagte mit falscher Sanftheit, im Kloster würden wir dann miteinander reden.
Das Kloster war, wie ich es mir vorgestellt hatte. Saftlos. Greisenhaft. Wie ein Krankenhaus. Überall huschten Männer herum, Gespenster mit Maulwurfskutten und rasierten Schädeln. Das sollte also das Vorzimmer zum Paradies sein? In diesem Augenblick wäre mir die Hölle lieber gewesen. Mein Pfäfflein führte mich zu dem Ort, wo ich schlafen würde, und fragte, ob ich beten könnte. Ich verneinte und sagte, bei den Sowjets betete man nicht. Er schnaubte, daß wir hier nicht bei den Sowjets seien – ich solle niederknien. Ich schüttelte den Kopf. Wenn er mir etwas zu sagen hätte, könne ich es auch stehend verstehen. Da blickte er mich an, als sei ich auf immer verloren. Er schloß die Augen und flüsterte mißmutig:
›Unser Vater, der du bist im Himmel,
dein Wille geschehe
wie im Himmel auch auf Erden,
und vergib uns unsere Schulden,
wie auch wir vergeben unseren Schuldnern,
und führe uns nicht in Versuchung,
sondern erlöse uns von dem Bösen.
Amen.‹
Da lächelte er wieder aus seinem Buttergesicht und fragte, ob mir das Gebet gefallen hätte. Ich antwortete,

daß ich dieses Gebet um nichts in der Welt sprechen würde. ›Warum?‹ fragte er verblüfft. ›Alle sagen es. Warum willst denn *du* es nicht sagen?‹ Ich antwortete: ›Weil ich nicht alle bin, sondern ich. Weil ich nicht wünsche, daß *sein* Wille geschehe. *Mein* Wille soll geschehen, sonst bin ich eine Spinne. Ein Mistkäfer, den man zertreten kann.‹ Da grinste er mich wieder an, und seine Schweinsäuglein glänzten. Seine Zähne blinkten, obwohl ich schreckliche Dinge gesagt hatte. Kaum dreizehn Jahre war ich alt, und schon stellte ich mich über den Herrn der Welten. Der Pfaffe zweifelte nicht daran, daß ich vom Teufel besessen war, und konnte nicht fassen, daß ich mich gegen den Allmächtigen auflehnte. Dabei wußte ich gar nicht, wer das war, der Allmächtige. Wenn ich aufbegehrte, dann gegen diesen Pfaffen. Gegen sein Lächeln und sein öliges Gesicht.

Er war nun entschlossen, meinen Willen zu brechen, und ich war entschlossen, ihm standzuhalten. Es ging ums Überleben für mich: So gelobte ich mir, lieber zu krepieren, als ihm nachzubeten. Ich wurde immer trotziger und rief: ›Gottes Name ist nur ein Trick, um mich zu knechten. Ich habe nicht die geringste Absicht, ihn zu heiligen. Er soll mir gestohlen bleiben!‹ Da erlosch sein Lächeln, und er schlug mir ins Gesicht. Das war mir noch nie vorgekommen! Im Frauensowchos hatte man mich zwar hin und wieder gerügt, aber geschlagen – und dazu noch ins Gesicht – hatte man mich nie. Ich empfand das als die Demütigung meines Lebens und sagte kalt, ich würde jetzt überhaupt nie mehr beten. Ich könne auch ohne Gott mein Dasein fristen, und dieses Kloster sei eine Stinklatrine. Darauf packte er mich an den Haaren und schleppte mich durch den Kreuzgang, die Marmortreppe hinauf und über einen finstern Korridor. Er sperrte eine Tür auf, stieß mich in ein Verlies und knallte den Riegel hinter mir zu. Da stand ich nun. In einer Zelle, die weder

Fenster hatte noch irgendwelche Möbel. Ich warf mich auf den Fußboden und heulte. Stundenlang quoll es aus meinem Herzen! Haben Sie einmal geschluchzt, Herr Kiebitz?«
»Ich habe geweint. Vor vielen Jahren, aber geschluchzt habe ich nie.«
»Weil Sie noch nie ganz unten waren. Nur immer oben. Manchmal etwas höher, manchmal etwas tiefer, aber immer am Tisch der Zufriedenen...«
»Warum sagen Sie das?«
»Weil ich fürchte, daß Sie mich nicht verstehen.«
»Ich verstehe Sie sehr gut und will wissen, wie es weiterging.«
»Bitteschön, ich werde es Ihnen erzählen. Zuletzt schlief ich ein und erwachte erst wieder, als ein gellender Schrei mich weckte. Ich sprang auf und wollte erfahren, was geschehen war, doch es war stockfinster in meiner Zelle. Trotzdem bemerkte ich einen Lichtstrahl – und ich entdeckte einen Riß in der Wand. Ich drückte mein Auge ans Gemäuer, und ich erkannte etwas: einen zuckenden Knäuel. Da hörte ich eine Mädchenstimme, die um Gnade flehte: ›Ich will alles tun, was Sie verlangen. Wie ein Hund will ich gehorchen, aber lassen Sie mir meine Ehre. Ich beschwöre Sie, Bruder Ludek.‹ Da hatte ich ihn also. Das hochheilige Pfäfflein, das einem Mädchen die Unschuld rauben wollte. Der sollte noch einmal versuchen, mich zum Beten zu zwingen, mir von Gottes Willen zu erzählen! Was da geschah, war nicht Gottes Wille. Das war die Lüsternheit eines Lumpen, der auf eine junge Frau einprügelte. Er würgte sie und preßte die Hand auf ihren Mund. Sie war noch ein Kind. Eine Küchenangestellte wahrscheinlich. Ihr Geschrei machte keinen Eindruck auf ihn. Er wollte ihre Ehre, wie jener Russe die meine, als er versucht hatte, mir das Kettlein vom Hals zu reißen. Daß sie sonst nichts besaß, war ihm gleichgül-

tig. *Mein* Wille geschehe, und er zerrte ihr die Kleider vom Leib. Er hob seine Kutte in die Höhe, entblößte sein Geschlecht und versuchte, es in ihren Leib zu rammen – doch das Mädchen war vom gleichen Stoff wie ich. Sie wehrte sich mit Todesverachtung, zerkratzte ihm den Hals und das Gesicht. Ich mußte das Schlimmste verhindern und brüllte wie ein Tollwütiger: ›Loslassen, du Drecksau, sonst bring ich dich um!‹
Da wurde es ganz plötzlich still. Ich hatte den Pfaffen erschreckt. Er raffte seine Kleider zusammen und verschwand wie ein böser Traum. Jetzt hörte ich das Gewimmer des Mädchens und freute mich, dem Unhold das Spiel verdorben zu haben. Als es sich, ein Kind noch, beruhigte, flüsterte ich durch die Wand hindurch: ›Keine Angst, Schwester! Der wird nicht wiederkommen.‹
Nach einer langen Pause antwortete sie: ›Gott soll es dir vergelten, du bist mein Schutzengel.‹
Aber der Unhold streckte die Waffen nicht, wie ich gedacht hatte. Es verging keine Stunde, da wurde meine Tür aufgerissen, und das Buttergesicht stürzte herein. Mit blutunterlaufenen Augen, eine Peitsche in der Hand, trieb er mich aus der Zelle. Der Tag dämmerte bereits. Der Kerl hetzte mich durch finstere Gänge, über bröcklige Treppen hinunter in die Klosterkapelle. Da brüllte er wie ein Besessener: ›Auf die Knie, du gottloser Teufel!‹
Ich zitterte und schwitzte. Seine Heuchelei trieb mich zum Äußersten, und ich kreischte: ›Nie werde ich tun, was du befiehlst. Du bist eine Wanze. Ich werde nur tun, was *ich* will. *Mein* Wille geschehe und wenn du mich totschlägst!‹
Jetzt trat er ganz nahe auf mich zu. Er schwang die Peitsche über seinem Kopf und zischte: ›Ich warne dich zum letzten Mal. Auf den Boden! Erniedrige dich vor Gott und sprich das Gebet nach!‹

Ich regte mich nicht und biß auf die Zähne. Er reichte mir einen brennenden Kienspan und deutete auf einen Kerzenständer, der in einer Basaltnische stand. Er war aus purem Silber und größer als ich. Der Pfaffe brüllte: ›Mach das Licht an. Wir wollen miteinander beten.‹
Ich erwiderte kalt: ›Bete allein, du Vieh! Hast es nötiger als ich.‹
›Die Kerze sollst du anzünden, Sohn der Sünde!‹
›Niemals, du Kinderschänder. Lieber erwürge ich dich.‹
Da packte er mich an meinem Kettlein. Wie der Russe am Bahnhof von Krosno. Er rüttelte und schüttelte mich und geißelte meinen Nacken und meinen Rücken. Die Peitsche war aus geknoteten Lederfäden, die mir die Haut aufrissen. Der Pfaffe zerrte an meinem Amulett und schnürte mir damit den Hals, doch das Kettlein zersprang und fiel auf den Boden. Vor meinen Augen wurde es schwarz. Ich wußte nicht mehr, was ich tat. Der Wahnsinn stieg mir in den Hals und...«
Bronek war bisher auf dem Stuhl gesessen. Heidi gegenüber, die ihm entsetzt zuhörte. Jetzt sprang er auf und packte mich an beiden Schultern: »Was hätten Sie an meiner Stelle getan?«
Ich war gelähmt, Broneks Geschichte hatte mich erschüttert. Ich antwortete mit heiserer Stimme: »Ich weiß es nicht, Bronek. Ich habe mich nie in einer solchen Lage befunden.«
Bronek starrte mich an: »Aber Sie sind doch ein Mensch, Herr Kiebitz. Können Sie nicht nachvollziehen...«
Ich dachte lange nach. Dann sagte ich: »Wahrscheinlich wäre ich... davongelaufen.«
»Und Sie hätten weiterleben können? Gedemütigt wie ein Tier?«
»Ich weiß es nicht. Ich schwöre, daß ich es nicht weiß. Was haben denn *Sie* getan?«
Bronek stand jetzt vor uns – eine arme Seele vor dem

Jüngsten Gericht. Die Tränen traten ihm in die Augen, und er stöhnte: »Du sollst nicht töten!«
Ich wiederholte meine Frage. Ganz leise und behutsam: »Was haben Sie getan?«
Bronek wischte sich die Tränen aus den Augen und sagte hart: »Ich hob den Kerzenständer in die Höhe und schlug dem Kerl den Schädel ein. Lautlos sackte er zusammen. Er war tot.«
Niemand brachte ein Wort hervor. Heidi blickte durch die Fensterluke. Der Mond hing über den Berggipfeln. Ich zündete eine Zigarette an. Bronek biß sich die Hornhaut vom Daumennagel. Da durchbrach ich die Stille: »Würden Sie es wieder tun?«
»Ja.«
»Eben hatten Sie Tränen in den Augen.«
»Weil man nicht töten soll. Aber ich habe auch nicht getötet. Ich habe mich nur zur Wehr gesetzt. Es ging ja um meinen Namen, den er mir vom Körper riß. Ich habe ein Leben ausgelöscht – aber was für eines? Und außerdem mußte ich entscheiden: er oder ich. Ich habe mich für mich entschieden.«

Herr Kiebitz,
ich will nicht bestreiten, daß mich Ihre Geschichte – trotz aller Einwände – betroffen macht. Ich kann mir jetzt vorstellen, daß dieser Mensch Ihr Leben durcheinandergebracht hat. Ich habe Ihr Schreiben mehrmals durchgelesen und frage mich wieder und wieder, was an ihm so ungewöhnlich ist. Vielleicht die fixe Idee Broneks, das Jesuskind zu sein. Der Sohn Gottes, der Erlöser der Welt. Und dann diese merkwürdige Hartnäckigkeit im Kampf um das Amulett, also um den Namen, um die Identität. Ich schließe nicht aus, daß Bronek Ihre erste Gotteserfahrung war. Sie sind einem furcht- und schuldlosen

Wesen begegnet, das sich nicht beugen ließ und lieber untergehen wollte, als sich knechten zu lassen. Das spricht tatsächlich für eine gewaltigen, ich möchte fast sagen: für einen göttlichen Willen. Nach Ihrer Schilderung ist diese Kraft auf die merkwürdigen Sexualerfahrungen des jungen Mannes zurückzuführen. Vielleicht. Mag sein, daß das ungetrübte Erleben der Frau eine Quelle außergewöhnlichen Selbstgefühls ist. Es ist denkbar, daß das Fehlen männlicher Konkurrenz bei den ersten Liebeserlebnissen zu einem fast beispiellosen Durchsetzungsvermögen führt. Demnach wäre Bronek – wenn das alles zutrifft – ein anthropologisches Phänomen. Ein exemplarischer Fall von Humanität, der an den Nazarener erinnert. Ich gebe zu, anfänglich die Bedeutung dieses Menschen unterschätzt zu haben. Jetzt vermute ich fast, daß er für Sie eine Art Urerlebnis war. Allerdings gibt es in Ihrem Brief einen Nebensatz, der mich stutzig macht. Sie entgegneten auf Broneks Frage, was Sie an seiner Stelle getan hätten, daß Sie wahrscheinlich davongelaufen wären. Vielleicht ist diese Antwort ein Hinweis auf den Kern Ihres Charakters. Vielleicht sind Sie ganz einfach ein Kneifer. Und vielleicht ist sogar Ihr Verstummen eine Form des Davonlaufens – der Angst vor dem Leben aus erster Hand. Bronek war der erste Mensch, der Ihnen vom tatsächlichen Leben und von großen Prüfungen zu berichten wußte. Durch ihn erfuhren Sie – leider erneut aus zweiter Hand –, wie schwer es ist, ein Mensch zu sein. Er erzählte von seinem Dornenweg, aber Sie zuckten zusammen. Sie sagten, an seiner Stelle hätten Sie das Weite gesucht. Ja, Sie flüchten vor Katastrophen, Sie suchen Ihr Heil immer wieder in der Flucht. Hier könnte *die* Fährte sein, der wir, wollen wir das Rätsel Ihrer Krankheit lösen, folgen müssen.

Sehr geehrter Herr Doktor,
Sie lesen meine Briefe sehr genau. Das beruhigt mich und beweist mir, wie aufmerksam Sie sind. Ich fühle, daß ich bei Ihnen – trotz immer wieder aufkommender Meinungsverschiedenheiten – in guter Obhut bin. Nichtsdestoweniger werde ich den Gedanken nicht los, daß auch Sie ein Kiebitz sind. Ob das Ihrer therapeutischen Tätigkeit zu- oder abträglich ist, kann ich nicht beurteilen. Aber auch Sie haben Ihre Weisheit aus zweiter, um nicht zu sagen, aus dritter Hand – nur, das ist kein Diskussionsthema zwischen uns.
Ich will jetzt auf Bronek zurückkommen, der immer wieder von seiner messianischen Berufung sprach. Ironisch selbstverständlich, scherzhaft und mit einem belustigten Achselzucken. Natürlich war er viel zu klug, um sich für den Auserwählten zu halten. Dennoch wußte er, daß er über eine außergewöhnliche Sensibilität verfügte. Diese schrieb er nicht etwa einer göttlichen Gnade zu, sondern den Erfahrungen seiner Kinder- und Jugendjahre. Ihm war klar, daß er mehr wußte als die meisten seiner Mitmenschen, doch war er weit davon entfernt, sich zu überschätzen. Er strahlte einfach jene Überlegenheit aus, die niemand in Frage zu stellen wagte.
Erlauben Sie mir nun, Herr Doktor, auf Ihre Vermutung zurückzukommen, das Kneifen und Davonlaufen sei ein Grundzug meines Charakters und habe möglicherweise seinen Ausdruck in jener physischen Störung gefunden, die ich mein Verstummen nenne. Das bedeutete ja, ich hätte gezielt oder absichtlich die Sprache verloren. Mein Schweigen sei sozusagen eine Flucht vor Verpflichtungen. Es ist dies zwar keineswegs ausgeschlossen, doch muß ich festhalten, daß mein Leben auch *nach* der Bekanntschaft Broneks problemlos weitergegangen ist. Viele Jahre nach jener Begegnung hat mein Sprechvermögen ohne die geringste Einschränkung funktioniert. Wir

müßten wahrscheinlich prüfen, ob meine Fluchttendenzen in der Folge größer wurden oder kleiner. Es dürfte aber noch zu früh sein, diese Frage endgültig zu beantworten. Ich weiß jedenfalls, daß ich weder damals noch heute ein Feigling war. Ich ging den großen Prüfungen nicht eigentlich aus dem Weg. Nur betrachtete ich sie, wenn möglich, lieber aus der Ferne. Aus dem Logenplatz meiner bevorzugten Position – als Kiebitz eben. Vielleicht bin ich doch ein Opfer meines Namens – mag Ihnen das gefallen oder nicht – und spiele die mir zugedachte Rolle eines ewigen Zaungastes. Wir werden später sehen, ob diese Annahme so absurd ist, wie Sie meinen. Bis wir so weit sind, will ich Broneks Geschichte weitererzählen.

Fünf Monate und fünf Tage verbrachte er im Posener Untersuchungsgefängnis. Dann wurde er endlich dem Jugendrichter vorgeführt, der nur ein paar Jahre älter war als Bronek. Das war sein Glück, denn das Erstaunliche geschah. Der Jugendrichter grinste. Er fand alles, was er hörte, recht amüsant und bemerkte, der Fall sei ja gar nicht so schwerwiegend – er sei ein Marxist und Anhänger der sozialistischen Revolution und als solcher könne er sich nur freuen, wenn ein Pfaffe aus dem Weg geräumt werde. Religion sei Opium für das Volk und das Priestergesindel eine Bande professioneller Giftmischer. Andererseits habe er leider die Aufgabe, Verbrechen zu ahnden, wenngleich es höchst fraglich sei, wer hier das Verbrechen begangen habe. Broneks Tat sei nicht einmal als Totschlag zu werten, da er ja nicht *im,* sondern *nach* dem Affekt gehandelt habe. Was Bronek schließlich begangen habe, sei, juristisch gesprochen, nichts anderes als Widerstand gegen die Aggression. Außerdem habe der Butterkopf Broneks Kettlein zerrissen und sich somit eines Anschlags auf dessen Eigentum schuldig gemacht. Zu bestrafen sei also ohne Zweifel der Pfaffe. Da der jedoch im Gerangel umgekommen sei – und um ein Gerangel habe es sich doch wohl gehandelt –, könne der Kerl nicht mehr belangt werden. Der Fall sei also erledigt. Punkt. Nachdem er so geurteilt hatte, legte der Jugendrichter ganz beiläufig einen Schlüssel aufs Pult und riet Bronek, sich so diskret wie möglich zu verkrümeln, doch möge er gut aufpassen. Erwischte man ihn, könnte es Schwierigkeiten geben. Ein anderer Jugendrichter würde den Fall vielleicht ganz anders werten... Dabei sah der junge Mann Bronek an, nahm ein paar Banknoten aus seiner Brieftasche und sagte, er sei dem Angeklagten noch 2000 Zloty schuldig, was natürlich nicht stimmte: »Sie brauchen ungefähr 2000 Zloty, um nach Zakopane zu reisen. Dort gibt es ein Waisenhaus; melden Sie sich dort. Der Direktor ist nämlich aus Posen und denkt ähnlich wie ich. Sie werden dort ohne weiteres aufgenommen, und keiner wird Sie nach Ihrer Herkunft fragen. Bis zum Abitur ist dann alles verjährt. Bewahren Sie aber Ihren Verstand und bringen Sie möglichst keine Pfaffen mehr um...«

Das erstaunliche Geschehen ereignete sich in den ersten Monaten nach dem Krieg. Ganz Polen lag in Trümmern. Und damit auch die Rechtsprechung. Es gab noch kein Strafgesetzbuch, und die Justiz funktionierte nach dem Gutdünken der Richter. Die einen gehörten zur alten Garde und hielten sich an alte Paragraphen, die anderen schworen auf die Revolution und standen an der Seite des siegreichen Proletariats. Und so kam Bronek mit heiler Haut davon. Es gelang ihm, durch die Maschen zu schlüpfen, er entkam nach Zakopane und begann ein neues Leben.

Das, Herr Doktor, ist die Geschichte eines Menschen, der meine Grundsätze auf den Kopf gestellt hat. Ich will damit nicht behaupten, er hätte mehr erlebt als andere Leute in Polen. Das wäre übertrieben – denn später er-

fuhr ich, daß alle Überlebenden irgendeiner Hölle entronnen waren. Alle, ohne Ausnahme. Aber Bronek konnte erzählen. Er durchsetzte seinen Bericht mit haarsträubenden Einzelheiten, mit Details, die mir den Eindruck gaben, ich sei dabeigewesen. Sein Bericht war so lebensnah, daß ich selbst in seinem Mittelpunkt zu stehen glaubte. Das war das Neue für mich. Von jetzt an bildete ich mir ein, ich hätte mit meinen fünf Sinnen das Leben kennengelernt. Ich selbst wäre im Inferno gewesen. Das war natürlich eine Täuschung, die Alice sofort bemerkte. Nach Warschau zurückgekommen, erzählte ich, was ich gehört hatte, doch spürte ich, daß meine Frau eher kühl blieb. Das lag wohl an meiner Art des Nacherzählens. Die Geschichte klang künstlich – sie war ja auch aus zweiter Hand. Alice sträubte sich gegen sie, sie stemmte sich gegen diesen Bronek. Vielleicht aus Angst um unsere Illusionen. Vielleicht wieder aus Eifersucht. Zwischen uns drängte sich etwas Fremdes. Alice mochte nicht teilnehmen an meinem Hochgefühl. Ich war ihr um ein Menschenschicksal voraus. Um einen Bronek, den sie nicht kannte und auch nicht kennen wollte. Ich jubelte innerlich, weil ich glaubte, jetzt in das Geheimnis Polens einzudringen, aber Alice ahnte wohl, daß an diesem Kerl unser Traum zerschellen könnte. Bronek war die lebendige Verneinung unserer Abstraktionen, ein Beweisstück gegen unsere Ideologie. Seine Worte waren zwar nicht gegen die Revolution gerichtet, aber sie sprachen auch nicht dafür. Als ich geendet hatte, fragte Alice, was nun eigentlich mit Janusch geschehen sei. Seinetwegen sei ich doch nach Zakopane gereist, oder nicht? Dieser Bronek sei doch nichts anderes als ein Ganove, der irgendwo in Turkestan den Hahn im Korb gespielt habe. Ein gewöhnlicher Totschläger, der skrupellos einen Mitmenschen ausgelöscht habe!
Ich fuhr auf. Bronek sei weder ein Totschläger noch ein

Ganove. Er sei ein Mensch – im wahrsten Sinn des Wortes. Er habe mir die Augen geöffnet, ich wisse nun einiges über die Abgründe des Daseins. Alice wurde immer verdrossener, ja, feindseliger. Sie spürte den Graben zwischen uns, wollte mich treffen, aber sie litt auch darunter. So verstieg sie sich zu Übertreibungen, die sie normalerweise nicht geäußert hätte: »Du ereiferst dich für einen Abschaum und nennst ihn Mensch. Nur weil er die gesellschaftlichen Normen verachtet. Noch vor kurzem hast du von einer neuen Humanität gefaselt. Jetzt suchst du dein Ideal bei den Halbstarken, die leichtfertig auf unsere Grundsätze spucken. Was ist nur aus dir geworden?«
»Du magst mich nicht, wie ich sehe.«
»Ich will wissen, was mit Janusch geschieht. Ich frage dich zum zweiten Mal, und zum zweiten Mal weichst du mir aus.«
»Bitteschön. Du sollst es wissen. Janusch ist frei.«
Das hatte sie nicht erwartet. Diese Nachricht schlug ein wie der Blitz aus heiterem Himmel: »Er ist frei, sagst du? Plötzlich? Ohne deine Hilfe?«
»So ist es. Etwas soll sich geändert haben, aber ich weiß nicht, was. Es gibt Leute, die von Tauwetter sprechen. Nach Stalins Tod seien Tausende aus den Gefängnissen entlassen worden.«
»Man entläßt nur Unschuldige aus den Gefängnissen. Willst du sagen...«
»Genau das will ich sagen. Sie waren ohne Schuld.«
»Und um ein Haar wären sie an den Galgen gekommen?«
»Was heißt ›um ein Haar‹? Unzählige sind ermordet worden, heißt es. Die Spatzen pfeifen es von den Dächern.«
»Das sagst du einfach so, Gideon? Daß Unzählige ermordet worden sind? Weil es Stalin so gepaßt hat?«

»Ich verstehe nicht, was du willst, Alice. Du bist aus dem Häuschen, weil Irrtümer der Vergangenheit endlich beim Namen genannt werden? Weil man Unschuldige aus den Gefängnissen entläßt? Weil Janusch frei ist? Was willst du eigentlich?«

»Wo steht geschrieben, Gideon, daß Stalin ein Verbrecher war? In der Zeitung? Im amtlichen Anzeiger? Woher weißt du das alles? Weil man es munkelt? Und das soll ein Tauwetter sein? Wiedergutmachung vergangener Irrtümer? Wenn es wahr ist, was du erzählst, geht es nicht um Irrtümer, sondern um Verbrechen von kosmischen Ausmaßen. Um die schrecklichsten Missetaten aller Zeiten, die im Namen deiner und meiner Hoffnungen begangen worden sind. Im Namen aufrechter Kommunisten, die ihr Leben für die Wahrheit eingesetzt haben.«

»Ich bin praktischer veranlagt als du, Alice. Janusch ist frei, und damit fällt mir ein Stein vom Herzen.«

»Natürlich fällt dir ein Stein vom Herzen. Weil du ihn nicht mehr auf dem Gewissen hast. Du hast dich gedrückt. Zur Polizei bist *du* nicht gegangen. Du hattest Angst, dein Leben aufs Spiel zu setzen. Janusch ist zwar draußen, aber nicht *du* hast ihn freigekriegt. Du kannst stolz sein auf deinen Erfolg. Ich gratuliere dir...«

Sie sehen, Herr Doktor: Es stand nicht gut um unsere Ehe. Wir liebten uns und begehrten uns noch – ganz ohne Zweifel. Wir verbrachten glückliche Stunden miteinander – aber wir spürten beide, daß sich das Ende näherte.

Herr Kiebitz,

sicher war es so, daß Ihre Ehe früher oder später an diesem Bronek scheitern mußte. Ihr damaliges Weltbild bestand ja zunächst aus primitiven Antinomien: gut oder böse, arm oder reich, fortschrittlich oder reaktionär. Die

Begriffe schlossen einander aus, und Sie waren überzeugt, sich entscheiden zu müssen. Ihr Leben mit Ihrer – wie sagten Sie doch – Windharfe war ein ewiges Entweder-Oder, bis da plötzlich ein Gestirn auftauchte, das in keines Ihrer Planetensysteme paßte. Ein Mensch, der sich nirgendwo einreihen ließ und der Sie deshalb überwältigte. Sie verliebten sich in ihn. Das bedeutet in diesem Fall nicht unbedingt, daß Sie homosexuell veranlagt waren oder sind. Ihre Verliebtheit war eher philosophischer Natur. Der Unterschied zwischen der gradlinigen Alice und dem unberechenbaren Bronek war gewaltig. Und Sie glaubten schon wieder, sich entscheiden zu müssen: für die ebenmäßige Normalität oder für die rasende Asymmetrie. Die perfekte Alice begann, Sie zu langweilen, denn Sie hatten das Wunder der Unvollkommenheit entdeckt. Ich wette, daß Sie sich für Bronek entschieden haben. Habe ich recht?

Sehr geehrter Herr Doktor,
Sie haben recht, aber nur bis zu einem gewissen Grad. Ich entschied mich nicht so, wie Sie annehmen – ich häutete mich vielmehr. Ich versuchte, ein anderer Mensch zu werden, und brachte mich in Situationen, die mein Dasein verwandelten. In jenen Tagen schien eine Lawine ins Rollen zu kommen. Heute weiß ich, daß ich sie selbst in Bewegung setzte, um meinem neuen Vorbild näherzukommen. Die Ereignisse überstürzten sich, wie man so sagt. In Wirklichkeit überstürzte *ich* die Ereignisse und vertiefte die Krise, die meine Ehe schüttelte.
Eines Tages wurde ich ins Ministerium gerufen, und ich ahnte, daß das Schicksal auf mich wartete. Ich versuchte zu erraten, was man von mir wollte. Etwas Angenehmes? Etwas Peinliches? Ich war unruhig und dachte mir Ausreden aus, die ich, falls nötig, zu meiner Verteidigung

hätte vorbringen können. Alles kam jedoch anders, als ich dachte. Der Minister war aufgeräumt und entgegenkommend, er drückte mir herzlich die Hand und fragte, ob ich Französisch spreche. Das hatte ich nicht erwartet. War das eine Falle? Ich antwortete also vorsichtig: »Man schlägt sich durch, Genosse Minister. Ich bin in Genf geboren und habe dort meine ersten Jahre verbracht.«
»Das trifft sich ja ausgezeichnet«, entgegnete er liebenswürdig, »denn wir wollen Sie nach Frankreich schicken. Genauer gesagt, nach Monte Carlo. Wie stellen Sie sich dazu?«
Ich war argwöhnisch. Der Vorschlag klang zu schön, um wahr zu sein. Darum antwortete ich mit falscher Bescheidenheit: »Was soll ich in Monte Carlo? Und dazu noch im Winter?«
»Dort blühen jetzt die Mimosen, Genosse Kiebitz. Sie werden uns auf einem Fernsehfestival vertreten. Das Ganze dauert zwei Wochen. Sie bekommen Geld, einen Paß und alles, was Sie brauchen...«
»Aber ich habe doch keine Ahnung vom Fernsehen. Ich glaube kaum, daß diese Wahl richtig ist.«
»Unsere Wahl ist immer richtig«, lächelte der Minister. »Außerdem sprechen Sie Französisch, und das ist die Hauptsache.«
Ich hatte mich geziert. Nicht zu viel und nicht zu wenig. Gerade genug, um das Vertrauen des Würdenträgers zu gewinnen. Einer, der nicht in den Westen will, muß ein bombensicherer Untertan sein. Ich war einer. Aber warum hatten sie gerade *mich* ausgesucht? Schließlich gab es doch noch andere, die Französisch konnten. Da steckte der Wurm im Holz. Ob sie hofften, daß ich in Frankreich bliebe? Das war nicht ausgeschlossen – meine Inszenierungen waren immer dreister geworden, meine Popularität war gewachsen. War ich ihnen schon ein Dorn im Auge? Vielleicht, aber auch das Gegenteil war

möglich: daß sie sicher waren, ich würde zurückkehren. Eine bessere Reklame für den Kommunismus konnte es ja gar nicht geben: Ein intelligenter Mensch, ein Rundfunkregisseur von Rang und Namen, ein bekannter Galgenvogel kehrt nach Polen zurück. Aus dem goldenen Westen. Also ist es hier immer noch besser als auf der anderen Seite. Kurz und gut, ich wußte nicht, warum sie mich nach Monte Carlo schicken wollten: in eine Spielzeugstadt, die von Roulette und Briefmarken lebt. In ein einziges Tingeltangel mit Prachtbauten aus Marmor, mit Luxusboutiquen, Juweliergeschäften und verlockenden Frauen. Wer da nicht um Asyl bat, war entweder ein Dummkopf oder ein Fanatiker. Aber sie sollten sich irren, die Genossen. Mein Reich war nicht von dieser Welt. Ich war ein Jünger Broneks, und das Flitterzeug des Westens imponierte mir nicht im geringsten.

Also fuhr ich nach Monte Carlo. Um mich zu häuten. Um ein neues Leben kennenzulernen, von dem ich nicht wußte, wie es schmeckte. Daß ich vom Fernsehen so gut wie keine Ahnung hatte, erwähne ich nur nebenbei.

Ich war als offizieller Gast des Fürsten geladen und wurde im elegantesten Hotel untergebracht. So etwas hatte ich noch nie gesehen! Weder im Osten noch im Westen. Die Badewanne hatte die Form einer riesigen Muschel, die in türkisen Farbtönen schillerte, das Schlafzimmer war mit Rokokospiegeln ausstaffiert, und wo man hinsah, kam einem sein Konterfei in schmeichelhaftestem Licht entgegen. Und dann dieser Salon aus himbeerrotem Samt und perlmuttweißer Seide! An der Wand hingen hier zierliche Ölbilder französischer Altmeister. Trat man durch die Balkontür auf eine glasverschalte Veranda, hatte man einen Rundblick über den Hafen und das ganze Fürstentum. Ich kam mir elend vor in meinem schlecht geschnittenen Anzug. Die Krawatte hing von

meinem Hals wie ein Roßschwanz. Und dann das Allerschlimmste: Ich trug einen Wollpullover, der – wie ich zu spät bemerkte – am Ellbogen ein Loch hatte. Ich überlegte fieberhaft, wie ich in dieser exquisiten Gesellschaft bestehen könnte. Da kam mir der rettende Gedanke: Bronek. Ich kam ja aus dem Osten. Ich war ein weißer Rabe, ein exotisches Ungeheuer, das man angst- und respektvoll bestaunen mußte wie ein Museumsstück. Noch nie war bislang ein Vertreter der kommunistischen Medien ins Abendland gekommen. Ich war der erste und mußte dementsprechend auffallen! Ich durfte mich also nicht anpassen. Auf keinen Fall. Ich mußte vielmehr auffallen, das Loch im Pullover konnte mir dabei nur dienlich sein. Ich wollte, daß die Leute zu mir kämen, um voller Neugier ihre Fragen zu stellen.
So geschah es dann auch. Ich trat in den Speisesaal – und schlug ein wie ein Meteorit. Damen und Herren eilten auf mich zu, illustre Persönlichkeiten baten mich, an ihren Tischen Platz zu nehmen. Als sich auch noch herumsprach, daß der Barbar aus dem Osten fließend Französisch parlierte, war mein Triumph vollkommen. Sie werden es nicht glauben, Herr Doktor, aber ich wurde zum Vorführkrokodil aller Veranstaltungen. Jeder wollte mich kennenlernen. Jeder fragte mich, wie es sich hinter dem eisernen Vorhang leben ließe. Ich blieb so unverbindlich wie möglich und versteckte mich hinter geistreichen Bonmots. Und genau das hatten die Leute erwartet, wobei das Loch in meinem Ärmel den Eindruck noch vertiefte. Ich spielte »Majakowski in Paris«, den zerzausten Revolutionär, dem gesellschaftliche Normen egal waren. So wurde ich der vielumworbene »Monsieur Kibiq«, der Mittelpunkt des Festivals, der Liebling der Damen. Meine Position war einzigartig: Im Osten bewunderte man meinen westlichen Schliff, im Westen meinen kaputten Pullover.

Und dann kamen die Filmvorführungen. Die Programme waren – wir befanden uns ja in den ersten Jahren des Fernsehens – dümmlich und unbedarft, womit ich nicht sagen will, daß sie heute besser sind. Sie können sich wahrscheinlich denken, Herr Doktor, was ich gesehen habe: Liveshows aus Las Vegas; Possenreißer, die frivolen Schwachsinn boten; Striptease aus Schweden für alternde Feinschmecker; und endlose Modeschauen aus Paris, Tokio, London und Rio de Janeiro. Unermüdlich saß ich vor meinem Monitor, und pflichtbewußt verschlang ich den unverdaulichen Stumpfsinn. Zwei Wochen lang machte ich Notizen – jeden Tag zwölf bis vierzehn Stunden –, und mir wurde klar: Das neue Medium war noch schlimmer als die Atombombe; doch im Unterschied zur Atombombe war es bereits in Betrieb. Und im Unterschied zur Bombe wollte die Menschheit das Fernsehen. Sie brauchte es – als Betäubungsmittel, ohne das keiner mehr leben kann.
Im Zustand äußerster Erregung kam ich nach Hause zurück. Wütend verfaßte ich ein Manifest gegen die Glotzmaschine und ließ es auch unverzüglich veröffentlichen. In der »Nowa Kultura«, einem Intellektuellenblatt, das von zornigen jungen Leuten gelesen wurde. Ich schrieb, daß die Zeit des flimmernden Eintopfs angebrochen sei und daß Millionen nun in den Sog der neuen Hypnose gerissen würden. Es sei fortan möglich, die Gehirne und Herzen ganzer Nationen fernzusteuern. Es genüge, ein paar skrupellose Verführer zu finden, um jeden in jedes beliebige Abenteuer hineinzumanövrieren. Laufe die Verblödungsmaschine erst richtig an, sei es aus mit dem kritischen Denken. Ein Zeitalter des Superfaschismus sei möglich geworden, und eine Gleichschaltung könne erreicht werden, die weder Hitler noch Goebbels zu erträumen gewagt hätten.
Ich muß hier hinzufügen, Herr Doktor, daß es zu jener

Zeit schon ein polnisches Fernsehen gab. Es nannte sich »Experimentalstudio« und wendete sich an einen winzigen Kreis von Privilegierten. Höchstens zweitausend Großverdiener erfreuten sich der flimmernden Nichtigkeiten, und ich hoffte, der heranrollenden Dampfwalze noch rechtzeitig Einhalt gebieten zu können. Mit einem Arsenal von Demagogie und Boshaftigkeit zog ich gegen die Teufelsmaschine ins Feld und erregte unerwartetes Aufsehen.

Noch vor Ablauf eines Monats wurde ich erneut ins Ministerium gerufen. Diesmal war ich kreuzfidel, denn ich war ja ein Held, der ganz selbstverständlich aus dem Westen zurückgekehrt war. Außerdem war ich ein pflichtbewußter Staatsbürger, der die Genossen vor der nahenden Gefahr gewarnt hatte. Natürlich war ich gespannt, was mir der Minister mitzuteilen hatte. Vielleicht sollte ich einen Orden für meine unverbrüchliche Treue bekommen – vielleicht auch ein Lob für mein Feuerwerk in der »Nowa Kultura«. Meine Geistesblitze hatten schließlich gezündet. Ich bekam zahllose Briefe und Telefonanrufe. Das Volk feierte mich, und so trat ich strahlend ins Kabinett des Würdenträgers. Ich wollte ihm die Hand schütteln, doch er blieb kühl und abweisend und blickte teilnahmslos durch mich hindurch. Was, um Gottes Willen, war passiert? Der Minister setzte sich, ich stand noch vor ihm; dann räusperte er sich und begann: »Sie warnen uns vor einer Gefahr, Genosse Kiebitz. Vor der Gleichschaltung der Köpfe und Herzen, wie Sie das nennen. Meinen Sie, daß Gleichschaltung unausweichlich zur Verdummung führen muß? Haben Sie schon einmal vom Einmaleins gehört? Wollen Sie behaupten, es müßte verschiedene Meinungen über das Einmaleins geben? Wir sehen das anders, Genosse Kiebitz. Wir haben ein paar hunderttausend Lehrer in Polen, die zehn Millionen Kindern das Einmaleins eintrichtern. Wenn nötig, auch mit

Gewalt – denn zwei mal zwei sind vier. Da gibt es nichts zu diskutieren. Eine Gleichschaltung im Namen des wissenschaftlichen Sozialismus, im Namen der humanistischen Ideale von Marx und Lenin scheint Ihnen verhängnisvoll? Uns nicht. Wir streben nichts anderes an als die moralisch-politische Einheit des Volkes. Wenn uns die moderne Technik ein Mittel zur Verfügung stellt, mit dem wir aus dreißig Millionen armseligen Gedankensplittern eine einzige große Idee schmieden können, ist das kein Unglück, Genosse Kiebitz. Für Sie vielleicht, der Sie bei Fürstinnen Tee trinken. Der Sie fließend Französisch sprechen. Der Sie den Götzen des Individualismus frönen. Aber wir denken anders. Vollkommen anders.«

Es war mir klar, es würde mir schlecht ergehen, ließe ich diesen Tadel auf mir sitzen. Ich mußte zurückschlagen. Ich dachte an die Millionen, die im Namen einer einzigen großen Idee vernichtet worden waren. An die Folter in unseren Gefängnissen. An Janusch, der an den Folgen von Stalins »Wissenschaft« im Krankenhaus lag und nie wieder genesen würde. Da ich aber weiterzuleben im Sinn hatte, entschloß ich mich, dem Minister mit dessen eigenen Waffen zu begegnen. Also verpaßte ich ihm einen dialektischen Gegenhieb und antwortete lächelnd: »Sowohl Marx als auch Lenin unterstreichen, daß es ohne Konflikte keinen Fortschritt gibt. Marx hat ja gesagt, Konflikte seien die Lokomotive der Weltgeschichte. Wohin kämen wir, Genosse Minister, wenn wir mit Hilfe gleichgeschalteter Massenmedien eine uniformierte, konfliktlose Gesellschaft heranzüchteten?«

Der Minister war nicht der Mann, der sich von mir hätte belehren lassen. Er stand auf und teilte mir mit, daß ich zur Belohnung für meinen Vorwitz zum Fernsehen abkommandiert worden sei: »Wenn Sie so genau wissen, was uns bedroht und was nicht, wenn Sie uns retten wollen vor der Gefahr, wenn Ihnen so gegenwärtig ist, was Marx und Lenin erstrebt haben, dann zeigen Sie uns doch, was Sie können. Gehen Sie ins Experimentalstudio und bekehren Sie die Welt zum dialektischen Denken! Man wird Ihnen dankbar sein. Ab morgen arbeiten Sie als Assistent von Adam Hanuszkiewicz.«

Zum zweiten Mal, Herr Doktor, wurde ich strafversetzt. Zum zweiten Mal hofften meine Vorgesetzten, mich damit auf den rechten Weg zu bringen. Der Minister war überzeugt, daß ich beim Fernsehen weniger Schaden anrichten würde als beim Hörfunk – denn in jenen Tagen gab es kaum dreitausend Flimmerkästen in ganz Polen. Er ahnte nicht, daß sich die Zuschauerzahl im Laufe der nächsten Jahre vertausendfachte. Unter anderem dank meiner Sendungen! Hätte er das geahnt, hätte er mich gewiß beim Rundfunk belassen.

Glauben Sie mir, Herr Doktor: jetzt erst begann mein eigentliches Leben. Oberflächlich betrachtet, führte dabei der Zufall Regie. Bei genauerem Hinsehen aber werden Sie bemerken, daß sich eine innere Dynamik meines Wesens durchzusetzen begann. Heute bin ich sicher: Ich bin auf die Welt gekommen, um dem Fernsehen zu dienen, obwohl bei meiner Geburt niemand wußte, daß es je so etwas geben würde. Schließlich heiße ich Kiebitz – und bin auch einer. Meine Augen sind zwei Fernsehkameras, die durch alle Schlüssellöcher der Welt spähen. Ich bin ein Voyeur, der die Menschen bei ihren verbotensten Spielen beobachtet. Was man beim Filmen eine Großaufnahme nennt, eine Naheinstellung, ist die tiefste Sehnsucht meiner Phantasie: Ich will so nah wie möglich ans Leben heran. Ich zerstöre alle Tabus mit optischen Behelfen. Mit dem Teleobjektiv zum Beispiel, das ich unverschämt auf die Fenster fremder Schlafzimmer richte. Ich zerstöre die letzten Reste der Intimität und enthülle sie den Augen eines lüsternen Publikums. Sie werden fragen, Herr Doktor, wo hier die Logik ist. Zuerst veröffentliche ich ein Pamphlet gegen die Gefahr des Jahrhunderts, und dann entdecke ich darin die Verwirklichung meines Wesens. Der Widerspruch ist aber nur scheinbar. Mein »Manifest« war der Ausdruck eines leidenschaftlichen Widerstands gegen meine Natur. Mehr noch: Ich trachtete danach, mich mit dem Fernsehen negativ zu verkoppeln. Ich verteufelte es, um mit ihm in Verbindung zu treten. Ich provozierte meine Strafversetzung zum Fernsehen, weil es mich faszinierte. Die Realität interessierte mich längst nicht mehr – ich sehnte mich nach der schwarzen Magie. Nach dem Flimmerleben aus zweiter Hand.

Nach und nach wurde ich einer der bekanntesten Fernsehregisseure Polens. Ganz Warschau lachte sich krumm: Der Erzfeind des Fernsehens war übergelaufen, Genosse Kiebitz hatte seine Überzeugungen verraten. Ich aber lachte nicht. Ich war überglücklich. Hanuszkiewicz war der beste Regisseur, dem ich begegnen konnte. Auch ihn hatte man strafversetzt, weil er zu viele Fragen stellte, auch er verschleuderte sein Können an dreitausend Zuschauer. Und so empfing er mich als einen Schicksalsgenossen. Er bewunderte mich, wie er sagte, für meine Radioproduktionen und vor allem für mein »Manifest« in der »Nowa Kultura«. Meine Shakespeare-Inszenierung fand er tollkühn, und in Anwesenheit aller Mitarbeiter erklärte er, er könne mir – außer technischer Tricks – nichts beibringen. Das waren die schmeichelhaftesten Worte, die ich bis dahin je gehört hatte – ich fühlte mich, als hätte mich dieser einzigartige Mann heiliggesprochen. Unverzüglich begann ich mit meiner Arbeit, und Hanuszkiewicz half mir dabei.

Herr Kiebitz,
ich will nicht bestreiten, daß Ihr Übertritt zum Fernsehen für Sie bedeutsam war, doch scheinen Sie mir diesen Vorgang überzubewerten. Sie müssen schließlich zugeben, daß schon Ihre Arbeit beim Hörfunk nichts anderes war als eine Flucht vor der Realität; in geringerem Maße zwar, aber es war eine Flucht. Sie deuten an, Sie hätten diesen Erdrutsch selbst provoziert, um durch die neue Beschäftigung Ihre Ehekrise zu vertiefen. Damit bedeutete der Stellenwechsel ein Wegdriften von den starren Formeln Ihrer Frau hin zu der hemmungslosen Phantasie Ihres Freundes. Sollte das tatsächlich so gewesen sein, fängt die Sache an, mich zu interessieren. Ich bin überzeugt, daß Ihr neuer Beruf als Fernsehmagier Ihrer Frau mißfallen mußte. Ihre Ehe war ja das Produkt einer gemeinsamen Entscheidung für die diesseitige Realität. Jetzt liefen Sie endgültig über ins Lager der Fiktion, des Jenseits also, was Alice als Abkehr von den Prinzipien erscheinen mußte, als Treulosigkeit im wahrsten Sinn dieses Wortes. Wenn Sie also den Stellenwechsel selbst manipuliert haben, haben Sie damit das Auseinanderfallen Ihrer Ehe vorbereitet. Vom Hörfunk zum Fernsehen – das muß eine Entscheidung für Bronek und gegen Ihre Frau gewesen sein.

Sehr geehrter Herr Doktor,
Ihre Hypothese ist interessant. Es mag natürlich sein, daß es einen Zusammenhang gab zwischen dem Stellenwechsel und meiner Ehekrise, nur entbehrt er einer gewissen Logik. Der Übertritt vom Hörfunk zum Fernsehen war kein Wegdriften von den starren Formeln meiner Frau zur hemmungslosen Phantasie Broneks. Der Hörfunk ist alles andere als starr. Er weckt die Phantasie der Zuhörer. Das Fernsehen erstickt sie. Ihre Gleichungen sind außer-

ordentlich verführerisch, doch gehen sie meines Erachtens nicht auf.
Ich packte meine neue Aufgabe mit einem Hochgefühl an und spürte, daß ich auf ein entscheidendes Abenteuer zusteuerte. Es war der Sommer 1956. Eine schwüle Spannung hing in der Luft. Ich begriff wieder einmal nicht, was sich da zusammenbraute, doch besaß ich eine innere Antenne: Ich beschloß, einen Zyklus über die Heuchelei zu inszenieren. Es war dies keine Absicht, die sich ihrer Folgen bewußt war, aber es war auch kein Zufall, daß ich diesen Zyklus mit Molières »Tartuffe« eröffnen wollte. An einem Julitag versammelte ich die Schauspieler zu einem einführenden Gespräch. Wir saßen im klimatisierten Studio, die Kameras waren ausgeschaltet. Es war angenehm kühl im Raum, und ich begann ohne irgendwelche Hintergedanken: »Lassen Sie mich zu Anfang darauf hinweisen, daß unser Stück seinerzeit gleich nach der Premiere verboten wurde. Es war die Partei der ewig Gestrigen, eine sogenannte Gesellschaft des Heiligen Sakraments, die vom König erwirkte, daß er den ›Tartuffe‹ vom Programm absetzte.«
Schallendes Gelächter und langanhaltender Applaus waren die Reaktion auf meine Worte. Ich verstand nicht, was den Leuten daran so gefallen hatte, und fuhr fort: »Diese Gesellschaft des Heiligen Sakraments war eine Gesellschaft fanatischer Holzköpfe. Ihr Einfluß war gewaltig, denn sie hatten die Doppelzüngigkeit auf ihre Fahnen geschrieben. Mit Denunziationen terrorisierten sie ganz Frankreich. Das spontane Wort wurde unterdrückt, und seit Jahren stand die Wahrheit auf dem Index, bis eines Tages die Bombe platzte. Molières ›Tartuffe‹, eine Explosion des subversiven Gedankens – eine Revolution auf der Bühne als Vorwegnahme des Sturms auf die Bastille. Es ist typisch, *wer* in diesem Stück die Kritik an den bestehenden Zuständen verkörpert: zwei

Nebenfiguren, die erst im Verlauf des Geschehens eine zentrale Rolle spielen. Dorine und Cléante; Dorine volkstümlich, unreflektiert und respektlos, denn sie ist eine gewöhnliche Dienstmagd, ein Kind der Unterklassen. Daneben Cléante, ein Mann der nüchternen Vernunft, ein kritischer Bürger, Schwager des gefoppten Hausherrn, der fähig ist, seine Gedanken messerscharf zu formulieren: ›Man wird hier als Freigeist verschrien‹, höhnt er, ›wenn man gute Augen hat und sieht, was hinter den Worten verborgen liegt. Und wer da nicht eitle Ziererien schätzt, wird angeklagt, die Ehrfurcht vor dem Glauben und allen Heiligen zu verletzen‹.«

Ich spürte, wie es unruhig wurde im Studio. Die Schauspieler fühlten sich angesprochen. Sie dachten, ich wollte ein unbotmäßiges Stück inszenieren, eine Komödie zu brennenden Fragen unserer Zeit. Auch diesmal irrten sie sich. Leider... Ich hatte tatsächlich nur die Zustände im vorrevolutionären Frankreich im Sinn. Polen war weit weg von mir, hatte ich doch stets vermieden, es näher kennenzulernen. Dennoch dozierte ich weiter: »Wir inszenieren eine Komödie über die Hypokrisie, meine Damen und Herren, über die Verlogenheit als Grundhaltung einer untergehenden Gesellschaft. Tartuffe zeigt uns den Abgrund zwischen den privaten Absichten der Herrschenden und ihren öffentlichen Deklarationen. Je volksfeindlicher ein Herrschaftssystem, desto doppelzüngiger seine Sprache. Je tyrannischer ein Regime, desto heuchlerischer...«

In diesem Augenblick wurde die Studiotür aufgerissen. Ein Inspizient stürzte herein, was einen Skandal bedeutete: Es war strengstens untersagt, eine Probe zu stören, ob die Kameras eingeschaltet waren oder nicht. Ich reagierte unwirsch und schrie: »Was fällt Ihnen ein, mein Herr, mit Ihren großen Füßen ins Studio zu stolpern?

Sind Sie verrückt geworden, oder was? Wissen Sie nicht, daß hier geprobt wird?«
Der Mensch war so erregt, daß er nur zwei Worte hervorbrachte: »Posen brennt!«
»Sie haben hier nichts zu suchen, verdammt noch mal. Verschwinden Sie, aber sofort!«
»Posen steht in Flammen«, röchelte er, »bald wird das ganze Land brennen!«
Jetzt sprangen alle von ihren Sitzen. Auch Hanuszkiewicz, der neben mir saß, um notfalls einspringen zu können. Ich ging auf den Inspizienten los und fragte mit bedrohlichem Unterton: »Möchten Sie sich bitte endlich klar ausdrücken und mir sagen, was geschieht.«
Der Mann zitterte am ganzen Körper und stotterte: »Revolution, Herr Kiebitz. Verstehen Sie nicht, was ich sage? In Posen erheben sich die Arbeiter.«
»Gegen wen?«
»Gegen den Staat natürlich.«
»Bleiben Sie bei der Logik, Mensch! Unser Staat ist ein Staat der Arbeiter. Wie sollen sich die Arbeiter gegen sich selbst erheben?«
Totenstille breitete sich aus. Die Schauspieler schauten mich ungläubig an. Wir probten doch eine Komödie über die Heuchelei, ein klassisches Meisterwerk über die Doppelzüngigkeit, und gerade hatte ich erklärt, »Tartuffe« sei ein Manifest des freien Geistes, der Rebellion gegen Fanatismus und Lüge... Das konnte doch nicht mein Ernst sein, was ich eben gesagt hatte. Die Schauspieler dachten an einen Scherz. Sie waren überzeugt, ich hätte »echt polnisch« gesprochen und also gesagt, was ich nicht meinte. Leider nicht. Hanuszkiewicz bemerkte das Dilemma. Er kam auf mich zu, blickte mich an wie einen Geistesgestörten und flüsterte: »Wenn das ein Witz ist, Kiebitz, dann ist er nicht besonders geschmackvoll.«
Das war die letzte Gelegenheit, mich aus der Affäre zu

retten, doch ich ergriff sie nicht: »Von einem Witz kann keine Rede sein«, erwiderte ich im Brustton aufrichtiger Überzeugung. »Ich kann mir nicht vorstellen, daß die Herren dieses Staates gegen sich selbst in den Krieg ziehen...«
Ein irres Lächeln huschte über das Gesicht meines Vorgesetzten. Er ließ alle Manieren Manieren sein und höhnte: »Ich verstehe. Was du dir nicht vorstellen kannst, darf auch nicht wahr sein.«
»Stimmt.«
»Dann will ich dir sagen, was du bist. Ein olympisches Arschloch! An deiner Logik krepiert unsere Welt. Du glaubst, Polen sei ein Volksstaat, weil er so heißt. Hast du ein einziges Mal nachgeforscht, was das Volk in diesem Volksstaat zu sagen hat? Bist du je einem Proletarier begegnet, der in diesem Land eine Entscheidung getroffen hat? Du weißt es so gut wie ich und alle, wessen gottverdammter Staat das ist. Jedenfalls nicht der unsere. Wir werden von den Russen regiert und von einheimischen Verrätern.«
Jetzt begann es in mir zu kochen. Hanuszkiewicz hatte mich zur Sau gemacht. Er hatte zwar die Schauspieler auf seiner Seite, doch hieß das noch lange nicht, daß er recht hatte. Darum schrie ich: »Und du jonglierst mit Phrasen, Hanuszkiewicz. Mit leeren Behauptungen westlicher Rundfunkstationen. Bringe mir einen Beweis! Dann können wir reden.«
»Einen Beweis willst du?«
»Jawohl.«
»Da hast du ihn«, und er ohrfeigte mich, daß es mich fast zu Boden warf, »genügt dir das?«
»Nein«, zischte ich, »das ist kein Beweis!«
»Dann gebe ich dir einen zweiten.« Dabei schlug er mich so rücksichtslos in die Fassade, daß mir Blut aus der Nase quoll.

»Ich wandte mich an die Schauspieler und sagte so würdevoll, wie es unter den gegebenen Umständen möglich war: »Die Probe geht weiter, meine Damen und Herren.«
»Wann?« fragte das Mädchen, das die Dorine spielen sollte.
»Nach der Revolution«, gab ich zurück, »falls wir dann noch am Leben sind...«
Ich verließ das Studio, ohne Hanuszkiewicz eines Blickes zu würdigen. In der Garderobe griff ich zum Telefon und sprach mit Alice. Ich teilte ihr mit, daß ich nach Posen fahren wollte. Sie wußte bereits, was los war, und fragte: »Wozu, um Gottes willen?«
»Weil ich es endlich wissen muß.«

Herr Kiebitz,
allmählich finde ich mich zurecht. Bin ich bisher im dunkeln getappt, sehe ich jetzt Land. Sie haben einen neuen Weg beschritten. Gegen Ihren Willen sind Sie zum Fernsehen abkommandiert worden, haben sich aber mit dieser Veränderung Ihre geheimsten Wünsche erfüllt. Ja, Sie sind tatsächlich der Typ, der nach Abenteuern lechzt, aber möglichst auf Distanz bleiben will. Sie sind der klassische Voyeur, der beim Fernsehen seine abartigen Wünsche erfüllen kann. Zwischen Ihnen und der Welt steht die Kamera, mit der Sie die Wirklichkeit mit mikroskopischer Akribie zu betrachten vermögen, ohne daß Sie mit dem Leben in Hautkontakt treten müssen. Sie sind ein Syphilitiker, ohne infiziert zu sein. Es wundert mich keineswegs, daß Sie in Ihrer Jugend auf Marx gestoßen sind. Auch er hat die Geschwüre des kapitalistischen Systems im Britischen Museum entdeckt. Er wie Sie betrachten das Leben aus sicherer Entfernung. Ihr kritisiert die Gesellschaft aus eurem Laboratorium und verändert die

Welt aus der Königsloge, die ihr auf Lebzeiten gemietet habt. Ich will nicht behaupten, daß diese Haltung an sich schlecht ist. Sie ist sogar weise und in gewisser Hinsicht schlau: Leute wie Marx und Sie kommen ungeschoren zu Ihrer Befriedigung. Sie haben mehr von ihren Jahren als die Hitzköpfe, die überall selbst dabeisein wollen. Nur eines ist mir ein Rätsel: Warum sind Sie nach Posen gefahren? Mußten Sie dort dabeisein? Das widerspricht doch Ihren Prinzipien. Sie hätten doch von Augenzeugen erfahren können, was sich da abgespielt hat. Diese überstürzte Abreise ist für mich unerklärlich. Oder auch nicht. Vielleicht liegt ja – in diesem erneuten Widerspruch – das Geheimnis Ihres Gebrechens. Normalerweise glauben Sie an Ihre Wahnvorstellungen, Sie kümmern sich einen Pfifferling um Tatsachen. Wichtig ist ja nur, daß Ihre Delirien in einen idealen Gesamtrahmen passen. Und doch, plötzlich werden Sie aus Ihrem Wahn geweckt. Eine Ohrfeige genügt, Sie umzukrempeln, Sie schnellen empor und sind Ihr eigenes Gegenteil. Das bisher für unumstößlich Gehaltene geht in Rauch auf. Sie wollen nun Beweise – und werden zum Feind Ihrer selbst. Sie brauchen greifbare Argumente. Sie fahren nach Posen, um festzustellen, ob der Inspizient die Wahrheit gesagt hat. Plötzlich wollen Sie das Leben aus erster Hand. Jahrzehntelang waren Sie ein Kiebitz, und auf einmal setzen Sie sich an den Tisch und spielen mit. Sie sind ein Mythomane mit verdrängter Tendenz zur Vernunft. Dazwischen liegt ein Niemandsland der Instabilität. *Eine* Erschütterung kann Sie von einer Haltung in die andere schleudern, und Sie sind im Handumdrehen nicht mehr wiederzuerkennen. Ich nehme an, daß die Backpfeife Ihres Mentors die unwahrscheinliche Veränderung provoziert hat. Das heißt aber nicht, daß Sie gesund geworden sind, das heißt nur, daß Sie von einem psychischen Aggregatzustand in den anderen gestürzt sind. Mit dieser

Ohrfeige sind Sie auf die Gegenseite gestoßen worden und haben nun Tatsachen verlangt. Zum ersten Mal in Ihrem Leben. Ich bin neugierig, was Sie damit angefangen haben. Wie war also Ihre Reise nach Posen? Ich bitte Sie um eine ungeschminkte Darstellung. Kurz und prägnant. Ich habe das Gefühl, daß wir jetzt die Hauptfährte finden werden. Vielleicht sind wir näher am Erfolg, als wir bisher zu hoffen wagten.

Sehr geehrter Herr Doktor,
ich hätte große Lust, auf Ihre spitzfindige Analyse einzugehen. Dennoch halte ich mich an Ihre Anweisung und gebe Ihnen eine gedrängte Darstellung meiner Reise ins Reich der Tatsachen, die zur Drehscheibe meines Lebens wurde.
Am Napoleonplatz – gleich vor der Hauptpforte des damaligen Fernsehgebäudes – erwischte ich ein Taxi. Zehn Minuten später traf ich am Westbahnhof ein. Ich steckte mir die Rundfunknadel an – womit man in Polen zahlreiche Vorteile erreichen konnte – und verlangte eine Fahrkarte nach Posen. Aber es gab keine Fahrkarten mehr. Der Beamte sagte augenzwinkernd, der nächste und allerletzte Zug fahre in sieben Minuten. Nachher sei die Strecke für den Personenverkehr gesperrt. Ich mußte aber nach Posen, also fragte ich, was ich tun sollte.
»Was Sie tun sollen? Einsteigen! Mit oder ohne Fahrkarte. Für den Rundfunk gibt es doch keine Probleme.«
»Sind Sie sicher?« fragte ich ungläubig.
»Todsicher, und gute Reise!«
Der Beamte hatte recht. Ich bekam keine Probleme. Niemand fragte an diesem Tag nach Fahrkarten. Dafür war das Abteil so überfüllt, daß ich zehn Stunden lang stehen mußte. Die Luft war zum Zerschneiden, und die Mitreisenden trampelten auf meinen Füßen herum. Neben, vor

und hinter mir standen Männer, die offensichtlich als Zivilisten verkleidet waren. Von weitem schon sah man, daß es sich um Sicherheitspolizisten handelte, die als Reservisten in die aufständische Stadt geschickt wurden. Die Leute frotzelten dementsprechend. Ihre Bemerkungen waren von hintergründiger Harmlosigkeit, und jeder trieb die Verwegenheit bis zum Äußersten. In einer Ecke hockte ein Marktweib und strickte. Sie hatte es auf einen Schlägertypen abgesehen, der vor ihr stand und nach Schweiß roch: »Vorsicht, Bursche, du hast da was Hartes in der Hose.«

Der Kerl hüstelte verlegen, und das Marktweib stichelte weiter: »Ich würde mich zurückhalten mit dem Zeug. Du stößt mich in die Rippen damit, und das mag ich überhaupt nicht.«

Der Mensch wurde violett im Gesicht, doch schwieg er beharrlich. Die Frau zuckte mit den Stricknadeln und schüttelte grimmig den Kopf: »Was die Leute so in den Hosen haben. Fühlt sich an wie 'ne Atombombe.«

Ein Student munkelte gutmütig: »Übertreiben Sie nicht, Atombomben sind größer.«

Das Marktweib antwortete, ohne aufzuschauen: »Aber explosiv ist es sicher. Das geht in die Luft, und weg sind wir. Sag, Mensch, was es ist! Eine Handgranate?«

Der Kerl schwieg unbeirrt, und die Frau meckerte weiter: »Dabei brauchen wir ja gar keine Granaten. Wir leben doch im Frieden, oder?«

Totenstille machte sich im Abteil breit. Aber das Marktweib mauschelte weiter in ihr Strickzeug hinein: »In Posen blühen die Rosen...«

Da hielt es der Mann nicht mehr aus: »Klar blühen die Rosen, oder haben Sie was anderes gehört?«

»Ich höre nur den Landessender, und der sagt die Wahrheit.«

»Und was sagt er denn, unser Landessender?«

»Daß es uns gutgeht und jeden Tag besser.«
»Das stimmt doch, oder nicht?«
»Und daß sich die Amerikaner ein Beispiel nehmen sollten an uns.«
»Ich hab' Sie gefragt, ob das stimmt.«
»Und ich hab' gesagt, daß du mir weh tust.«
»Womit denn?«
»Mit dem harten Zeug in deiner Hose. Bist zwar ein hübscher Junge, aber jedes Ding zu seiner Zeit!«
Neben dem Marktweib saß eine Frau, wahrscheinlich eine Lehrerin, die eine Zeitung las. Sie war die ganze Zeit ruhig gewesen, sagte jetzt aber: »Auch unsere *Zeitungen* schreiben die Wahrheit.«
Der Student zündete sich eine Zigarette an und fragte grimmig: »Wie kommen Sie denn darauf?«
»Weil ich gerade gelesen habe, daß in Posen alles ruhig ist. Wenn es anders wäre, würden sie was anderes schreiben. Oder was denken *Sie*?«
Der Schlägertyp kochte vor Wut und zischte: »Ich denke gar nichts.«
Die Lehrerin sah ihn an und lächelte: »Das sieht man. Sind Sie in der Partei?«
»Was geht Sie das an, Sie freche Person?«
»Nichts, aber ich finde das merkwürdig.«
»Daß ich in der Partei bin?«
»Daß da steht, in Posen sei alles ruhig.«
»Sind Sie anderer Meinung?«
»Kein Mensch hat je behauptet, daß in Posen etwas los sei, und da schreiben die, es sei alles in Ordnung.«
»Wenn sie es schreiben, werden sie ihren Grund haben.«
»Natürlich werden sie ihren Grund haben. Sie wollen nicht, daß jemand meint, es gäbe dort Unruhen...«
Nach diesen Worten wurde es drückend still im Abteil. Die Leute schwiegen vielsagend, bis plötzlich im Korri-

dor eine Stimme aufschrillte: »Alle Koffer aufmachen! Körbe zeigen! Schachteln aufschnüren!«
Das Marktweib strickte ruhig weiter und knurrte: »Was hab' ich gesagt, meine Herrschaften? In Posen blühen die Rosen.«
Da drangen zwei Schwerbewaffnete ins Abteil und schnellten auf die Frau zu: »Tun Sie, was wir befehlen. Sonst nehmen wir Sie mit.«
»Stell das Schießeisen weg, du Flegel. Du sprichst mit einer Dame.«
»Maul halten, oder es knallt!«
Das Marktweib zeigte auf den Schlägertypen und keifte: »Wenn ihr Waffen sucht, dann fragt doch den hübschen Herrn da! Der hat was Hartes in der Hose.«
Die Uniformierten wurden stutzig: »Etwas Hartes, sagen Sie? Was soll das sein?«
»Schaut doch selber nach. Alle die Herren da könnten was vorzeigen...«
»Welche Herren, verdammt noch mal?«
»Die unauffälligen Pinkel da. Die herumstehen wie Schwänze auf der Hochzeit.«
Ein böses Gelächter schallte durch den Wagen. Die Polizisten wurden wütend und rissen dem Schlägertypen den Mantel vom Leib. Sie tasteten ihn ab und fanden, was sie suchten. Eine Handgranate, drei Trommelrevolver und Munition. Die Alte triumphierte: »Was hab' ich gesagt. Untersucht sie nur alle, und ihr erlebt eure blauen Wunder!«
Die Uniformierten untersuchten jetzt alle anderen. Und alle waren bewaffnet. Zuletzt kam auch ich dran. Da sahen sie die Rundfunknadel in meinem Knopfloch: »Entschuldigen Sie, Genosse. Wir wollten Sie nicht belästigen. Sie sind auf Dienstreise, wie es scheint.«
Darauf knurrte der Schlägertyp: »Wir sind alle auf Dienstreise. Lassen Sie uns in Frieden!«

Einer der Schwerbewaffneten legte ihm Handschellen an und bellte: »Sie sind verhaftet. Alle sind verhaftet, bei denen wir Waffen gefunden haben.«
Die Unauffälligen wurden abgeführt. Die Passagiere lachten schadenfroh, und die Dame mit der Zeitung wandte sich an mich: »Sie sind also auf Dienstreise. Da wissen Sie doch, was in Posen los ist.«
Sie blickte mir giftig ins Gesicht, und ich schämte mich wie ein Schulbube. Was sollte ich antworten? Die Beamten hatten mich als einen der Ihren behandelt, und ich war es ja auch. Theoretisch war ich ein Genosse. Einer, der an ihre Theorien glaubte und mitmachte. So antwortete ich an der Frage vorbei und sagte: »Was wollen Sie von mir? Habe ich Sie beleidigt, oder was?«
»Man sieht Ihnen an, Genosse, daß Sie entweder zu viel wissen oder zu wenig.« Immer wieder dieses Wort, dieser »Genosse«, den man mir anhängte! Ich antwortete gereizt: »Ich komme aus dem Ausland. Ich weiß wahrscheinlich noch weniger als Sie.«
Die Worte der Frau krallten sich in mein Gewissen. Man sähe mir an, daß ich entweder zuviel wüßte oder zu wenig. Für mich war das ein peinlicher Moment. Ich weiß nicht, Herr Doktor, ob Sie das Geschehen nachvollziehen können: Polizisten dringen in ein Eisenbahnabteil, benehmen sich wie Landsknechte, terrorisieren Bürger, die nichts Böses getan haben, und entschuldigen sich bei *mir*, weil sie mich nicht gleich erkannt haben. Jawohl. Sie haben mich »Genosse« genannt und aus mir in aller Öffentlichkeit einen räudigen Hund gemacht. Einen Aussätzigen, um den anständige Leute einen Bogen machen. Zum ersten Mal wußte ich nicht mehr, zu welcher Seite ich gehörte. War ich ein Genosse oder war ich keiner? Schlug mein Herz für die Polizei oder für das Marktweib? Ich war tief beunruhigt. In diesem Zustand kam ich in Posen an.

Oberst Karlik betrachtete mich mit demselben Argwohn, mit dem mich auch die Passagiere betrachtet hatten. Bei der Kontrolle meiner Dokumente am Ausgang des Posener Bahnhofs wollte er wissen, welche Funktion ich beim polnischen Rundfunk hätte und was ich in Posen suchte. Ich erwiderte wahrheitsgetreu, daß ich ein Regisseur sei und mich informieren wolle. In der Schweiz hätte man mir diese Antwort abgenommen – in Polen nicht. Sich informieren? Das klang so abenteuerlich, daß der Oberst mich entweder für ein hohes Tier oder für einen ausländischen Spion halten mußte. Er entschied sich vorsichtshalber für das hohe Tier und behandelte mich wie ein rohes Ei. Wenn ich – wie er kalkulierte – ein Würdenträger war und inkognito durchs Land reiste, mußte er mir vor Augen führen, daß die offiziellen Jubelmeldungen stimmten. Daß die heldenhafte Arbeiterklasse von Posen wie ein einziger Granitblock hinter der Partei stünde. Daß sich nur ein Abschaum von Lumpenproletariern und amerikanischen Agenten an den Unruhen beteiligten und kein klassenbewußter Arbeiter die Tumulte unterstützte. So beeilte er sich, mir einen Panzerwagen bereitzustellen, und schlug mir vor, unter seiner Führung die neuralgischen Punkte des Geschehens zu besichtigen. Ich willigte ein und wurde Zeuge des ungeheuerlichsten Schauspiels, das ich je gesehen hatte.
Oberst Karlik erlaubte mir, den Posener Aufstand durch das Zielfernrohr eines Panzerwagens zu verfolgen. Es war der reine Wahnsinn, Herr Doktor: Ich saß bequem neben diesem Militärkopf in der Kommandantenkuppel auf einem Ledersitz und lauschte den Erklärungen, die mir die Gedärme zusammenzogen: »Vor uns, werter Genosse – Sie sind doch ein Genosse, will ich hoffen...« Der Offizier zwinkerte mir zu und fuhr fort: »Vor uns sehen Sie die berühmten Stalinwerke, wo unsere Präzisionswaffen hergestellt werden.«

»Alles klar, Herr Oberst. Ich höre.«
»Und hier ist es einigen Berufsganoven gelungen, Unruhen anzuzetteln. Schwere Jungens, Sie verstehen, klassenfeindliches Gelichter.« Wir ratterten an den Stalinwerken vorbei und näherten uns dem Verwaltungsviertel. Mein Reiseführer blieb im Text und dozierte: »Es ist ihnen gelungen, einen Demonstrationszug zusammenzutrommeln. Ein paar Halbschlaue, die sich verführen ließen. Aber man weiß ja, wie blöd das Volk ist, und so zogen sie in die Innenstadt. Zu den strategischen Zentren...«
»Das heißt?«
»Hier zum Beispiel. Auf der linken Straßenseite. Da haben sie das Oberkommando der politischen Polizei gestürmt.«
»Ein paar Halbschlaue, sagen Sie?«
»Sie haben die Wächter entwaffnet, die Halunken. Aus dem Arsenal haben sie Munition, Gewehre und Handgranaten geholt und dann... sehen Sie die Antenne dort oben?«
»Da hat wohl der Blitz eingeschlagen.«
»Das kann man so sagen. Das war einmal unser Störsender. Sie wissen ja. Gegen die Hetzprogramme aus dem Westen. Den haben sie in die Luft gesprengt! So, und jetzt rollen wir zum Graben hinunter. Schauen Sie nach rechts! Da war das Bezirksgefängnis. Nichts ist mehr davon übrig. Die Tore haben sie aufgebrochen, das Lumpenpack herausgelassen und alles angezündet.« Karlik drehte nach rechts ab und schwenkte in eine Gasse ein, wo wir von Höllengetöse empfangen wurden. Maschinengewehre nahmen uns unter Beschuß, Feuergarben knatterten auf unsere Verschalung, doch prallten sie ab, und der Oberst lachte zufrieden: »Nur weiterknallen, ihr Hurenböcke. Wir sind stärker.«
»Aber vorläufig wird noch gekämpft, wie mir scheint.«

»Nicht mehr lange, Genosse, die liegen in den letzten Zügen. Ich bringe Sie jetzt zur Staatssicherheit. Heute morgen ist sie besetzt worden. Eine Bande amerikanischer Diversanten...«
»Die Staatssicherheit, sagen Sie?«
»Ja. Um sechs Uhr früh. Aber ein paar Stunden später haben wir sie ausgeräuchert und...«
Jetzt sah ich etwas, das mir den Atem nahm. Ich schnappte nach Luft und schrie: »Was ist denn das, Herr Oberst?«
»Keine Sorge. Wird alles weggeräumt – aber diskret. Öffentliche Begräbnisse können wir jetzt nicht brauchen.«
»Grauenhaft. Wessen Leute sind das?«
»Tot ist tot, Genosse. Ist doch egal, wem sie gehören. Die meisten sind von den anderen, weil wir besser schießen.«
»Aber dort drüben wird noch gekämpft. Ist das die Kaserne?«
»Schlimmer, Genosse. Das Parteikomitee. Hier wird sich entscheiden, wer in Posen das Sagen hat.«
»Steht es schlecht, Herr Oberst?«
»Aber was! Wir bekommen Nachschub. Die verbündeten Divisionen stehen bereit. Ein Befehl von Armeegeneral Kowalenko, und die Feuersbrunst wird gelöscht.«
»Wie hoch sind die Verluste.«
»Unsere sind gering.«
»Gibt es schon Zahlen?«
»Offizielle und inoffizielle. Offiziell sind es an die hundert. In Wirklichkeit... Kopf runter, Genosse! Jetzt steuern wir auf eine Barrikade los. Ducken Sie sich, es wird heiß! Schwumm und Bumm. Haha. Machen Sie die Augen zu! Uns wird nichts passieren. Dort haben sich ein paar Heckenschützen verschanzt. Die radieren wir aus. Entweder wir sie, oder sie uns. Rumm und Wumm in den

Haufen hinein. Kaputtschießen, das Gesindel. Und noch einmal. So ist's recht...«
An diesem Sommertag, Herr Doktor, sind meine Haare weiß geworden, obwohl ich erst dreiunddreißig Jahre alt war. Ich hatte mich davon überzeugen müssen – mit eigenen Augen –, daß es Proletarier waren, die gegen den Proletarierstaat aufgestanden waren. Daß die Soldaten der sogenannten Volksarmee rücksichtslos ins Volk schossen. Ich sah alles – durch das Zielfernrohr eines Panzerwagens. Als ich nach Posen gefahren war, wußte ich zu wenig. Als ich nach Warschau zurückkehrte, wußte ich zu viel. Zu viel, um weiterzumachen wie vorher. Ich hatte – das war mir schlagartig klargeworden – an einen falschen Gott geglaubt. An ein falsches Ideal. Wo aber war das richtige? An welchen Gott sollte ich nun glauben?
Sie werden das alles verrückt finden, Herr Doktor, und Sie haben recht. Ich hatte einen Alptraum gehabt: In meinem Ledersessel thronend, war ich durch die brennende Stadt gerattert, links und rechts von mir waren Menschen von den Dächern gestürzt, und neben mir hatte mein Reiseführer den Ablauf der Operationen expliziert. Ich schäme mich heute: Ich war ein Schlachtenbummler – im wahrsten Sinn dieses Wortes –, ein Revolutionstourist, der besoffen zwischen den Fronten taumelte und die Weltgeschichte durchs Zielfernrohr betrachtete. Verstehen Sie nun, was ich gemeint habe? Ich bin ein Kiebitz und mache meinem Namen alle Ehre. Als Kiebitz fuhr ich in einem sowjetischen Panzerwagen durch die Apokalypse, durch den Weltuntergang, und dieser Holzkopf von Oberst zeigte mir die Sehenswürdigkeiten seines Frontabschnitts. Hin und wieder unterbrach er seinen Kommentar und feuerte in die Menge. Von einem Kühlturm purzelten zwei Kinder aufs Pflaster: ein Knabe und ein Mädchen. Sie hielten Maschinenpistolen in den kleinen Armen und blieben liegen. Auf dem Steinboden. Tot.

Von einem Dutzend Kugeln durchbohrt. Ich war zwar schon über dreißig, doch noch lange nicht erwachsen: Meine Eingeweide bäumten sich auf, und ich kotzte mir die Seele aus dem Leib. Ich war wie ein Schuljunge, entsetzt und fasziniert zugleich, der diesen Tag wie einen Abenteuerfilm erlebte. Und plötzlich wurde mir klar, daß das moderne Drama auf der Straße stattfand. Für mich gab es keine schöne Literatur mehr – nur noch häßliche. Was war der »Tartuffe«, verglichen mit den Parteiheuchlern von heute? Wer war »Richard der Dritte«, verglichen mit Oberst Karlik, der jauchzend kleine Kinder von den Dächern schoß?

Aus Posen zurückgekehrt, eilte ich sofort zu Hanuszkiewicz. Er saß hinter seinem Schreibtisch und starrte mich an. Er brachte kein Wort hervor. So sprach eben ich: »Ich werde hier nicht weitermachen, Kollege. Die Lust am Schauspiel ist mir vergangen. Ich bitte um meine Entlassung.« Hanuszkiewicz blickte zum Fenster hinaus und schwieg. Draußen duftete es nach Lindenblüten und Rosen. Ich suchte nach den richtigen Worten und stammelte: »Ich war... ich komme... wie soll ich sagen... aus Posen. Was ich gesehen habe, hat mein Leben verändert. Ich kann nicht mehr atmen wie bisher. Ich habe mich entschieden...«

Hanuszkiewicz sprang auf und rief: »Du lügst, Kiebitz. Du willst ja nur gehen, weil ich dich gedemütigt habe. Ich hab' dich geschlagen. Vor allen Kollegen. Das ist der wahre Grund – aber ich werde dich nicht gehen lassen.«

»Was redest du für einen Unsinn? Ich bin dir doch dankbar. Du hast mich aus dem Schlaf geprügelt. Ohne dich wäre ich in meinem Elfenbeinturm geblieben und niemals aufgewacht.«

Da rannen ihm dicke Tränen über die Wangen. Er umarmte mich und bat um Verzeihung: »Ich habe dich erniedrigt. Ich traute dir nicht. Ich konnte mir nicht vor-

stellen, daß ein anständiger Kerl an ihren Katechismus glaubt. Jetzt weiß ich es, Kiebitz: Du bist noch ein Kind, aber tu mir den Gefallen – bleibe bei uns! Laß dich nicht großkriegen! Ich will wiedergutmachen...«
»Wenn du willst, bleibe ich. Aber mit dem Theater bin ich fertig.«
»Warum denn, du verrückter Mensch?«
»Weil das Theater eine Lüge ist. Wie die Aufmärsche in Moskau und Peking. Jetzt ist mir alles klargeworden.«
»Du irrst dich, Kiebitz. Das Theater ist keine Lüge. Es ist wahrer als die Wahrheit und wirklicher als die Wirklichkeit. Es ist komprimierter Alltag. Eine Quintessenz des Lebens...«
Was hätte ich ihm antworten sollen? Er war erfahrener als ich. Jünger, aber erwachsener. Jeder Zoll ein Künstler. Die Realität war ihm zu gewöhnlich, nur die Phantasie genügte ihm. Er träumte von einer Welt, die durch den Filter von Herz und Hirn gegangen ist. Verstehen Sie, was ich meine, Herr Doktor? Bestimmt verstehen Sie es. Für mich war damals alles unbegreiflich geworden. Ich sah nur immer die Kinder, die blutüberströmt auf die Straße stürzten, und den Oberst, der jauchzend in die Menge feuerte. Ich sah die Arbeiter der Stalinwerke, die von Maschinengewehrsalven niedergemäht wurden. Der Blitz des Tageslichts hatte mich geblendet. Und alle Scheinwerfer ekelten mich jetzt an. Ich hatte keine Lust mehr, künstliche Höhepunkte zu schaffen. Ich wollte die Höhepunkte des Lebens in ihrer erschreckenden Banalität erleben. Nicht mehr und nicht weniger.
»Und wo willst du sie finden, deine Höhepunkte?«
»Überall, wo es um die Wurst geht, Hanuszkiewicz. Auf den Sterbebetten, wo namenlose Kreaturen mit dem Tod ringen. Auf den Operationstischen, wo Chirurgen hoffnungslose Menschen retten. In den Gerichtssälen, wo Recht und Unrecht auseinanderklaffen. Dort will ich

meine Kamera aufstellen. Nichts inszenieren. Nur zuschauen, wie das Leben pulst und sich immer wieder zu behaupten sucht...«
»Du armer Kiebitz – das werden sie dir nie erlauben.«
»Sie müssen es mir erlauben, denn die Zuschauer haben es satt, nur immer zuzuschauen. Sie wollen mitreden und mitmachen. Ich werde das Theater ohne Vorhang schaffen. Ich zerstöre die Schranke zwischen Schauspielern und Publikum. Das Fernsehen ist zwar noch eine Bedrohung der Kultur, aber ich will es zum Hebel einer neuen Menschlichkeit machen. *Ich* werde es erfinden. Überall werden meine Kameras stehen. Sie betrachten das Volk, wie es quengelt und nörgelt und alles in Frage stellt. Mit meinen Kameras spähen wir in die offenen Fenster der Wohnungen, auf die zerwühlten Betten der Verliebten, auf die Schlachtfelder zerstrittener Familien. Die Zuschauer wollen dabeisein – davon müssen wir ausgehen. Ihre Schaulust, ihr Wissensdurst, ihre Neugier sollen befriedigt werden. Mein Theater wird den Alltag weder komprimieren noch destillieren. Es wird der Alltag sein. Und mein Publikum wird mitspielen. Das Drama wird zum Dialog des Autors mit dem Volk. Das wird die Umwälzung des Jahrhunderts. Der Staat wird erfahren, was das Volk will. Dank meines Theaters, das zum Mittler wird zwischen Oben und Unten. Zwischen Regierenden und Regierten...«
»Wann kommst du endlich zur Besinnung, Kiebitz?«
»Ich bin vernünftiger denn je. Seit Posen weiß ich, was ich tue.«
»Ein politischer Säugling bist du. Woher weißt du, daß der Staat wissen will, was das Volk denkt? Das Gegenteil ist der Fall. Die Straße ist gefährlich für den Staat. Er haßt sie. Aus deinem Theater wird nichts. Du kannst es dir an den Hut stecken...«
Sie werden lachen, Herr Doktor – aber ich fand doch je-

manden, der an mein Theater glaubte. Itzek Jungerwirth, der größte Sauertopf von Warschau, der Griesgram vom Dienst. Er prophezeite mir, daß ich zum Liebling der Obrigkeit würde: »Auf den Händen wird man Sie tragen, Kiebitz. Die Füße werden sie Ihnen küssen, weil Sie ihre Dreckfassade wiederaufpolieren. In Posen haben sie das Gesicht verloren. Niemand glaubt mehr an sie. Die Spatzen pfeifen es von den Dächern, daß sie das Volk verachten, daß sie eine Bande von Piraten sind, die uns ausplündern. Daß ihnen nichts so gleichgültig ist wie die öffentliche Meinung. Und da kommt ein Idiot aus der Schweiz, ein Nestlékommunist, ein Kondensmilchmissionar, und erfindet die Fiktion einer öffentlichen Aussprache. Die Macht des Staates hängt an einem dünnen Faden. Ein Windstoß genügt, um ihn zu zerreißen, da aber erscheint der Retter in der Not. Er schafft ein Fernsehspektakel, in dem der Proletarier seine Meinung artikulieren darf. Nicht in wesentlichen Angelegenheiten natürlich, sondern auf Nebengeleisen. Gerichtsfälle werden Sie aufrollen und Rechtsstreitigkeiten. Die Leute werden öffentlich verschiedene Ansichten vertreten – und Naivlinge werden sich einbilden, die Demokratie sei ausgebrochen. Der kleine Mann läßt die Luft ab, und die Wut von Posen kann verpuffen. Gehen Sie nur hin, Kiebitz! Schlagen Sie ihnen Ihr Theater vor! Sie werden den Kiebitz zum Nationalhelden machen. Zum Volkshelden des Jahrhunderts...«
Natürlich verdrehte der alte Miesmacher alles. Ich wollte ja keine Nebensachen aufwerfen. Ich hatte die Absicht, eine öffentliche Debatte über Recht und Unrecht zu entfachen, über Gut und Böse, denn ich wußte, daß hier der Hund begraben lag. Ich verlangte, von Schantzer empfangen zu werden, vom Direktor, dem ich meinen Plan erklärte: »Meine Sendung – wenn ihr sie nicht verbietet – wird ein Theater der Wirklichkeit. Das größte Straßen-

spektakel der Welt oder, anders ausgedrückt, ein Tribunal des Volkes. Ich werde Gerichtsfälle rekonstruieren, aber nicht im Studio, nicht in einer künstlichen Umgebung, sondern am Schauplatz des Dramas. Die Verurteilten will ich aus dem Gefängnis holen. Vor der Kamera sollen sie die Freiheit haben, sich noch einmal zu rechtfertigen. Noch einmal sollen sie die Gelegenheit bekommen, die Motive ihrer Tat darzustellen. Auch der Staatsanwalt wird anwesend sein. Er soll ein zweites Mal seine Anklagerede halten, und zwar nicht im scharf bewachten Gerichtssaal, sondern vor den Augen ganz Polens. Und dann holen wir die Zeugen. Die Nachbarn, die Arbeitskollegen, die Freunde und Feinde des Täters. Sie werden offen sagen, was sie denken. Wie sie den Fall beurteilen. Ob sie ihre damalige Aussage aufrechterhalten oder nicht. Aber das ist noch nicht alles! Ich werde riesige Bildschirme aufstellen lassen. Sogenannte Eidophore. Mitten auf der Straße. Wenn nötig, in Fabrikhallen oder Hörsälen. Die Passanten werden den Prozeß – oder, besser gesagt, die Rekonstruktion des Prozesses – verfolgen und ihre Meinung dazu äußern können. Neben jedem Eidophor stehen versteckte Kameras, welche die Reaktion der Straße direkt übertragen. Keine Zensur wird möglich sein. Jeder muß spüren, daß hier die Wahrheit passiert.«
Schantzer hörte mich an, ohne eine Miene zu verziehen. Dann fragte er sachlich: »Und was wollen Sie mit Ihrem Tribunal des Volkes erreichen? Wohin zielen Sie, Genosse Kiebitz?«
»Ich will den Sozialismus rehabilitieren, wenn das noch möglich ist.«
»Haben Sie Hoffnung, daß es Ihnen gelingt?«
»Ich bin davon überzeugt.«
Sie werden staunen, Herr Doktor. Jungerwirth sollte Recht behalten. Schantzer brachte mein Projekt im Zentralkomitee der Partei zur Sprache, und die Genossen

willigten ein. Am nächsten Morgen ließ er mich kommen: »Versuchen Sie Ihr Experiment, Genosse Kiebitz! Aber Sie müssen die Verantwortung übernehmen. Die Sache ist gefährlich.«
»Was soll das bedeuten?«
»Daß Sie Ihren Kopf hinhalten, wenn es schiefgeht.«

Herr Kiebitz,
Ihr Fall wird komplizierter. Bis zu Ihrer Reise nach Posen waren Sie ein infantiler Phantast. Nach Ihrer Rückkehr waren Sie erwachsen, aber genauso einfältig wie vorher. Sie schreiben selbst, daß Sie nicht mehr wußten, wo Sie hingehörten. Sie befanden sich in einer Lebenskrise, die geradeaus zum Zerfall Ihrer Identität zu führen drohte. Vielleicht auch – viel später allerdings – zu Ihrem psychotischen Verstummen. Eines nur ist mir unbegreiflich: Wie konnten Sie zögern, sich eindeutig gegen das Regime auszusprechen? War Ihr Opportunismus schon so weit gediehen, daß Sie sich zwar von Ihren Illusionen verabschiedeten, aber Angst hatten, sich für die Gegenseite zu engagieren? Auf diese Frage erwarte ich eine klare Antwort.

Sehr geehrter Herr Doktor,
auf Ihre Frage gibt es keine klare Antwort. Hätte ich mich nämlich für die Gegenseite entschieden, hätte ich mich in eine Gesellschaft begeben, die mir noch verhaßter war als das Kommunistenregime. Sie wissen ja, wer die Machthaber im Vorkriegspolen waren: ein selbstgefälliger Abschaum von faschistischen Krautjunkern, lärmige Pogromhelden und Judenfresser ekelhaftester Prägung. Dann war der Weltuntergang gekommen. Hitler marschierte ein und trieb den Vorkriegswahn noch auf

die Spitze. Er verwandelte Polen in ein einziges Vernichtungslager. Es trifft zwar zu, daß ich mich von meinen Idealen abkehren mußte – doch fehlte mir ein Gegenprogramm. Oder anders: Ein Gegenprogramm hätte sich finden lassen, aber wo waren die Mitstreiter, um es zu verwirklichen? Das Problem schien mir unlösbar, und Sie werden verstehen, daß ich den bestehenden Staat nicht einfach zerstören wollte. Was wäre danach gekommen? Ich hoffte also, das System von innen reformieren zu können. Dazu schien mir das Fernsehen die geeignete Waffe zu sein.

Bald zeigte sich leider, daß ich schon wieder einer Selbsttäuschung erlegen war. Ich fragte ein gutes Dutzend Kollegen, ob sie bei meinem Projekt mitarbeiten wollten. Aber alle lehnten ab, ausnahmslos alle. Die Polen sind zwar ein Heldenvolk, aber Dummköpfe sind sie nicht: Sie schlagen sich bis zum letzten Blutstropfen, wenn sie auch nur *eine* Chance sehen, etwas zu erreichen; sie sterben, ohne mit der Wimper zu zucken, doch wollen sie wissen, ob sich der Blutzoll auch lohnt. Bei meiner Sendung gab es jedoch keine Aussicht auf Erfolg, dachten meine Kollegen. Es hatte sich zwar einiges geändert, denn nach dem Massaker von Posen mußten die schlimmsten Henker den Hut nehmen. Man hatte eine Anzahl Sündenböcke gefunden und sie ins Zuchthaus gesteckt – doch dauerte es nicht lang, bis man sie wieder freiließ. Gomulka – Sie werden sich an ihn erinnern – wurde aus dem Kerker entlassen, wo er sieben Jahre hatte absitzen müssen, weil er an Stalins Vollkommenheit gezweifelt hatte. Jetzt brachte man ihn im Triumphzug nach Warschau und stellte ihn an die Spitze der Partei. Wir jauchzten und frohlockten. Lang lebe Gomulka! Es lebe das freie Polen!

Ich zweifelte jedenfalls keinen Augenblick daran, daß die Zeit gekommen war, um meine Idee verwirklichen zu

können. Und dennoch fand ich keinen Mitstreiter. Ich erklärte, daß mein Tribunal des Volkes ganz im Geiste Gomulkas sei, von Grund auf demokratisch. Es gäbe allen Beteiligten Gelegenheit, sich frei zu äußern. Das Volk – das heißt, die Masse der Fernsehzuschauer – könnte sich endlich seine Meinung selber bilden. Niemand würde diktieren, was gedacht oder gesagt werden sollte. Aber ich wurde ausgelacht: »Gerade darum ist deine Sendung unmöglich. Überlege dir doch! Wie kann die Partei dulden, daß jemand eine eigene Meinung hat? Die Kommunisten sagen doch, sie seien die Repräsentanten der objektiven Wahrheit. Ihre Ideen seien wissenschaftlich. Was aber den Naturgesetzen entspricht, kann nicht Gegenstand einer öffentlichen Diskussion werden. Eine Diskussion über den Satz des Pythagoras wäre ebenso vermessen wie dein Tribunal des Volkes. Wie kannst du einen richterlichen Entscheid zur Debatte stellen wollen? Bist du denn verrückt? Unsere Richter sind Mitglieder der Partei. Die Partei läßt sich durch die Wissenschaft leiten und ist deshalb unfehlbar. Punkt.«
Kurz und gut, ich war allein. Das bedeutete aber nicht, daß ich kapitulierte. Ich setzte ein Inserat in die Zeitung, das etwa so formuliert war: »Fernsehproduzent sucht risikofreudigen Assistenten für unkonventionelle Sendereihe.« Das Wort »risikofreudig« war offenbar unklug gewählt: Ich bekam nur *eine* Antwort:
»Geschätzter Herr Fernsehproduzent:
Ich beantworte Ihr Inserat vom 17. Januar, weil ich in meinem zweiundzwanzigjährigen Leben noch nie etwas Vergleichbares zu lesen bekommen habe. Ich kann wohl kaum hoffen, von Ihnen überhaupt beachtet zu werden. Ich bin nämlich Studentin an der Warschauer Universität und studiere Ägyptologie. Dieses Fach habe ich gewählt, weil ich hoffte, es könnte mich aus der Ereignislosigkeit meines Alltags herausreißen. Leider ist es noch langweili-

ger als jede andere Disziplin. Die Hieroglyphen sind längst entziffert, die schwarze Platte von Rosetta ist entdeckt, Champolion seit hundert Jahren eine tote Leiche. Darum durchkämme ich jeden Morgen den Inseratenteil sämtlicher Tageszeitungen, um endlich auf einen abenteuerlichen Abweg zu geraten. In Ihrer Offerte habe ich den Hoffnungsschimmer einer Eskapade erblickt und deshalb beschlossen, Ihnen zu schreiben. Sie suchen einen risikofreudigen Assistenten. Das hat mich aus dem Halbschlaf gerüttelt! Seit frühester Kindheit liebe ich Gefahren, denn sie bergen das Unbekannte in sich, das Unvorhersehbare. Für mich ist jeder neue Tag ein Hasardspiel, und erst am Abend weiß ich, ob es sich gelohnt hat, aufgestanden zu sein oder nicht. Ich weiß aus trauriger Erfahrung, daß man das Leben provozieren muß, sonst bleibt es in seiner Höhle, und nichts passiert. Ich leide darunter, eine Frau zu sein. Frauen müssen warten, und dazu habe ich keine Geduld. Die Chancen, einem wirklichen Erlebnis zu begegnen, sind minimal, wenn man nicht hingeht, um es zu erzwingen. Was verstehen Sie unter ›risikofreudig‹? Ich habe eine schlaflose Nacht hinter mir, weil ich versucht habe, Ihre Absichten zu durchschauen. Ich hoffe, Sie meinen es politisch. Ein politisches Risiko hat schließlich seinen Zweck. Man kann dabei viel gewinnen und alles verlieren. Man kann seine Träume verwirklichen, oder man wird erschossen. Mein Vater ist Feinmechaniker. Während des Kriegs bastelte er Handgranaten für die Partisanen. Jedesmal, wenn ich aus dem Haus ging, gab er mir zwölf Stück. Er steckte sie in meinen Schulranzen und nannte mir eine Adresse, wo ich sie abgeben sollte. Ich war neun Jahre alt, als ich verhaftet wurde. Mit zehn flüchtete ich aus dem Konzentrationslager. Ich war elf, als ich selbst zu den Partisanen ging. Ich wurde verletzt, gefangengenommen, gefoltert, von Kameraden befreit und neuerlich eingesperrt. Das waren die besten Jahre meines Lebens. Heute verkomme ich im archäologischen Seminar und entziffere Texte, die schon hundert Mal entziffert worden sind. Bald werde ich selbst eine Mumie werden und in irgendeiner Pyramide dahinmodern. Nun kommen *Sie* und bieten mir eine Assistenz an. Bei einer unkonventionellen Sendereihe, wie Sie schreiben. Das wäre die Rettung für mich. Aber was ist eine unkonventionelle Sendereihe? Ich habe hin- und hergehirnt und bin zu dem Schluß gekommen, daß es sich bestimmt um eine aufregende Sache handelt. Alle Sendereihen, die ich kenne, sind nämlich konventionell. Also verlogen und blöd. Ich stelle mir auch die Frage, wer denn *Sie* sein mögen. Sie lieben das Risiko, schätze ich, denn Sie wollen ja eine unkonventionelle Sendereihe versuchen. Sie sind ein Fernsehproduzent. Wenn man Ihnen erlaubt, so etwas zu tun, sind Sie sicher ein unalltäglicher Mann. Anders als die anderen. Vielleicht nicht besser, aber verschieden. Sie setzen ein provokantes Inserat in die Zeitung und fürchten nicht einmal, zur Verantwortung gezogen zu werden. Entweder genießen Sie eine ungeheuerliche Narrenfreiheit oder Sie sind naiv. Sie müssen doch wissen, daß man nicht ungestraft einen risikofreudigen Mitarbeiter sucht. Sie konspirieren gewissermaßen in aller Öffentlichkeit. Das finde ich phantastisch. Vielleicht haben Sie einen Hintergedanken – aber welchen? Vielleicht ist alles nur eine Provokation, eine Falle der Staatssicherheit, aber mir ist das gleichgültig. Alles ist mir heute lieber als die verdammten Hieroglyphen, die so alt sind, daß man dabei vergreist. Wie ich bereits geschrieben habe, Herr Fernsehproduzent, besitze ich keine überzeugenden Qualifikationen, um Ihre Assitentin zu werden. Trotzdem hoffe ich, daß Sie nicht allzu viele Antworten bekommen, da die Risikofreude – sogar bei uns Polen – zu den aussterbenden Eigenschaften gehört. Auch nehme ich an, daß ein persönlicher Kontakt meine Aussichten vergrößern könnte. Ich bin nämlich um einiges geistreicher als mein Brief und um vieles attraktiver als meine Handschrift. Vor allem aber bin ich risikofreudiger als meine eventuellen Rivalen. Das werden Sie jedoch erst feststellen, wenn Sie mich empfangen. Darum bitte ich Sie, mir mitteilen zu wollen, wo und wann wir uns treffen werden.«

Das also, lieber Herr Doktor, war die einzige Antwort auf mein Inserat – aber was für eine! Erstens hatte ich keine Wahl, und zweitens würde ich – hätte ich mehrere Antworten bekommen – nur diese in Betracht gezogen haben. So einen Brief hatte ich noch nie bekommen. Das Schicksal wollte zweifellos, daß Irena Szymaniak – so hieß sie nämlich – meine Assistentin würde! Ihr Brief war vielleicht etwas unausgegoren. Leicht überspannt, wie es mir schien. Kindisch und altklug zugleich, aber vor allem unverschämt. Jedenfalls biß ich an. Ich schickte ihr ein Telegramm, in dem ich sie in mein Büro bat, um mit ihr über die Möglichkeiten einer künftigen Zusammenarbeit zu sprechen. Weiß der Kuckuck, warum ich so nervös war. Am nächsten Montag sollte sie kommen, und ich zählte die Stunden. Ich zitterte, daß sie sich eines Besseren besinnen könnte. Sie hatte mir keine Fotografie geschickt. Wenn sie tatsächlich so attraktiv war, hätte sie das doch tun können. Aber nein. Sie zog es vor, geheimnisvoll zu bleiben. Oder hatte sie Gründe, etwas zu verbergen? Nun, ich würde es bald erfahren.

Wunder, verehrter Herr Doktor, gehören in den Bereich der Theologie. Thomas von Aquin sagte, sie seien außerhalb jeder natürlichen Ordnung, also seien sie ein außerordentliches Ereignis, das allen Erfahrungen oder gar den Naturgesetzen widerspreche. Augustinus sah das Problem weniger starr und vertrat die Ansicht, ein Wunder stehe nicht im Widerspruch zur Natur, sondern im Widerspruch zu dem, was wir von der Natur wissen. Der

Engländer Hume definierte das Wunder mit insularer Nüchternheit als die Ausnahme von der Regel. Das war damals auch meine Einstellung. Als die Tür meines Büros aufging und die – wie soll ich sie nennen – Sternschnuppe in mein Zimmer trat, wurde mir schwindlig, und ich meinte, falsch zu sehen. Das konnte ja nicht wahr sein! Ich halluzinierte, war das Opfer einer Sinnestäuschung, einer Trugwahrnehmung wie dazumal im Kościeliskotal, als ich meinen toten Onkel beim Holzhacken überraschte. Ich vermute, Sie ahnen bereits, um wen es sich handelte. Zum zweiten Mal werden Sie jetzt von Schizophrenie sprechen, Herr Doktor, von einer Zersplitterung meiner Persönlichkeit – aber Sie irren sich. Die Frau, die in meinem Büro stand, war die korallenfarbene Pfirsichblüte aus dem Schnellzug. Die rotschopfige Undine, die mich verführen wollte und deren Namen ich nicht kannte. »Wenn du willst«, hatte sie gesäuselt, »werden wir uns kennenlernen.« Ich hatte inzwischen versucht, sie zu vergessen. Nicht an sie zu denken, denn ich hätte den Verstand verloren, mich verachtet für meine damalige Zurückhaltung. Ich hätte sie suchen wollen und niemals gefunden. Aber das Schicksal macht das Unmögliche möglich. Ich sah sie jetzt vor mir und wußte, daß ich jahrelang von dieser Frau geträumt hatte. Es war mir klar, daß ein Komet in mein Leben gestürzt war. Trotzdem versuchte ich, Haltung zu bewahren, und sprach mit heiserer Stimme: »Fräulein Szymaniak, wenn ich mich nicht täusche. Haben Sie mein Telegramm bekommen?«

»Wir kennen uns, Herr Kiebitz. Das heißt, ich kenne *Sie*. Aber Sie werden mich wahrscheinlich vergessen haben. Wir führten vor Jahren ein recht einseitiges Gespräch. Im Schnellzug, wenn ich mich recht erinnere. Zwischen Frankfurt und Warschau. Ich war kaum achtzehn Jahre alt, und *Sie* vergingen fast vor Angst. *Ich* sprach, und *Sie* zitterten.«

»Mag sein, daß es so war. Und was geschah danach?«
»Nichts. Sie haben mich zum Teufel gejagt, und ich wußte, Sie waren entweder ein Mönch oder ein Kommunist.«
»Eine lustige Kombination, Fräulein Szymaniak. Reden Sie weiter!«
»Ich dachte so, weil Mönche und Kommunisten ihre Zeit damit vertrödeln, Dämonen zu vertreiben. Für Sie war ich ein Teufel...«
»Sagen wir, eine Hexe«, lächelte ich.
»Wo liegt der Unterschied?«
»Im Geschlecht«, erwiderte ich und spürte, daß sie mich aufs Glatteis lockte.
Sie nahm eine Zigarette aus ihrem Handtäschchen und begann zu rauchen. Dann fragte sie unvermittelt: »Haben Sie nie an mich gedacht?«
»Ich habe Ihren Brief gelesen. Ihr merkwürdiges Bewerbungsschreiben, und unbewußt habe ich Ihre Zeilen mit jenem Zusammentreffen im Schnellzug verknüpft.«
»Was halten Sie von meinem Brief? Ich schreibe schlecht, hat man mir gesagt.«
»Sie schreiben gut, aber gefährlich.«
»Also bin ich abgeblitzt?«
»Das habe ich nicht gesagt. Mit Ihren Worten verdrehen Sie einem den Kopf, und das ist, wie ich sagte, gefährlich.«
»Und bekomme ich die Stelle?«
Jetzt blickte sie geradewegs in meine Augen. Sie hatte nicht die Absicht, um den Brei herumzuschleichen. Ich hingegen wollte mir Zeit nehmen. Sie kennenlernen. Ihren Duft einatmen. So lange wie möglich mit ihr zusammenbleiben. Darum verzögerte ich meine Antwort: »Der Weg ist weit von den ägyptischen Hieroglyphen zu meinem Fernsehprojekt. Sie wissen ja nicht einmal, was Sie hier zu tun hätten.«

»Vielleicht weiß ich es doch.«
»Sagen Sie, was Sie sich vorstellen.«
»Ich werde Sie auf Abwege führen...«
»Meinen Sie?« Ich sah, daß sich winzige Fältchen in ihren Augenwinkeln bildeten.
»Ich werde Sie vom ausgetrampelten Pfad abbringen. In wilde Abenteuer werde ich Sie verstricken. Sagen Sie nur A, und ich werde B sagen. Bis Sie sich von der Erde lösen und anfangen zu fliegen.«
»Wir haben eine Abteilung für schöne Literatur, Fräulein Szymaniak. Dort wären Sie wohl besser am Platz. Bei mir geht es um Tatsachen.«
»Um was für Tatsachen, Herr Kiebitz?«
»Ich habe vor, Gerichtsfälle zu rekonstruieren.«
»Justizirrtümer, wollen Sie sagen.«
»Warum?«
»Weil bei uns alle Gerichtsfälle Justizirrtümer sind.«
»Das werden wir sehen. Wenn Sie mit mir arbeiten wollen, müssen Sie auf vorgefaßte Meinungen verzichten.«
»Ich will mit Ihnen zusammenarbeiten, Herr Kiebitz. Die Sache reizt mich, weil man sich dabei das Genick brechen kann. Die Justiz ist das schwächste Glied in der Kette. An ihr erkennt man die Gesellschaft. Wie auf der Bühne.«
»Genau das will ich. Eine Bühne, auf der man die Laster durchschaut und die Tugenden.«
»Es genügt nicht zu durchschauen, Herr Kiebitz. Geißeln muß man. An den Pranger stellen, und zwar konkrete Fälle von Korruption, von Doppelzüngigkeit, von Unterdrückung. Wenn Sie beschönigen wollen, müssen Sie jemand anderen suchen. In Ihrem Inserat sprechen Sie von einem risikofreudigen Assistenten. *Das* hat mich bewogen herzukommen.«
Ich war überwältigt, Herr Doktor. Dieses Mädchen widersprach allen Klischeevorstellungen von Nymphen,

Hexen und anderen Naturwundern. Sie war die unverschämteste Ausnahme aller Regeln. Sie war *der* Sonderfall, der alles durcheinanderbringen konnte. Darum sagte ich kurzentschlossen: »Sie bekommen die Stelle. Morgen fangen wir an. Sie gehen auf die Staatsanwaltschaft und suchen mir Straffälle. Sie verstehen, was ich brauche? Prozesse, die nicht ganz in Ordnung sind. Solche, die sich lohnen, wiederaufgerollt zu werden.«
»Solche, die nach Skandal riechen?«
»Genau das.«
»Alle Prozesse riechen nach Skandal.«
»Hüten Sie sich vor dem Vorurteil, Fräulein Szymaniak! Studieren Sie die Akten und machen Sie mir eine Zusammenfassung! In einer Woche sehen wir uns wieder.«
Es war mir klar, daß ich mit dem Feuer spielte. Das konnte nicht harmlos verlaufen, auch wenn ich mich dagegen wehrte. Ich erzählte meiner Frau, daß ich eine Assistentin gefunden hätte. Die unkonventionellste Person, die mir je über den Weg gelaufen sei. Eine, die kompromißlos jede Beschönigung aus meinen Sendungen verbannen würde. Ich sei jetzt sicher, daß mein »Tribunal des Volkes« zur Sensation würde. Alice sagte kein Wort. Sie war einsilbig geworden in letzter Zeit.
Am folgenden Montag kam Irena und brachte, was ich verlangt hatte. Ihr Stil war so verwirrend wie sie selbst. Das hatte ich bereits in ihrem Bewerbungsschreiben bemerkt. Jetzt aber streute sie Sprengkörper in ihre Zeilen. Zeitbomben, die einen mit Verzögerung aus der Ruhe schleuderten. Erst im nachhinein spürte man, daß sie Konfusion und Unruhe geschaffen hatte. Sie zog die Aufmerksamkeit auf sich, und das mit Erfolg. Wahrscheinlich war sie eine Egozentrikerin – vielleicht aber auch nicht. Jedenfalls las ich ihren Rapport mit dem undeutlichen Gefühl, provoziert zu werden:
»Ich erstatte Ihnen Bericht über den Straffall der Marja

Bjalak, den ich unter zahlreichen Akten herausgeschnüffelt habe und als Thema unserer ersten Sendung vorschlage. Marja Bjalak ist eine Frau, was in unserer Männergesellschaft unterstrichen werden muß. Sie ist ein Opfer der allgemeinen Barbarei, die für unseren Alltag so charakteristisch ist. Dreizehn Jahre lang war sie mit einer Bestie verheiratet, mit einem polnischen Durchschnittsdespoten, wovon es bei uns ein paar Millionen gibt. Sein Name: Jan Bjalak. Sie gebar ihm drei Töchter und keinen einzigen Sohn. Dafür wurde sie entsprechend gezüchtigt, denn sie hatte bewiesen, daß sie eine Niete war. Im Verhör gab sie zu Protokoll, es sei keine Woche vergangen, in der sie nicht blutig geschlagen wurde. Sie sei eine Dreckschlampe, die nur Weiber in die Welt setzen könne. Ein arbeitsscheues Vieh sei sie und tauge zu gar nichts, als sich hinter den Misthaufen hinzulegen und die Beine zu spreizen. Die Geschichte dieser Frau hatte sich in Sobjenie abgespielt, kaum fünfzig Kilometer von der Hauptstadt entfernt. Sie wissen ja: Dort gibt es nur Sümpfe weit und breit, Mücken und Fieber und graue Trostlosigkeit. Monatelang ist dieses Kaff von der Welt abgeschnitten. Die Wege sind unbefahrbar. Im Winter heulen die Wölfe in den Wäldern, und Wildkatzen streunen durch die Gegend. An einem Weihnachtsabend ist es dann passiert. Sie wissen, was die Bauern dort erzählen, oder? Daß nämlich in der Christnacht die Tiere sprechen – wie die Menschen. Aber in jener Nacht waren sie stumm geblieben, weil ein Schneesturm pfiff über die Ebene. Bjalak saß wie immer in der Feuerwehrremise und soff. Als sein Weib gegen acht Uhr in den Stall gegangen sei, um die Kühe zu melken, habe – so steht es wörtlich im Protokoll – ein Kalb angefangen zu weinen. Es habe kein Wort gesprochen, aber dicke Tränen seien ihm über die Lefzen gelaufen. Die Frau wußte, was das bedeutete: Ein Menschenkind würde zur Hölle fahren, be-

vor noch der Morgen dämmerte. Kurz vor zwölf begannen die Glocken zu läuten, und Bjalaks Weib zündete die Kerzen an. Sie holte die Töchter aus dem Bett und sang mit ihnen ein Marienlied. Da wurde die Tür aufgerissen. Der Herr des Hauses stampfte herein. Er stank nach Fusel, und seine Augen waren rot. Plötzlich stürzte er sich auf die Mädchen und schlug wild auf sie ein. Die Mutter stellte sich schützend vor die Töchter und röchelte, wenn er nicht einhielte, würde sie Schluß machen. Da packte der Alte sein Weib und riß ihr die Kleider vom Leib. Er zog sein Horn aus der Hose, um sie vor den Kindern zu schänden. Und nun nahm das Schicksal seinen Lauf. Nackt wie sie war, rannte sie hinaus in den tiefen Schnee vor dem Haus. Sie suchte einen Gegenstand, mit dem sie sich wehren konnte. Sie fand eine Axt und stürzte ins Zimmer zurück, wo der Bauer sich gerade an seiner Ältesten verging. Jetzt wußte sie nicht mehr, was sie tat. Sie hob die Axt über ihren Kopf und ließ sie niedersausen. Auf den Satan, der sie zum Wahnsinn getrieben hatte. Und da lag er nun bewußtlos auf dem Lehmboden, der Herr des Hauses, der selbstbewußte Durchschnittspole, und sie hackte zum zweiten Mal auf ihn ein. Jetzt war er tot. Stille Nacht. Heilige Nacht. Ende der Geschichte.«
Das war der erste Gerichtsfall, den Irena Szymaniak gefunden hatte. Am nächsten Tag erschien sie in meinem Büro, setzte sich aber nicht auf einen Stuhl, sondern auf die Kante meines Schreibtisches und fragte, was ich von ihrer Geschichte hielte. Ich wollte nicht gleich mit der Sprache herausrücken, und so bot ich ihr eine Zigarette an. Ich gab ihr Feuer und nutzte die Gelegenheit, ihr tief in die Augen zu schauen. Sie waren grün mit goldenen Pünktchen darin, und ich sagte: »Ihre Geschichte ist gut, aber wen wird sie interessieren?«
»Mit Ausnahme von Ihnen, Herr Kiebitz, wahrscheinlich alle.«

»Woher wissen Sie, daß sie mich nicht interessiert?«
»Weil Sie naiv sind. Sie ahnen ja gar nicht, wie halsbrecherisch sie ist.«
»Und wer soll sich dabei den Hals brechen? Wir?«
»Haben Sie Angst?«
Das Pech verfolgt mich. Ich gerate immer wieder an mutige Frauen, und immer wieder stellen sie mir die Frage, ob ich Angst habe. Jawohl. Ich habe Angst – aber das heißt ja nicht, Herr Doktor, daß ich ein Feigling bin. Ich gehöre einer Rasse an, die es sich nicht leisten kann, den Tod zu verachten. Zweitausend Jahre lang hat man uns in irgendwelche Vernichtungslager gejagt und auszurotten versucht. Wir – ich meine, die Überlebenden – müssen uns schon mehrere Male überlegen, ob wir vorprellen sollen oder nicht. Darum sagte ich: »Ich möchte wissen, Fräulein Szymaniak, ob es sich lohnt, für diesen Straffall die Haut zu riskieren.«
Die Pfirsichblüte sprang auf und stellte sich herausfordernd vor mich: »In der Bibel wird von einer Richterin namens Deborah erzählt, die ihr Volk in den Krieg führen wollte. Gegen die zehnfach überlegenen Kanaaniter. Die Männer stellten ihr die Frage: Werden wir siegen? Deborah blickte sie voller Mitleid an und erwiderte: Nein, wir werden nicht siegen. Entsetzt fragten die Leute: Warum? Und Deborah gab zurück: Weil ihr fragt.«
»Sie wollen andeuten, daß wir es wagen sollten – ganz gleich, ob wir Erfolg haben oder scheitern?«
»Ich will sagen, daß ich den explosivsten Stoff gefunden habe, den es zu finden gab.«
»Sind Sie sicher, Fräulein Szymaniak?«
»Todsicher, weil das Urteil die ganze Verlogenheit unseres Alltags offenbart. Für ihren ersten Schlag wurde Frau Bjalak freigesprochen, womit man der Theorie Genüge tat – der Fiktion nämlich von der Gleichberechtigung der

Frau und vom angeblichen Recht des Bürgers auf Selbstverteidigung. Aber für den zweiten Schlag bekam sie sieben Jahre Zuchthaus. Das illustriert den Abgrund zwischen Theorie und Praxis. Das Strafgesetzbuch steht – wie es heißt – auf seiten der Erniedrigten. Sie sollen das Recht haben, sich zu wehren... Aber nur bis zu den Grenzen der Klassenherrschaft. Was sind Sie so erstaunt, Herr Kiebitz? Die Männer sind eine herrschende Klasse – oder sehen Sie das anders? Sobald eine Frau ihrer Versklavung ein Ende setzt, wenn sie also ein zweites Mal zuschlägt, wenn sie die Bestie umbringt, die ihr das Leben zur Hölle macht, dann sperrt man sie ein. Dann beruft man sich auf das Gebot: Du sollst nicht töten! Man tötet allerdings skrupellos die Gegner des Regimes. Man brandschatzt und mordet, wenn sich das Volk zusammenrottet, um seine Würde zu verteidigen. Haben Sie eine Ahnung, was in Posen los war?«
»Ich war dort, Fräulein Szymaniak.«
Da errötete sie. Das hatte sie nicht erwartet. Sie hielt mich wohl für einen Einfaltspinsel, für einen pulverscheuen Trottel, geschüttelt vom Kanonenfieber. Jetzt änderte sie ihren Ton: »Die sieben Jahre Zuchthaus gegen die Frau zeigen deutlich: Revolution ist erlaubt, aber nur für Männer und Mitglieder der Partei. Die anderen haben zu schweigen. Ich bitte Sie allen Ernstes, Herr Kiebitz: Machen wir diese Sendung, und Sie werden sehen, daß kein Stein auf dem anderen bleibt...«
Damit hatte sie mich geködert, Herr Doktor. In die Falle gelockt. Es war ihr gelungen, mich aufs Glatteis zu führen, und von jetzt an war ich der Gefangene meines eigenen Projekts. Ich mußte ein Held sein, ob ich wollte oder nicht. Zwei Monate später waren wir soweit. Wir fuhren nach Sobjenie zur Premiere meiner Sendung, die ich »Tribunal des Volkes« nannte.
Sie werden mich fragen, Herr Doktor, ob ich nervös war.

Natürlich war ich nervös. Ich schlotterte vor Angst. Ich wußte ja, was sich ereignen würde. Ich kannte die Gestalten meines Dramas in- und auswendig – einen ganzen Monat hatte ich in Sobjenie verbracht. Alle Bewohner hatte ich befragt und kannte also die Haltung jedes einzelnen zum Fall Bjalak. Nur *ein* Fragezeichen gab es. Was dachten die Zuschauer? Wie reagierten die Außenstationen? Es war dies eine Gleichung mit tausend Unbekannten. Mein Experiment war von abenteuerlicher Kühnheit. Was ich ausgeheckt hatte, war ein Spiel mit dem Pulverfaß. Mit den Grundfesten des Regimes. Das hatte bisher noch keiner gewagt: die Leute einfach reden zu lassen, ihnen die Chance zu geben, vor offener Kamera und offenen Mikrophonen ihre Galle überlaufen zu lassen. Mein »Tribunal« war ein Sprung vom Eiffelturm. Die Chance zu überleben war praktisch Null. Irena hatte mich gewarnt: kein Stein würde auf dem anderen bleiben. Und damit hatte sie nicht ganz unrecht.
Es war ein kristallglitzernder Wintertag. Die Erde knisterte unter den Reifen unseres Autos. Hinter der Kirche stand schon der Übertragungswagen. Kinder drückten ihre Nasen an die Scheiben und bestaunten die Apparaturen, die sie noch nie gesehen hatten. Niemand im Dorf wußte, was Fernsehen war. Auf dem Kirchplatz wurden jetzt die Kameras installiert. Bauern und Bäuerinnen standen herum, gehüllt in schmutzige Wolldecken. Eine grimmige Spannung lag in der Luft. Es ging um einen gewöhnlichen Straffall: Eine Frau hatte ihren Mann getötet. Es war eine Dutzendgeschichte – aber es ging nun um mehr. Seit der Erschaffung der Welt war ja alles klar gewesen: Das Weib sei des Mannes Untertan, hieß es in der Bibel, und so mußte es bleiben. Was Marja Bjalak getan hatte, war ein doppeltes Verbrechen, eines gegen das Strafgesetzbuch und eines gegen die Vorherrschaft des Mannes. Ich redete mir ein, daß mir nichts passieren

konnte: Marx und Engels hatten doch die Gleichheit der Geschlechter gewollt. Schließlich handelte es sich hier um ein Grundpostulat der sozialistischen Bewegung. Nur war das nicht so einfach mit den Grundpostulaten, wie mir in Posen klargeworden war.

Ich empfand daher so etwas wie Schwindel, als ich aus dem Auto stieg. Mitten auf dem Kirchplatz stand ein Sessel; hier würde sie sitzen, Marja Bjalak, die Gattenmörderin. Ich wußte, hier wohnte niemand, der sie unterstützen würde. Sie war allein in diesem Dorf. Niemand würde versuchen, sie zu begreifen – mal abgesehen von dem Rechtsanwalt, den wir mitgenommen hatten, um die Motive des hilflosen Weibes in Worte zu fassen. Im Zentrum von Warschau war inzwischen ein Bildschirm aufgestellt worden: ein sechzehn Quadratmeter großer Eidophor, auf dem die Passanten meine Sendung miterleben konnten. Hinter dem Bildschirm waren Kameras und Mikrophone versteckt worden. Wenn ich wollte, konnte ich verfolgen, was die Straße sagte. Ich konnte sie sogar einbeziehen in mein Drama; aber *was* gesagt würde, wußte niemand. Doch, Irena wußte es: Einen Erdrutsch würde es geben. Kein Stein würde auf dem anderen bleiben. Meine Kehle war zugeschnürt. Ich schwieg, und das Lampenfieber pulste in meiner Kehle. Gleichzeitig schämte ich mich. Irena sah mich an, als ahnte sie, woran ich dachte. An Flucht. Weg aus diesem vermaledeiten Kaff! Aber es war zu spät. An Kneifen war nicht mehr zu denken.

Kurz nach fünf Uhr senkte sich die Nacht über das Dorf. In den Strohhütten gingen die Lichter an. Fahle Petroleumfunzeln, denn Elektrizität gab es nur im Parteikommitee. Unser Team begab sich zur Feuerwehrremise. Irena bestellte mir ein großes Glas Wodka und eine Schmalzschnitte, damit ich halbwegs bei Verstand bliebe, bis es soweit war. Ein paar Minuten vor acht blinkten die

Scheinwerfer auf. Um acht Uhr nahm ich das Mikrophon zur Hand, und es ging los: »Wir erzählen Ihnen heute abend die Tragödie der Bäuerin Marja Bjalak, die in der Christnacht des Jahres 1953 ihren Mann umgebracht hat...«
Bei diesen Worten führte Irena, wie abgemacht, unsere Heldin herbei, die man geradewegs aus dem Zuchthaus geholt hatte. Ich spürte ein Pochen, das mir beinahe den Kopf zersprengte, und sprach weiter: »Darf ich Sie bitten, Bürgerin Bjalak, hier Platz zu nehmen?«
Da unterbrach mich der Dorfgendarm und rief: »Das ist keine Bürgerin, Herr Redakteur, sondern ein Auswurf der Gesellschaft. Die bürgerlichen Rechte sind ihr abgesprochen worden.«
Mir war klar, daß ich jetzt stark sein mußte, oder meine Zukunft war im Eimer. Darum sagte ich, er solle reden, wenn er gefragt würde. Er solle sich zum Teufel scheren, wenn es ihm hier nicht passe. Seine Anwesenheit sei im Moment überflüssig. Ich schielte zu Irena und bemerkte, daß sie mir zuzwinkerte. Ich war glücklich – und von jetzt an sprach ich nur noch für *sie*. Was sonst geschehen mochte, war mir egal. Ich redete weiter und spürte, daß mein Lampenfieber langsam zurückging: »Wir haben Sie hierhergebeten, Bürgerin Bjalak, um Ihnen die Möglichkeit zu geben, sich vor allen Zuschauern, vor der ganzen polnischen Öffentlichkeit noch einmal zu rechtfertigen. Ich werde niemandem erlauben, Sie zu unterbrechen oder gar zu beleidigen. Bitte, nehmen Sie Platz.«
Die Bäuerin setzte sich nicht. Sie stand da und weinte, umgeben von den dreihundert Einwohnern von Sobjenie. Nicht einmal davonlaufen konnte sie, denn sie war buchstäblich eingekreist. Ihr Weinen verwandelte sich langsam in ein leises Winseln. Als ich fragte, ob sie stehend antworten wolle, fing sie laut zu schluchzen an. Da von ihr vorläufig nichts zu erwarten war, bat ich den

Staatsanwalt, seine Anklagerede von damals zu wiederholen. Er las vom Blatt, was er zu sagen hatte, und beendete seine Ausführungen mit folgenden Worten: »Frau Bjalak hat ein menschliches Leben ausgelöscht. Lenin hat uns gelehrt, daß es nichts Kostbareres gibt als das menschliche Leben. Mord ist Mord und muß unbarmherzig bestraft werden.«

Ich wußte, daß der Staatsanwalt den Leuten von Sobjenie aus dem Herz gesprochen hatte. Darum fragte ich ihn, ob man denn erbarmungslos sein müsse, um die Prinzipien von Menschlichkeit und Brüderlichkeit zu festigen. Der Staatsanwalt ging meiner Frage aus dem Weg und bemerkte trocken, er habe seiner Rede nichts hinzuzufügen. An seiner Stelle sprach nun der Advokat, der schon damals die Offizialverteidigung übernommen hatte: »Es ist Ihnen aufgefallen, werte Bürgerinnen und Bürger, daß seit einigen Monaten ein neuer Wind durch unser Land bläst. Spätestens seit den Ereignissen von Posen haben gewisse Methoden ganz eindeutig abgewirtschaftet. Die Gummiknüppelmentalität gehört – so hoffen wir wenigstens – der Vergangenheit an, und wir wissen heute, wohin die Erbarmungslosigkeit führt, die der Herr Staatsanwalt zu rühmen beliebt. Wenn wir heute den Prozeß der Marja Bjalak wiederaufzunehmen hätten – nicht für das Fernsehen, sondern im Gerichtssaal, und nicht einfach zum Spaß, sondern vor ordentlichen Geschworenen –, das Urteil würde anders ausfallen. Das kann ich Ihnen garantieren. Der Straffall, den wir hier zur Diskussion stellen, ist ein Vorläufer von Posen, wenn ich so sagen darf – denn die Angeklagte war zum Äußersten getrieben worden und hat nichts anderes getan, als ihre Fesseln zu sprengen. Sie hat Gebrauch gemacht von jenem heiligen Recht, das Graf Mirabeau das Recht auf Widerstand genannt hat. Widerstand gegen die Entwürdigung, gegen die Tyrannei. Das ist ein verhältnismäßig junges Recht.

Das Volk von Paris hat es sich zum ersten Mal genommen, als es die Mauern der Bastille zusammenschlug. Als es die Schergen des alten Regimes an die Laternen knüpfte und Schluß machte mit der Vorherrschaft der Oberschicht. Marja Bjalak hat die Rebellion weitergeführt. In diesem Überbleibsel des Mittelalters, in diesem Kaff inmitten der Sümpfe von Masowien, wo es weder Licht gibt in den Elendshütten noch fließendes Wasser – hier blitzte eine Idee auf. Die Idee des Aufruhrs. Wer hier von Mord spricht, muß auch den Pöbel von Paris, die Gefährten Lenins und die Habenichtse von Posen als Mörder bezeichnen. Aber als Schüler von Marx und Engels sollten wir wissen, daß der Kampf gegen die Gewalt ein Menschenrecht ist. Marja Bjalak hat sich erhoben gegen ein Leben der Unterdrückung. Marja Bjalak hat sechzehn Jahre lang geduldet, heruntergeschluckt und ohnmächtig die Fäuste geballt, bis sie in der heiligen Nacht die Geduld verlor. Sie schlug ihn nieder, den Rabauken, der sie sechzehn Jahre lang ungestraft vergewaltigte. Sie ist – jawohl, ich sage das ganz bewußt – die heilige Johanna aller Frauen dieses Landes. Sie hat den 24. Dezember zum Kampftag des Widerstands gemacht. Ich hoffe, Bürgerinnen und Bürger, daß die Tat der Marja Bjalak zum Symbol der Frauenbefreiung wird, zum Symbol der Emanzipation aller Unterdrückten überhaupt.«

Der Advokat war ein Selbstmörder. Er wagte den Auftritt seines Lebens. Irgendein heiliger Geist war in ihn gefahren, und vor zahllosen Fernsehzuschauern sprach er Worte, die bisher niemand zu artikulieren gewagt hatte. Zumindest nicht öffentlich. Und schon ging der Teufel los. Meine Sendung drohte zu platzen. Der Parteisekretär von Sobjenie griff ein. Er trug den Namen, den er verdiente. Jeder hat den Namen, den er verdient, Herr Doktor – ich ebenfalls, wie ich am Anfang geschrieben habe.

Aber dieser Parteisekretär verdiente ihn doppelt. Er hieß nämlich Żelazo, und das bedeutet »Eisen«, »Gußeisen«, ungeschmiedetes, grobkaltes Rohmetall. Außer sich vor Zorn brüllte er los: »Ist dieser Rechtsanwalt wahnsinnig? Da kommt eine Verrückte, schlägt ihren Mann tot und meint, das sei in bester Ordnung, nur weil ihr Alter sie verprügelt hat. Da könnte ja jede Schlampe kommen und einen gut beleumundeten Bauern ermorden, weil er sie hin und wieder mal ordentlich durchwalkt. Der Herr Verteidiger weiß wohl nicht, in welchem gottverdammten Land er lebt. Wir sind nicht in Frankreich, sondern in Polen! Hier hat Gott sei Dank noch der Mann die Hosen an. Wer sein Weib nicht schlägt, ist ein Schlappschwanz. Ohne Stock fällt die Familie auseinander und der Staat gleichfalls...«
Jetzt verlor ich vollends die Kontrolle über die Sendung. Auf den Monitoren sah ich, daß die Außenstationen kopfstanden. Ich schaltete um. Die Eidophore in Warschau, Krakau und Wroclaw glichen überhitzten Dampfkesseln – am Nowy Świat, einer Zentralarterie der Hauptstadt, johlte die Menge: »Da habt ihr die Partei! Ohne Stock fällt der Staat auseinander – und wer seine Frau nicht züchtigt, ist ein Waschlappen! Jetzt sieht man, wie sie uns respektieren – wie das Vieh, wie die Schweine. Sie sagen ›die Weiber‹ und meinen das ganze Volk. Solange sie uns Frauen zerstampfen, solange zerstampfen sie ganz Polen. Wir scheißen auf diese Partei, sie soll uns gestohlen bleiben! Da habt ihr euren Kommunismus! Der Abschaum regiert – nicht nur in Sobjenie, sondern im ganzen Land. Früher waren wir Europäer, und jetzt haben wir die Russen im Land...«
Mir sträubten sich die Haare zu Berge. Was da gesagt wurde, roch nach lebenslänglich. Noch eine Unverfrorenheit, und man würde mich vom Drehort weg verhaften. Ich blickte zu Irena und sah, wie sie mir zuschmun-

zelte. Für sie fuhr ich mit der Sendung fort und schaltete um nach Krakau. Auch dort brodelte es, aber anders als in Warschau. Gepflegter: »Dieser Żelazo ist ein Relikt – ein Fossil vergangener Epochen. Die Partei ist nicht viel wert, aber besser als dieses Stück Roheisen! Wenn der nicht zum Kuckuck gejagt wird, trete ich aus – seht euch doch an, wie der aussieht. Wie ein Menschenfresser, dumm wie ein Pantoffeltier, ein Prachtexemplar des allmächtigen Analphabeten – so einer als Lokalmatador? In so einem Kaff würde ich mich erhängen...«
Auch in Sobjenie selbst hatte ich einen Eidophor aufstellen lassen. Das Dorf konnte sehen, wie sein »Fall Bjalak« in den Städten beurteilt wurde. Das war noch nie passiert. In jenen Sümpfen war die Welt in Ordnung gewesen – aber jetzt kam die Welt hierher, und die Welt urteilte anders. Nicht wie der Herr Staatsanwalt. Auch nicht wie der Parteibonze mit den Knopfaugen und dem struppigen Soldatenschädel. Auf dem Dorfplatz wurde es totenstill. Plötzlich vernahm man eine Stimme. Zuerst ganz leise. Dann lauter – und zuletzt kreischend: »Ich bin eine Null. Eine ungebildete Frau. Als ich ein Kind war, gab es keine Schule in diesem Dorf. Ich kann weder lesen noch schreiben, aber ich habe eine Spinne im Kopf. Sie spinnt und spinnt. Tag und Nacht stellt sie Fragen. Warum ich so ein Staubkorn bin auf der Erde. Warum ich überhaupt auf die Welt gekommen bin. Warum man mich verheiratet hat mit diesem Satan. Ein böses Tier war er. Nie hat er gesprochen mit mir. Für ihn war ich Spucke auf der Fensterscheibe. Er kam nur, wenn er voll war. Wenn er nach Fusel stank. Dann stach er mit seinem Dorn in mich hinein und spritzte seine Saat in meinen Bauch. Nachher zog er die Hosen rauf und stieß heidnische Flüche aus. Er trat mich in die Brust und schlug mir ins Gesicht. Das fand er in Ordnung. Żelazo findet das ebenfalls in Ordnung. Ganz Sobjenie findet das in Ord-

nung. Der Blitz soll euch erschlagen. Gott soll euch die Augen zerquetschen. Sodom über euch und Gomorrha. Jeden von euch würde ich totschlagen und hätte keine Angst vor dem Zuchthaus. Mir geht es dort besser als hier. Dort ist es voller armer Wanzen, wie ich eine bin. Laßt mich in Ruhe mit eurem Theater! Ich will bleiben, wo ich bin. Ich komme nicht zurück nach Sobjenie. Nie!«
Bjalaks Weib hatte noch nicht geendet und wollte weiterbellen, doch da stürzte ein Kerl auf sie zu. Ein Riesenschnauzer mit Schaum in den Mundwinkeln und vorstehenden Roßzähnen. Bojtschuk, der Dorfschulmeister. Er schrie und gestikulierte, als hätte ihn eine Wespe gestochen. Er mochte sechzig Jahre alt sein. Die intellektuelle Autorität im Kaff. Er überbrüllte die arme Frau und geiferte im Namen der ganzen Bevölkerung: »Dieses Luder ist das verstockteste Weib des ganzen Landkreises. Schaut sie euch an. Das ist keine Frau mehr. Ein Gespenst ist sie aus der Steppe. Wie eine vertrocknete Quitte sieht sie aus. Weder Lippen hat sie noch Brüste. Nur Hexen haben solche Augen. Ich habe ihre Töchter unterrichtet. Sechs Jahre lang, und ich schwöre bei allen Heiligen, daß nur die Knute etwas ausrichtet bei diesem Lumpenpack. Eine Sippe von Missetätern ist das. Eingefleischte Verbrecher. Solches Gesindel läßt sich nicht umerziehen. Nicht einmal das Gefängnis macht ihnen Eindruck. Im Gegenteil. Es ist ihnen wohl unter ihresgleichen. Was hat sie gesagt? Daß sie dort bleiben will! Wie soll ein Mann mit ihr leben? Mit so einer Pest? Die heilige Jungfrau würde mit ihr die Geduld verlieren, aber unser staatliches Fernsehen nimmt sie in Schutz, diese Teufelstochter. Wie hat er sie genannt, der feine Herr aus Warschau? Bürgerin Bjalak. Mit einer Axt hat sie ihren Mann erschlagen, die Bürgerin Bjalak. Einen unbescholtenen Bauern, dem man nie etwas vorwerfen konnte. Ich kannte ihn gut. Ich

lege für ihn die Hand ins Feuer. Wo ist die alte Zucht und Ordnung, für die uns der Herr erwählt hat unter den Völkern? Wo sind die guten alten Zeiten, als der Pole noch zweimal überlegt hat, bevor er das Maul aufriß? Heute kann ein dahergelaufener Advokat verkünden, Gattenmord sei eine revolutionäre Sache. Und den Tag einer himmelschreienden Bluttat will er zum Nationalfeiertag erklären. Soweit ist es gekommen in unserem Land! Und dieser Redakteur, was ist denn das für einer? Hört euch seine Sprache an! Der redet anders als wir. Weiß der Teufel, wo er herkommt. Was hat er eigentlich im Sinn mit seiner Vorstellung? Will er das Fernsehen zu einer Schule der Rebellion machen? Das dürfen wir nicht zulassen. Ich beantrage...«
Mir wurde angst und bange. Schon spürte ich den Strick um meinen Hals. Wenn jetzt kein Wunder geschah, würde ich in der Versenkung verschwinden – und mein Traum von der Pfirsichblüte wäre ausgeträumt. Aber der Riesenschnauzer kläffte weiter: »Ich beantrage, daß solche Fremdkörper unschädlich gemacht werden. Nicht ins Zuchthaus gehört so ein Volksverführer. Ausrotten muß man ihn, und zwar endgültig.«
Dem Schulmeister wurde begeistert applaudiert, und ich fragte mich, wie ich aus dieser Falle entkommen konnte. Jetzt blieb mir nur eine Rettung: die Außenstationen. Ich schaltete um nach Wroclaw. Tausende von Zuschauern hatten sich dort versammelt, obwohl ein schneidender Wind über den Bahnhofsplatz fegte. Auch hier kochte es. Die Leute krakeelten durcheinander und ergriffen Partei für mich: »Dieser Mann ist in Ordnung. Der sagt ihnen die Wahrheit.«
»Stimmt, aber am Ende werden sie ihn erschießen – die Russen werden doch nicht zulassen, daß man bei uns nach polnischen Pfeifen tanzt.«
»Sie sollen's mal versuchen. Wenn man ihm ein einziges

Haar krümmt, gibt es hier ein Erdbeben. Im Vergleich damit wäre Posen ein lauer Frühlingswind gewesen.«
»Der macht das beste Theater, was man uns je gezeigt hat – wir lassen uns nicht mehr vernebeln! Von jetzt an wollen wir die Wahrheit...«
Ich fühlte, daß der Boden unter mir wackelte. Ich spähte nach allen Seiten, suchte Irena. Jetzt brauchte ich sie wirklich, doch sie war verschwunden. Hinter der Kirche stand der Übertragungswagen. Durchs Seitenfenster sah ich einen Schatten, der heftig gestikulierte. Gott sei Dank, das war sie. Irena hielt einen Telephonhörer ans Ohr und schien mit jemandem zu streiten. Das Herz versagte mir – nun war es wohl soweit. Das konnte nur von oben kommen. Vielleicht Schantzer. Vielleicht noch höher. Meine Welt war am Zusammenbrechen. Meine Vorgesetzten dachten sicher, ich hätte die Szene inszeniert. Sie kannten meine Schwäche für das Theater und nahmen gewiß an, ich hätte mir ein paar Schauspieler angeheuert, um brodelnde Volksseele zu mimen. Aber sie irrten sich – wie ich auch. Was geschah, war ungeschminkt und spontan, war die Wahrheit: »Die Bäuerin ist gut. Sie zeigt uns, daß man sich wehren soll. Die kennt keine Angst mehr. Eine echte Polin wie in den guten alten Zeiten. Und erst dieser Kiebitz! Der ist kein Hosenscheißer, der sagt ihnen, wo Gott hockt. Die Haut wollen sie ihm abziehen, aber er macht weiter und fürchtet sich nicht. Er wird büßen müssen, aber das ganze Land stellt sich hinter ihn – wenn ihm was passiert, errichten wir ihm ein Denkmal...«
Du mein lieber Gott. Ein Denkmal! Dabei lechzte ich nur nach Leben, Herr Doktor. Nach Irena. Nach ihrer weißen Haut und ihrem roten Haar. Nach ihrem Leib und nach ihrer kühlen Haut. Da sprachen sie von einem Monument. Von einer Grabstätte. Ich war nur ein bescheidener Kiebitz, ein armseliger Regenpfeifer, und schon

wollten sie mich zum Helden machen. Ja, zum Nationalhelden. Dabei hasse ich Nationalhelden. Seit der Schulzeit, als ich von Winkelried gehört hatte, dem tollkühnen Schweizer, der sich in die feindlichen Reihen gestürzt hatte, um das Vaterland zu retten. Er hatte die österreichischen Speere gepackt, sich ein ganzes Bündel davon in die Brust gestoßen und damit seinen Landsleuten eine Bresche geschlagen. Großartig, diese Geschichte – aber unerquicklich. Ich wollte kein Winkelried werden. Sein Schicksal war mir zu pathetisch und zu schmerzhaft. Und außerdem war es ohnehin anders gewesen. Weniger heldenhaft. Die nachstoßenden Schweizer sollen ihn nämlich ins Unglück gequetscht haben. Da er nicht kneifen konnte, ging er unfreiwillig zugrunde. Und jetzt war *ich* Winkelried. Ich opferte mich, stürzte mich in die feindlichen Speere. Nicht absichtlich, um die Wahrheit zu sagen: Die Feuerlilie war an allem schuld. Sie hatte mir den Kopf verdreht, und jetzt mußte ich ihr beweisen, daß ich kein Kanonenfieber hatte. Sie quetschte mich ins Debakel hinein. Ohne sie wäre ich ja vorsichtiger gewesen. Die Außenstationen hätte ich nicht eingeschaltet, wenn sie nicht mit mir gewesen wäre. Den Gegnern der Bäuerin hätte ich mehr Redezeit gegeben. Aber, wie gesagt, Irena hatte mich vorwärtsgestoßen und mich – gegen meinen Willen – zum Helden gemacht.
Glücklicherweise war mein Mut in eine Zeit gefallen, wo Verwegenheit schon nicht mehr so lebensgefährlich war. Die Regierung hatte noch den Schrecken von Posen in den Knochen. Sie machte sich klein und unauffällig. Sie wagte nicht zuzuschlagen, und so kam ich ungeschoren davon.
Sie werden mich fragen, Herr Doktor, woher ich meine Kühnheit nahm. Ganz einfach. Ich war verliebt. Mein Mut entsprang dem infantilen Wunsch, dem begehrten Mädchen zu imponieren. Als Schulkind hatte ich davon

geträumt, mich mit meiner Erwählten in einem Zauberwald zu verirren: Sie sah aus wie ein zerbrechliches Dornröschen, und ich war ein stolzer Märchenprinz. Um uns herum ließen Donnerschläge die Welt erbeben, aber meine Märchenprinzessin zog mich in eine Kristallhöhle, in der wir vorübergehend Unterschlupf fanden. Wir zitterten. Mein Traummädchen kuschelte sich vertrauensvoll an mich. Sie weinte jetzt nicht mehr und flüsterte, es sei nun alles wieder gut. Das war der Höhepunkt meines Traums – mehr erwartete ich nicht. Abgesehen vielleicht davon, daß mich die Angebetete vor Dankbarkeit auf den Mund küssen könnte. Aber das war alles. In späteren Jahren dann wurde ich anspruchsvoller, und was Irena betraf, begehrte ich vor allem ihr Fleisch. Ihre unverschämte Art und die Verheißung rasender Liebesnächte. Das heißt nicht, daß meine Kinderträume erloschen waren. Noch immer war für mich Lust mit Gefahr verbunden, Glück mit unmittelbarer Bedrohung. Je wackeliger eine Beziehung, desto stärker erregte sie mich. Und in diesem Fall reizte mich die Furcht vor den Folgen. Bis jetzt war ich ja ein loyaler Bürger des einundzwanzigsten Jahrhunderts gewesen, ab diesem Tag aber stand ich auf der anderen Seite. Ich war zwar noch mit Alice verheiratet – doch mein Herz klopfte für Irena. Noch war nichts zwischen uns geschehen, aber ich spürte schon den Duft ihres Körpers. Noch war ich Mitglied der Partei, doch wußte ich, daß ich meinen Ausschluß riskierte. Daß man mich verhaften und einsperren könnte. Wenn ich Glück hatte, bekam ich ein paar Jahre Zuchthaus. Hatte ich keines, würden sie mich erschießen.
Meine Lage war hoffnungslos. Ich war landesweit berühmt geworden. Das Volk hatte sogar gelobt, es würde sich vor mich stellen und jedes Unrecht verhindern. Was aber, wenn es mich fallenließ? Jetzt war ich also im Zauberwald. Bei Donner und Blitzen hatte ich mein Traum-

mädchen gefunden, und was wir brauchten, war eine Kristallhöhle. Ein Unterschlupf für vierundzwanzig Stunden. Eine süße Pause vor dem bitteren Ende. Eine kurze, leidenschaftliche Zweisamkeit – aber wohin sollten wir gehen? In Sobjenie konnten wir nicht bleiben. Alle kannten uns. Wenn man uns erwischte – in einem Stall oder Heuschober – würden wir gesteinigt. Zu Irena nach Hause konnten wir auch nicht fahren. Sie lebte in einem winzigen Kellerloch. Mit ihrer Schwester. Da hatte Irena eine Idee: Wir könnten nach Warschau fahren und von dort den Mitternachtsschnellzug nach Stettin nehmen. Einen Schlafwagen für uns allein, quer durch Polen. Bis zur Westgrenze und zurück. Wir hätten einen Tag und eine Nacht, in der uns nichts zustoßen konnte.

Wir gaben dem Schaffner ein königliches Trinkgeld, und er ließ uns in Ruhe. Ich sage Ruhe, Herr Doktor, dabei war, was kam, ein Bergsturz. Ein Naturereignis ohnegleichen. Der Ausbruch eines Vulkans. Ich hatte schon einige Liebesnächte hinter mir – aber so etwas hatte ich nie erlebt. Nicht heftig, nicht feurig, nicht gierig war unsere Umarmung, sondern barbarisch im wahrsten Sinn dieses Wortes. Als versuchten wir, die in uns aufgestaute Sehnsucht in einer einzigen Raserei explodieren zu lassen. Als wollten wir etwas nachholen oder alles finden, was wir je verloren hatten. Bis dahin hatte ich den Orgasmus für ein physiologisches Ereignis gehalten. Auf dieser Eisenbahnreise erfuhr ich, was er wirklich ist. Das Morgenrot. Das Gegenteil des Todes. Ein quecksilbriger Springbrunnen des Lebens. So ratterten wir durch das vereiste Land. Wir liebten uns bis zur Ohnmacht und gelobten uns Treue, was immer auch geschehen würde.

Vierundzwanzig Stunden später kamen wir in Warschau an. Zerschunden und zerschlagen. Glücklich und wunschlos. Auf dem Bahnsteig küßten wir uns, als sollten wir uns nie wiedersehen. Irena erwischte ein Taxi und fuhr zu sich nach Hause. *Ich* hatte kein Zuhause mehr und ging schnurstracks ins Büro.

Es gibt ein unfehlbares Zeichen für die Stellung, die man in einem Betrieb hat: die Art, wie man vom Hausmeister empfangen wird. Er weiß alles. Er kennt sämtliche Geheimnisse, und wenn er lächelt, heißt das Karriere. Aber wehe, wenn er wegsieht. Dann steht das Barometer auf Sturm, und es kann das Schlimmste passieren. Als ich an jenem Morgen an der Garderobe vorbeischlich, salutierte er und polterte los: »Ja, bei Gottvater und der heiligen Jungfrau – wo sind denn *Sie* gewesen? Man hat Sie überall gesucht. Sogar die Polizei ist Ihnen auf die Bude gestiegen. Wir haben Angst gehabt, Herr Kiebitz.«

Das klang sonderbar. Die Polizei hatte mich gesucht. Warum wohl? Um mich einzusperren, oder was? Und dann doch wieder hoffnungsvoller: Wir haben Angst gehabt, Herr Kiebitz. Wer hat Angst gehabt, und warum? Was konnte das nur bedeuten? Ich eilte zu Schantzer. Seine Sekretärin sagte im Flüsterton: »Schnell, Genosse Kiebitz! Der Chef erwartet Sie seit gestern.«

Ich trat ein, auf alles gefaßt. Aber nicht auf diesen Empfang: »Ihre Sendung, Genosse Kiebitz, sollte neunzig Minuten dauern. Sie hat dreimal so lange gedauert. Was fällt Ihnen ein, unser Programm so rücksichtslos durcheinanderzubringen?«

»Ich muß zugeben, Herr Direktor, daß ich den Sinn für die Zeit verloren habe, weil...«

»Aber ich habe doch angerufen. Ihre Assistentin hat versprochen, sie wolle die Sendung stoppen und Ihnen mitteilen, was ich verlangt habe...«

»Ich gebe Ihnen mein Ehrenwort: Sie hat mir nichts gesagt. In der Hitze des Gefechts muß sie das vergessen haben. Was haben Sie denn verlangt?«

»Ich habe verlangt... nein... ich habe befohlen, die ver-

dammte Sendung unverzüglich abzubrechen. Obwohl sie mir gefallen hat.«
»Habe ich richtig verstanden, Herr Direktor? Sie sagen, daß meine Sendung gut war?«
»Das habe ich nicht gesagt. Ich sagte, daß mir die Sendung gefallen hat. Wir haben Tausende von Anrufen bekommen. Berge von Glückwunschtelegrammen. Ganz Polen jubiliert – aber das berechtigt niemanden, das Fernsehen auf den Kopf zu stellen.«
Mir schwindelte. Das war ein Traum. Die Sendung gefiel ihm, doch er sprach von »dieser verdammten Sendung«. Wie sollte ich das verstehen? »Rücken Sie heraus mit der Sprache, Herr Direktor! Sagen Sie ja zu meinem Programm oder nein?«
»Ich sage, daß Sie sich tolle Nummern leisten. Eine Privatrevolution zetteln Sie an. In zahllosen Dörfern finden Weiberversammlungen statt. Sie verlangen Strafverfolgungen...«
»Gegen wen?«
»Gegen uns.«
»Was soll das heißen?«
»Gegen die Männer. Gegen unsere Vorherrschaft.«
»Und das mißfällt Ihnen?«
»Im Gegenteil. Ich sage nur, daß wir da in ein Schlangennest getreten sind mit Ihrem – wie nennen Sie das – Tribunal des Volkes. Der Kuckuck weiß, wo uns das hinführt.«
Wie unter Narkose ging ich in mein Büro. Zuerst wollte ich Irena anrufen. Ich tat es aber nicht, weil sie schlief und ich sie nicht wecken durfte. So rief ich Jungerwirth an und sagte ihm, er habe recht gehabt. Meine Sendung sei gut angekommen. Die Genossen hätten mich beglückwünscht. Eine Pause trat ein. Dann kicherte Jungerwirth vergnügt und quiekste: »Was hab' ich gesagt, Sie Rindvieh? Mit Ihrer Privatrevolution verzögern Sie

die Weltgeschichte um zwanzig Jahre. Die wirkliche Revolution ist vertagt. Findet vorläufig nicht statt. Das Regime ist gerettet und weiß Ihnen Dank. Man wird Sie befördern.«
Ganz so einfach ging es auch wieder nicht. Eine Parteiversammlung wurde einberufen, die meinen Fall untersuchen sollte. Das Betriebskommitee hatte beantragt, das »Tribunal des Volkes« sofort abzusetzen und Maßnahmen gegen mich zu ergreifen. Die Partei war zwar in der Defensive, aber immer noch an der Macht. Noch immer hockten die Quadratköpfe an der Spitze, die zu Stalins Zeiten das Sagen hatten. Jetzt erhoben sie wieder die Stimme, die man seit Posen nicht mehr gehört hatte. Und der Parteisekretär eröffnete die Sitzung mit folgenden Worten: »Der Fall Kiebitz ist einmalig in den Annalen unserer Institution. Da erlaubt sich ein Zugereister – ein Neuankömmling, würde ich sagen –, unser Volk, unsere Arbeiterklasse und unsere ruhmreiche Partei in den Dreck zu ziehen. In seiner Sendung ließ er Leute auftreten, die uns öffentlich beschimpfen! Was will er eigentlich, dieser Gideon Kiebitz? Das ist doch kein polnischer Name, scheint mir. Und noch viel weniger eine polnische Gesinnung. Will er die Rückkehr der Großgrundbesitzer? Hat er im Sinn, die Herrschaft des Finanzkapitals wiederherzustellen? Gefällt es ihm nicht, daß wir mit der unbesiegbaren Sowjetunion verbrüdert sind? Vielleicht wünscht er die Amerikaner herbei? Wenn es so ist, soll er es sagen – aber *dann* hat er bei uns nichts verloren. Der Teufel soll ihn holen. Je schneller, desto besser!«
Im Parteilokal saßen über fünfzig Genossen. Jeder von ihnen kannte mich genau. Jeder wußte, daß ich weder das Finanzkapital herbeisehnte noch die Großgrundbesitzer. Die meisten von ihnen träumten von westlichen Geschenkpaketen und einem Schlemmerleben im Dollarparadies. Nur sagte man eben das eine und meinte das

andere – das war längst zum Nationalsport geworden, zu einem Volksvergnügen, bei dem man die Welt in ihr Gegenteil verkehrte. Man versteckte seinen Haß hinter einem Vorhang ironischer Lobhudelei. Man rühmte die Spitzenleistungen der russischen Technik und kicherte innerlich über deren offensichtliche Pleite. Jeden Tag erzählte man neue Witze über den siegreichen Vormarsch des Kommunismus und wartete ungeduldig auf dessen baldigen Untergang. Sogar die Parteimitglieder übten sich in der Kunst der Doppelzüngigkeit. Sie sagten Gideon Kiebitz und meinten das Judenschwein. Sie sagten, ich beleidigte das Volk und die Arbeiterklasse. Dabei wollten sie nur den Konkurrenten loswerden, der mit seiner Sendung die Kargheit des übrigen Programms bloßgestellt hatte. Also schloß der Parteisekretär seine Rede mit diesen Worten: »Das ganze polnische Volk ist empört über diese Sendung. Dutzende von einfachen Menschen haben uns bestürmt, dem Unfug ein Ende zu setzen, und zwar je schneller, desto besser. Bei uns ist Gott sei Dank noch das Volk am Ruder und nicht dieser Gideon Kiebitz!«

Mein Schicksal schien besiegelt, doch die Genossen hatten sich verrechnet. Sie hatten an alles gedacht, nur nicht an Irena. Die Tür zum Sitzungszimmer wurde aufgestoßen, und die Pfirsichblüte kam herein. Sie rollte ein Wägelchen vor sich her. Darauf lagen Postsäcke mit Zehntausenden von Briefen. Verdutzt sahen sich die Genossen an, und der Sekretär fragte verunsichert, in welcher Angelegenheit die reizende Kollegin hereinschneie. Irena antwortete kühl, er solle »die reizende Kollegin« für sich behalten, sie komme dienstlich. Sie sei die Mitarbeiterin des Gideon Kiebitz und bringe einige Zuschauerreaktionen. Es handle sich um insgesamt fast 39 000 Glückwünsche, weil das polnische Fernsehen es zum ersten Mal gewagt hätte, *nicht* im Auftrag der Bonzen zu reden, son-

dern der gewöhnlichen Leute. Indem sie das sagte, griff sie wahllos nach ein paar Briefen und fing auch gleich an vorzulesen: »Mehr Kiebitz am polnischen Fernsehen und weniger Stiebitz. Zenon Lawski, Stationsvorstand... Redet Polnisch mit uns und nicht Russisch! Kiebitz ist Spitze. Anton Radzik, Damenfrisör... Gottlob gibt es noch Männer bei uns. Langes Leben für Kiebitz! Stanislaw Pieczynski, Mechaniker... Kiebitz in die Regierung! Die Schüler des Slowacki-Gymnasiums in Slupsk... Kiebitz ist der Mann des Jahres! Lydia Dombrowska, Kindergärtnerin... Ja, meine Herren, wünschen Sie noch mehr davon?« fragte die Feuerlilie. »Ich habe noch über 38 000 Briefe, die alle ähnlich lauten.«
Die Genossen schrien durcheinander. Eine unbeschreibliche Wut hatte sie gepackt. So etwas war noch nie vorgekommen, und Schantzer persönlich mußte das Wort ergreifen. Auch er gehörte der Partei an, doch war er ein hervorragender Künstler und konnte sagen, was ihm gefiel: »Ich vermute«, sprach er mit einem Schmunzeln in den Mundwinkeln, »daß die Weiterführung unserer Debatte zwecklos und peinlich wäre. Die Stimme des Volkes ist – wie es heißt – Gottes Stimme. 39 000 Briefe sind eine materielle Macht, gegen die sogar Marx und Lenin ratlos wären. Darum schlage ich vor, aus der Not eine Tugend zu machen und uns gegenseitig zu beglückwünschen. Wir haben seit langem den ersten Erfolg zu verzeichnen. Die Sendung des Genossen Kiebitz wird weitergeführt, ob das den Genossen paßt oder nicht. Und jetzt ist es an der Zeit, einen neuen Parteisekretär zu wählen. Der bisherige steht zu sehr im Abseits, finde ich. Wer einverstanden ist, erhebe die rechte Hand!«
Alle Anwesenden erhoben die rechte Hand. Niemand hätte gewagt, dem Programmdirektor zu widersprechen – denn erstens war er ein angesehener Maler und zweitens ein Intimfreund des Ministers. Das war ein entscheiden-

der Tag meines Lebens, Herr Doktor. Der endgültige Abschluß meiner Pubertät. Von diesem Tag an war ich erwachsen.

Herr Kiebitz,
Ihr Bericht über dieses Tribunal des Volkes ist tatsächlich bemerkenswert. Nur der letzte Satz ließ mich auflachen. Das sei der Abschluß Ihrer Pubertät gewesen, schreiben Sie mir allen Ernstes. Wenn das so gewesen wäre, würden Sie jetzt nicht mein Patient sein. Von dem besagten Tag an waren Sie nicht erwachsen, sondern bestenfalls volljährig. Das ist ein erheblicher Unterschied. Sie bekamen gewissermaßen den Stimmbruch. Sie waren jetzt mündig, wie man sagt, und konnten vielleicht ein Bankkonto eröffnen. Das war alles. Erwachsensein bedeutet aber mehr. Ein erwachsener Mensch glaubt nicht, sondern weiß. Er stellt in Frage, was ihm als Wahrheit vorgesetzt wird. Er urteilt nüchtern, statt sich von Wahnvorstellungen mitreißen zu lassen. Sie hatten, was erfreulich ist, Ihre bisherigen Illusionen abgeworfen, doch schon fingen Sie an, neue zu suchen. Ohne Trugbilder können Sie einfach nicht leben. Ich wette hundert zu eins, daß Sie diese Feuerlilie zur Frau genommen haben. Habe ich recht? Erzählen Sie, die Sache interessiert mich!

Sehr geehrter Herr Doktor,
Sie haben richtig geraten. Meine Ehe mit Alice wurde geschieden, obwohl wir ein glückliches Paar waren. Vielen galten wir als Musterpaar, das vom Himmel zusammengeführt worden war – aber mit Irena glaubte ich, die höchste Erfüllung zu finden. Und dennoch war die Scheidung ein Desaster, einer der traurigsten Tage meines Lebens. Sie verziehen das Gesicht, Herr Doktor. Sie denken, ich

übertreibe wieder, aber es gibt auch wirklich traurige Augenblicke in meinem Leben. So himmeltraurig, daß ich sie aus meiner Erinnerung verdränge und nicht an sie zu denken versuche.
Der Richter fragte mich, ob ich keine Möglichkeit mehr sähe, die Verbindung mit Alice zu retten. Die Stimme versagte mir. Ich konnte nicht antworten. Dann wollte er wissen, welches das eigentliche Motiv unseres Auseinandergehens wäre. Ich wußte es nicht, doch ich erwiderte trotzig: »Das eigentliche Motiv ist meine Triebhaftigkeit. Ich bin gierig nach dem Unbekannten. Ich habe eine unstillbare Sehnsucht nach dem Neuen. Nach den fernen Inseln des Ozeans. Ich bin ein Odysseus. Meine Rückkehr nach Ithaka dauert jedes Mal zehn Jahre. Zu Hause wartet die beste Penelope der Welt, aber ich höre nicht auf, mich bei immer neuen Circen zu verirren. Jeder Sirenengesang treibt mich weg von der Hauptstraße. Ich liebte meine Frau, doch eines Tages hatten wir uns alles gesagt. Unsere Leidenschaft war nicht mehr frisch, und was wir uns mitteilten, hatte aufgehört, wahr zu sein. In den Anfängen hatten unsere Gespräche einen Sinn. Mit den Jahren verloren sie ihren Inhalt. Wir fingen an, uns zu wiederholen. Das war wohl das Hauptmotiv unserer Entfremdung. Der gemeinsame Nenner war zerfallen. Was uns anfänglich verbunden hatte, war zerbröckelt. Ich bin nicht mehr glaubwürdig für meine Frau.«
Der Richter verstand kein Wort. Oder vielleicht tat er nur so. Jedenfalls fragte er Alice: »Was halten Sie von dieser Scheidung? Ist sie notwendig?«
Alice hatte Tränen in den Augen. Doch sie sprach tapfer und unmißverständlich: »Unsere Ehe war die Frucht süßer Träume von einer besseren Welt. Die bessere Welt ist schlechter, als wir meinten. Unsere Träume sind kaputt. Diese Ehe ist nicht mehr möglich. Was ich beklage, ist

weniger der Untergang unserer Liebe als der Tod unserer Illusionen.«

Das war das Ende, Herr Doktor. Glauben Sie mir, ich habe sie geliebt! Und ich liebe sie noch heute. Ich werde sie immer in meine Gebete einschließen. Zerquält und gerädert verließen wir den Gerichtssaal, und auf der Straße nahmen wir Abschied voneinander. So sachlich wie möglich, obwohl uns zum Heulen war. Alice ging nach Hause. In unser kleines Zimmer, wo noch meine Koffer standen und die Kisten mit meinen Büchern. *Ich* hatte kein Zuhause mehr. Ich war obdachlos. Frei, wie man so leichtfertig zu sagen pflegt. Ich konnte gehen, wohin ich wollte. Zu Irena zum Beispiel, die ich gierig begehrte. Nichts stand jetzt mehr zwischen uns außer der Trauer. Wir konnten nun alles neu beginnen. Zehn Jahre standen vor uns, um einander kennenzulernen. Zehn Jahre, um uns noch einmal alles zu erzählen.

Ich weiß nicht, warum, aber ich ging nicht zu Irena. Ich streunte durch die Stadt. Durch das nackte Viertel von Mirów und hinüber zum Sächsischen Garten. Dort setzte ich mich auf eine Bank. Die ersten Narzissen blühten schon, ein Honigduft umwehte mich, und ich schlief ein. Als ich erwachte, spürte ich, daß mich etwas an der Wade kitzelte. Es war ein Hund. Ein räudiger Bastard, der offenbar an mir Gefallen gefunden hatte. Er leckte meinen Knöchel, als wollte er mir etwas mitteilen. Ich begann, mit ihm zu reden. Ich fragte ihn, wie er heiße, wem er gehöre und ob er denn kein Zuhause habe. Er blickte mich an und schien sich entschuldigen zu wollen, daß er so elend war. Elend und häßlich. Ich kann Tiere nicht leiden. Weiß der Teufel, warum. Ich nehme an, es hängt dies mit dem Verhalten der Tierfreunde zusammen. Sie sind voller Zärtlichkeit für Vierbeiner, weil man sie treten kann. Weil sie uns unterlegen sind und unser Eigentum. Ich ziehe die Menschen vor, obwohl sie weder aufrichtig sind noch anhänglich. Aber wozu sollen sie auch anhänglich sein? Um betrogen zu werden wie Alice? Ich mag die Menschen, weil jeder sein Geheimnis hat. Sie faszinieren mich, bis ich sie kenne, bis sie mir ihre ganze Geschichte erzählt haben. Hunde haben keine Geschichte, und wenn sie eine haben, können sie sie nicht erzählen. Hunde sind peinlich: weil sie neben einem hertrotten und schweigen. Es gibt übrigens ein merkwürdiges Wort, das die Araber gebrauchen, wenn sie von Hunden sprechen. Oder, genauer gesagt, von Hunden, Frauen und Juden: »Haschek« heißt dieses Wort und bedeutet so viel wie »mit Verlaub« oder »entschuldigen Sie den Ausdruck«. Hunde, Frauen und Juden sind demnach etwas Unreines. Sie wissen alles, doch dürfen sie nichts sagen, sonst schmeißt man sie raus. Sie sind die Kiebitze bei unserem Kartenspiel. Sie denken sich etwas, aber wir erfahren nie, was. Haschek. Entschuldigen Sie den Ausdruck! Ich bin zwar selbst ein Kiebitz, doch ertrage ich nicht, wenn man mir in die Karten sieht.

Ich stand also auf und ging zur nächsten Bank. Der Hund lief mir nach. Was wollte er von mir? Ich hatte ihm doch keinen Anlaß gegeben, mich gern zu haben. Ja, hätte ich ihm wenigstens einen Knochen geschenkt. Oder den Zipfel einer Wurst. Aber ich hatte ihm nichts hingeworfen, weil ich nichts hatte. Vielleicht ging er deshalb mit mir. Vielleicht hatte er gespürt, wie hundeeinsam ich war. Er wollte mich wohl trösten – oder sich selber, weil er ebenfalls hundeeinsam war. Was sollte ich aber nur anfangen mit ihm? Ich konnte ihn doch nicht auffordern mitzukommen. Wohin auch? Zu Irena, die mit ihrer Schwester in einem Kellerloch hauste? Es gab doch keine Wohnungen in Warschau. Es gab vielmehr zwölf Anwärter auf jedes Zimmer, das hier gebaut wurde. Mit welchem Recht sollte gerade ich eines bekommen? Ich war schließlich schuld daran, daß ich kein Dach über dem

Kopf hatte. Wer hier in Warschau eine Wohnung wollte, mußte etwas leisten. Was hatte *ich* geleistet? Den Leuten mit einer verantwortungslosen Sendung den Kopf verdreht. Ich erhob mich, entschlossen, den unliebsamen Begleiter loszuwerden. Ich versteckte mich im nahen Musikpavillon und hoffte, der Hund – Haschek – würde mich vergessen. Aber er vergaß mich nicht. Er blieb sitzen und wartete auf mich. Zuletzt schlich ich aus dem Pavillon hinaus, da schoß er auf mich zu, als wäre ich der Erlöser. Er sprang an mir hoch und leckte meinen Hals und mein Gesicht – zum Dank, daß ich wieder da war. Er wurde mir jetzt unerträglich, seine Ergebenheit beschämte mich. Soeben hatte ich Alice verlassen, die Sonne meiner Jugendjahre. War trotz aller Schwüre und Gelübde von ihr weggelaufen. Dieses Vieh störte meine Kreise! Es war ja vielleicht gar kein Hund, sondern ein Bote Gottes, der mir nachlief, um mich zu strafen. Ich verließ fluchtartig den Park und sprang auf einen Autobus. Ich fuhr zum Büro.

Als ich ausstieg, war er schon da. Haschek. Er wedelte mit dem Schwanz und schien überglücklich, mich wiederzusehen. Ich würdigte ihn keines Blicks und ließ ihn wedeln. Im Büro bat ich die Sekretärin, mich bei Schantzer anzumelden. Er empfing mich sofort und schüttelte mir wie einem alten Freund die Hände. Er lächelte: »Was kann ich für Sie tun, Herr Kiebitz?«

»Ich komme vom Bezirksgericht. Ich habe mich scheiden lassen.«

»Wegen der Hexe, nehme ich an. Die mit den 40000 Briefen.«

»Ja und nein, Herr Direktor.«

»Ich will es auch nicht wissen, lieber Kollege. Wo ist Ihr Problem?«

»Ich habe keine Wohnung mehr. Ich werde umziehen müssen. In die Provinz...«

»Das werden Sie auf keinen Fall. Wir brauchen Sie.«
»Und wo soll ich schlafen? Im Sächsischen Garten?«
»Wir werden etwas für Sie finden. Wir fragen uns seit langem, wie wir Sie belohnen sollen. Sie sind schließlich unser Star. Der Stolz des polnischen Fernsehens.«
»Aber was... was soll ich unternehmen?«
»Vorläufig wohnen Sie im Hotel. Ich bestelle Ihnen ein Zimmer. Die Kosten übernehmen *wir*.«
Ich glaubte, gleich überschnappen zu müssen. Das war zu schön, um wahr zu sein. Ich mußte zu Irena fahren. Unverzüglich, um ihr die Nachricht zu überbringen. Ich raste die Treppe hinunter und eilte aus dem Gelände, um ein Taxi zu erwischen – da sprang ein Tier an mir hoch. Haschek. Er herzte mich mit soviel Hingabe, daß ich meinen Widerstand aufgab. Er wollte mein Freund sein? Bitte schön. Dann sollte er eben mitkommen!
Irena schien wenig entzückt über meinen Auftritt: »Wer ist dieser Hund, um Gottes willen?«
»Ein Bekannter von mir. Ein armer Teufel wie ich selbst.«
»Seit wann kennt ihr euch denn? Du hast mir nie von ihm erzählt.«
»Seit ein paar Stunden. Wir sind uns begegnet.«
»Wo, wenn man fragen darf?«
»Im Sächsischen Garten. Er hat sich anscheinend in mich verliebt.«
»Er auch? Wie kommst du an einem Montagmorgen in den Sächsischen Garten?«
»Auf dem Heimweg vom Kreisgericht.«
»Und wie kommst du ins Kreisgericht?«
»Ich habe mich scheiden lassen.«
»So?«
»Ich verstehe dich nicht, Irena. Ich dachte, du würdest an die Decke springen vor Glück.«
»Jetzt sind wir ein Paar wie alle anderen.«

»Was ist denn so schlecht daran?«
»Nichts. Der Traum ist zu Ende. Jetzt beginnt der Alltag.«
»Wenn du nicht willst, kann ich wieder gehen.«
»Mach keine Dummheiten, Gideon! Sag mir lieber, was mit dem Hund geschehen soll. Wer ist er? Deine Mitgift?«
»Er ist mein Schicksal. Ich wollte ihn verjagen, aber er ließ es nicht zu. Er hängt an mir wie eine Klette. Vielleicht ist er vom Himmel geschickt...«
»Hat er einen Namen?«
»Ich nenne ihn Haschek.«
»Warum Haschek?«
»Das ist arabisch und bedeutet ›mit Verlaub‹.«
»Weil er ein Bastard ist?«
»Ja, ein dreckiger Köter. Eine Promenadenmischung.«
»Und wo wollt ihr wohnen, ihr beide? Bei mir?«
»Darum bin ich ja gekommen...«
»Ich wohne hier mit meiner Schwester. Für zwei ist es eng. Für drei ist es muffig. Mit einem Hund werden wir uns hassen – aber wenn es sein muß...«
»Es muß nicht sein, Irena. Laß mich ausreden. Wir ziehen in ein Hotel und werden glücklich sein miteinander.«
»Du bist verrückt, Gideon. Hotels gibt es nur für Ausländer.«
»Wir gehen trotzdem ins Hotel. Ich habe mit Schantzer gesprochen. Alles ist schon erledigt.«
»Du fieberst.«
»Ich sage die Wahrheit.«
Da glaubte sie mir, und ihr Gesicht hellte sich auf. Sie warf sich an mich und weinte vor Freude. Der Hund hüpfte an ihr hoch und leckte sie am Hals.
An der Rezeption saß ein schmieriges Männlein. Er wußte bereits, daß wir bevorzugte Gäste waren. Der Kerl

verzog den Mund zu einem unterwürfigen Lächeln und jammerte: »Es tut uns leid, Ihnen keine Suite geben zu können, Herr Kiebitz, aber Sie wissen ja, wie die Lage aussieht. Zwölf Anwärter für ein Zimmer...«
»Überhaupt kein Problem«, antwortete ich liebenswürdig, »wir können auch unter dem Dach wohnen.«
»Genau das wollte ich Ihnen vorschlagen, Herr Kiebitz. Sie werden unter dem Dach wohnen, und zwar allein.«
»Ich werde mit dieser Dame hier wohnen und mit dem Hund.«
»Ausgeschlossen, Herr Redakteur. Beides ist strengstens untersagt!«
Da geschah etwas Ungeheuerliches. Irena öffnete ihr Handtäschchen und reichte dem Männlein eine Banknote – einen Zehndollarschein, wie ich bemerkte. Mit der Würde einer Herzogin sagte sie: »Haben Sie die Güte, unser Gepäck ins Zimmer zu tragen!«
Der Empfangschef nahm wortlos das Gepäck, trug es hinauf, und die Sache war erledigt. Für ihn jedenfalls und Irena. Nicht aber für mich, denn ich war außer mir. Das war doch eben gewöhnliche Bestechung gewesen. Wieder ein Anschlag auf meine heiligsten Grundsätze! Das durfte doch nicht wahr sein. Nie hatte ich solche Transaktionen auch nur in Betracht gezogen. Bestechung? In Polen? Im einundzwanzigsten Jahrhundert und mit meinem stillschweigenden Einverständnis? Die bösen Zeiten waren doch vorbei, hieß es. Gomulka war an der Macht. Wir bauten nun einen Sozialismus mit menschlichem Antlitz auf, und da nahm meine Feuerlilie einen Zehndollarschein. Sie korrumpierte einen Hotelangestellten. War das denkbar? War es möglich, daß es hier zwei Währungen gab und zwei Gesetzbücher? Man zahlte mit Dollars, und schon war das Verbotene erlaubt! Ich verstand überhaupt nichts mehr, Herr Doktor, aber Irena lächelte

nur: »Wenn du willst, gehe ich nach Hause. Wenn dir deine Prinzipien wichtiger sind als *ich*, kannst du dich ja mit *ihnen* ins Bett legen.«
»Ich will mit *dir* ins Bett, Irena! Aber dieser Sache muß ich nachgehen. Ich kann mich doch nicht verhunzen lassen.«
»Interessant, Gideon. Zeig doch mal, wie du das fertigbringst!«
Endlich waren wir ein Paar. Endlich vereint. Aber unsere Liebesnacht dauerte nicht lange. Kurz nach Mitternacht polterte es an unserer Türe: »Aufmachen, aber schnell!«
»Wer sind Sie?«
»Machen Sie auf, oder ich hole die Polizei!«
»Holen Sie, wen Sie wollen! Wenn nötig, auch den Innenminister.«
»Ich habe Sie gewarnt. Den Rest der Nacht werden Sie auf dem Kommissariat verbringen. Ich rate Ihnen zum letzten Mal: Machen Sie auf!«
Ich zog mich an und öffnete die Tür. Vor mir stand der Nachtportier. Er setzte seinen Fuß auf die Schwelle. Irena saß im Bett und schnaubte vor Wut. In einer Ecke lauerte der Hund, und der Kerl zischte: »Wer ist diese Person?«
»Verlassen Sie mein Zimmer!«
»Wenn jemand das Zimmer verläßt, sind es *Sie!*«
»Wir bleiben da.«
»Sie sind nicht verheiratet und machen sich strafbar.«
Ich lachte bitter: »Und dafür wollen Sie mich rausschmeißen? Was würden Sie denn tun, wenn Karl Marx hier übernachtete. Und zwar mit dem Dienstmädchen, dem er in einer englischen Herberge ein Kind gezeugt hat. Oder Friedrich Engels, der mit einer Arbeiterin geschlafen hat, ohne sie zu heiraten. Oder Lenin, der eine Geliebte hatte. Jawohl, Sie Holzkopf, ich spreche von Inessa Armand. Beide waren verheiratet, aber nicht mit-

einander. Sie waren notorische Ehebrecher. Sie hätten also alle bestraft werden müssen, oder?«
»Ich werde Sie nicht nur rausschmeißen. Ich bringe Sie ins Gefängnis für staatsfeindliche Propaganda.«
»Das werden Sie nicht, Sie Filzlaus.«
Jetzt schnellte er auf mich zu. Er packte mich am Kragen meines Schlafanzugs und kreischte: »Kurz und klein werde ich Sie prügeln, wenn Sie nicht augenblicklich...«
Da griff Haschek in mein Schicksal ein. Mit einem Satz sprang er dem Nachtportier an die Gurgel. Er biß ihn so gekonnt in den Hals, daß der Mann aufschrie. Irena spürte, daß es Zeit war, dem Drama ein Ende zu machen. Sie befahl dem Köter, von seinem Opfer zu lassen. Zum zweiten Mal nahm sie eine Zehndollarnote aus ihrem Täschchen. Haschek zog sich knurrend in seinen Winkel zurück. Irena reichte dem Flegel ihr Zaubergeld und sagte hochmütig, er möge die Sache vergessen. Bevor er verschwinden konnte, sagte sie jedoch mit eiskalter Stimme: »Die Banknote ist gestäubt. Ihre Finger ebenfalls, weil Sie das Zeug in der Hand hatten. Nehmen Sie sich in acht, mein Herr, und sorgen Sie dafür, daß wir ein besseres Zimmer bekommen!«
Jetzt waren wir oben und er unten. Wir konnten ihn anzeigen, wenn wir wollten. Wegen Bestechlichkeit und Devisenvergehen. Wir bekamen ein größeres Zimmer im ersten Stock und lebten von jetzt an wie die Maden im Speck.
Das Abenteuer mit dem Hotelzimmer hat aus mir einen neuen Menschen gemacht. Oder sagen wir: einen »anderen Menschen«. Ich hatte gewissermaßen meine Einbürgerung erlebt. Von jetzt an war ich ein Pole wie alle anderen. Ich gehörte der Nation an, welche die Doppelzüngigkeit zur offiziellen Daseinsweise erklärt. Nicht daß ich schon imstande war, Trinkgelder zu verteilen,

Bestechungsoperationen zu tätigen oder Erpressungen zu versuchen. Dazu war ich immer noch unfähig. Ich war halt ein Schweizer – bis ins Rückenmark. Solche Methoden gingen mir gegen den Strich, aber ich wußte nun, daß es keine Paragraphen gab, die man nicht umgehen konnte. Ich kannte Irena und wußte, wie unbestechlich sie war, doch war mir nun genauso klar, daß sie im Filz saß und mitmischte. Wer das nicht tat, war ein unverbesserlicher Don Quichotte, der nur noch in Lächerlichkeit untergehen konnte. Ich erhob keinen Einspruch mehr, wenn Irena zu ihren Tricks griff. Ich wußte, daß sie notwendig waren. Sie gehörten zum polnischen Nationalsport, der darin besteht, ungeschoren die Paragraphen zu umgehen. Mehr noch: Die Tricks waren eine amüsante Form des Widerstands gegen eine ungewollte Ordnung. Wer schwindelte, beging eine patriotische Tat. Jawohl, Herr Doktor, so war das. Ich sehe, daß Sie angewidert die Nase rümpfen, aber warten Sie: Es gab nämlich eine Grenze, die eingehalten wurde. Das Opfer des Rechtsbruchs mußte ein Mitmacher sein. Ein Parasit. Ein Organ des verhaßten Körpers, der einem das Leben zur Qual machte. Wer aber gewöhnliche Mitbürger schädigte, war ein Schweinehund. Wer einen kleinen Mann bestahl, wer seine Kollegen denunzierte, wer sich bei der Obrigkeit einschmeichelte, wurde zum Aussätzigen erklärt. Um solche Leute machte man einen Bogen. Man boykottierte sie nach allen Regeln der Kunst. Jetzt ahnte ich, warum man auch mir aus dem Wege gegangen war. Warum ich keine Freunde hatte. Man hatte mich verdächtigt, ein Duckmäuser zu sein. Ich war so blödsinnig ehrlich, daß man mich als einen Fremdkörper empfand. Ich war einer, der den Staat *nicht* bestahl, keine krummen Sachen drehte und das System zu respektieren schien. Also konnte ich nur ein Dummkopf sein oder ein Kommunist. Irena hatte mich eingebürgert – und sofort fühlte ich mich in Polen

besser. Ich begann sogar, Wodka zu trinken. Nicht unmäßig, das konnte ich auch gar nicht – aber ich spürte, daß abgrundtiefe Besäufnisse meine Zugehörigkeit zu diesem Volk noch zementiert hätten. In mir kamen Gefühle von Sympathie auf, wenn ich einem Trunkenbold begegnete oder Zeuge einer Gesetzesverletzung wurde. Ich war zwar noch immer ein Fremdkörper, doch man begann, mich zu integrieren. Ich war noch kein richtiges Familienmitglied, aber immerhin angeheiratet. Da man wußte, daß Irena »in Ordnung« war, schlossen die Leute auch auf meine Vertrauenswürdigkeit. Mit meinem »Tribunal des Volkes« hatte ich den Enthusiasmus des Publikums entfacht – durch die Verbindung mit Irena aber dessen Zuneigung gewonnen. Und noch etwas: Ich besaß einen Hund. Einen, der in jeder Hinsicht ein Außenseiter war, ein Bastard, so häßlich, daß man ihn als Teil einer Demonstration verstand. Wer so ein Vieh hat, überlegten die Leute, steht auf der anderen Seite. Er muß ein Rebell sein, der das Los der Unterhunde teilt. Man nahm an, ich protestierte mit Haschek gegen die bestehenden Zustände, und bewunderte mich dementsprechend.
Es begann nun die Zeit meiner Triumphe. Alle sprachen von meinen Sendungen. Die Zeitungen schrieben über mich. Man drehte sich auf der Straße nach mir um. Ich fing selber an – und das ist bedenklich, ich weiß –, mich einmalig zu finden. Wie beurteilen Sie das, Herr Doktor?

Herr Kiebitz,
es ist keineswegs bedenklich, daß Sie sich einmalig fanden. Im Gegenteil: Sie begannen endlich, sich in den richtigen Proportionen zu sehen. Es gehört zu den Symptomen Ihres Gebrechens, immer nur andere zu vergöttern, jeden Zwerg für einen Riesen zu halten, wenn er nur ein

Opfer bestehender Verhältnisse ist. Sie waren so weit gegangen, einen Idioten ins Fernsehen zu lotsen und ihn dort zum Abteilungsleiter befördern zu lassen, nur weil er ein Krüppel war und sich öffentlich die Schlagader aufgeschlitzt hatte. Ihre Umgebung wimmelte von Schwachsinnigen, die Sie aus Mitleid oder Schuldgefühl in den Himmel gehoben hatten. Es war also höchste Zeit für Sie, diese Feuerlilie kennenzulernen. Es mag zwar sein, daß sie nicht alle die Qualitäten besaß, die Sie ihr zuschreiben, aber eines ist deutlich: Sie stand mit beiden Füßen auf der Erde. Und schon deuten Sie aber an, daß diese Frau Sie in den polnischen Filz gelockt hat, und öffnen sich damit die Hintertür, um sie später wieder fallenzulassen. Das ist bedenklich, aber unwesentlich. Wesentlich scheint mir ein Nebensatz Ihres Schreibens zu sein, wo Sie sagen, Sie würden Alice immer in Ihre Gebete einschließen. An anderer Stelle wiederum deuten Sie an, Ihr Köter sei möglicherweise ein Bote Gottes gewesen. Das bedeutet doch etwas! Ich stelle bei Ihnen immer mehr Symptome religiöser Anwandlungen fest und möchte dabei kurz verweilen. Mißverstehen Sie mich nicht, Herr Kiebitz! Diese religiösen Anwandlungen verstimmen mich durchaus nicht. Ich fürchte nur, daß sie dem vergifteten Boden Ihrer Schuldgefühle entsprungen sind. Ich finde es sonderbar, daß Sie Ihre ehemalige Frau in Ihre Gebete einschließen, nachdem Sie Alice für immer verlassen haben. Und daß Sie Ihrem Köter göttliche Bestimmung zuschreiben, weil Sie ihn nicht mochten und weder Lust noch Geduld hatten, seine Liebe zu erwidern. Religion als Ausdruck schlechten Gewissens kann aber keine Annäherung an Gott sein. Eher ein Geschäft, bei dem *Sie* beten und *Er* Ihnen verzeiht. Ich selbst hätte eigentlich eine uneigennützigere Haltung vorgezogen, aber bei euch soll ja alles ein Geschäft sein, sogar der Pakt mit dem Allmächtigen – doch lassen wir das! Sie wurden also –

dank der Verbindung mit Irena – zum Publikumsliebling. Das steht an sich jenseits von Gut und Böse. Sie reden aber vom Filz. Sie seien in den Sumpf gelockt worden, schreiben Sie. Das kann zweierlei bedeuten: Daß Sie sich endlich mit den Tatsachen abfanden und ein Realist wurden – oder aber, daß Sie Vorwände brauchten, um ein neues Ideal zu erklügeln: den polnischen Mythos zwischen Schnapsseligkeit und Heldenkult. Ich müßte mehr erfahren, um diese neue Phase Ihres Lebens beurteilen zu können.

Sehr geehrter Herr Doktor,
diese neue Phase meines Lebens – ich würde sie als »Einbürgerungsphase« bezeichnen – kann ich unter anderem durch einen Theaterbesuch charakterisieren. Man spielte Nestroys »Talisman«. Das Publikum raste, und ich fragte mich nach dem Grund der Begeisterung. Der »Talisman« ist nun wirklich nicht das Beste, was Nestroy geschrieben hat. Sie kennen wahrscheinlich das Stück. Es erzählt die Geschichte eines Rothaarigen – eines Außenseiters, der überall verspottet und verketzert wird. Eines Tages gelangt er zufällig in den Besitz einer blonden Perücke. Jetzt sieht er aus wie alle anderen und macht Karriere. Ich sagte bereits: nicht der beste Nestroy, aber ein brisantes Thema. Man muß sich maskieren, um voranzukommen. Unter falscher Flagge muß man segeln, um nicht anzuecken. Das ist ein Stück für die Polen – und sie verstanden die Komödie. Es war ein Genuß für sie, *wie* das Stück gespielt wurde. So einen Schauspieler hatte ich nie gesehen: Er spielte den Ausgestoßenen und wußte, was er spielte. Der Haß auf die Welt quoll ihm aus dem Herzen, und er hatte die Augen eines Tigers. Zorn pulste aus seinen Pupillen, und in seiner Stimme lag eine zerstörerische Kraft.

In der Pause ging ich ins Foyer. Da stürzte plötzlich jemand auf mich zu und boxte mich freundschaftlich in die Rippen. Zuerst erkannte ich den Mann nicht. Dann ging mir ein Licht auf. Das war doch... Bronek. Natürlich. Bronek, Heidis Geliebter, den ich jahrelang nicht mehr gesehen hatte. Sie werden sich erinnern, Herr Doktor: Ich litt, als ich damals Bronek begegnete, darunter, ein unbeschriebenes Blatt zu sein – doch vermied ich es hartnäckig, meine eigenen Erfahrungen zu sammeln. Ich erinnerte mich jetzt, wie sehr mir Bronek seinerzeit mit Argwohn begegnet war, wie er mich voller Verachtung aus seinen Froschaugen angesehen hatte, als er mir von seinen Irrwegen erzählte. Nun aber umarmte er mich und sagte, ich sei ein Teufelskerl. Er verfolge, so versicherte er, alle meine Programme und finde, es gebe in diesem verdammten Fernsehen nichts Besseres als mein »Tribunal«. Sowohl er als auch seine drei Freunde seien uneingeschränkte Bewunderer meiner Sendung: »Sie ahnen ja gar nicht, was Sie für uns bedeuten, Herr Kiebitz. Sie haben unseren Zorn in Worte gefaßt. Sie geben unserer Wut eine Richtung. Wir wären stolz, Sie gelegentlich bei uns empfangen zu dürfen...«
Ich ging auf wie ein Stück Hefe. Seine Worte waren Honig in meinen Ohren, doch spielte ich den Bescheidenen und bat Bronek, mit seinen Lobgesängen doch aufzuhören. Er solle mir lieber sagen, was er von der heutigen Aufführung und besonders von diesem Hauptdarsteller halte.
»Der Hauptdarsteller? Das ist Leschek. Mein Kumpel aus dem Waisenhaus. Er spielt mit in unserem Quartett.«
»Sie machen Musik?«
»Im Gegenteil, Herr Kiebitz. Wir pokern und reden Löcher in die Luft.«
»Worüber?«

»Über alles. Über Ihre Sendereihe zum Beispiel.«
»Und wie erklären Sie sich die Gewalt seines Schauspiels? So etwas habe ich noch nie erlebt.«
»Er ist ein Pole – das ist alles. Er war – wie fast alle von uns – in der Hölle. Aber Leschek war in der siebenten Hölle. Das ist der Unterschied.«
»Augen hat dieser Mensch. Wo nimmt er nur diese Glut her?«
»Wir sind ein Volk, das seit Jahrhunderten zu kurz kommt. Nicht nur jeder für sich, sondern alle miteinander. Wir sind Riesen und müssen die Rolle von Zwergen spielen. Man macht uns zu Unterhunden. Man zwingt uns, mit dem Schwanz zu wedeln. Dabei wollen wir beißen. Wir liegen hinter dem Haus an einer dicken Kette und dürfen nur bellen...«
»Ihr Freund ist ein begnadeter Schauspieler.«
»Wir alle sind begnadete Schauspieler. Wir führen ein Doppelleben. Eines für uns und eines für das Publikum. Wir spielen eine Meute von Alkoholikern und Halunken, wir saufen und stehlen, doch was wir wirklich betreiben, ist Widerstand. Aber was rede ich? Sie wissen das so gut wie ich. Noch besser, wie ich Ihren Sendungen entnehme.«
Wenn *er* gewußt hätte, Herr Doktor, wie wenig *ich* wußte! Nichts – und ich lernte ja nur langsam. Darum fragte ich Bronek – nicht ohne Hintergedanken allerdings –, was aus ihm seit unserer Trennung geworden sei.
»Ich kann mich nicht beklagen. Ich habe Pädagogik studiert und bin Direktor des städtischen Waisenhauses geworden. Alle haben Karriere gemacht, denn jeder hat seinen Talisman. Leschek ist ein gefeierter Schauspieler, wie Sie sehen. Den dritten nennen wir Onkelchen. Er ist Chefredakteur einer atheistischen Monatsschrift. Den vierten nennen wir Professor – er ist Dozent an der War-

schauer Universität. Vier Vollwaisen, und alle sind wir nach oben gekommen...«
»Dann erklären Sie mir, worüber ihr euch beklagt, wenn ihr euch nicht beklagen könnt. Sie reden von Haß, Wut und Zorn. Eigentlich müßtet ihr ja Stützen der Gesellschaft sein. Pfeiler des Systems.«
»Kommen Sie zu uns, Herr Kiebitz! An einem Sonntagabend, wenn wir Karten spielen.«
»Ich habe Sie gefragt, worüber ihr euch beklagt.«
»Wir beklagen uns überhaupt nicht. Wir tragen nur eine Perücke. Wie der Held von Nestroy.«
»Sie verstecken sich hinter einer Maske, wollen Sie sagen, und spielen Theater?«
»Genau. Wir spielen Waisenkinder. Man hat Mitleid mit uns, und es geht uns gut.«
»Aber ihr *seid* Waisenkinder. Da gibt es doch nichts zu spielen.«
»Je besser wir spielen, desto steiler unsere Karriere. Wir sind Kinder der Nation. Was wir haben, verdanken wir dem Staat. Der Staat ist unser Vater und zählt auf unsere Dankbarkeit, aber Dankbarkeit ist peinlich, Herr Kiebitz. Eine Form der Knechtschaft. Der Staat umhegt uns, damit wir ihn stützen.«
»Und? Stützen Sie ihn?«
Bronek sah an mir vorbei. Neben mir stand ein Herr in dunkelblauem Anzug, und Bronek sprach plötzlich ganz leise: »Drehen Sie sich um! Unauffällig. Da steht ein Freund von mir, der gern wissen will, was ich Ihnen antworte.«
»Dann antworten Sie lieber nicht!«
Da fixierte Bronek den Dunkelblauen und sagte so laut, daß alle es hören konnten: »Ich liebe diesen Staat aus tiefstem Herzen. Seit meiner Geburt bin ich Mitglied der Partei und träume davon, für den Kommunismus zu sterben. Amen.«

Es bimmelte. Die Pause war zu Ende. Wir kehrten in den Zuschauerraum zurück, und die Komödie konnte weitergehen. Darüber will ich nun nicht berichten, sondern mich lieber Ihrer Hypothese widmen, daß ich in jenen Tagen zu frömmeln begann. Ich wehre mich in aller Form gegen diese Unterstellung, Herr Doktor! Ich habe weder damals noch später an irgendwelchen Ritualen teilgenommen. Die Liturgie der offiziellen Kirchen stößt mich ab. Ich empfinde sie als Heuchelei und Gotteslästerung. Dennoch trifft es zu, daß ich zu jener Zeit meine ersten Beziehungen zu Gott knüpfte. Die Erschütterungen meines Lebens nötigten mich, mein eigenes Handeln zu überdenken. Ich mußte mir endlich klarwerden über die Grenze zwischen Gut und Böse, denn meine Scheidung von Alice, das Abenteuer mit Irena und das Auftauchen dieses merkwürdigen Hundes hatten Fragen aufgeworfen, die mit meinen bisherigen Maßstäben nicht zu messen waren. Sie werden es kaum glauben, Herr Doktor, aber ich war tatsächlich auf der Suche nach Gott, als ich am folgenden Sonntag Broneks Einladung Folge leistete, um das Quartett kennenzulernen, von dem er gesprochen hatte.
Bronek hatte mich gebeten, alleine zu kommen, also ohne Irena, was mich unangenehm berührte – denn wir machten kein Hehl aus unserer Verbindung und verbrachten, wann immer möglich, unsere Abende gemeinsam. Man sei eine Männerrunde – hatte Bronek gesagt – und wünsche aus bestimmten Gründen keine Frauen. Was für Gründe mochten das sein? Eigentlich waren und sind mir ja Männerrunden verhaßt. Sie langweilen mich, weil sie etwas Latrinenhaftes an sich haben, ein Komplizentum, das ans Militär erinnert. Eine lockere Geilheit, die letztlich unerotisch ist und spannungslos. Aber ich hatte die Einladung angenommen. Ein Zurück gab es nicht. Ich machte mich innerlich auf einen faden Abend gefaßt. Auf müde Witze und abgestandene Geschichten.

Man traf sich beim Professor. Er hauste in einer kleinen Wohnung, die ihm die Fakultät zugeteilt hatte. Bei ihm seien wir – hatte Bronek angedeutet – unter uns und könnten sagen, was uns Spaß mache. Er sei Alleinbesitzer eines Kühlschranks und verfüge über eine Sammlung exquisiter Schnäpse. Was sollte das bedeuten! Ich brauchte doch keine exquisiten Schnäpse. Bronek hatte wie ein Spießer gesprochen. Dieser unalltäglichste Mann, dem ich je begegnet war, ereiferte sich für Kühlschränke und blöde Saufereien! War das der Erfolg seiner Karriere? War er geworden wie alle anderen?
Die Wohnung des Professors widersprach allem, was ich erwartet hatte. Der Herr des Hauses öffnete und führte mich in sein – gelinde gesagt – extravagantes Vorzimmer. Alle Wände waren verglast und zu Aquarien ausgebaut. In giftgrünem Wasser schwammen exotische Fische mit bunten Schleierschwänzen. Die Küche machte einen gespenstischen Eindruck: Es gab hier weder Geschirr noch Besteck, vielmehr Dutzende von Planetarien, Standuhren, Induktionsmaschinen und archaischen Reagenzgläsern. In der Mitte der Küche stand ein plüschüberzogener Lehnstuhl und in der Ecke der schon erwähnte Kühlschrank. Offensichtlich wurde hier weder gekocht noch gegessen. Da fehlte ein Mensch aus Fleisch und Blut. Ein guter Geist. Statt dessen roch es nach Phosphor und Kohlenwasserstoff, nach physikalischen Instrumenten und ekelhaften Chemikalien. Das Wohnzimmer befremdete mich noch mehr: Bücherschränke vom Boden bis zur Decke! Tausende von Bänden, zerlesen und ungepflegt, die aussahen wie zerfetzte Leichen nach einer Schlacht. Manuskripte lagen unordentlich herum, dazu Federn, Tintenfässer, Bleistifte und Dutzende von Radiergummis. An Radiergummis erkenne ich die Menschen. An ihnen sehe ich, ob sie ja sagen zum Leben oder nein. Wer ständig ausradiert, was er geschrieben hat, ist

ein Zauderer, ein Hamlet, ein Selbstmordkandidat. Ja, in diesem Wohnzimmer packte mich das Grauen: Ich hatte den Eindruck, dieser Raum sei hundertmal geschrieben und tausendmal ausradiert worden. Ich war in keiner Wohnung, ich war in einem Grab, in dem jemand, Fische fütternd, seinem Schicksal entgegenruderte. Die Radierkrümel verrieten, daß hier alles ans Ende gekommen war. Ich wollte die Flucht ergreifen, aber es war – wie immer – bereits zu spät.

Ratlos, wie ich war, blieb mir nichts übrig, als mich zu setzen und den Gastgeber zu beobachten, der gerade Körner in die Aquarien warf. Er hatte das Gesicht einer Fledermaus. Seine riesigen Augen schienen weniger zu schauen als zu horchen, sein Haar war struppig und kohlrabenschwarz. Seine Lippen fleischig, die Finger langknochig und krallig. Der Professor warf mir einen prüfenden Blick zu und fragte unvermittelt, ob ich ein Jude sei. Er habe sich sehr gefreut, mich in seiner Wohnung empfangen zu dürfen, denn er kenne und bewundere meine Sendungen. Ich sei bestimmt ein Jude, denn nur Juden könnten...

Da klingelte es. Bronek trat ein und hinter ihm Leschek, der Hauptdarsteller des »Talisman«. Ich stand auf und schüttelte beiden die Hände. Dann beglückwünschte ich Leschek und sagte, ich hätte schon zahlreiche Nestroyaufführungen gesehen, doch diese stellte alle anderen in den Schatten. Er sei ein einmaliger Komödiant und schöpfe wohl seinen Übermut, seine zornige Respektlosigkeit...

Die Glocke schrillte enreut, und »Onkelchen« erschien. Zuerst gewahrte ich nur seinen Kopf. Sein ebenmäßiges Gesicht. Die wunderbaren Züge eines Marmorgottes. Er hatte einen herrlichen Mund und opalbraune Augen. Erst einige Sekunden später bemerkte ich, daß er ein Krüppel war: ein schlappes, kraftloses Monstrum auf himbeerro-

ten Plastikprothesen. Ich sagte unsicher: »Sie sind also der vierte im Bunde. Ich habe nur wenig von Ihnen gehört, doch ich bin neugierig auf Sie.«
»Das ist aber freundlich von Ihnen, daß Sie neugierig sind auf mich. Weil ich ein Scheusal bin, denke ich. Ein Schreckgespenst. Ich weiß, daß man sich vor mir ekelt und heuchlerisch vorgibt, meine Häßlichkeit gar nicht zu bemerken!«
»Mein Name ist Kiebitz. Es ist mir ein Vergnügen, Sie kennenzulernen. Ohne Hintergedanken, wenn Sie erlauben.«
»Und *mein* Name ist Onkelchen. So hat man mich schon im Waisenhaus genannt. Weil ich sozusagen zur Familie gehöre, aber in Wirklichkeit draußen sitze. Man duldet mich. Ein Onkelchen aus der ferneren Verwandtschaft...«
Da mischte sich Leschek ins Gespräch ein und sagte lächelnd: »Sie sollten ihn nicht ernst nehmen, Herr Kiebitz. Er redet so, um es uns leichter zu machen. Oben ist er ein Gott und unten ein Ungeheuer. Er meint, wir könnten seinen Anblick nicht ertragen. Dabei finde ich ihn ganz passabel. Ich habe schon Abstoßenderes gesehen. Was meinen *Sie,* Herr Kiebitz?«
Dieser Mensch war unmöglich. Was sollte ich jetzt antworten? Ich wich aus – und so fragte ich ihn: »Sind alle Schauspieler so taktvoll wie Sie?«
Darauf entgegnete er, indem er sich zum Spieltisch setzte: »Nein, aber alle Krüppel sind überempfindlich. Sie vermuten, daß man stets das Gegenteil dessen sagt, was man meint. *Ich* sage, er sei ziemlich passabel. *Er* vermutet, ich sei vom Gegenteil überzeugt. Und was bleibt? *Nicht* ganz passabel. Ist doch auch nicht schlecht, oder?«
»Seit wann sind Sie Komödiant?«
Leschek nahm ein Bündel Spielkarten vom Regal und

sagte: »Seit das Leben mich zum Schwindeln gezwungen hat. Seit ich anfangen mußte, mich zu verstellen. Jeder Pole muß sich verstellen, sonst hat er zu büßen.«
»Waren Sie auf einer Schauspielschule?«
Er blickte mich an, als sei ich auf den Kopf gefallen: »Ich bin doch kein Schmierenschauspieler. Entweder man ist ein Künstler oder man ist keiner. *Ich* habe mein Handwerk auf der Straße gelernt.«
»Das heißt?«
»Wenn ich Brot beim Bäcker geklaut habe, mußte ich das unschuldige Kind mimen. Wenn ich ohne Eintrittskarte ins Kino geschlichen bin, lächelte ich den Platzanweiser an, als wären wir zusammen zur Schule gegangen. Wenn ich verbotene Parolen an die Fabrikmauern gepinselt habe, spielte ich den Malerlehrling, der hier seine Arbeit verrichtete. Wenn ich mit den Mädchen eine Nummer geschoben habe und kein Geld hatte, sagte ich vornehm, ich wäre gleich zurück, ich hätte nur meine Brieftasche im Taxi vergessen.«
»Und was sagten Ihre Eltern dazu?«
Leschek wurde bleich. Er mischte die Karten und verteilte sie an seine Kameraden, wobei er sich räusperte und unwillig zu sprechen fortfuhr: »Ich habe keine Eltern, Herr Kiebitz.«
»Also ein Jesuskind wie Bronek? Unbefleckte Empfängnis...«
»Wir alle sind Jesuskinder. Sogar der Professor, obwohl er ein Jude ist. Aber unser Heiland war ja auch einer. Ich hatte keine Eltern und wurde von einem Kesselflicker erzogen. In die Schule ging ich in Schlesien, bis ich einmal sagte, Stalin sei ein Massenmörder. Das hat damals jeder gesagt, wenn niemand dabei war. Aber der Lehrer prügelte mich bis zur Bewußtlosigkeit und schrie, ich sei eine Mißgeburt. Ich solle mich nie wieder sehen lassen. Meine Mutter sei eine Schlampe, die mit den Deutschen gehurt

habe, und *ich* sei ein Hurensohn von der untersten Sorte.« Leschek warf zwei Karten auf den Tisch. »Ich nehme zwei und lege fünfzig dazu. Jawohl, Herr Kiebitz. Mein ganzer Körper hat gebrannt. Vor Schmerz und vor Scham. Ich schleppte mich aus dem Schulzimmer, um niemals wiederzukehren. Dann bettelte ich mich durchs Land und kam schließlich nach Zakopane. Ins Waisenhaus, wo man mich aufgenommen hat, ohne mir Fragen zu stellen. Vorzeigen soll ich? Bitteschön. Drei Könige. Wer hat mehr? Niemand? Dann spielen wir weiter.«
»Und wie lange sind Sie im Waisenhaus geblieben?«
»Sie werden lachen. Bis Ariel mich einen Bastard nannte.«
»Ariel? Wer ist Ariel?«
»Der da, der Professor. Der war ja noch schlimmer als ein Bastard. Ein Jude war er, ein Gottesmörder, aber der gescheiteste Halunke weit und breit. Er wußte alles...«
Ich merkte, daß Leschek seine Geschichte nicht zum ersten Mal erzählte – doch seine Freunde hörten dennoch zu. Sie hockten regungslos auf ihren Stühlen und sahen mich an. Später erfuhr ich, daß nicht er sie interessierte, sondern ich. Ich wurde geprüft und wußte es nicht. Darum sagte ich ahnungslos: »Er wollte Sie doch nicht beleidigen. Er sagte Bastard, wie man Galgenvogel sagt oder Lumpensack. Ich glaube kaum, daß er sich dabei etwas gedacht hat.«
»Das weiß ich auch, Herr Kiebitz. Heute. Aber nicht damals. Damals haute ich ihm die Fresse ein.«
»Aber nachher habt ihr euch versöhnt.«
»Ich hatte keine Zeit, mich mit ihm zu versöhnen. Ich floh zum zweiten Mal und verließ das Waisenhaus, um meine Mutter zu suchen. Ich mußte beweisen, daß ich kein Bastard war.«
»Und das war Ihnen so wichtig?«

»Wichtiger als alles auf der Welt. Ich war ja ein Nichts. Weniger als ein Nichts. Ich wußte nicht einmal, wer meine Eltern waren. Auch meinen Namen kannte ich nicht. Der Kesselflicker hatte mich Leschek gerufen, und so hieß ich eben Leschek. Ich erinnerte mich an niemanden und konnte auch nicht sagen, wer mich zur Welt gebracht hatte. Vier Könige, sagst du? Nicht übel, aber ich habe vier Asse. Manchmal habe ich von einer Frau mit goldenem Haar geträumt. Diesmal verteilt Bronek! Mit weißem Hals und sanften Augen. Ich hatte immer den gleichen Traum. Bronek ist an der Reihe! Er verteilt! Den Traum nämlich, daß sie sich über mein Gesicht beugte und ich die Spitzen ihrer Brüste küßte. Immer das gleiche Trugbild und die gleiche Frage: Wer ist meine Mutter? Wo mag sie sein? Weiß sie überhaupt, daß es mich gibt? Eine Schlampe sei sie gewesen, hat der Lehrer gesagt. Aber er war ein Lügner für mich. Ja, und wer war mein Vater? Ich mußte es erfahren.«

Es war sonderbar: Die drei Freunde sahen nicht Leschek an, sondern mich. Was wollten sie von mir? Ich wußte es nicht und sagte: »Mußten Sie das wirklich herausfinden? Sie sind doch ein hochtalentierter Mensch. Inzwischen ein berühmter Künstler. Was ging Sie Ihr Vater an? Ihre Vergangenheit war doch bedeutungslos, finde ich. Was zählte, war die Gegenwart...«

»Bedeutungslos? Sie haben keine Ahnung. Wir leben in Polen. Wir sind eine Männergesellschaft, ein katholischer Turnverein. Was bei uns zählt, ist der Vater. Alles dreht sich um den Patriarchen. Um den ojciec. Um seine Autorität, die wir vergöttern und verabscheuen. Bis zum Tod erheben wir uns gegen den Vater und bleiben pubertäre Jünglinge. Pfadfinder. Soldaten für irgendeine Rebellion gegen die Obrigkeit. Ich lege zweihundert dazu. Was ist los, Onkelchen? Spielst du nicht?«

Onkelchen blieb stumm und durchbohrte mich mit sei-

nen Marmoraugen. Ich forschte weiter, denn ich spürte, daß Leschek erst am Anfang war: »Und Sie hatten also auch diese Probleme mit dem Vater.«
»Natürlich, obwohl ich keinen hatte. Ohne Vater ist man ein skurwisyn. Ein Sohn der Sünde. Ein Bastard – und darum hab ich ihm die Zähne eingeschlagen.«
»Wem?«
»Dem Professor da, obwohl er selbst ein Bankert ist. Er hat auch keinen Vater. Aber er weiß wenigstens, daß er erschossen wurde. Seine Mutter ebenfalls. Wer bei uns erschossen wird, ist automatisch ein Nationalheld. Sogar, wenn er ein Jude ist. Ariel ist ein doppelter Nationalheld. Beide Eltern wurden von den Deutschen an die Wand gestellt – und außerdem hat er einen exotischen Namen. Ariel. *Ich* heiße nur Leschek wie ein hundsgewöhnlicher Ziegenhirt. Ich bin eine Seifenblase. Ein Stück Luft, das nicht weiß, wohin es geblasen wird. Ich versuche, mich in fremde Seelen zu schleichen, denn eine eigene habe ich nicht. Ich will aussehen wie jemand anderer. Ich verändere meine Stimme und spiele die Rolle hervorragender Männer. In der Hoffnung, selbst einmal hervorzuragen...«
Der Professor unterbrach Leschek mit höhnischer Stimme: »Was bemitleidest du dich, du Egozentriker? Jeden Abend feiert man dich und wirft dir Blumen auf die Bühne.«
Darauf erwiderte Leschek mit Shakespearscher Majestät: »Go to a nunnery and if you marry, marry a fool!«
Ich brannte jetzt vor Neugier, das Geheimnis zu lüften, und fragte ungeduldig: »Aber Sie haben Ihre Mutter schließlich gefunden.«
»Woher wissen Sie das?«
»Sie haben es angedeutet.«
»Ein Jahr lang habe ich sie gesucht. Zuerst ging ich nach Zabrze, wo wir einmal gewohnt hatten. Ich meine, der

Kesselflicker und ich. Bei der Einwohnerkontrolle fragten sie mich nach meinem Namen. Ich habe keinen, gab ich zur Antwort. Bei einem Zigeuner sei ich aufgewachsen und wisse nicht einmal, welches sein Name gewesen sei. ›Pająk‹ habe man ihn gerufen, und seither hieße ich Leschek Pająk. Leschek Spinne, weil mein Pflegevater so dünne Beine hatte, wie ein Insekt. Aber wie heißt du wirklich, forschten sie weiter. Wenn *du* es nicht weißt, können auch *wir* dir nicht helfen. Ich weiß es nicht, sagte ich, und darum suche ich meine Mutter. Darauf fragten sie, ob ich mich an ihr Aussehen erinnerte. Ich nehme an, sagte ich, daß sie lange goldene Zöpfe hatte. Da lachten sie mich aus und sagten, ich sollte sie selber suchen.«
»Was haben Sie dann weiter unternommen? Die Sache war doch hoffnungslos.«
»Ich suchte sie trotzdem. In Kneipen, Nachtasylen, Krankenhäusern. Ich wanderte durch ganz Schlesien.«
»Warum gerade Schlesien?«
»Weil ich mit schlesischem Akzent sprach. Und weil man mich Pająk rief – Pająk, den Schlesier. So dachte ich eben, ich komme von dort.«
»Und wovon lebten Sie?«
»Manchmal arbeitete ich bei den Bauern. Dann wieder in einem Steinbruch. Überall fragte ich, ob irgend jemand meine Mutter kennen würde. Die wird längst tot sein, sagten die Leute, sonst würde sie dich suchen. Eine Mutter – wenn sie noch am Leben ist – sucht ihr Kind, bis sie es findet. Das leuchtete mir ein. Unter der Bedingung allerdings, daß sie eine anständige Frau war. Aber der Schulmeister hatte sie ja eine Schlampe genannt. Eine Kurwa. Ein Straßenluder... Auch der Professor hatte das gesagt.«
»Das ist nicht wahr«, grinste der Professor. »Ich sagte, du seist ein Bastard.«
»Das kommt doch aufs gleiche heraus, verdammt noch

mal. Ich suchte jedenfalls weiter, denn ich dachte, du wüßtest mehr als die anderen.«
»Warum?«
»Weil du ein Jude bist.«
Der Professor antwortete darauf nicht. Er saß mit Bronek und Onkelchen am Spieltisch und mischte die Karten.
»Ich hab' was gesagt, Ariel.«
»Was?«
»Daß ihr Juden immer mehr wißt als wir.«
»Natürlich.«
»Warum ist das natürlich?«
»Das ist unser Geheimnis.«
Ich verging fast vor Neugier. Das Geplänkel über die Juden ging mir auf die Nerven, und ich wollte wissen, ob er sie gefunden hatte, die Frau mit der weißen Haut und dem goldenen Haar. Darum fragte ich: »Und was geschah weiter?«
»Ich ließ mich als Bergmann anheuern. Dann als Hilfsarbeiter in einer Traktorenfabrik. Zuletzt wurde ich Zubringer in einem Walzwerk.«
»Und?«
»Wissen Sie, was glühende Schlacken sind?«
»Ja.«
»Eine hat mich erwischt. Am Unterarm. Und man hat mich ins Krankenhaus gebracht.«
»War es schlimm?«
»Sie sehen ja. Ich habe noch alle zehn Finger. Die Arme sind intakt. Sie haben mich operiert, und dann bekam ich einen Gipsverband. Am nächsten Tag wurde ich entlassen.«
»Und Ihre Mutter?«
»Ein paar Wochen später nahmen sie mir das Zeug wieder ab.«
Er spannte mich auf die Folter und machte sich einen

Spaß daraus, die Geschichte in die Länge zu ziehen. Darum rief ich: »Kommen Sie endlich zur Sache! Wer hat Ihnen den Gipsverband abgenommen?«
»Eine Krankenschwester.«
»Weiter!« Es verschlug mir fast den Atem. »Wer war sie?«
»Eine schneeweiße Blüte mit goldenen Staubfäden. Sie schnitt mir die Bandage vom Ellbogen bis zum Handgelenk auseinander. Und plötzlich erbleichte sie. Sie schaute mich an, als wäre ich ein Gespenst. Ich fragte, ob etwas nicht in Ordnung sei. Da brach sie zusammen. Ohnmächtig sackte sie zu Boden, und ich legte sie auf den Schragen.«
»Wer war sie?«
»Ich wußte, daß man Bewußtlosen den Kragen aufknöpft und sie beatmet.«
»Haben Sie es getan?«
»Sie hatte Brüste wie eine Haremspflanze und Lippen wie die Aphrodite von Capua.«
»Sie haben sie beatmet?«
Es wurde jetzt totenstill im Zimmer. Die drei Männer hielten mit ihrem Spiel inne. So weit hatte Leschek seine Geschichte noch nie erzählt. Alle saßen da wie vom Schlag gerührt und warteten auf seine Antwort: »Jawohl, meine Freunde. Ich habe sie beatmet. Von Mund zu Mund und von Leib zu Leib. Und ich habe sie aufgeweckt mit meinem Zauberstab. Bis sie die Augen aufschlug und mir die Arme um den Hals legte.«
»Auf dem Schragen eines Ambulatoriums?«
»Ich hätte es überall getan. Auf dem Petersplatz in Rom und dem Times Square in New York.«
»Und sie erschrak nicht, als sie erwachte und einen Mann in sich spürte?«
»Sie war zwanzig Jahre älter als ich. Eine erfahrene Frau, die wußte, was Liebe ist.«

»Ich verstehe etwas nicht: Warum ist sie in Ohnmacht gefallen?«
Da knöpfte Leschek den linken Hemdärmel auf und rollte ihn hoch bis zum Ellenbogen: »Sehen Sie diese Nummer? 333333. Eine Zahl, die man sich merken kann. Ich war in Auschwitz. Dort bin ich zur Welt gekommen. Ich war die Nummer 333333. Die Krankenschwester hatte mich erkannt – sie war meine Mutter.«
Mir blieb das Herz stehen, Herr Doktor. Ich konnte diese Geschichte nicht glauben. Das war doch alles nicht möglich! Dennoch spielte ich den nüchternen Zuhörer und fragte: »Und wer war Ihr Vater? Konnten Sie das in Erfahrung bringen?«
»Ja. Ich habe sie gefragt.«
»Und?«
»Ich streichelte sie. Ich küßte ihre Wimpern. Ich drang erneut in sie ein.«
»Und was hat sie geantwortet?«
»Sie hat geweint.«
»Und dann?«
»Sie wollte nicht sprechen. Sie küßte mich. Sie sagte, daß sie mich liebte. Mehr als alles in der Welt. Sie streichelte meinen Rücken – bis ich plötzlich zu schreien begann: Wer ist mein Vater? Ich will es wissen. Ich habe das ganze Land durchwandert, um es zu erfahren.«
»Und was hat sie geantwortet?«
»Die Wahrheit.«
Die drei Kartenspieler hatten längst mit ihrem Spiel aufgehört. Sie hörten mit angehaltenem Atem zu, und ich brüllte: »Rücken Sie heraus! Sie spannen uns auf die Folter.«
»Sie sagte, ich sei der Sohn eines Deutschen.«
»Was für eines Deutschen? Es gab solche und solche.«
»Ich sei der Sohn eines SS-Mannes.«
»Hat sie ihn geliebt?«

»Er hat sie genommen. Im Verlauf eines Verhörs. Er hatte sich in sie verliebt.«
»Und sie?«
»Verabscheute ihn. Aber sie sagte, daß er zu ihr gut gewesen sei. Er habe ihr zur Flucht verholfen.«
»Was weiter?«
»Nichts weiter. Ich habe sie erwürgt.«
Seine Antwort war unfaßbar. Sie war so plötzlich gekommen wie ein Gewitter am sternenklaren Nachthimmel. Vor mir saß ein Mörder. Er hatte seine Mutter umgebracht, nachdem sie ihm alle Wonnen der Liebe geschenkt hatte. Ein einziger Satz, und er war zur Bestie geworden. Leschek war also der Sohn eines Deutschen, der seine Mutter vergewaltigt hatte. Im Verhör. Sie war ohne Schuld – aber die Polen sehen das anders. Ein Pole darf sich nicht schänden lassen, und schon gar nicht von seinem Todfeind. Sie hätte ihn töten, und wenn das nicht möglich war, hätte sie sich selber umbringen müssen. »So ist unser Ehrenkodex«, sagte Leschek. »Sie hatte kein Recht weiterzuleben. Sie ließ sich nicht nur besudeln, sie brachte auch einen Bastard zur Welt. Einen Hurensohn mit dem Kainszeichen des Verrats. Und dann wagte sie zu sagen, der Todfeind sei gut zu ihr gewesen. Er habe ihr zur Flucht verholfen. Alleine, ohne mich. Und mich hat sie zurückgelassen, die Hure. Er habe sich in sie verliebt, sagte sie. Zuerst vergewaltigt. Dann verliebt. Das brauchte doch seine Zeit. Eine Zeitlang mußte sie also seine Geliebte gewesen sein, und er mußte sie nicht mehr vergewaltigen. Er bekam freiwillig, was er wollte. Dazu sagt man doch Verrat, oder nicht? Und auf Verrat steht die Todesstrafe!«
Leschek hatte die Todesstrafe vollzogen. Vor dem Gesetz und vor den Menschen durfte er sagen, daß nichts geschehen war. Er hatte sie erwürgt, und damit Schluß.

»Sie sind wahnsinnig«, röchelte ich, »wie können Sie sagen, es sei nichts geschehen?«
»Ich konnte nicht anders«, murmelte Leschek, »ich mußte meiner Schande ein Ende setzen. Solange sie lebte, war ich der Sohn einer Hure. Sie mußte sterben, um mich zu erlösen.«
Ich schnappte nach Luft und fragte Bronek, ob auch er meinte, daß nichts geschehen sei. Er warf die Karten auf den Tisch und sagte zerstreut: »Eine polnische Geschichte. Etwas kitschig, aber wahr.«
Ich war sprachlos. Kitschig, aber wahr. Das war doch ein Muttermord! Jedes Gericht der Welt würde das bestätigen. Ich fragte den Schlappfuß nach seiner Meinung.
»Was soll ich denken? Wenn ich darüber nachdenke, muß ich mich aufhängen.«
Der Professor schien gelangweilt. Er ordnete seine Karten, ohne mich anzublicken, und sagte: »Über das Schicksal denkt man nicht nach, Herr Kiebitz. Es ist unausweichlich, wie es heißt. Eine griechische Tragödie. Wollen Sie Ödipus verurteilen, weil er mit der Mutter schlief und den Vater erschlug?«
Die Haare standen mir zu Berge. So sprach ein Dozent für Logik an der Warschauer Universität? Ich sprang auf und wetterte: »Ihr Vergleich ist schwachsinnig. Ödipus wußte nicht, was er tat. Er hatte keine Ahnung, daß er der Geliebte seiner Mutter war und der Mörder seines Vaters. Als er es schließlich erfuhr, sagte er nicht, es sei nichts geschehen, sondern er stach sich beide Augen aus. Nicht die Augen seiner Mutter, sondern die eigenen. Das ist ein Beispiel für griechische Humanität. Die Griechen hatten ein Gewissen, Leschek hatte keines. Wenn das eine polnische Geschichte sein soll, pfeife ich auf Polen. Lieber Verrat als Barbarei.«
Die vier Männer schwiegen. Ich war als unerschrockener Fernsehproduzent angesehen – sie konnten mich nicht

einfach zum Gespött machen. In jedem anderen Fall würden sie es getan haben, nicht in meinem. Ich spürte das und sprach mit ausgetrockneter Stimme: »Nichts sei geschehen, haben Sie also gesagt. Und dann?«
»Dann bin ich zur Polizei gegangen und habe zu Protokoll gegeben, was sich ereignet hatte. Der Wachtmeister schrieb alles auf. Pedantisch und sauber.«
»Und ohne mit der Wimper zu zucken, wenn ich recht verstehe?«
»Natürlich. Weil es eine polnische Geschichte ist.«
»Und er hat Sie verhaftet?«
»Im Gegenteil. Er hat mir gesagt, ich solle mir keine Sorgen machen. Es sei alles in Ordnung. Das Gesetz sei auf meiner Seite, und ich solle nur zurückkehren. In mein Waisenhaus nach Zakopane...«
»Das war alles?«
»Das war alles. Ich reiste zurück, und niemand wollte wissen, wo ich gewesen war. Das Leben ging weiter, als sei nie etwas passiert. Nur etwas hatte sich geändert: Die Leute suchten jetzt meine Freundschaft. Man sah mir offenbar an, daß ich kein Bastard mehr war. Noch im gleichen Jahr bestand ich meine Reifeprüfung. Die drei da gingen an die Universität, ich hingegen zu den Komödianten.«
»Und Sie haben keine Schuldgefühle?«
»Schuldgefühle? Wozu?«
Jetzt stand Bronek vom Spieltisch auf. Er nahm seinen Mantel und ging zur Tür. Er hielt die Klinke in der Hand, da drehte er sich zu Leschek um und sagte: »Schuldgefühle hast du keine, was? Aber Schauspieler bist du geworden. Alle paar Wochen schlüpfst du in eine andere Haut, weil du dich vor dir selbst ekelst. Hundert Rollen spielst du, um zu vergessen, was für ein Vieh du bist. Der Wachtmeister hat dir gesagt, das Gesetz sei auf deiner Seite. Und Christus?«

Da kreischte Schlappfuß, als hätte man ihn aus dem Schlaf geweckt: »Christus? Wer ist Christus? Auch nur ein Bastard wie wir. Wußte nicht, wer sein Vater war, und ließ sich ans Kreuz nageln vor lauter Schuldgefühlen!«
Bronek blickte jetzt voller Mitleid auf das Lästermaul: »Schau dir doch deine Beinstummel an, du Dummkopf! Adieu!

Herr Kiebitz,
ich bin betroffen. Fast hätte auch ich nun die Sprache verloren. Zum ersten Mal haben mich die Geständnisse eines Patienten aus dem Gleichgewicht gebracht. Dabei sind es nicht einmal *Ihre* Geständnisse, sondern die einer Drittperson. Die Geschichte entsetzt mich, doch fällt es mir vorläufig schwer zu sagen, warum. Vielleicht aus emotionalen Gründen, vielleicht aber auch aus wissenschaftlichen. Als behandelnder Arzt darf ich mich nicht erschüttern lassen und muß versuchen, auf dem Boden zu bleiben. Dieser Schauspieler hat ganz offensichtlich die alte Ödipuskonstellation auf den Kopf gestellt. Er liebte seine Mutter und schlief mit ihr. Gleichzeitig ermordete er sie und tötete mit ihr seinen Vater: den Deutschen. Den Todfeind, dessen Erbsubstanz er abbekommen hatte. Höchst erstaunlich, das alles! Ein Mann tötet die von ihm geliebte Person, weil sie – stellvertretend für den Vater – seine Tragödie verursacht hat. Er reinigt sich gewissermaßen durch die Ermordung der Frau, die dem verabscheuten Vater erlaubt hat, ihn zu zeugen. Hier liegt vielleicht eine geheimnisvolle Quelle der Aggression oder, genauer gesagt, der Selbstaggression. Man treibt den Teufel aus, indem man sein eigenes Spiegelbild zerstört. Dieses Phänomen dürfte bedeutsamer sein, als es auf den ersten Blick erscheint. Man bekämpft ja bekannt-

lich mit besonderer Heftigkeit, was einem ähnlich sieht. Das Verwandte irritiert, weil man darin die eigene Unzulänglichkeit gewahrt. Die verschiedenen Kirchen und Ideologien sind nachsichtiger gegen ihre Feinde als gegen die Abweichler aus den eigenen Reihen. Dieser Leschek erwürgte sozusagen den Deutschen, weil er selber ein halber Deutscher war. Er tötete seine Mutter, die gleichzeitig seine Geliebte war, weil sie vorher die Geliebte seines Vaters zu sein wagte – die Geliebte seines genetischen Modells. In Ihrem letzten Brief frappiert mich ein erstaunliches Phänomen: die umgekehrte Autoerotik. Der Haß gegen alles Ähnliche. Die Tendenz, im anderen zu zerstören, was man an sich selbst nicht leiden kann. Ich frage mich, wie Sie nun Lescheks Geschichte in Ihr Weltbild integrieren konnten. Konnten Sie es überhaupt?

Sehr geehrter Herr Doktor,
es schmeichelt mir, Sie aus dem Gleichgewicht gebracht zu haben. Das bedeutet vielleicht, daß Sie mich langsam zu verstehen beginnen. Ich hingegen höre nun auf, *Sie* zu verstehen. Ihr letzter Brief war in einem Fachjargon abgefaßt, der sich meinem Verständnis entzieht. Als wollten Sie sich vor gewissen Tatsachen abschirmen. Die Hypothese von der umgekehrten Autoerotik ist mir zu abstrakt. Böhmische Dörfer sind das für mich. Ich weiß nur, daß ich Lescheks Geschichte ohne Schwierigkeiten in mein Weltbild integrieren konnte, weil ich selbst ein Pole zu werden begann. Weil auch die absurdesten Schicksale mir allmählich alltäglich vorkamen. Und vor allem, weil das Leben weiterging, ohne sich um mein Staunen zu kümmern – denn am 18. November des Jahres 1964 brachte Irena einen gesunden Knaben zur Welt. Wir nannten unseren Sohn Mikolaj. Nikolaus. Das war der Name des Bischofs von Myra, der vor bald 1400 Jah-

ren gezeigt hatte, wie man leben und sterben soll. Das Wort »Nikolaus« gefiel uns. Es bedeutet »Sieg des Volkes«, und wir hofften, daß sich unser Kind einmal zum Volk bekennen würde und nicht zu den Herrschenden. Daß es später seine Mitmenschen beschenken und mit Gaben überhäufen würde. Wir erstrebten zwar nicht, daß er ein Heiliger würde, aber ein ungewöhnlicher, beispielhafter Mann sollte er werden. Da Nikolaus der Schutzpatron aller Seefahrer ist, träumte ich davon, daß er ein Kapitän würde. Ein Kolumbus, der neue Kontinente entdeckt. Ein Odysseus, der abenteuerdurstig die Welt umsegelt. Genau das, Herr Doktor: Ich wollte einen Odysseus. Einen schlauen und tüchtigen Mann. Einen Abgott der Frauen. Einen Weiberheld. Einen gescheiten und witzigen Tausendsassa, der immer sein Ziel im Auge hat. Ich lüge natürlich, wenn ich behaupte, ich hätte das alles bewußt im Sinn gehabt. Es war dies eher mein unbewußtes Erziehungsprogramm. Ich wünschte Nikolaus, was ich mir selber wünschte. Er war ja auch ein Wunschkind – aber wir hatten keine Zeit für ihn. Wir redeten uns ein, es gäbe wichtigere Dinge im Leben als Nestwärme und Familienglück. Das gehörte zu unserer Ideologie. Familie begriffen wir als einen Ballast, als Unterdrückungsinstrument, als ein Mittel, den freien Willen zu erwürgen. Darum taten wir alles, um unser Zusammenleben so zigeunerhaft zu gestalten, daß es schon fast kein Zusammenleben mehr war.

Nikolaus, Mikolaj. Heute bist du nur noch ein Traum. Du hast mich verlassen. Für immer, und ich bin schuld daran. Wenn ich über ihn und uns nachdenke, packt mich eine Wut, und ich verabscheue mich. Ich gab ihm zu wenig Wärme. Ich liebte ihn zu wenig. Was daraus folgte, war schrecklich. Was soll ich nur machen? Sagen Sie, Herr Doktor, was ich machen soll!

Mein Sohn flackert in meinem Kopf. Er zittert in meinem

Herzen. Er hockt in meiner Seele und stellt mir Fragen, die ich mir selber stelle.

Warum hatte ich damals keine Zeit? Warum übertrug ich meine Aufgaben einem Hund, einem Köter, der dieses Kind mehr liebte als sein Vater? Weil Hunde treuer sind als Menschen. Dankbarer vor allem. Haschek saß an Mikolajs Wiege und hütete ihn, als *wir* – beim Fernsehen – unsere Nichtigkeiten produzierten. Der Hund vergötterte das Kind, weil er spürte, daß es zu uns gehörte. Haschek ist inzwischen auch nicht mehr da – und an dessen Tod bin ich ebenfalls schuld. Haschek saß immer an Mikolajs Seite, und wenn das Kind zu weinen begann, rannte er zu den Nachbarn, kratzte an ihrer Tür und holte Hilfe. Von einem Hund wurde mein Sohn aufgezogen. Wie Romulus an den Zitzen einer Wölfin. Vielleicht hätte auch er eine Hauptstadt gegründet. Ein Weltreich ins Leben gerufen. Aber er konnte nicht. Er hatte keine Zeit wie seine Eltern, die auch keine Zeit hatten.

Glauben Sie mir, Herr Doktor! Ich war ein schlechter Partner für Irena und noch ein schlechterer Vater für Mikolaj, denn jetzt war ich ein Star. Man sprach nur noch von meinen Sendungen. Die Zeitungen waren voll von mir. Kein Wunder, daß ich anfing, mich selbst anzubeten. Ich kalkulierte, daß, wenn drei Millionen Polen mich bewunderten, mir zujubelten und wiederholten, was ich gesagt hatte, ich drei Millionen Mal gescheiter wäre als Sokrates zum Beispiel, der seine Weisheiten meist nur *einem* Menschen mitgeteilt hatte. Die Mathematik der Massenmedien vernebelte meinen Verstand. Ich war ein Frosch, der sich aufblähte, daß er fast platzte. Ich bekam Tausende, Zehntausende von Briefen. Je mehr Briefe ich bekam, desto beliebter meinte ich zu sein. Langsam entdeckte ich die Kunst, Briefe herauszufordern, die meine Eitelkeit befriedigten – denn Eitelkeit ist eine Sucht. Man wird süchtig nach Erfolg und Applaus. Und eine Sucht

verlangt nach immer stärkeren Drogen, nach immer härteren Aufputschmitteln. Was *mich* aufputschte, war die Zuschauerpost. Oder nein. Nicht die Zuschauerpost, sondern ihre Quantität. Es war ja unmöglich, die 40 000 Briefe zu lesen. Darum ließ ich sie einfach zählen. Aber bald wurde auch das Zählen zu mühsam, und ich beschloß, die Briefe auf die Waage legen zu lassen. Meine letzte Sendung war um 12 Kilo besser als die vorletzte und so weiter – doch der Hunger nach Popularität wuchs weiter. Eines Tages verband ich meine Sendung mit einem Wettbewerb. Wer meine Fragen richtig beantwortete, bekam ein Auto. Damit verdreifachte ich die Zuschauerpost. Um 40 bis 50 Kilo. Ich wurde der schwerste Fernsehproduzent aller Zeiten und benahm mich dementsprechend. Auch der Inhalt meiner Sendungen veränderte sich. Um dem Volk zu gefallen, zeigte ich immer verwegenere, immer anmaßendere Dinge. Ich wußte, daß man mir bei meiner Popularität nichts mehr verbieten konnte. Der Staat war mächtig mit seinen Armeen von Polizisten und Sicherheitssoldaten – aber gegen Millionen von Enthusiasten konnte er nichts tun. Hunderttausende schrieben Briefe. Und Hunderttausende schweigen, obwohl sie ebenso dachten. Ich war nun der Messias einer schreibenden und das Idol einer schweigenden Mehrheit. Ich schrieb meine Drehbücher nicht mehr, um den Leuten etwas zu sagen. Ich schrieb, um ihnen zu gefallen. Und ich verdiente eine Menge Geld mit den Frechheiten, die ich verkündete. Was bisher undenkbar schien, wurde Wirklichkeit. Ich kaufte einen Cadillac. Ich wurde einer der wenigen Autobesitzer Polens.
Itzek Jungerwirth war begeistert: »Jetzt bist du auf dem Mount Everest. Höher geht's nicht mehr. Jetzt muß ich dich duzen, weil ich dich bewundere. Du rettest die Regierung, indem du die Kritik übst, die anderen verboten ist. Du bist das Ventil des Regimes, der Auspuff des

Kommunismus. Du gibst den Massen die Illusion, sie dürften sagen, was sie wollten. Nach jeder deiner Sendungen meinen die Leute, es ginge ihnen um eine Kritik besser. Das Übel ist beim Namen genannt worden, und alles ist wieder gut. Nichts ist wieder gut, mein lieber Kiebitz. Alles bleibt beim alten. Nur bei dir gibt es Neues. Du hast deinen Cadillac. Die Partei kann ruhig schlafen, und der Sumpf wird immer tiefer. Du bist der große Glückspilz. Du bist die offizielle Opposition der kommunistischen Majestät und wirst steinreich dabei. Du gewinnst auf der ganzen Linie, doch eines wirst du verlieren.«
»Was?«
»Deinen Sohn.«

Herr Kiebitz,
in Ihrem letzten Brief wimmelt es buchstäblich von Selbstbezichtigungen. Sie seien ein schlechter Vater gewesen und dazu ein jämmerlicher Partner Ihrer Pfirsichblüte. Auch seien Sie ein eitler Geck geworden und ein Snob, der in einem unglücklichen Land mit seinem Cadillac herumprotzte. Ich nehme das nicht besonders ernst, denn Selbstanklagen sind ein bekannter Patientenkniff, um sich gute Zensuren zu erheischen. Was mich jedoch erstaunt, ist Ihre Behauptung, meine Zeilen seien in einem unverständlichen Fachjargon abgefaßt. Wenn das der Fall ist, befinden wir uns auf dem Holzweg. Ich habe mich immer bemüht, offen und eindeutig zu sein. Entweder wir reden aufrichtig miteinander oder wir machen Schluß mit dieser Analyse. Es mag zutreffen, daß mein letzter Brief unter dem Eindruck Ihres Berichts über den Schauspieler entstanden ist. Seine Geschichte hat mich beeindruckt, und dabei habe ich vielleicht meine Direktheit verloren. Ihr ganzes Quartett ist verwirrend. Sowohl

Bronek als auch der Ödipus aus Schlesien machen mich
stutzig. Ich will Ihnen nicht verheimlichen, daß die vier
bereits durch meine Nächte geistern. Ich habe natürlich
nicht im Sinn, Ihre Gedankengänge zu steuern und Ihnen
vorzuschreiben, worüber Sie zu berichten haben. Wir
werden ja gewiß noch auf Ihren Sohn zurückkommen,
und auch die Beziehung zu Irena wird uns beschäftigen.
Vorläufig wäre ich Ihnen jedoch dankbar, wenn Sie mir
mehr über die Kartenspieler erzählen wollten. Sie haben
mich so stark beeindruckt, daß ich annehme, sie haben
auch in Ihrem Leben eine entscheidende Rolle gespielt.

Sehr geehrter Herr Doktor,
Sie haben recht. Die vier Männer haben in der Tat die entscheidende Rolle in meinem Leben gespielt. Aber Jungerwirth hatte auch recht. Ich war zur gezügelten Opposition der Partei geworden, der ich immer noch angehörte. Ich war ein Ventil, der Auspuff eines Systems, das sich trotz seines Zerfalls und dank solcher Blitzableiter, wie meine Sendungen es waren, recht behaglich fühlte. Ich genoß die ungeteilte Bewunderung der Massen und sonnte mich im Wohlwollen der Elite. Alle klatschten mir Beifall. Die Unteren und die Oberen. Auch die Waisenhäusler, die sich nach wie vor für mein »Tribunal des Volkes« begeisterten.
Ich wurde ein regelmäßiger Gast ihrer Pokerabende, bei denen ich ihren Geschichten lauschte, die mich das Gruseln lehrten. Das war es auch, was ich wollte: das Gruseln. Denn noch immer litt ich darunter, ein unbeschriebenes Blatt zu sein, ein betrunkener Schweizer im Nebel, wie sie mich nannten. Ein großes Kind, das nur immer staunte und nichts begriff. Ich wollte endlich ein Pole werden wie die anderen. Ich wollte erfahren – aus zweiter Hand natürlich –, wie es aussah in der Hölle. Der

Schlappfuß, den sie Onkelchen nannten, beschäftigte mich ganz besonders, doch hatte ich Angst vor ihm. Ich fürchtete, er könnte mir erzählen, warum er keine Beine mehr hatte. Eines Abends – die vier verteilten gerade ihre Karten – übermannte mich die Neugier. Ich fragte ihn, ob er mir die Geschichte seiner Prothesen erzählen wollte. Er grinste bitter, doch spürte ich, daß er auf diesen Moment gewartet hatte: »Die Geschichte meiner Prothesen?« höhnte er, »bitte schön, wenn Sie wirklich wollen...«

»Natürlich will ich, sonst würde ich nicht fragen.«

»Warum erkundigen Sie sich nach meinen Prothesen, Herr Kiebitz? Es geht Ihnen doch um etwas anderes. Um meine Beine, oder? Sie möchten doch sicher wissen, warum ich keine Beine mehr habe. Warum da, wo andere Leute Schenkel haben und Waden, bei mir nur Stummel sind. Um die Stummel geht es Ihnen, weil Sie spüren, daß Weltgeschichte dahintersteckt... Sehr richtig. Das sind historische Stummel. 1944. Warschauer Aufstand. 300000 Tote und so weiter. Bei euch im Westen haben noch alle ihre Beine. Dafür habt ihr keine Herzen. Sie verstehen, was ich meine? Vereiste Seelen und keine Spezialisten, um sie aufzutauen. Sie möchten erfahren, wie ich meine Beine verloren habe. Das sollen Sie hören, aber ich warne Sie. Sie werden nicht der bleiben, der Sie jetzt noch sind...«

Er faszinierte mich. Und ekelte mich an. Er war so ebenmäßig, hatte so mädchenhafte Züge, daß ich ihm stets ins Gesicht schauen mußte. Ich bewunderte seinen Kopf, seine Augen, seine Lippen, sein seidiges Haar, doch er meinte, ich wiche ihm aus. Ich fürchtete den Anblick seiner Prothesen. Vielleicht war es auch so. Seine Prothesen sahen schrecklich aus. Himbeerrot. Er wußte, daß sein Problem widerlich war, und nötigte seine Gesprächspartner, gerade *darüber* zu reden. Das schien ihn zu er-

leichtern. Er freute sich an der Verlegenheit seiner Gegenüber und ergriff die Initiative, als machte es ihm Spaß, sein Martyrium aufzurollen: »Sie möchten hören, Herr Kiebitz, wie man seine Beine verliert. Das will ich Ihnen gerne mitteilen. Normalerweise verliert man ja seinen Hut. Sein Feuerzeug. Oder seine Brille. Ich habe meine Beine verloren. An einem Septembertag des Jahres 1944.«
Ich spürte, daß er mir etwas Unerträgliches erzählen wollte, und versuchte zurückzukrebsen: »Gott im Himmel«, sagte ich, »was treibe ich hier? Man erwartet mich im Fernsehen. Ich muß gehen. Es tut mir leid.«
Da hielt er mich zurück. Nicht mit der Hand, Herr Doktor, sondern mit der Krücke, und grimmig höhnte er: »Sie sind doch kein Kneifer, Herr Kiebitz. In Ihren Sendungen sind Sie der mutigste Mann Polens. Sie haben gefragt. Jetzt müssen Sie bleiben, und das Fernsehen wird heute ohne Sie auskommen. Ich will Ihnen von meiner Schwester erzählen. Sie war ein bildschönes Kind, und Weibergeschichten sind doch immer gut, oder nicht?«
»Ich wußte gar nicht, daß Sie eine Schwester haben.«
»Sie ist längst tot, nehme ich an. In bösen Zeiten beißen die Guten zuerst ins Gras. Sie war gut. Sie war lieb zu mir. Zu allen anderen ebenfalls. Ich war elf. Danka ein paar Jahre älter. Etwa fünfzehn, wenn ich mich recht erinnere. Wir hausten in den Trümmern einer Mietskaserne an der Pulawskastraße. Der Aufstand tobte dem Ende entgegen, und die Deutschen zermalmten die letzten Widerstandsnester. Die Russen standen am anderen Weichselufer und ließen uns verrecken. Die Leute verbrannten bei lebendigem Leib. Wir steckten in der Falle. Ein Entrinnen gab es nicht. Um uns herum ging alles zugrunde. Ich war schwindsüchtig und wußte, daß ich nicht mehr lange zu schnaufen hatte. Danka legte sich mit den Aufständischen ins Bett und bekam dafür Kartoffeln.

Manchmal Sauerkraut – und in Glücksfällen ein Stück Speck. Sie brachte mir den Sünderlohn und weinte, wenn ich ablehnte. Eines Tages kroch sie in unser Versteck. Sie war außer Atem und sagte, jetzt stünde die ganze Stadt in Flammen. Wenn wir jetzt nicht davonliefen, gingen wir kaputt. Wir gehen auf jeden Fall kaputt, lachte ich, ob wir da rauskriechen oder nicht. Da polterte ein Panzerwagen an unserem Kellerloch vorbei. Vorne eine Kanone, hinten zwei Lautsprecher, und eine Fistelstimme wiederholte in gebrochenem Polnisch den immer gleichen Satz: ›Achtung, Achtung. Schwerkranke Kinderlein werden evakuiert.‹ Er sagte Kinderlein, um Vertrauen zu wecken. ›Schwerkranke Kinderlein werden in Sicherheit gebracht und melden sich beim Hauptbahnhof bis abends um sechs!‹ Die Stimme klang abstoßend, und dennoch horchten wir auf. Vielleicht war das ja tatsächlich die letzte Chance. Ich hatte mehr Hoffnung als Danka, denn ich war schwindsüchtig. *Sie* hatte nur die Syphilis, und das ist eine Berufskrankheit. Aber versuchen wollten wir es trotzdem. Sie half mir auf die Beine und schleppte mich durch ein Flammenmeer. Alles stürzte zusammen, von rechts und links regneten Bomben herab, Dächer flogen in die Luft, Mauern krachten entzwei, und es stank nach geröstetem Menschenfleisch. Vom Bahnhof war nichts übriggeblieben außer den Schienensträngen. Endstation Warschau. Da standen an zwölf Puffern zwölf riesige Transportwagen. Man nannte sie Todesplattformen oder Paradiesvögel, weil sie dazu bestimmt waren, ins Paradies zu fliegen. Man koppelte sie vor die deutschen Lokomotiven und belud sie mit ›Kinderlein‹. Die Rechnung der Deutschen war einfach: Falls die polnischen Partisanen Minen zündeten, würden die Plattformen in die Luft fliegen – mitsamt der fröhlichen Kinderschar. Der Rest des Zuges bliebe unversehrt. Die Nazis waren wirklich einfallsreiche Leute:

Sie schützten ihre Munitionstransporte mit polnischen ›Kinderlein‹ und zählten dabei auf die Gefühle unserer Widerstandskämpfer. Die würden doch nicht den eigenen Nachwuchs in die Luft sprengen. Alles würden sie wagen, aber das nicht...«
»Und haben sie es gewagt?«
»Sehen Sie sich meine Stummel an, Herr Kiebitz. Natürlich haben sie es gewagt. Tausende wollten auf die Todesplattformen. Alle hofften, dem Flammentod zu entrinnen. Ein lausiger Haufen von Vollwaisen wie Danka und ich. Auf jeden Wagen luden sie 500 Kinder. Sie zählten mit preußischer Pedanterie. Nicht ein Kind mehr, nicht eines weniger. *Ich* war der fünfhundertste. Hinter mir stand Danka. Ihr Pech. Wir mußten voneinander scheiden. Eines von uns mußte verzichten.«
»Und was habt ihr getan?«
»Ich war kein schlechter Mensch, Herr Kiebitz. Nur leben wollte ich, und das war alles...«
»Wen haben sie genommen?«
»Ich war in der Schule gewesen, Danka nicht. Ich hatte die größeren Chancen, ich sprach schließlich Deutsch. Vor uns stand ein Feldwebel. Ein öliges Männlein mit kurzsichtigen Augen und schleimiger Stimme. Danka ekelte sich vor ihm. *Ich* sollte mit ihm verhandeln. Warum ich und nicht du? Weil ich eine Frau bin, gab sie zur Antwort. Der ist doch nicht grausiger als die anderen, sagte ich. Aber mit dem würde ich sterben, sagte sie. Ich kann's nicht mit jedem. Mit dem auf keinen Fall. Er ist ein Schlitzbulle. Einer, der die Fahne nicht mehr hissen kann. Ein Fisch ohne Gräten, der nur noch zu Schweinereien fähig ist. Geh hin, Bruder, und rede mit ihm!«
»Und was geschah?«
»Ich ging zum Feldwebel und sagte, ich sei schwindsüchtig, aber der Kerl hörte gar nicht zu. Nur Danka interessierte ihn, und er fragte mich, wer sie sei. Ich sagte, die

Venus von Warschau. Jetzt blinkte es in seinen Augen, und er fragte, was sie denn könne. Ich antwortete, sie würde jeden Knüppel in die Höhe bringen, auch einen hundertjährigen. Damit war das Problem gelöst. Ich war sie los. Sie flüsterte mir noch ins Ohr, ich solle etwas sagen über ihre Syphilis. Statt dessen log ich und versicherte, sie sei gesund. Sauber wie eine Schwanenfeder. Ich wollte sie verschachern, dem Feldwebel anhängen, um selbst aufs Trockene zu gelangen. Ich dachte nur an mich, und der Deutsche zwinkerte ihr zu. Sie solle kommen und zeigen, was sie habe. Und schon knöpfte er ihre Bluse auf, betastete ihre Brustwarzen und sagte, er wolle sie mitnehmen. Ich hingegen solle auf die Plattform steigen. Das Geschäft war aufgegangen. Ich hatte Danka verkuppelt. Die eigene Schwester. Sie stand neben dem Deutschen und schluchzte. Weil sie mich liebte und man uns auseinanderriß. Sie wußte nicht, daß ich ein Judas war. Sie verstand ja kein Deutsch und dachte, sie hätte *mich* verraten. Ich aber saß oben – auf meinem stählernen Paradiesvogel. Die Schwindsucht in der Lunge und den Satan im Herz. Ich redete mir ein, Danka gerettet zu haben. Sie sei ja ohnehin eine Hure, und der Herr würde ihr schon verzeihen. Sie würde mit dem Deutschen ins Bett gehen, und dafür würde er sie aus den Flammen retten. Außerdem dachte ich, sie steckte den Kerl bestimmt an. Er finge sich die Lustseuche ein und verbreitete sie weiter. Einen Venuskranz für die ganze Wehrmacht. Keine schlechten Aussichten, was? Das sollte *mein* Beitrag zum heiligen Krieg gegen die Deutschen sein. Ein unheilbares Vergißmeinnicht für die Lustböcke, die uns unterkriegen wollten.«
So sprach der Schlappfuß, Herr Doktor. Ich wollte es nicht glauben. Dieses Onkelchen versuchte, mich zu quälen. Er fand sein Vergnügen daran, mir seine Geschichte aufzunötigen. Seine himbeerroten Prothesen ekelten

mich und erpreßten mich, ihm zuzuhören. Ich konnte ihm ja nicht sagen, er sollte endlich aufhören. Das wäre eine Beleidigung gewesen, eine Taktlosigkeit gegenüber seinem Unglück. Darum fuhr er fort, und ich bemerkte ein schadenfreudiges Flackern in seinen Augen. Auch die Kartenspieler hatten ihren Spaß – denn er peitschte mich mit seinen Worten ins Gesicht. Ich fühlte mich betroffen, ja, mitschuldig bis zu einem gewissen Grad. Er sagte zwar nichts gegen meine Person, aber ich spürte seine Verachtung. Was warf er mir vor? Daß ich aus der Schweiz kam? Daß ich ein Moralist war, der selbst nie durch den Dreck waten mußte? Ich inszenierte mein berühmtes »Tribunal des Volkes« und hatte keine Ahnung vom Volk. Ich hörte nicht auf, über das Leben zu berichten, aber erlebt hatte ich noch nichts. Ja, das warf er mir sicher vor. Ich schämte mich in Grund und Boden, obwohl ich mich irren konnte. Und ich irrte mich sicher. Nicht *er* verachtete mich. Ich verachtete mich selber. Ich haßte mich, weil ich noch nie auf die Probe gestellt worden war. Ich wußte nicht, wie *ich* mich verhalten hätte an seiner Stelle. Mag sein, daß auch ich die Schwester verkauft hätte, wenn es um meine Haut gegangen wäre. Er erzählte mir von seinem Verrat, und ich hatte nicht einmal das Recht zu urteilen. Ich war ohne Schuld, aber nicht aus Tugend. Sondern aus Mangel an Gelegenheit. Alles in mir bäumte sich gegen sein Verhalten auf. Er hatte sich retten lassen. Von den Deutschen, die Krieg gegen seine Heimat führten. Er hatte sich mißbrauchen lassen als Beschützer ihrer Militärtransporte. Er war der Zuhälter seiner Schwester, die er an die Todfeinde verkuppelt hatte. Ich aber mußte schweigen, weil ich unschuldig war wie ein blödes Lamm, aufgewachsen unter Milchkühen und keuschen Jungfrauen. Es stimmte zwar, daß Danka eine Hure war, aber mit welchem Recht hatte er sie verraten? Er ist, dachte ich, selbst eine Hure, dieser Chefredakteur einer

atheistischen Zeitschrift: »Wie kommen Sie zu diesen Atheisten? Erklären Sie mir das!«
»Weil ich beweisen muß, daß es keinen Gott gibt.«
»Wem müssen Sie das beweisen? Dem Volk?«
»Mir selbst. Wenn es einen Gott gäbe, hätte er mich zerschmettert. In die Hölle hätte er mich geschickt. In die ewige Verdammnis.«
»Und Ihre Prothesen?«
»Ich sagte es bereits, Herr Kiebitz. Die Partisanen legten Minen unter die Schienen. Fast alle Kinder gingen in die Luft – ich nicht. Die gerechte Strafe erreichte mich auf ihre Weise: Beide Beine wurden mir abgerissen, und ich mußte weiterleben. Als Torso. Als Mann ohne Unterleib.«

Herr Kiebitz,
Sie schreiben, dieser Mensch wollte Sie quälen. Zweifellos wollte er das – und Sie quälen mich. Ich weiß nicht, wie lange ich Ihren Bericht noch aushalten werde, wenn es so weitergeht. Die Geschichte dieses Onkelchens ist unerträglich. Ich nehme an, daß sie nicht wahr ist. Vielleicht hat dieser Mensch alles nur erfunden, um Sie sprachlos zu machen. Aus Neid über das Glück, das Sie hatten, in der Schweiz geboren zu sein und nicht in Polen. Anders kann ich mir das nicht erklären. Wenn aber alles das wirklich vorgekommen ist, dann bin ich der Wahrheit einfach nicht gewachsen. Ich bitte Sie deshalb um einen – wenigstens zeitweiligen – Themawechsel.

Sehr geehrter Herr Doktor,
was ich Ihnen schrieb, *ist* leider wahr. Zu einem späteren Zeitpunkt traf ich eine Kronzeugin dieser Geschichte – ich werde Ihnen gelegentlich von ihr berichten. Ich ver-

stehe, daß Sie der Wahrheit nicht gewachsen sind. Wer ist das schon? Ich leide ja selbst unter dieser Schwäche, die möglicherweise zu meinem Gebrechen geführt hat. Bis zum heutigen Tage bin ich – nach wie vor – unfähig, einen artikulierten Satz zu sagen. Am vergangenen Sonntag beispielsweise bin ich spazierengegangen. Im Prater begegnete ich einer ungemein attraktiven Dame, die mich anlächelte und fragte, weshalb ich so betrübt sei. Wir saßen auf einer Bank, und normalerweise wäre es zu einem Schwatz gekommen. Vielleicht zu einem Flirt oder zu noch mehr. Statt dessen verhedderte ich mich in einem hoffnungslosen Gestammel. Ich sprang auf und eilte davon. Diese Begegnung war ein Fiasko für mich, und ich fühlte mich verzweifelter als je zuvor. Aber das ist ja vorläufig ohne Bedeutung. Sie bitten mich, das Thema zu wechseln. Das will ich gerne tun. Ich erzähle Ihnen von unserer Sendung über Jadwiga Kollontaj, die im Mai desselben Jahres über die Antenne ging.
Jadwiga Kollontaj saß seit einem Jahr im Bezirksgefängnis von Krakau. Wegen gewerbsmäßigen Betruges, wie es hieß. Irena hielt das Thema für rasant. Auf meine Frage, warum, antwortete sie: »Weil ganz Polen für gewerbsmäßigen Betrug im Knast sitzen müßte. Es gibt niemanden, der hier nicht schummelt. Betrug ist unser Existenzprinzip. Jeder spielt mit gezinkten Karten. Jeder verdient sein Brot durch irgendwelche Machenschaften. Jeder macht sich schuldig und müßte einsitzen, wenn man zufällig seine Akten unter die Lupe nähme. Aber man nimmt sie nicht unter die Lupe. Man tut das erst, wenn einer unbequem wird. Dann schleppt man ihn vor den Kadi und macht ihn fertig. Das ist doch ein geniales System. Jeder Pole macht sich straffällig. Muß sich straffällig machen, weil er sonst verhungern würde. Jeden kann man einsperren, wenn man will – aber man will erst unter bestimmten Umständen. Man zieht es vor, die Leute ein-

zuschüchtern. Ihnen den Mut auszutreiben. Auf diese Weise müssen sie sich ducken, werden brav und regierbar. Jadwiga Kollontaj ist ein Knüller!«
Das leuchtete mir ein, und ich beschloß, sie zur Heldin meiner Sendung zu machen. Dies um so mehr, als Jadwiga Kollontaj ein weißer Rabe war. Sie war gar keine Betrügerin. Sie war eine Wahrsagerin und sagte gewerbsmäßig die Wahrheit. Wie üblich stellten wir auch diesmal wieder die Kameras »am Ort des Verbrechens« auf. Im konkreten Fall im Empfangsraum der Verurteilten. Hier roch es nach Schimmel und Staub. Tische und Gestelle sahen genauso aus, wie man sich das Sprechzimmer einer Kartenschlägerin vorstellt. Eine große giftgrüne Glaskugel stand auf dem Fensterbrett. Daneben lag eine alte Bibel. Auf dem Nachttisch moderten verschiedene Kräuterbücher, und alte Stiche hingen an der Wand, auf denen Teufel und nackte Hexen abgebildet waren. Und dann kam die unabdingbare Kommode ins Bild. Mit den merkwürdigsten Kristallen, die im Licht der Scheinwerfer aufblitzten und eine geradezu überirdische Stimmung schufen.
Wie immer eröffnete ich die Sendung mit der Rede des Staatsanwalts. Er verlas genau dieselbe Anklage, mit der er damals die Wahrsagerin hinter Schloß und Riegel gebracht hatte. Seine Stimme klang gesalbt und in jeder Hinsicht gekünstelt: »Frau Jadwiga Kollontaj, hoher Gerichtssaal, geboren am 19. Mai 1923 in Wilno, ist angeklagt der gesetzwidrigen Wahrsagerei und des gewerbsmäßigen Betruges nach Paragraph soundso des neuen Strafgesetzbuches. Wahrsagerei und insbesondere Prophezeiung künftiger Ereignisse sind im sozialistischen Staat Offizialdelikte und werden bestraft mit Freiheitsentzug bis zu zehn Jahren. Der Fall der Angeklagten wird noch erschwert durch die Tatsache, daß sie sich listigerweise in zwei Raten bezahlen ließ. Vorher und nachher,

oder wie sie sich auszudrücken pflegte: nach Eintreffen der Vorhersage. Das ist natürlich eine perfide Irreführung, weil jede Vorhersage entweder eintrifft oder nicht. Die Chance des Erfolgs beträgt fünfzig Prozent – aber die Kartenschlägerin nimmt in jedem Fall eine Anzahlung. Das gibt ihr ein gesichertes Einkommen, ob sie nun richtig tippt oder falsch. Wenn sich die Anklage irrt, hat sie keine Beschwerden zu befürchten, denn der Fall einer Fehlprophezeiung ist ja einkalkuliert und wird sogar als Möglichkeit angedeutet. Wenn jedoch jemand zufrieden ist, wenn einmal eingetroffen ist, was prophezeit wurde, erzählt er jedem, der hören kann, was diese Frau für ein Phänomen sei. Der vorliegende Fall ist deshalb so empörend, hoher Gerichtshof, weil nur ein einziger Bürger Anzeige erstattet hat. Ein einziger Mann war so mutig, den Schwindel aufzudecken. Ein richtiger Gesinnungsterror ging von der Angeklagten aus – denn all die Leute, die sich an der Nase herumführen ließen, gehören dem Kleinbürgertum an. Sie stehen unter dem Einfluß der Kirche und sind nicht selten Feinde unserer neuen Wirklichkeit. Es geht hier um die philosophischen Prinzipien, denen unser sozialistischer Staat verpflichtet ist. Es geht um die Wahl zwischen Wissenschaft und Aberglauben. Entweder wir entscheiden uns für die Tatsachen oder für die Flunkerei, für das eindeutig Meßbare oder für klerikalen Unsinn. Bis auf einen hat niemand den Mut gehabt, dem Unfug ein Ende zu machen. Man war ja der Gefahr ausgesetzt, niedergeschrien und dem öffentlichen Gespött ausgesetzt zu werden. Das können wir nicht zulassen, hoher Gerichtshof! Wir leben in einem atheistischen Staat. Wir wissen, daß es kein Leben nach dem Tode gibt. Es ist bewiesen, daß jeder Mensch der Schmied seines Schicksals ist und nicht der Spielball okkulter Mächte. Es gibt historische Gesetze, und die Geschichte entwickelt sich unabhängig vom hypothetischen Willen einer Gottheit oder einer Betrügerin vom Schlage einer Jadwiga Kollontaj. Dieser Prozeß mag vielen bedeutungslos erscheinen, hoher Gerichtshof, aber er ist es mitnichten. Es ist keine Lappalie, ob bei uns die moderne Wissenschaft das Sagen hat oder mittelalterlicher Gespensterglaube. Jawohl. Wir haben zu wählen zwischen lächerlichen Glaskugeln, idiotischen Karten, schwachsinnigen Kräuterbüchern einerseits – und akademischer Präzision andererseits. Zwischen pfäffischen Ammenmärchen und scharfen Definitionen, wie sie der Marxismus-Leninismus zu bieten hat. Ein Freispruch dieser Bauernfängerin hätte katastrophale Folgen. Damit würde der sozialistische Staat klerikale Roßtäuscherei bejahen! Ich verlange die exemplarische Bestrafung der Angeklagten. Fünf Jahre Zuchthaus sind eine angemessene Strafe für diese Person, die unserer Gesellschaft schweren ideologischen Schaden zufügt.«

Jetzt wurde die Tür geöffnet, und Irena führte die Heldin herein. Sie machte überhaupt nicht den Eindruck einer Angeklagten. Sie mochte vierzig Jahre alt sein, war feingliedrig und zerbrechlich. Das Haar hing ihr über die Schultern herab. Ihre Augen waren nach innen gekehrt, so daß ein schläfriger Ausdruck über ihrem Gesicht lag, doch hielt sie sich gerade. Verwundert blickte sie sich in ihrer Wohnung um. Etwas gelangweilt wischte sie mit dem Daumen den Staub von den Möbeln. Dann setzte sie sich, sah mir in die Augen und fragte lächelnd: »Was fehlt Ihnen, Herr Kiebitz?«

Das war unerhört. Ich hatte angenommen, sie würde zittern oder gar schwitzen. Statt dessen behandelte sie mich wie einen Kunden. Wie einen Hilfesuchenden, der um Rat bittet. Sie fragte mich ganz selbstverständlich, was mir fehlte, und ich antwortete unsicher: »Der Herr Staatsanwalt meint, Sie seien eine Betrügerin. Was halten Sie davon, Frau Kollontaj?«

»Er muß leben, der unglückliche Mensch. Darum sagt er, was man von ihm verlangt.«
»Ich frage Sie, was Sie davon halten, daß Sie das Volk hinters Licht führen. Bitte, beantworten Sie meine Frage!«
»Ich bin der gleichen Meinung.«
»Das heißt?«
»Daß der Staatsanwalt ein Betrüger ist und das Volk hinters Licht führt. Er redet im Namen der Wissenschaft. Er wettert gegen den Aberglauben. Dabei geht er in die Kirche wie wir alle.«
»Woher wissen Sie das, Frau Kollontaj?«
»Ich weiß es.«
»Haben Sie ihn in der Kirche gesehen?«
»Gewissermaßen. Ich bin Hellseherin.«
»Und wie funktionieren Ihre übernatürlichen Fähigkeiten?«
»Wenn ich sie erklären könnte, Herr Kiebitz, wären sie nicht übernatürlich.«
»Aber Sie können mir doch sagen, *wie* Sie hellsehen. Wie erkennen Sie die Zukunft? Wie sieht Ihr inneres Auge aus?«
»Wie eine Sanduhr. Haben Sie schon einmal eine Sanduhr gesehen?«
»Ich habe schon hundert Sanduhren gesehen. Und?«
»Oben ist Sand, und in der Mitte ein Hals, wo die Zeit hindurchsickert. Sie rieselt durch die Verengung, aber meine Verengung ist etwas weiter als die Ihre.«
»Ich verstehe kein Wort.«
»Bei mir fließt der Sand etwas schneller als bei anderen Leuten. Ich weiß, was in der Zukunft geschieht. Was ihr Zukunft nennt, ist meine Gegenwart.«
»Sie wollen mich verspotten, Frau Kollontaj.«
»Überhaupt nicht, Herr Kiebitz. Der Sand von morgen kommt bei mir schon heute an. Wenn *Sie* sehen, was

heute passiert, sehe ich bereits die Ereignisse des folgenden Tages...«

Diese Frau ließ sich nicht beeindrucken. Sie war vollkommen ruhig, obwohl sie wußte, daß ganz Polen am Bildschirm hing. Sie schien auch an nichts zu zweifeln. Sie glaubte an ihre Sanduhr und an die verschiedenen Geschwindigkeiten des Zeitablaufs. Ich war damals noch ein hartgekochter Rationalist, Herr Doktor, und was ich nicht begreifen konnte, war für mich Humbug. Ich war zutiefst überzeugt von der Allmacht der Wissenschaft – Religion hielt ich für einen Ausdruck des Mittelalters, Wahrsagerei und Hellsehen für Schwindel. Nur erkannte ich allmählich, daß alle schwindeln. Jeder auf seine Art. Auch die Wissenschaftler, aber sie schwindeln besser. Sie bedienen sich einer eigenen Sprache, um ihre Ignoranz zu verbergen. Wenn sie nicht weiterwissen, werfen sie mit exotischen Wörtern um sich. Was wissen sie zum Beispiel von Schwermut, von Verzweiflung, von Lebensüberdruß? Wie erklären sie, daß sich Menschen selber auslöschen? Sie sagen Suizid dazu und halten damit das Problem für gelöst. Nichts ist gelöst. Nur ein Fremdwort steht da. Mehr nicht.

Frau Kollontaj schwindelte anders. Sie starrte in eine Glaskugel und seufzte tief. Sie blickte den Kunden ins Gesicht und erriet ihre Qualen. Sie sah, daß Menschen den Tod in den Augen tragen. Das hielt ich für denkbar. Aber wie konnte sie jemandem prophezeien, daß er von der Leiter fallen würde? War das übernatürlich? Oder waren auch Unfälle Erscheinungsformen des Suizidwillens? Vielleicht stürzen Leute von der Leiter, weil sie genug haben. Vielleicht gibt es Pechvögel auf der Welt, die wie Blitzableiter das Unglück auf sich ziehen und einfach keine Lust mehr haben, die Komödie weiterzuspielen. Man sagt ja, daß es Menschen gibt, die unbewußt ihre Schritte dorthin lenken, wo Ziegel von den Dächern fal-

len. Dann wären aber auch alle Krankheiten psychisch bedingt – und Unfälle ebenfalls. Möglich ist das. Aber solchem Unsinn mit zweierlei Zeitabläufen, zweierlei Sanduhren, zweierlei Perzeptionsebenen konnte ich nicht folgen. Ich war noch jung. Das Märchen vom Heiland, der die Blinden sehend machte, fand ich absurd. Darum sagte ich mit einem hochmütigen Lächeln, ich wäre doch sehr erstaunt, könnte Frau Kollontaj prophezeien, wie es mit *mir* weitergehen würde. Darauf antwortete sie, ohne mit der Wimper zu zucken: »Sie fordern das Schicksal heraus, Herr Kiebitz. *Ich* wäre an Ihrer Stelle nicht so leichtfertig – denn Sie sind zuckerkrank. Sie haben einen schweren Autounfall hinter sich. Ihre Bauchspeicheldrüse ist ausgebrannt. Sie produziert kein Insulin mehr. Sie sind um ein Haar dem Tode entronnen. Im Ausland. In Marokko, wenn ich recht sehe. Auch hier werden Sie Pech haben. Am 30. März 1968 werden Sie ein geliebtes Wesen verlieren, und zwar aus eigenem Verschulden. Dann müssen sie Polen verlassen. Von einem Tag auf den anderen.«
Ich lächelte sauersüß in die Kamera hinein, denn sie traf ins Schwarze – zumindest, was die Vergangenheit anging. Ich wollte mir vor drei Millionen Zuschauern keine Blöße geben. Ich war ja ein Freidenker, ein sogenannter Atheist, und wehrte mich gegen alle Formen des Übernatürlichen. Darum fragte ich ganz beiläufig: »Was würden Sie mir denn raten, Frau Kollontaj?«
»Ich würde Ihnen ans Herz legen zu verschwinden.«
»Wohin?«
»Das kann ich Ihnen nicht sagen. Ich bin kein Reisebüro. Aber jedenfalls so weit fort wie möglich.«
Die Frau ging mir langsam auf die Nerven. Sie sprach mit so einer Selbstverständlichkeit, als sei alles nebensächlich – und dies in aller Öffentlichkeit. Vor drei Fernsehkameras. Beleuchtet von sechs Scheinwerfern. Es gab zahllose

Zeugen, die unsere Sendung verfolgten. Wenn sie sich irrte, war sie erledigt. 35 Millionen Polen warteten ab jetzt auf den 30. März 1968. An diesem Tag würde es sich erweisen, ob sie die Wahrheit gesagt hatte oder nicht.
Gott sei Dank hatte ich keine Zeit, mir darüber Gedanken zu machen. Die Sendung ging weiter. Ich ließ die Zeugen rufen und fragte sie, was sie wußten. »Wie war das«, wollte ich wissen, »Sie haben doch ein Kind erwartet, als Sie Frau Kollontaj aufsuchten?«
»Ich war im dritten Monat, ja. Alles ging gut. Wir freuten uns wie die Verrückten, und ich ging – zum Spaß, wie man so sagt – zur Hellseherin, um zu erfahren, ob es ein Sohn würde oder eine Tochter. Ich bin um elf Jahre älter als mein Mann, und so hatte ich Angst, es könnte etwas schiefgehen. Frau Kollontaj prophezeite mir, ich würde ein verkrüppeltes Kind zur Welt bringen. Es sei ein Mädchen, und ich sollte mir überlegen, ob ich mir alle die Mühe, ein behindertes Kind zu haben, aufbürden wolle.«
»Und? Was ist eingetroffen?«
»Ich bin eine gläubige Christin. An Abtreibung konnte ich nicht denken. Ich war sicher: Gott weiß schon, was er mit mir vorhat. Ich brachte das Kind zur Welt. Es war ein Mädchen und hatte ein Bein, das um elf Zentimeter kürzer war als das andere. Schrecklich sah das aus – aber ich war auf alles vorbereitet. Ich freute mich über die Kleine und nannte sie Mila. Sie hat die schönsten Augen auf der ganzen Welt. Sie lächelt so süß, daß die Leute auf der Straße stehenbleiben. Ich danke der Frau Kollontaj für ihre Voraussage. So wußte ich, was auf mich zukam, und ich bin glücklich. Mein Mann ebenfalls. Wir schikken ihr jeden Monat ein Paket ins Gefängnis.«
Die Zeugin ging auf die Wahrsagerin zu und küßte ihr die Hand. Ich wußte, daß in diesem Moment ganz Polen jubilierte. Dieser Kuß war ein Protest gegen die Verurtei-

lung der Hellseherin. Nun ließ ich einen Mann hereinkommen, der ebenfalls für Frau Kollontaj aussagen wollte: »Ich war damals noch Bergarbeiter. Ich lebte in Sosnowiec. Heute bin ich pensioniert. Ich verdiente immer ganz anständig und wohnte bei meiner Tochter, die neun Kinder hat. Ich war natürlich allen im Weg und ganz besonders dem Schwiegersohn. Immer wieder kam es zu Zänkereien, und einmal schlug er mich ins Gesicht. Seit dem Tag hielt ich es nicht mehr aus. Ich mußte eine Wohnung finden. Ein eigenes Dach über dem Kopf. Aber wie kommt ein Kohlenkumpel zu einem eigenen Dach? Und dazu noch in meinem Alter? Ich war schon über fünfzig und hatte keine Aussicht mehr, irgendwo unterzukommen. Sie bauen ja so gut sie können, aber immer noch viel zu wenig. So ging ich halt zur Wahrsagerin, weil ich Schluß machen wollte. Es sei unerträglich, seinen Nächsten zur Last zu fallen, und ich fragte, ob sie noch eine Chance sähe. Frau Kollontaj blickte mich lange an. Dann legte sie ihre Karten und sagte, ich müsse Geduld haben. Sie riet mir, zur Barburka – am 4. Dezember – ein Lotterielos zu kaufen. Ich würde fast eine Million gewinnen und könnte mir leisten, wovon ich träumte.
»Haben Sie gewonnen?«
»Achthundertsechzigtausend Zloty. Ich habe mir ein Einfamilienhaus gekauft. Mit einem Garten rundherum. Jetzt kommen die Enkelkinder zu Besuch, und mein Leben ist ein einziger Sommertag. Ohne Frau Kollontaj hätte ich mich aufgehängt.« Der Alte ging auf die Wahrsagerin zu und klaubte etwas aus der Hosentasche: »Ich bin Ihnen sehr dankbar und habe Ihnen etwas mitgebracht.«
Er hatte jetzt einen Gegenstand in der Hand, der in Zeitungspapier eingewickelt war. Frau Kollontaj nahm das Geschenk entgegen und zerriß die Verpackung. Ein

Schlüssel aus Silber kam zum Vorschein. Sie fragte, was sie damit anfangen solle. Der Mann zwinkerte ihr nur zu, und sie verstand. Ein Schlüssel fürs Gefängnistor. Frau Kollontaj hatte Tränen in den Augen und sagte: »Sie sind sehr lieb, aber ich brauche den Schlüssel nicht. Übermorgen werde ich entlassen.«

Der Mann bat sie, das Geschenk dennoch zu behalten. In Polen könne man solche Sachen immer brauchen. Da fragte ich die Wahrsagerin, woher sie denn wisse, daß sie übermorgen entlassen würde. Darauf entgegnete sie: »Ich weiß es halt. Ich bin schließlich Hellseherin. Und übrigens – ich verdanke das *Ihnen*, Herr Kiebitz, und Ihrer Sendung.«

Darauf antwortete ich etwas unwirsch: »Ich wäre nicht so sicher, Frau Kollontaj. Sie glauben zwar ans Übernatürliche. Aber unsere Behörden glauben nicht daran.«

Die Angeklagte lächelte selbstbewußt: »Wetten wir tausend Zloty, daß ich übermorgen das Gefängnis verlasse?«

Ich willigte ein, und ein paar Millionen Polen wetteten mit.

Und dann kam der Höhepunkt. Der Zeuge der Anklage wurde hereingeführt. Er sah aus wie eine Birne. Oben schmal, unten korpulent. Sein Kopf glich einer Tomate. Kleine Äuglein, buschige Brauen und ein fliehendes Kinn. Er schien ständig in der Defensive zu sein. Immer mußte er sich verteidigen, obwohl niemand ihn angriff: »Sie werden es mir nicht glauben, hoher Gerichtshof, aber dieses Weib hat mich zerstört. Meine Karriere hat sie kaputtgemacht. Meine Stelle hab' ich verloren und arbeite jetzt als Straßenfeger. Und wer ist schuld daran? Die Kartenlegerin.«

»Worum ging es denn?« fragte ich unschuldig, obwohl ich die Geschichte kannte.

»Weil ich, wie man so sagt, Schwierigkeiten hatte mit

meiner Frau. Das heißt: nicht mit der Frau, sondern mit den Hormonen.«
»Ich verstehe Sie nicht. Wie kann man mit den Hormonen Schwierigkeiten haben?«
»Mit der Drüse, wissen Sie, die für die Männlichkeit zuständig ist. Was fragen Sie mich, Herr Redakteur? Ich kann doch nicht vor der ganzen Nation erzählen, warum es nicht funktioniert hat. Sie ist halt eine Nichte von mir, zwanzig Jahre jünger und ein heißes Mädchen, das immer nur an dieses Zeug denkt. Und *ich* hatte zu tun. Alle Hände voll Arbeit, wie man so sagt.«
»Was für einen Beruf haben Sie denn ausgeübt? Ich meine vorher.«
»Bei der Polizei war ich, aber ohne Uniform. Und außerdem geht Sie das nichts an.«
»Was?«
»Daß ich bei den Geheimen war. Das darf niemand wissen, und darüber wird nicht geredet. Ich wurde dafür bezahlt, mich umzuschauen und zu horchen. Punkt.«
Ich fand diesen Zeugen der Anklage amüsant. Ein Pfahlbauer, dem die Einfalt aus allen Löchern triefte. Ich forschte weiter: »Dann sind Sie also zu Frau Kollontaj gegangen und haben sie um Rat gefragt?«
»Ich hab' ihr erzählt, daß es nicht klappte. Ich sagte gradaus, daß bei mir der Pilz nicht mehr blüht. Und daß meine Nichte – also meine Frau – mir Hörner aufsetzen würde, wenn ich kein Mann mehr wäre. Ich hätte zwar eine Knarre. Mit der könnte ich haben, was ich wollte. Aber nicht das, was ich am meisten begehrte.«
»Und? Was hat sie Ihnen geraten?«
Daß ich wählen müsse, hat sie gesagt, zwischen der Liebe und der Knarre. Da sagte ich, die Pistole sei mein Arbeitsgerät. Ich sei doch bei der Polizei, und ein Polizist ohne Pistole sei wie eine Glocke ohne Schwengel. Darauf sagte sie, das sei *mein* Problem. Beides zusammen sei un-

möglich. Ich hätte ein schlechtes Gewissen, weil ich mit der Kanone anständige Leute verschüchterte. Das würde mir im Kopf herumkreisen. Da sagte ich, daß mit dem Kopf alles in Ordnung sei, verstehen Sie, aber weiter unten...«
»Was?«
»Sie behauptete, es sei da ein heißer Draht zwischen dem Kopf und dem Kolben. Wenn es oben stünde, finge es unten an zu hängen, und umgekehrt. Darum müßte ich weg von der Polizei und endlich mit *der* Pistole schießen, die Weibern Freude macht.«
»Haben Sie den Rat befolgt?«
»Das ist es ja eben. Ich hab' gekündigt und gehofft, jetzt würde alles gutgehen.«
»Ist es denn schlecht gegangen?« bohrte ich weiter.
»Gut im Bett. Und schlecht am Zahltag. Was hat der Mensch davon, wenn er gut pimpert und schlecht verdient? Meine Dame wollte halt einen Pelzmantel. Verstehen Sie? Und ein Seidenkleid aus Warschau. Das konnte ich mir noch leisten, als ich mit der Pistole funktionierte. Aber jetzt war es aus mit den schönen Sachen.«
»Und was hat Ihre Frau gemacht?«
»Durchgebrannt ist sie, die Hure. Mit einem Polizisten. Der kauft ihr jetzt alles, was sie will. Aber pudern kann er nicht, hab' ich gehört.«
»Und darum haben Sie Anzeige erstattet?«
»Ich bin zu meinem früheren Vorgesetzten gegangen und hab' ihm erklärt, daß ich nur wegen der Wahrsagerin den Beruf aufgegeben hätte. Sie sei schuld an meinem Unglück, und ich wolle zurück an meine alte Stelle.«
»Was hat er geantwortet?«
»Das kann ich nicht vor allen Leuten sagen.«
»Sagen Sie's trotzdem.«
»Daß ich meine Mutter... Na ja, Sie wissen schon, was ich meine.«

»Und er hat Sie wieder eingestellt?«
»Im Gegenteil. Rausgeschmissen hat er mich. Wer die Polizei verlasse, hat er gesagt, sei sozusagen ein Verräter. Er stelle sich auf die andere Seite, gewissermaßen, und verdiene nicht das Vertrauen des sozialistischen Staates.«
»Aber Sie wissen, daß aufgrund Ihrer Anzeige Frau Kollontaj ins Zuchthaus mußte.«
»Und *ich* wurde zurückversetzt. In den Arbeiterstand. Wie der erste beste Abschaum...«
Jetzt war es Zeit umzuschalten. Ich sah auf den Monitoren, daß es auf den Außenstationen kochte. Besonders in Danzig war der Teufel los: »Fünf Jahre Zuchthaus, weil sie mehr weiß als die Idioten von der Partei!«
»Sie kommuniziert mit dem Jenseits, und das Jenseits darf es bei uns nicht geben.«
»Es gibt nur ein Diesseits, meine Mitbürger, und das ist beschissen.«
»Die Frau sagt die Wahrheit. Das ist ihr ganzes Verbrechen. Auf Wahrheit steht fünf Jahre Zuchthaus.«
»Sie hat sich nie geirrt. Im Gegensatz zu den Kommunisten, die sich immer irren.«
»Sie hat vorausgesehen, daß dieser Trottel wieder bumsen kann, wenn er der Polizei den Rücken kehrt.«
»Und der Affe beklagt sich. Wenn er bei den Bullen geblieben wär', hätte er heut noch 'nen Hänger.«
»Ruhe, Genossinnen und Genossen, ich hab' einen Vorschlag.«
»Raus damit, in fünf Minuten kann es zu spät sein.«
»Ich schlage vor, Frau Kollontaj in die Regierung zu setzen. Endlich ein Mensch, der weiß, was kommen wird.«
»Großartig. Die Genossin Kollontaj in die Regierung!«
»Kommt gar nicht in Frage. Die ist nämlich gut und soll sauber bleiben.«

»Das täte denen passen, wenn sie 'ne Heilige in ihren Reihen hätten.«
»Die Wahrsagerin lebe hoch!«
»Hundert Jahre für Frau Kollontaj!«
Ähnlich tönte es in Lublin und Slupsk, Stettin und Katowice. Der Fall war eine Bagatelle – aber das Volk ereiferte sich, als ginge es um Sein oder Nichtsein. Es ging offensichtlich um den Glauben. Um die Hoffnung auf eine andere Welt. Um Vergeltung für alle Ungerechtigkeiten, die man in diesem »beschissenen Diesseits« zu ertragen hatte.
Frau Kollontaj spürte das. Als sie feststellte, daß die Außenstationen für sie Partei ergriffen, begann sie zu wachsen. Sie wurde zusehends stärker und selbstsicherer. Ihr Gesicht veränderte sich, und als ich sie fragte, ob sie den Zuschauern etwas sagen wolle, erwiderte sie: »Natürlich will ich den Zuschauern etwas sagen. Zum ersten will ich mich bedanken für ihre Unterstützung – denn dank ihrer Solidarität werde ich übermorgen aus dem Gefängnis entlassen. Um elf Uhr dreißig werde ich frei sein. Mit allen Freunden, die mich abholen wollen, ziehen wir zur Marienkirche und danken Gott für seine Gnade. Zum zweiten will ich den Richtern mitteilen, daß ich keine gewerbsmäßige Betrügerin bin, sondern eine Wahrsagerin, welche die Zukunft sieht und die Vergangenheit. Im Gegensatz zu den Marxisten sehe ich das Unsichtbare. Die herrschende Wissenschaft bestreitet die Existenz des Unsichtbaren. Sie behauptet, außer der Materie gäbe es nichts auf der Welt. Ich hingegen weiß, daß es eine andere Wirklichkeit gibt, und die bestimmt unser Handeln. Sie ist der Geist, der uns beseelt. Jawohl. Der Geist, der uns hilft, die Mitmenschen zu lieben. Wenn wir nur das Sichtbare anerkennen würden, müßten wir verzweifeln. Wenn das Jenseits so grau wäre wie das Diesseits, könnten wir uns erschießen. Aber jeder spürt, daß es einen Er-

löser gibt und eine Erlösung. Die Behörden können uns tausendmal verbieten, zu einem Gott zu beten, und tausendmal können sie uns befehlen, ihren Götzen zu dienen. Es wird ihnen nicht gelingen. Zum dritten behauptete der Herr Staatsanwalt, ich hätte die Leute hinters Licht geführt. Aber beweisen konnte er nichts. Einen einzigen Zeugen hat er gefunden, und der ist schwachsinnig. Sie haben ihn gehört. Er hat erklärt, was er mir vorzuwerfen hat. Daß ich ihm vorgeschlagen habe, zwischen der Liebe zu wählen und der Gewalt. Eine dritte Lösung gibt es nicht. Es gibt nur das eine oder das andere. Beides kann man nicht haben. Ich habe niemanden hinters Licht geführt. Im Gegenteil. Ich brachte zahllosen Männern und Frauen die Erkenntnis. Die Demut vor dem Allmächtigen. Und übrigens: Wer führt hier wen hinters Licht? Wer sagt denn, daß es uns alle Tage besser geht? Daß in Polen alle Bürger gleiche Rechte genießen? Daß alle Kinder gleiche Chancen haben, einen Beruf zu erlernen, an den Universitäten zu studieren, ihre Träume zu verwirklichen? Wir wissen doch, daß das nicht wahr ist. Wir wissen, daß Unschuldige in Zuchthäusern sitzen, in Arbeitslagern und Festungen. Wir wissen, daß es Bevorzugte gibt, die alles haben können, was sie wollen. Die ihre Kinder an ausländische Hochschulen schicken. Die einen Freibrief haben, jede Schurkerei zu begehen. Wir wissen, daß es hier zweierlei Gesetze gibt: für die Oberen und die Unteren. Und da wird erklärt, bei uns würde die uralte Forderung nach Gleichheit in die Tat umgesetzt werden. Urteilen Sie selbst, wer hier wen hinters Licht führt! Zum vierten möchte ich dem Herrn Redakteur dafür danken, diese Sendung gewagt zu haben. Es ist nämlich ein Wagnis, was er hier treibt. Er tanzt auf einem Vulkan, und wenn er sich nicht aus dem Staub macht, wird er dafür büßen. Ich rate ihm hier in aller Öffentlichkeit, vor dem März des Jahres 1968 dieses Land zu verlas-

sen. Spätestens am 30. März 1968 sollte er verschwinden, sonst endet er wie ich hinter Zuchthausmauern, und niemand wird sich finden, ihn unter seine Fittiche zu nehmen. Verlassen Sie Polen, Herr Kiebitz! Über Ihren Namen werden Sie stolpern. Ich weiß, was ich sage... Und zum Schluß noch eine Bitte: Knien wir nieder, meine Mitbürgerinnen und Mitbürger! Danken wir Gott für seinen Beistand! Entscheiden wir uns für die Liebe und gegen die Gewalt. Für die Zärtlichkeit und gegen die Knarre – denn neue Kräfte werden uns erwachsen. Amen!
Auf den Monitoren sah man jetzt, was in den Außenstationen geschah. In Lublin, Slupsk, Stettin und Katowice – überall das gleiche Bild: Riesige Menschenmassen beteten zu Gott. Das war bestimmt nicht meine Absicht gewesen, Herr Doktor. Ich war noch immer Atheist, und alle Religionen schienen mir unheimlich. Eigentlich hatte ich ja beabsichtigt, den Fall einer Wahrsagerin aufzurollen. Statt dessen hatte ich – unwillentlich – das Volk zum Gebet verführt. Ein Unwohlsein packte mich. Wut und Angst ließen mir den Schweiß von der Stirn rinnen. Ich glaubte der Frau nicht. Die Prophezeiung schien mir absurd. Und dennoch spürte ich einen Druck in der Magengegend. Hatte sie etwa doch recht? Schließlich waren sich alle einig, daß sie übersinnliche Fähigkeiten besaß. Daß sie sich nie geirrt hatte. Nur der Staatsanwalt behauptete das Gegenteil, aber auf den war kein Verlaß. Er ging ja heimlich in die Kirche. War also ein Doppelzüngler. Was sollte ich tun? Was wollte sie damit andeuten, daß ich über meinen Namen stolpern würde? Ich beschloß, meine Bekannten aufzusuchen. Die vier Waisenhäusler, die mehr wußten als ich.

Herr Kiebitz,
ich will gerne glauben, daß Sie in jenen Jahren auf der Suche nach Gott waren. Das heißt aber nicht, daß Sie nun anfangen sollten, mir Märchen zu erzählen. Die Geschichte mit diesem Datum nehme ich Ihnen nicht ab. Ich will wohl akzeptieren, daß Ihnen jemand vorausgesagt hat, Sie würden einmal über Ihren Namen stolpern. Das ist ohne Risiko. Wer in solchen Ländern Kohn heißt oder Katz oder Kiebitz, wird eines Tages Schwierigkeiten bekommen. Das hat nichts mit Wahrsagerei zu tun, sondern mit Erfahrung. Aber zu erklären, der 30. März 1968 sei Ihr Schicksalsdatum – das ist Humbug. Sie wissen vielleicht heute, viele Jahre später, daß am 30. März 1968 tatsächlich etwas Schreckliches geschehen ist – und bilden sich nun ein, jene Kartenschlägerin hätte Ihnen das vorausgesagt. Es gibt keine Wunder, Herr Kiebitz, es gibt nur Merkwürdigkeiten, die man – wenn man sich die Mühe macht – vernünftig erklären kann. Sie sind ein Konvertitentyp: Vom fanatischen Materialisten drohen Sie zum Frömmler zu werden. Können Sie nicht irgendwo in der Mitte stehen? Können Sie sich nicht Ihrer Erziehung in der Schweiz erinnern? Wir sind ein Volk, das Maß zu halten versteht und gut damit fährt. Vergessen Sie bitte nicht, welches Ziel wir beide uns gesetzt haben. Sie sollen Ihre infantilen Schwärmereien endlich abschütteln! Sie sollen endlich erwachsen werden! Statt dessen möchten Sie nun auch *mich* zum Wunderglauben bekehren. Das ist lächerlich und bedroht Ihr Gleichgewicht. Kehren Sie also zu den Tatsachen zurück! Wenn ich die Wahl habe zwischen den Weltuntergangsgeschichten Ihrer vier Kerle und den Ammenmärchen Ihrer Wahrsagerin, ziehe ich die Weltuntergangsgeschichten eindeutig vor.

Sehr geehrter Herr Doktor,
ich habe das sichere Gefühl, von Ihnen falsch verstanden zu werden. Ich erzählte vom Verlauf dieser Fernsehsendung, aber gewiß nicht, um Sie von irgendwelchen Ammenmärchen zu überzeugen. Ich wollte nur andeuten, daß ich im Zusammenhang mit Frau Kollontaj besonders deutlich mit dem polnischen Wahnsinn und vor allem mit dem polnischen Antisemitismus konfrontiert wurde. Das heißt ja nicht, daß es den Antisemitismus vorher nicht gegeben hat. Ich hatte nur den Kopf in den Sand gesteckt und mir eingeredet, er sei ein Hirngespinst überspannter Personen. Die Judenfeindlichkeit sei eine Folge der kapitalistischen Konkurrenz. Mit der Abschaffung des Kapitalismus müßte automatisch auch der Antisemitismus verschwinden. Das war natürlich eine Illusion – und die folgenden Ereignisse sollten mich davon überzeugen.
Es war ein warmer Sonntagabend. Meine Freunde spielten Karten und wußten nicht, daß ich kommen würde. Sie empfingen mich, als wäre ich ein Astronaut, der gerade vom Mars zurückgekehrt war. Sie applaudierten mir stehend und gröhlten ein Säuferlied, mit dem sie mir ein langes Leben wünschten. Mir war das peinlich, und ich fühlte mich elend. Die Sendung hatte mich ganz und gar nicht befriedigt. Unfreiwillig hatte ich ein klerikales Programm geschaffen. Propaganda für die Kirche gemacht und Reklame für die Pfaffen und deren Weltanschauung, die alles andere war als die meine. Und dann die verrückte Prophezeiung! Was sollte ich nur von alledem denken?
Der Professor knabberte an seinen Fingernägeln. Seine Augen waren noch schlammiger als gewöhnlich, und er dozierte: »Das war zweifellos eine Spitzensendung. Sie haben ins Schwarze getroffen, Herr Kiebitz. Wie noch nie.«

»Dieser Meinung bin ich nicht«, gab ich zurück, »wegen meiner Geschichte sind zehntausend Menschen auf die Knie gefallen und haben gebetet. Vor den Augen von drei Millionen Fernsehzuschauern. Das nennen Sie eine Spitzensendung?«
»Sie werden nie begreifen, Herr Kiebitz, in welchem Land Sie leben. Die Leute haben doch nicht zu den Pfaffen gebetet. Sie haben gegen die Regierung demonstriert. Das Beten ist verboten. Also betet man.«
»Angenommen, Sie haben recht. Aber meine Wahrsagerin hat Triumphe gefeiert. Alle Zeugen haben zu ihren Gunsten ausgesagt. Sogar der Idiot von der Anklage. Ich kann doch nicht Werbung für die schwarzen Künste betreiben. Ich habe neulich zwar Wasser in meinen Wein geschüttet, doch stehe ich noch immer auf der Seite der Vernunft.«
Bronek war damit beschäftigt, eine Pfeife zu stopfen. Dabei huschte ein hämisches Lächeln über seine Lippen. »Das freut mich, daß Sie auf der Seite der Vernunft stehen. Aber Sie werden doch nicht behaupten, daß unsere fünf Sinne alles wahrnehmen, was in der Natur vor sich geht. Sie geben doch zu, daß es Erscheinungen gibt, die wir weder sehen noch hören können. Röntgenstrahlen zum Beispiel. Oder Radiowellen...«
»Jetzt hört aber alles auf«, entgegnete ich. »Sie haben einen Pfaffen erschlagen, weil er Sie zum Beten zwingen wollte, und nun machen Sie sich zum Anwalt des Übernatürlichen. Wo ist da die Logik?«
Der Professor füllte sein Glas mit Zwetschgenschnaps und sagte schwermütig: »Die Logik umfaßt nur die Welt der Gegenstände. Was jenseits dieser Welt passiert, gehorcht anderen Gesetzen.«
»Ich dachte, Sie seien Professor für Logik an der Warschauer Universität. Wie können Sie die Allgemeingültigkeit unseres Denksystems in Frage stellen?«

Jetzt mischte sich Leschek ins Gespräch. Er warf seine Karten auf den Tisch und sagte: »Wenn ich eine dramatische Gestalt nur aus ihrer Logik verstünde, wäre ich ein Buchstabengelehrter. Umgekehrt ist es. Ich muß sie aus ihrer Unlogik begreifen. Aus ihrer Launenhaftigkeit. In *meinem* Leben habe ich nur selten getan, was mir die Logik diktiert hat. Ich hab's ja erzählt: Ich tötete, was ich liebte, und zerstörte, was ich begehrte. Ist das Logik?«
Ich sah, daß meine Gastgeber anders dachten als ich. Darum wechselte ich das Thema und kam auf die Prophezeiung zu sprechen: »Wie beurteilen Sie denn die absurde Warnung? Daß ich Polen vor dem 30. März 1968 verlassen soll. Würden *Sie* einen solchen Rat befolgen?«
An Lescheks Stelle antwortete der Professor: »Wenn Sie *mich* fragen, würde ich ihn unbedingt befolgen. Ich würde verschwinden. So schnell wie möglich.«
»Warum verschwinden denn Sie nicht?«
»Weil ich nichts *vor* mir habe. Und alles hinter mir.«
»Woher wissen Sie das? Eines Tages werden Sie einer Frau begegnen, die Ihr Leben mit neuem Sinn erfüllt.«
»Ich bin ihr schon begegnet.«
»Worauf also warten Sie?«
»Auf diese Frau. Ich bin mit ihr verheiratet. Sie lebt in Leningrad. Ich in Warschau. Sie darf nicht herkommen. Und ich nicht zu ihr. Wir haben schon alles versucht. Sie bekommt keinen Reisepaß. Und ich kein Visum.«
»Seit wann warten Sie?«
»Seit neun Jahren.«
»Und ihr habt euch neun Jahre lang nicht gesehen?«
»Kein einziges Mal. Und werden uns nie wiedersehen.«
»Warum lebt sie in Leningrad?«
»Ich habe dort studiert. Sie ebenfalls. Eines Tages wartete ich auf ein Taxi. Hinter mir bemerkte ich ein Mädchen, das ebenfalls auf ein Taxi wartete. Als der Wagen kam, fragte ich sie, ob sie mitfahren wolle. Darauf antwortete

sie, gerne, wenn es auf den Mond ginge. Ich blickte sie an und sah, daß sie ein Engel war, durchsichtig wie ein Hauch. Ich antwortete: ›Auf den Mond vielleicht nicht, aber durchs Leben. Sind Sie interessiert?‹ Darauf Vera, sie heißt nämlich Vera: ›Einverstanden, ich komme mit.‹ Ein paar Tage danach gingen wir aufs Standesamt. Und wissen Sie, was dann geschah? Man verjagte sie von der Universität, weil sie einen Ausländer geheiratet hatte. Man hielt damals jeden Ausländer für einen Spion, und Vera war ein Sicherheitsrisiko. Da sie Mathematik studierte, fürchtete man wahrscheinlich, sie würde den Polen das kleine Einmaleins verkaufen. Dabei sind wir ja Brüder der sozialistischen Völkergemeinschaft. Aber unter Brüdern haßt man sich wie die Pest.«
»Und *Ihnen* ist nichts passiert?«
»Ich war ein Musterstudent. Ich machte mein Diplom. Kurz darauf mußte ich Rußland verlassen.«
»Wie können Sie annehmen, daß Sie Vera nicht wiedersehen werden?«
»Weil sie zu schön ist, um wahr zu sein. Schauen Sie!« Der Professor führte mich zum Bücherschrank, in dem zwischen zerlesenen Manuskripten eine Photographie lag. Ich betrachtete das Bild und dachte an Dorian Gray. An eine fast überirdische Vollkommenheit. Doch im Gegensatz zu Dorian Gray gab es bei dieser Frau winzige Abweichungen von der Norm. Und genau die machten ihre Züge unvergeßlich. Besonders der Mund zog mich an. Die Lippen waren etwas zu voll und von einer nachdenklichen Sinnlichkeit. Sie waren ein wenig geöffnet, als kostete diese Frau gerade ein Gewürzkorn. Die Nasenflügel schienen zu beben, sie witterten eine Nähe. Vielleicht die eines Mannes. Vielleicht des Photographen. Und dann die Augen: Sie blickten zugleich nach außen und nach innen. Ihr Fokus lag irgendwo auf einem anderen Planeten – aber die Pupillen funkelten wie schwarze

Edelsteine. Das Merkwürdigste aber waren die Backenknochen, die dem Gesicht einen duldenden, fast schmerzlichen Ausdruck gaben. Ein Mädchen war das, dachte ich, das viele Tränen vergossen hat. Tränen des Erbarmens. Des Mitgefühls. Ihr Haar war schwarz und lockig, bauschig und reich. Das Erstaunlichste aber war der Hals. Sie kennen die Bilder von Modigliani, Herr Doktor. Sie wissen, wovon ich spreche. Diese Frau hatte den Hals eines Rehs – eine Marmorsäule. Wie hatte sie nur ja sagen können, als sie der Professor gefragt hatte, ob sie mit ihm durchs Leben reisen wollte? Er war zwar nicht häßlich und strahlte eine verbissene Männlichkeit aus, doch seine Augen waren schrecklich. Es waren die Augen einer Fledermaus, schlammig und sumpfig. Die Augen eines Nachttiers. Hunderttausend Jahre alt. Und dann seine Stimme! Er sprach nicht, sondern gurgelte. Was er sprach, war klug und traurig, doch seine Worte schienen von Vaseline beschmiert. Und *ihn,* ausgerechnet diesen Ariel hatte der Engel zum Geliebten gewählt? Ich schwöre, Herr Doktor, daß Vera ein Engel war. Auf *sie* wartete Ariel seit hundert Monaten: »Ich werde sie nie wiedersehen, Herr Kiebitz. Ich habe zu viel gewartet. Ich habe mich totgewartet. Das Warten ist mir zur endlosen Uhr geworden. Wie damals, als ich ein Kind war und jeden zweiten Tag gefoltert wurde...«
Leschek horchte auf: »Das hast du uns nie erzählt!«
»Aber es ist trotzdem wahr. Ich bin nämlich der Sohn jüdischer Eltern. Mein Vater war Arzt. Meine Mutter malte Miniaturen auf Porzellan und schrieb Gedichte. Als der Krieg ausbrach, holte man meine Eltern und stellte sie an die Wand. Vor meinen Augen wurden sie erschossen.«
»Wie alt waren Sie damals?«
»Vielleicht sechs. Vielleicht noch jünger. Jedenfalls wurde ich von einem Pfarrer aufgelesen und in eine Fami-

lie gebracht – wenn man das eine Familie nennen kann. Ein Mann und eine Frau, die ich hassen werde bis in den Tod. Sie versprachen, mich zu behandeln wie ihr eigenes Kind. Und mich katholisch zu erziehen, wie es sich gehört. Nur eines verlangten sie: Ich sollte nicht Ariel heißen, sondern Anton. Denn die Juden hätten den Herrn Jesus ans Kreuz geschlagen und müßten jetzt dafür büßen. Ich wehrte mich gegen den Namen Anton. Ich sei ein Mensch namens Ariel, und man müsse mich töten, um meinen Namen auszutilgen. Die Pflegeeltern sagten dem Pfarrer, er möge sich keine Sorgen machen – ich würde mich schon an den neuen Namen gewöhnen. Sie wollten mich jetzt Anton Burek nennen, und damit basta. Darauf entgegnete ich, ich wolle um keinen Preis anders heißen! Der Pfarrer verließ das Haus, und die beiden beschlossen, meine Verstocktheit zu brechen. Am folgenden Morgen kamen sie und hießen mich einen Sünder vor dem Herrn. Sie hätten meine Bettlaken angesehen und begriffen jetzt alles: Ich würde mich selbst beflecken, und darum sei ich so widerspenstig. Das war eine Lüge. Ich wußte nicht einmal, was sie meinten. Ich konnte schwören, so viel ich wollte, aber es half nichts: Ich sei ein Frevler und müsse dafür bestraft werden. Jeden zweiten Morgen bekam ich dreizehn Rutenschläge auf meinen Penis. Und an den Tagen dazwischen mußte ich zuschauen, wie der Alte die Weidengerte ins Wasser legte, um sie biegsam zu machen. Am Bußtag wurde ich mit gespreizten Beinen an einen Stuhl gefesselt und mußte bei jedem Rutenschlag ein Vaterunser beten. Und dann, wenn mein Pimmel schon blutüberströmt war, fragten sie mich, wie mein Name sei. Ich antwortete: ›Ariel Altmann‹, und ich wußte, daß ich diese Pein noch Hunderte von Malen erdulden müßte. Mein Leben wurde ein einziges Harren auf die Strafe. Ich konnte an nichts anderes mehr denken. Ich wartete auf die Folter. Bis das Warten zur Lust wurde und ich mich darauf freute, meine Henker zu verfluchen. Ich wartete und malte mir die schrecklichen Qualen aus, die *ich* ihnen irgendwann zufügen würde. Wenn nur die richtige Gelegenheit käme. Und sie kam. In Warschau nämlich brach der Aufstand aus. Ich starrte durchs Fenster und sah die brennende Hauptstadt. Kanonendonner erschütterte die Erde. In der Ferne sah ich die Feuersbrunst, die den Himmel rötete. Ich flehte zu Gott, er möge die Deutschen auch zu uns schicken. Und der Allmächtige erhörte meine Bitte. Die Deutschen kamen nach Wilanow. Sie durchsuchten ein Häuschen nach dem anderen. Nach Aufständischen, die dem Flammenmeer entkommen waren. Dann sprengten sie alles in die Luft. Jeden Straßenzug. Ohne Ausnahme...«

»Und *Sie* hatten keine Angst vor den Deutschen? Sie waren doch ein Jude...«

»Ich hatte Angst vor den Pflegeeltern. Die hatten sich im Gemüsegarten in einer Mülltonne versteckt. *Ich* stand auf der Straße vor dem Holzhaus und wartete. Eine wilde Freude hatte mich gepackt. Der Tag der Rache war gekommen. Endlich krachte sie zusammen, diese schreckliche Welt, und ich hoffte, von meinen Qualen befreit zu werden. Da kam der Erlöser: Ein Wehrmachtsoldat, der mich fragte, wo meine Eltern seien. Ich frohlockte und sagte ganz ruhig: ›Dort drüben sind sie. In der Mülltonne.‹ Er ging hin, zerrte sie aus ihrem Versteck und schoß den beiden in den Nacken.«

»Und Sie hat er nicht angerührt?«

»Im Gegenteil. Er sagte nur, ich solle zum Fluß laufen und mich retten...«

Ich war erschlagen. Der Professor hatte seine Pflegeeltern verraten – die Leute, die ihm das Leben gerettet hatten. Gut, sie hatten ihn gequält, ihn fünf Jahre lang an seiner empfindlichsten Stelle gedemütigt. Aber *das* über-

stieg mein Fassungsvermögen. Das war pervers. Ich konnte nur an einen Scherz denken.
»Ich scherze nicht, Herr Kiebitz. Diese Geschichte ist wahr.«
»Und was hat sie mit meiner Sendung zu tun? Mit der Warnung der Frau Kollontaj?«
»Mehr als Sie denken. Daß Sie verschwinden sollen. Wer hierbleibt, wird eines Tages verraten. Von seiner Geliebten. Seinen Eltern. Seinen Kindern. Hier kämpft jeder nur ums Überleben.«

Herr Kiebitz,
ich frage mich allmählich, ob Ihre Freunde nicht gewöhnliche Bestien waren. Und warum Sie immer wieder zu ihnen gegangen sind. Doch wohl nicht, um ihnen in die Karten zu schauen. Was war denn so attraktiv an den vier Kerlen? Haben Sie denn Ihre Vorstellungen von Gut und Böse einfach über den Haufen geworfen? Wenn ich es recht verstehe, fanden Sie Wohlgefallen an den vier Männern, obwohl man sie alle als Mörder bezeichnen muß. Der eine erwürgt einen Mönch. Der zweite bringt die eigene Mutter um. Der dritte verschachert seine Schwester, und der vierte verrät die Pflegeeltern. Ich verstehe nichts mehr. Ich gestehe, daß mich Ihre Geschichten erschüttert haben. Diese Schurken sind mir bis zu einem gewissen Grad sogar sympathisch. Nichtsdestoweniger sind sie Söhne der Hölle. Wie können Sie mir erklären, die vier hätten Ihr Leben verändert? Zum Besseren oder zum Schlechteren? Was für ein Leben haben Sie unter dem Einfluß dieser Herren geführt? Wurden Sie selbst ein Teufelsschüler? Ich bitte um eine eindeutige Antwort!

Sehr geehrter Herr Doktor,
Sie wollen also wissen, ob ich ein Teufelsschüler geworden bin. Vielleicht, denn nach wie vor hatte ich keine Zeit für meinen Sohn. Er war jetzt drei Jahre alt, und Haschek behütete ihn, wenn wir zur Arbeit gingen. Mikolaj konnte schon laufen. Unsere Wohnung wurde ihm zu eng, und er begann, die Welt zu erforschen. Er machte Spaziergänge, auf denen ihn der Hund begleitete. Sie gingen hinunter zum Weichselufer und beobachteten die dort spielenden Kinder. Eines Tages wurde Haschek von einer Dogge angefallen, die dreimal so groß war wie er. Der Kampf war ungleich. Menschen strömten hinzu, doch niemand hatte den Mut, die Tiere auseinanderzuzerren. Nur mein Sohn war furchtlos: Er warf sich auf die Dogge, um Haschek zu helfen. Das mag wie eine Geschichte aus der Sonntagsschule klingen – über die Solidarität zwischen einem Kind und seinem Beschützer. Trotzdem hat sie sich so ereignet, und ich erzähle sie, weil ich mich schuldig fühle... Weil ich nicht dabei war, als es geschah. Weil ich Fernsehsendungen machte, statt mich um mein Kind zu kümmern. Seifenblasen an Stelle von Vaterliebe. Heute weiß ich das – zu spät, denn Mikolaj hat mich verlassen. Für immer. Nichts ist mir geblieben. Nur eine Fotografie. Er lächelt, doch in seinen Augen flackert ein Vorwurf. Daß ich nicht dabei war, als er mit der Dogge kämpfte.
Er riß also das Vieh von Haschek weg, aber er war noch zu schwach. Und dann biß ihn die Dogge in den Hals. Man brachte Mikolaj sofort in die Unfallstation und rief mich im Büro an. Ich benachrichtigte Irena, die gerade einen Film schnitt. Umgehend rasten wir ins Kinderspital, aufs Schlimmste gefaßt. Doch alles schien in Ordnung zu sein. Unser Sohn lag ruhig in seinem Bettchen. Er hatte einen dicken Verband um den Hals und atmete regelmäßig, als hätte sich nichts ereignet. Zu seinen Füßen lag der

Hund, der uns bedrohlich anknurrte. Er durchschaute uns. Er begriff, was wir nicht begreifen konnten. Daß wir Dummköpfe waren. Daß wir nicht wußten, was wichtig ist und was nicht.
Du mein lieber Gott! Jetzt kann ich nichts mehr ändern. Mikolaj ist davongeflattert. Er fliegt über die Milchstraße und fragt, warum ich nie da war, wenn es darauf ankam. Ich spreche nächtelang zu ihm und versuche, mich zu rechtfertigen. Er antwortet nicht. Funkstille ist zwischen uns. Lichtjahre trennen uns. Du mein geliebter Sohn: Ich habe keine Ausreden! Vergib mir, wenn das noch einen Sinn hat!
Das alles war eine Warnung gewesen, Herr Doktor. Ein Fingerzeig Gottes, daß ich umkehren, einen neuen Weg einschlagen sollte – denn es war fünf Minuten vor zwölf. Aber ich hörte nichts. Ich war taub für den Allmächtigen und lachte über die Wahrsagerin. Sogar die Worte des Professors ließen mich kalt, obwohl sie von einem kamen, der es wissen mußte.
Eines schönen Tages schlug ich die Zeitung auf und las eine Nachricht, die mich aus dem Schlaf rüttelte. Die polnische Presseagentur teilte mit, daß ein gewisser Arthur Winitzki alias Aaron Finkelstein aus Łódź fünf Millionen Zloty veruntreut hatte, und zwar aus der Gehaltskasse einer Baumwollspinnerei. Die Haare standen mir zu Berge. Warum dieses ›alias Aaron Finkelstein‹? Wollte man damit das Volk gegen mich und meinesgleichen aufwiegeln? Man wußte ja, daß in Łódź die elendesten Löhne bezahlt wurden – aber diese Juden kennen keine Skrupel – so sollte die Nachricht wohl verstanden werden – und bedienen sich, wo sie nur können. Sie plündern uns aus bis zum letzten Groschen, doch der Krug geht zum Brunnen, bis er bricht. Das war der Startschuß! Es drohte alles erneut zu beginnen im Lande von Treblinka, Majdanek und Auschwitz. Das war doch nicht möglich! Das durfte

nicht möglich sein! Ich mußte mit jemandem sprechen und eilte zu Jungerwirth. Er empfing mich wie gewöhnlich. Mit einem gelben Grinsen und herabhängender Unterlippe: »Was hört man, Herr Kiebitz? Gutes wie immer?«
Ich zeigte ihm die Zeitung und erwartete einen Schrei. Doch Jungerwirth strahlte: »Gott, wie niedlich. Vielleicht werden Sie endlich verstehen.«
»Was?«
»Daß hier die Nazis am Ruder sind. Aber man glaubt mir ja nicht.«
»Und welches Interesse hätte man, gegen uns zu hetzen? Es gibt ja fast keine Juden mehr in Polen. Das wäre doch Schwachsinn...«
»Natürlich. Aber alles ist hier Schwachsinn. Auch wenn der letzte Jude aus diesem Land verschwunden ist, wird man gegen uns hetzen. Jede Regierung, die hier regieren will, muß gegen uns lästern. So will es der Pöbel.«
»Woher wissen Sie denn, was der Pöbel will? Kennen Sie ihn persönlich?«
»Man haßt uns, Herr Kiebitz. Punkt.«
»Weil wir Christus ans Kreuz geschlagen haben?«
»Weil wir das Alphabet erfunden haben.«
»Nicht wir, sondern die Phönizier.«
»Das ist doch egal. Nie wird man uns verzeihen, was wir angerichtet haben, und die Leute haben recht. Was geschrieben steht, bleibt. Mit dem Alphabet hat die Menschheit ein Gedächtnis bekommen. Vorher konnte man daherschwatzen, was man nur wollte. Es verrauchte und wurde vergessen. Heute ist das anders, und daran sind die Semiten schuld. Heute leben wir in geschichtlichen Zeiten, wie man sagt. Mit uns begann die Geschichtsschreibung. Was gesagt ist, ist gesagt, und niemand kann sich herausreden. Was geschehen ist, ist geschehen. Ohne uns würde man sogar Auschwitz ver-

gessen. Es würde zur Fabel, dann zum Gerücht, und am Ende würde niemand mehr etwas wissen. Mit unserer Erfindung wurden wir zum Gewissen. Zum schlechten Gewissen der Erdbewohner. Wir halten fest. Wir schreiben auf. Wir erinnern uns an das Geschehene, und damit sind wir die großen Spielverderber. Dafür werden wir verfolgt.«

Ich fand Jungerwirths Gedankengang originell, aber überspannt. Er war ein Narr, und es fiel mir schwer, ihn ernst zu nehmen. Er spürte das und schwafelte weiter: »Sie kennen wahrscheinlich die Geschichte des Palamedes.«

»Undeutlich. Erzählen Sie!«

»Ein Held aus der Odyssee. Palamedes war der Erfinder des griechischen Alphabets. Dafür haßte ihn Odysseus und ruhte nicht, bis er den Feind aus dem Wege geräumt hatte.«

»Den Feind? Sie waren doch beide Griechen.«

»Das stimmt, Herr Kiebitz. Aber Odysseus war ein Kriegsdienstverweigerer. Er war zwar ein Held, doch wollte er nicht gegen die Trojaner ziehen. Da segelte Palamedes nach Ithaka, um Odysseus zur Pflicht zu rufen. Aber Odysseus hatte keine Lust. Er fühlte sich wohl zu Hause, was er natürlich nie zugegeben hätte. Darum spielte er den Verrückten, den Geistesgestörten. Das war schon immer ein Trick, um dem Militärdienst zu entrinnen. Nun traf Odysseus aber auf den Falschen. Palamedes war ein Intellektueller, ein welterfahrener Mann, der in Ägypten studiert hatte. Ihm konnte man nichts vormachen. Und dann passierte folgendes: Odysseus pflügte seinen Acker, und neben dem Pflug spielte sein Sohn, der kleine Telemachos. Da sprang Palamedes plötzlich hinzu und warf den Knaben vor die Hufe der Ochsen. Odysseus vergaß, daß er verrückt spielte. Er riß das Gespann zur Seite, um sein Kind zu retten – und verriet sich damit als vollkommen normal. Palamedes hatte den Deserteur entlarvt und nahm ihn mit nach Troja. Da er aber schreiben konnte – er war ja der Erfinder des griechischen Alphabets –, schrieb er auf, was er erlebt hatte, und wurde zum Todfeind des Helden. Für alle Ewigkeit hielt er fest, daß der Eroberer von Troja, der unbesiegbare Odysseus, ein Drückeberger war. Das konnte ihm der Held nicht verzeihen, und er schlug Palamedes tot. Wie man auch *uns* totschlägt, wenn wir uns erinnern. Wir können nicht vergessen. Wir schreiben auf, und das nimmt man uns übel.«

»Die Geschichte ist gut, Herr Jungerwirth, aber sie stimmt nicht. In Polen wird doch niemand umgebracht, weil er schreiben kann.«

»Das habe ich nicht gesagt. Ich sagte nur, daß man Leute umbringt, die schreiben könnten – ich unterstreiche ›könnten‹ –, was hier wirklich passiert. Das ist ein kleiner Unterschied. Nehmen Sie doch Ihren Duch, den Idioten, den Sie in Ihr Herz geschlossen haben, weil er sich die Schlagader aufgeschlitzt hat. Er ist eine Null und weiß, daß *Sie* das wissen. Er ist jetzt Abteilungsleiter beim polnischen Fernsehen. Er macht Karriere, und niemand weiß, wo er herkommt. Nur *Sie*. Keiner kennt das Geheimnis seiner Laufbahn. Nur der liebe Herr Kiebitz. *Sie* sind der Palamedes dieser Flasche, und dafür wird er Sie fertigmachen. Sie sind der Jude, der alles einmal aufschreiben könnte. Mit Hilfe der verdammten Buchstaben, die wir erfunden haben. Darum sehe ich keine Lösung für Sie. Nur die *eine*, welche die Wahrsagerin nannte. Sie müssen verschwinden!«

»Sie glauben also allen Ernstes, daß ein Pogrom in der Luft hängt? Daß man uns ausrotten will wie ehedem? Im sozialistischen Polen?«

»Ich bin davon überzeugt.«

»Dann sagen Sie mir, Herr Jungerwirth, warum *Sie* da-

bleiben? Wie können Sie Ratschläge erteilen, die Sie nicht selber befolgen?«
»Weil ich ein anderes Ziel habe. *Sie* sind ein Phantast, der in der letzten Zeit vielleicht etwas klüger geworden ist – aber ein Kindskopf sind Sie noch immer. Sie müssen gehen, weil es Idioten zuerst an den Kragen geht. Immer. *Ich* bin weniger gefährdet, weil mich nichts überraschen kann. Ich erwarte stets das Schlimmste. Was dann wirklich eintrifft, kann nur besser sein. Schrecklich – aber besser, als was ich mir vorgestellt habe.«
»Sie sagen, Sie haben ein anderes Ziel als ich. Was für eines?«
»Ich möchte dabei sein, wenn man sie aufhängt. Ich will sehen, wie sie an den Laternen baumeln.«
»Ihre Hoffnung ist unrealistisch, Herr Jungerwirth. Nicht die Kommunisten werden baumeln, sondern *Sie*, wenn es ein Pogrom gibt, aber es wird keines geben.«
»Vielleicht haben Sie recht. Vielleicht passiert ein Wunder, und der Pöbel läßt sich ausnahmsweise nicht verführen. Hundertmal hat es funktioniert mit der Judenhetze. Vielleicht wird es diesmal nicht funktionieren – und die Leute gehen auf die Richtigen los. Dann will ich erleben, wie sie sich in die Hosen machen vor Angst...«
»Wer?«
»Ich spreche nicht unbedingt von *Ihnen*, Herr Kiebitz.«
»Sondern?«
»Von den Klugscheißern, die immer wissen, was wir tun sollen und was nicht. Sie können alles. Sie machen Konzertvirtuosen zu Kanalarbeitern. Sie verwandeln den Trauermarsch von Chopin in ein Promenadenkonzert für Stalin. Sie verpesten die Luft mit ihren pathetischen Losungen, aber eines Tages werden sie büßen. Das *muß* kommen. Wie der Frühling nach dem Winter. Das wird die große Vergeltung sein, und ich will sie nicht verpassen. Ich darf sie nicht verpassen!«

Jungerwirth war wortgewaltig und sprach mit manischer Emphase – aber erschrecken konnte er mich nicht. Er zweifelte nicht an dem kommenden Pogrom. Er hatte sogar seine »Theorien« zu diesem Thema. Zum Beispiel das »Gesetz von der umgekehrten Proportion«. Je länger die Schlangen vor den Lebensmittelgeschäften, desto kürzer der Weg zum Volksaufstand. Noch nie waren die Schlangen so lang gewesen, sagte er, also stand die Revolution vor der Tür. Und dann verkündete er sein »Gesetz des Palamedes«, das auf dem Haß der geistig Armen gegen die Gebildeten basierte, gegen die Schriftkundigen, die das Wort Gottes wie eine Fahne über den Erdball tragen. Er behauptete, das auserwählte Volk sei immer wieder dazu erkoren, für sein Wissen zu sterben. Jetzt sei es soweit, und *ich* müsse mich aus dem Staub machen. Und zwar sofort!

Jungerwirth redete an mir vorbei, denn auch ich war ein Besserwisser. Ich hielt seine Theorien für Blödsinn und vertraute dem, was ich für gesunden Menschenverstand hielt. Wir lebten doch im tiefsten Frieden. Das Volk hatte nicht zu wenig Geld, sondern zu viel. Die langen Schlangen vor den Lebensmittelgeschäften waren der Beweis dafür. Die Kaufkraft der Massen – überlegte ich – war so groß, daß das Warenangebot nicht mehr ausreichte. Die Lage war also ausgezeichnet. Die Preise waren zwar horrend, aber man wurstelte sich durch. Auch Epidemien gab es keine, welche die Regierung hätten erschüttern können. Es gab Dutzende von Krankenhäusern. Wir hatten eine eigene Arzneimittelindustrie. Wir produzierten Antibiotika und Sulfonamide. Und außerdem waren die Kommunisten – in ihren Schriften – Vorkämpfer der Brüderlichkeit. Internationalisten. Die revolutionäre Doktrin wandte sich gegen alle Formen des Rassenhasses. Wozu also Judenpogrome? Lächerlich! Ein für alle Male hatte ich mich entschlossen, hierzubleiben. Meine

Lebensgefährtin war Polin. Sie würde doch nicht auswandern. Und mein Sohn? Mein Sohn sprach Polnisch. In diesem Land war er zur Welt gekommen, und hier würde er aufwachsen. Auch ich würde durchhalten. Klar. Die Hysterie des verstiegenen Zahnarztes konnte mich nicht umstimmen. Und übrigens war ich im strengen Sinn ja gar kein Jude. Ich war ohne Religion großgeworden. Meine Eltern hatten mich zum Kosmopoliten erzogen. Nur Hitler und seine Rassengesetze konnten mich zum Juden erklären. Ich war ein Weltbürger und gehörte keiner Rasse an. Ich hatte demnach nichts zu befürchten. Ich sah zwar anders aus als ein Durchschnittspole: Meine Haare waren schwarz, meine Nase etwas länger als die landläufigen Durchschnittsnasen, aber sonst war alles in Ordnung. Ich trat im Fernsehen auf, moderierte meine Sendungen, ich war bekannt wie ein schlechter Groschen. Gut, ein paar gehässige Briefe gegen mich hatte es zweifellos schon gegeben. Briefe mit vieldeutigen Anspielungen, die man als judenfeindlich hätte auslegen können. Aber das war alles, dachte ich.

Ein paar Tage nach meinem Gespräch mit Jungerwirth schickte mich Irena nach Wola, einer Fabrikvorstadt im Westen von Warschau, um Kohle zu besorgen. Als ich in eine Seitengasse bog, versperrten mir zwei Kerle den Weg. Sie hatten – wie man so sagt – verbotene Gesichter, und jeder von ihnen hielt eine Stahlrute in der Hand. Ich war so verdutzt, daß ich kein Wort hervorbrachte. Der eine packte mich an der Schulter und fragte, ob ich die Judensau sei, die im Fernsehen ihr Gift verspritze. Ich antwortete stolz, daß ich tatsächlich die Judensau sei, die seit Jahren im Fernsehen ihr Gift verspritze. Dabei verbeugte ich mich und stellte mich vor: »Mein Name ist Kiebitz. Mit wem habe *ich* die Ehre?«

»Hier hast du eine Erklärung, du Stinker. Unterschreibe, daß du nie mehr vor der Kamera erscheinen wirst!«

»Ich werde nichts unterschreiben, meine Herren. Ich tue nur, was mein eigener Wille ist. Lassen Sie mich in Ruhe, sonst rufe ich die Polizei!« Ich sagte das, weil in der Nähe zwei Uniformierte auftauchten, und ich hoffte, die Schläger würden das Weite suche. Das Gegenteil war der Fall. Sie wurden jetzt noch unverfrorener und schrien: »Du wirst tun, was wir dir befehlen, du beschnittenes Vieh. Wir wollen keine Juden am polnischen Fernsehen. Verstehst du? Wir haben genug von euch, und jetzt unterschreibe! Sonst schlagen wir dich in Stücke.«
»Ich habe bereits gesagt, daß ich Ihren Wisch nicht unterschreiben werde. Statt dessen sehe ich mich gezwungen...«
Ich reckte mich, um den Größeren abzuschütteln, doch schon spürte ich einen Schmerz im Gesicht. Das Blut spritzte von meiner Stirn, und ich wollte zum Gegenschlag ausholen. Doch da prasselten die Hiebe auf mich, auf Schultern und Bauch, Schenkel und Rücken, bis ich kraftlos zusammensackte. Die Rüpel steckten ihre Stahlruten in die Stiefelschächte zurück und schritten selbstzufrieden davon. Langsam gelang es mir, mich aufzurichten. Ich torkelte auf die Polizisten zu und sagte mit bluterstickter Stimme, daß ich Anzeige erstatten wolle.
»In welcher Angelegenheit?« fragte der eine.
»Sie müssen doch gesehen haben, was passiert ist. Sie standen zehn Schritte von hier, oder irre ich mich?«
»Wir haben nichts gesehen, Bürger. Wenn wir etwas gesehen hätten, wären wir eingeschritten.«
»Aber Sie bemerken, in welchem Zustand ich mich befinde?«
»In einem ramponierten Zustand, wie uns scheint. Sie sind doch der Kiebitz, oder nicht? Vom Fernsehen. Tribunal des Volkes. Oder?«
»Ich bitte, nach Hause gebracht zu werden. Ich· fühle mich elend.«

»Sie waren in eine Schlägerei verwickelt, Herr Kiebitz. Bevor wir Sie nach Hause schaffen, müssen wir ein Protokoll aufnehmen. Folgen Sie uns!«
Nach vierundzwanzig Stunden wurde ich entlassen. Irena holte mich ab und brachte mich in unsere Wohnung. Sie war außer sich: »Auf alles war ich gefaßt. Ich wußte, daß sie ein Lumpenpack sind. Doch daß sie ihre eigenen Leute zusammenschlagen, konnte ich mir nicht vorstellen. Aber das Schlimmste ist, daß du der letzte Mohikaner bist, der einzige, der noch an ihren Humbug glaubt. Der letzte Kommunist auf unserem Breitengrad. Das ganze Land weiß, was hier gespielt wird. Die einen leisten Widerstand, die anderen sitzen im Filz und machen mit. Und dann die schweigende Mehrheit. Die Millionen, die mit den Zähnen knirschen und auf bessere Tage warten. Du aber bist übriggeblieben. Du gibst nicht auf, und das zeichnet dich aus vor allen anderen. Du siehst die Ratten, die das sinkende Schiff verlassen, aber du bleibst stark. Das goldene Verdienstkreuz sollten sie dir verleihen! Statt dessen lassen sie dich verprügeln. Gott im Himmel, was für Mißgeburten hast du erschaffen? Aber eines schwöre ich: das lassen wir uns nicht gefallen. Auf keinen Fall. Wir haben noch Mittel, um zurückzuschlagen. Wir machen *die* Sendung aller Zeiten. Ein Tribunal des Volkes im wahrsten Sinn des Wortes.«
»Wie willst du das bewerkstelligen, Irena?«
»Ich suche Prozeßakten zu unserem Thema. Ich stelle eine Dokumentation zusammen, und wir schlagen los. Endlich kämpfen wir in eigener Sache.«
»*Deine* Sache ist es nicht, Irena. Du bist Polin seit hundert Generationen.«
»Darum ist es meine Sache. Ich gehöre dazu. Ich kann nicht zusehen, daß man hier Juden verfolgt. Die Nazis haben hier sechs Millionen Juden vergast. Und was haben

wir getan, um das zu verhindern? Wir rühmen uns, Widerstand geleistet zu haben, und dennoch sollten wir uns schämen. Wir haben zugesehen, wie Hitler das Ghetto zerstampft hat. Jenseits der Mauer verbrannten die Juden wie lebende Fackeln, aber wir hatten eigene Sorgen. Jawohl. Schamlos haben wir gesagt: Die sollen sich selber helfen. Wobei wir mit eigenen Augen gesehen haben, daß man euch nach Auschwitz verfrachtet hat. Zweihundert Stück pro Viehwagen. Wir waren informiert, und der Rauch der Verbrennungsöfen stank bis nach Krakau. Bis nach Kielce. Bis nach Warschau, wenn der Westwind wehte. Jedes Kind wußte, daß man in Auschwitz die Juden vergaste. Und was unternahmen wir dagegen? Nichts. Nichts Komma nichts. Ein Volk von Helden sind wir. So steht es in den Schulbüchern. Nie haben wir uns unterkriegen lassen und zwölf Revolutionen im Verlauf von zweihundert Jahren entzündet. Ein Weltrekord. Daß ich nicht lache! Ein Volk von Hosenscheißern sind wir geworden. Aber solange ich etwas sagen kann, werde ich schreien. Paß auf, Gideon. Wir machen eine Sendung, die alles Bisherige in den Schatten stellt. Wir sagen die ganze Wahrheit über den Judenhaß meiner Landsleute.«
»Wie wirst du ihn erklären? Wie der wahnsinnige Jungerwirth, oder was?«
»Ich weiß es nicht. Ich bin noch jung und habe zu wenig nachgedacht. Ich spüre nur, daß der Judenhaß ein Ausdruck von Angst ist. Von Furcht vor der Intelligenz. Von Scham über die eigene Beschränktheit. Ich bin überzeugt, daß diese Beschränktheit selbstverschuldet ist; denn wir haben hier Tausende von Schulen. Jeder kann heute lernen, soviel er will. Die Universitäten stehen offen, aber die Leute sind zu faul. Sie versaufen ihr Leben. Sie verlumpen ihre Zeit, und dann hassen sie die Mitbürger, die gescheiter sind als sie.«

»Das klingt nicht übel, was du sagst, Irena. Du willst die Sendung aller Zeiten machen, aber man wird sie uns nicht machen lassen. Ich wette jede Summe, daß wir mit deiner Idee nicht durchkommen.«
»Und *ich* wette jede Summe, daß wir durchkommen. Kein Zensor wird es wagen, unsere Sendung zu verbieten. Marx war schließlich Jude. Fast alle seine Apostel gleichfalls. Wir werden wagen und gewinnen.«
Sie erkennen sicher, Herr Doktor, daß ich diese Zeilen im Zustand einer gewissen Unsicherheit schreibe. Die Feder zittert in meiner Hand. Meine Gedanken sind zerfahren, und – was ich am meisten bedaure – eine säuerliche Humorlosigkeit bemächtigt sich meiner, wenn ich zurückzudenken versuche. Das ist bedenklich. Mir zeigt das, daß ich beginne, die Distanz zu verlieren und von Selbstmitleid übermannt zu werden. Die Geschehnisse waren alles andere als vergnüglich, und Sie müssen entschuldigen, sollte mein Bericht vorübergehend etwas zähflüssig werden.
Am folgenden Sonntag war ich wieder bei meinen Waisenhäuslern, bei denen ich allmählich zum Gewohnheitsgast wurde. Wahrscheinlich, weil ich einsam war. Ich hatte zwar Irena, Mikolaj und den Hund – aber ich fühlte mich allein. Ich hatte keine Freunde in Polen. Warum eigentlich? War ich kontaktscheu? Nein. Man hatte mich doch gern. Wenigstens meine Bekannten. Woher kam also diese merkwürdige Distanz? Damals stellte ich mir diese Frage nicht, Herr Doktor. Erst heute, unter dem Druck meiner Krankheit. Ich denke, ich saß in einem Kokon. Eine Seidenraupe von blauem Geblüt, die sich für einen Sonderfall hielt. Ich wußte, daß ich nicht besser oder klüger als die anderen war – aber ich dachte, ich sei weitsichtiger. Ich glaubte. Ich glaubte an den Himmel auf Erden. An die Gleichheit aller Menschen. An eine vernünftige Zukunft. Ich sprach immer von der Zukunft.

Aus Bequemlichkeit, weil ich keine Eile hatte, mit der Gegenwart aufzuräumen. Ich hatte Zeit. Ich verdiente gut und konnte auf die besseren Zeiten warten. Ich phantasierte von einem glücklichen Leben künftiger Generationen, und meine Bekannten fanden mich drollig. Solche Phantasten gäbe es nur in der Schweiz, pflegten sie zu spötteln, aber sie suchten meine Gesellschaft. Ich wurde eingeladen, herumgereicht und beklatscht. Man zitierte auch meine Geistesblitze, aber Vertrauen schenkte mir niemand. Ich war einfach kein richtiger Kumpan für sie. Darum behandelten sie mich als Original. Als Fremdling. Nicht wegen der Sprache, die ich fast akzentfrei zu artikulieren wußte. Auch nicht wegen meines Judentums, nehme ich an. Es war – wie soll ich das ausdrücken? – der Alkohol, der uns trennte. Ich konnte nicht saufen. Ich war ihnen zu exklusiv.
Ich besuchte also die vier Männer und fragte, was sie von einer Sendung über den Antisemitismus halten würden. Der Professor brauste auf und antwortete unwirsch: »Nichts halte ich davon. Weniger als nichts...«
Ich überlegte, ob er, persönlich betroffen, das Problem nicht unbefangen beurteilen konnte. Er war schließlich Jude. Und er hatte seine Kindheit damit verbracht, sein Judentum zu verbergen. Man hatte ihn mißhandelt, damit er seinen Namen vergessen sollte. Sein Standpunkt interessierte mich wenig, daher wandte ich mich an den Schlappfuß. Er war ebenso abweisend wie der Professor, obwohl er überhaupt nicht befangen war: »Eine Schnapsidee. Mit so einer Sendung stellen Sie sich gegen vierunddreißig Millionen Polen. Das lohnt sich doch nicht!«
»Wollen Sie sagen, alle Polen seien Antisemiten?«
»Ich will nichts sagen, Herr Kiebitz. Diese Sendung wäre ein Irrtum. Sie kommen nicht durch damit.«
»Wegen der Zensur?«

»Im Gegenteil. Wegen des Volks. Bis jetzt hatten Sie immer das Volk auf Ihrer Seite. Die Entlarvung der Regierung war volkstümlich. Jetzt würden Sie das Volk entlarven, und da käme ein einziger Aufschrei.«
»Darum soll ich schweigen? Ich soll darüber hinwegsehen, daß die Judenhetze wieder losgeht?«
Der Schlappfuß zog ein Hosenbein hoch und pochte auf seine Prothese: »Ihr Thema ist so peinlich wie das meine. Man zieht es vor, nicht darüber zu reden. Man blickt darüber hinweg. Jeder weiß, daß es da ein Problem gibt. Ein Geschwür. Eine ekelhafte Tatsache – aber man klammert sie aus. Mit mir zum Beispiel redet man ganz normal. Als hätte ich Beine wie jeder andere. In Wirklichkeit verabscheut man mich. Nur weil ich verschieden bin, andersartig. Ich bin ein Jude des Unterleibs. Schon tausendmal habe ich versucht, ein vernünftiges Gespräch darüber zu beginnen. Es geht nicht. Lassen Sie diese Sendung, Herr Kiebitz! Sie wäre Ihr Ende.«
Leschek sagte das gleiche, aber mit anderen Worten: »Warum sind Sie kein Komödiant? Warum machen Sie es nicht wie ich und spielen eine Rolle? Die des Ausländers zum Beispiel. Des schrulligen Gastes, dem es hier gefällt, weil wir so exotisch sind? Eine Art Engländer, der lächelnd gegen den Strom schwimmt und spleenige Ideen von sich gibt. Aber so eine Sendung? Man spielt doch nicht mit offenen Karten!«
»Und Sie, Bronek? Teilen auch *Sie* die Meinung Ihrer Freunde?«
»Ja und nein – aber grundsätzlich nein. Ich bin zwar ebenfalls überzeugt, daß Sie Schiffbruch erleiden, aber die Schlappe würde sich auszahlen. Ich bin ein Erzieher, wie Sie wissen. Ich glaube an pädagogische Schocks. Ich finde, daß man hin und wieder zuschlagen muß. Nicht unbedingt mit der Peitsche, aber mit dem Wort. Man muß die Leute beschämen und ihnen die nackte Wahrheit

um die Ohren hauen. Mit Ihrer Sendung würden Sie den ganzen Dreck aufdecken, der uns täglich überflutet. Alles würde herausquellen. Die jahrhundertealte Barbarei. Der uralte Neid auf die Intellektuellen und auf die Kinder Gottes, die das Buch höher schätzen als ihr Leben. Sie könnten endlich offenbaren, daß die Judenfrage nicht nur die Juden betrifft. Man hetzt gegen die Juden und meint die Vernunft. Man verfolgt das auserwählte Volks, doch was man ausrotten will, ist die Kultur...«

Mein Entschluß war gefaßt. Ich wollte es wagen. Irena hatte mich herausgefordert. Wir würden gewinnen, hatte sie gesagt. Das schien mir zu optimistisch zu sein. Wir würden eher verlieren – aber einen Knall gäbe es dennoch. War ich nicht schon immer ein Anhänger gewaltsamer Lösungen?

Herr Kiebitz,
ich weiß noch nicht, ob ich mich freuen oder ärgern soll. Ihr letzter Brief ist ein qualitativer Sprung. Bisher haben Sie mir Geschichten aus zweiter Hand erzählt. Diesmal sind Sie selber betroffen, und darum zittert die Feder in Ihrer Hand. Man hat Sie verprügelt, weil Sie ein Jude sind. Ob das gut ist oder schlecht, werden wir noch sehen. Bisher jedenfalls haben Sie die Erfahrungen anderer beurteilt. Jetzt aber ist das Leben auf Sie zugekommen und hat Sie aufgerüttelt. Es fragt sich nur, ob Sie klug gehandelt haben. *Mußten* Sie die zwei Schlägertypen herausfordern? Sie hätten doch unterschreiben können, und die Kerle hätten Sie wahrscheinlich in Ruhe gelassen. Ein normaler Schweizer hätte zweifellos so reagiert – aber *Sie* wollten ein Held sein. Ihre Geltungssucht kam wieder zum Vorschein. Es war doch eine sinnlose Kinderei, zu sagen, Sie würden nur unterschreiben, was Ihr eigener Wille ist. Was tut der Mensch nicht alles, um zu überle-

ben! Sie hätten doch Kohle kaufen sollen an diesem Tag. Sie hatten eine konkrete Aufgabe, und da verstricken Sie sich in theoretische Auseinandersetzungen. Ihr Verhalten war hochneurotisch. Sie haben sich selbst geschadet und die Verwirklichung Ihres unmittelbaren Ziels unmöglich gemacht. Wenn ich Fleisch brauche, versuche ich doch nicht, den Metzger vom pythagoräischen Lehrsatz zu überzeugen. Er soll glauben, was er will, aber Fleisch soll er mir verkaufen. Da haben wir sie wieder, Ihre Orgasmusangst – oder eben diesen typischen Fall von Erfolgsverweigerung. Vielleicht ist das eine jüdische Eigentümlichkeit. Das kann ich zu wenig beurteilen, aber es wird mir immer klarer, daß Sie hartnäckig Probleme schaffen, die Sie ohne weiteres umgehen könnten. Nichtsdestoweniger sehe ich in Ihrem Abenteuer ein erfreuliches Novum. Zum ersten Mal haben Sie aufgehört, ein Kiebitz zu sein. Zum ersten Mal haben Sie mitgespielt. Das ist ein deutlicher Bruch mit Ihrer Infantilität, mit anderen Worten: ein neues Kapitel Ihres Lebens.

Sehr geehrter Herr Doktor,
ich stimme Ihnen zu, daß mit dieser Rauferei tatsächlich ein neues Kapitel meines Lebens begann. Jeder Schlag mit der Stahlrute weckte mich aus meinem Halbschlaf. Das Zusammenleben mit Irena und die Freundschaft mit den vier Männern veränderten mein Dasein. Von jetzt an erstrebte ich ein Leben aus erster Hand. Vom süßen Dämmerzustand meiner Tagträume stürzte ich mich bewußt in den harten Alltag.
Eines Abends kam Irena nach Hause und strahlte vor Erregung. Sie hatte das Gesuchte gefunden: einen Strafprozeß, der vor zwei Jahren vor dem Kreisgericht in Olkusz stattgefunden hatte, und zwar zu einer Zeit, als die

Judenhetze noch verpönt war und mit aller Schärfe geahndet wurde. In der Zwischenzeit hatte sich einiges gewandelt, aber schon damals stand es schlecht um die Rechtsprechung in Polen. Die Akten des Falls gewährten Einblick in ein Drama, das nur auf dem vergifteten Boden des Rassenhasses hatte keimen können.

Zwei Ingenieure – so hieß es in den Akten – hatten eine Erfindung gemacht. Ein energiesparendes Meisterstück, wie die Zeitungen meldeten. Bald stellte sich aber heraus, daß nicht beide, sondern nur einer die Erfindung gemacht hatte. Der andere war nicht mehr und nicht weniger als ein zweitrangiger Assistent. Bei der Erfindung handelte es sich um eine sogenannte Lichtschleudermaschine – um ein bahnbrechendes System der nächtlichen Straßenbeleuchtung, das Einsparungen in Milliardenhöhe ermöglichte. Den Erfindern mußte – laut Arbeitsgesetz – eine Prämie von 1,5 Millionen Zloty ausbezahlt werden, was an sich kein Problem war, hätte nicht einer der Ingenieure zur jüdischen Rasse gehört. Der andere behauptete, sein Kollege habe »nur« die Idee gehabt und die Verwirklichung der Idee sei sein Verdienst gewesen, weshalb die ganze Prämie ihm zustehe und nicht dem Juden. Der jüdische Kollege hatte dabei das Pech, Moische Fischbein zu heißen, und der Name erschwerte seine Position. Er gab an, daß ohne seine Idee nichts zustande gekommen wäre und die Prämie also ihm zustünde. Für die praktische Arbeit sei der christliche Kollege tarifgemäß entlohnt worden. Die beiden Männer stritten sich unablässig – bis zum Vortag der Einweihung. Sie standen auf dem Stahlturm im Zentrum der Stadt und prüften zum letzten Mal, ob auch alles einwandfrei funktionierte. Da entbrannte der Streit von neuem: Unvermittelt packte der Christ seinen Gegenspieler beim Kragen und stieß ihn in den Abgrund, wo der Jude bewußtlos liegenblieb. Dutzende von Passanten hätten das bezeugen können, aber keiner wollte aussagen, was wirklich passiert war. Doch Gott hatte Moische Fischbein beschützt. Er war nämlich auf ein Rasenstück gefallen und lebte noch. Schon nach einigen Wochen wurde er aus dem Krankenhaus entlassen und ging danach aufs Kreisgericht, wo er seinen Rivalen für vorsätzliche Tötung verklagte. Es kam zum Prozeß, in dem der Christ zu dreißig Monaten Zuchthaus verurteilt wurde, was offensichtlich eine lächerliche Strafe war. Der Tatbestand vorsätzlicher Tötung wurde in Abrede gestellt, weil sich niemand gefunden hatte, der für den Juden aussagen wollte. Unter diesen Umständen – hieß es im Urteil – sei auf die Zahlung einer Prämie ganz zu verzichten. Sowohl der Kläger als auch der Angeklagte gingen leer aus. Der Christ trat seine Strafe an, und der Jude sah sich von einer Mauer des Hasses umringt. Niemand wollte mehr mit ihm sprechen. Er war zum Paria geworden, und er mußte Olkusz verlassen. Ein jüdisches Schicksal. Und ein ideales Thema für unsere Zwecke.

Wir vertieften uns in die Dokumente und bereiteten fieberhaft die Sendung vor, die unser Triumph werden konnte oder unser Schwanengesang. Ich sprach bei Schantzer vor und erklärte ihm unsere Absicht. Er drehte sich eine Zigarette und schüttelte bekümmert den Kopf:

»Warum ausgerechnet dieses Thema, Herr Kiebitz?«

»Weil es fünf Minuten vor zwölf ist. Ich darf nicht warten.«

»Und Sie wissen, was auf Sie zukommt?«

»Ich weiß es, aber jetzt muß es passieren.«

Wir beschlossen, sowohl den Täter, als auch sein Opfer vor die Kamera zu bringen. Den Christen *und* den Juden. Oben – auf dem Turm ihrer Konstruktion – sollten sie sich gegenüberstehen. Der Christ würde erzählen, wie es zum Wortwechsel gekommen war und warum er den Juden übers Geländer geschleudert hatte. Diese Szene, so hofften wir, müßte den Kern des Konfliktes bloßlegen. Die Rivalen würden sich den jahrelang angestauten Haß ins Gesicht schleudern. Eine hochdramatische Konfrontation war zu erwarten. Nur *eines* wußten wir nicht: Wie würde das Volk reagieren? Wie die Außenstationen und die Straße? Wenn sich das Publikum für den Mörder erklärte, waren wir verloren. Umgekehrt hätten wir unser Ziel erreicht. Wie immer waren wir Optimisten. Wir zweifelten nicht daran, daß die Wahrheit sich durchsetzen würde. Auch die verstocktesten Judenfeinde müßten einsehen, daß ihre Vorurteile jeder Vernunft widersprachen. Der Fall des Moische Fischbein sollte zum entscheidenden Umschwung beitragen, ein humanistisches Exempel sollte gezeigt werden. Doch war es höchst ungewiß, wie sich die Dinge abspielen würden. Diese Sendung war das Wagnis meiner Karriere, aber daran durfte ich jetzt nicht denken. Ich wollte ja endlich das Leben aus erster Hand – und da bot es sich an. Ich würde siegen oder untergehen, aber ich zweifelte nicht an meinem Sieg.

Heute kann ich zugeben, Herr Doktor, daß ich Angst hatte. Nicht Angst im landläufigen Sinn, sondern die nackte Lebensangst. Die Panik des Showmasters, der zum ersten Mal sein ganzes Ansehen in die Waagschale wirft. Ich war seit Jahren der Liebling der Nation, das Sprachrohr – wie ich mir einbildete – der Erniedrigten und Beleidigten. Ich hielt mich für unerschrocken, doch in mir flackerten Groß- und Kleinmut. Kleinmut, weil ich fürchtete, mein Prestige einzubüßen, Großmut, weil ich nach wie vor den Televisionsmessias spielen wollte, dem die Massen nachlaufen.

Wie gewöhnlich in solchen Situationen ging ich zu meinem Zahnarzt. Nicht, weil ich seinen Rat brauchte. Ich wußte ja im voraus, was er sagen würde. Ich hoffte, daß mir seine griesgrämigen Unkenrufe Mut und jugendliche

Angriffslust geben würden. Was er sagte, war erstaunlich: »An Ihrer Stelle würde ich alle Karten auf den Tisch legen.«
»Warum?«
»Weil Sie noch Karten haben. Bald werden Sie keine mehr besitzen, und dann ist es zu spät. Ich würde mich einsetzen für diesen Fischbein. Ein anderer wird es *nicht* tun für Sie. Ich rate Ihnen zum aussichtslosen Kampf.«
»Warum denn aussichtslos, Herr Jungerwirth? Sehen Sie keine Chancen für mich? Ich kann mir vorstellen, daß die ungeschminkte Darstellung von Tatsachen der Gerechtigkeit zum Durchbruch verhilft. Was ich bisher gemacht habe, war eine Schule der Demokratie. Das Volk sollte durch eigenes Nachdenken zu den richtigen Schlußfolgerungen gelangen. Freie Bürger wollte ich erziehen, die offen ihre Meinung sagen. Ich war nie ein Rattenfänger. Ich habe die eigene Meinung stets zurückgehalten. Und so soll es auch diesmal sein. Das Publikum soll selber urteilen. Ich glaube an den Triumph des Intellekts. Mein Kampf war nie aussichtslos und wird es auch diesmal nicht sein.«
»So? An den Triumph des Intellekts glauben Sie? Ausgezeichnet. Ich will Ihnen prophezeien, was die Leute sagen werden. Sie werden sagen, daß Fischbein ein Parasit ist. Ein typisch jüdisches Schlitzohr, das den Polen die Butter vom Brot nimmt. Der Jude, werden sie sagen, denkt sich eine Idee aus, rührt keinen Finger und will eine Million dafür. Sein polnischer Kollege schuftet im Schweiße seines Angesichts und bekommt gar nichts. Das werden sie sagen, die Leute, und daß die Juden endlich auswandern sollen. Nach Israel oder Australien. Der Teufel soll sie holen: Hier haben sie nichts zu suchen.«
Jetzt packte mich die Wut. Vor einigen Augenblicken hatte er noch behauptet, an meiner Stelle würde er sich offen für Fischbein einsetzen. Und jetzt das?

»Ich habe das gesagt, weil ich älter bin als Sie, Herr Kiebitz. Der Kampf ist aussichtslos. Man will uns hier nicht. Man hat sogar ein vernünftiges Argument. Polen sei für die Polen da und der Judenstaat für die Juden. Jedem Volk seine Heimat. Dagegen gibt es doch nichts einzuwenden, oder?«
»Warum raten Sie mir dann, mich für den Juden einzusetzen?«
»Damit *Sie* erwachen, Herr Kiebitz. Nur ein Erdbeben kann Ihr Hirn in Bewegung bringen. Wenn Sie – nach Ihrer Sendung – plötzlich allein stehen. 34 Millionen Polen gegen sich, von schonungslosen Feinden umzingelt, dann wird vielleicht etwas in Ihrem Mostkopf dämmern. Dann werden Sie – ich hoffe es wenigstens – meinen Rat befolgen und verschwinden. Hier ist kein Platz für Sie. Hier können Sie bestenfalls den Heiland spielen und der Regierung unverbindliche Bosheiten an den Kopf werfen...«
»Die Leute wissen genau, daß ich mit *jeder* Sendung meine Haut aufs Spiel setze. Eines Tages wird man mich einsperren. Wenn ich Pech habe, noch schlimmer...«
»Darum sind Sie ja so beliebt, Herr Kiebitz. Man hofft, daß Sie gelegentlich gekreuzigt werden. Auch Christus ist beliebt in diesem Land. Obwohl er ein Jude war. Er hat sich für die Menschheit geopfert – und weg war er. Genau das erwartet man auch von Ihnen.«
Eine Woche später sollten die Würfel fallen. Das Drehbuch war fertig. Ein Exemplar lag bei Schantzer, eine Kopie bei der Zensur. Wenn die Zensur die Sendung verbieten würde, stünde sie auf seiten des Mörders. Dann erklärte sich auch die Partei gegen die Juden, und das wäre das Ende meiner Laufbahn – und meiner Daseinsberechtigung in Polen. Meine Reise ins einundzwanzigste Jahrhundert wäre beendet. Und dann? Ich wußte es nicht. Ich kam mir vor wie ein Gymnasiast. Ich wartete

auf den Bescheid, ob ich das Abitur bestanden hatte oder nicht. Dabei ging es ja um mehr, Herr Doktor. Um die letzten Reste meiner Weltanschauung. Vom Kommunismus war ohnehin nur noch die Sehnsucht nach Brüderlichkeit übriggeblieben. Wenn auch sie zusammenkrachte, war es aus für mich. Wenn es wieder Untermenschen geben sollte, *mußte* ich die Konsequenz ziehen. Ich hatte ein paar schlaflose Nächte hinter mir, als ich bei Schantzer vorsprach. Ich hatte sämtliche Varianten durchgespielt. Auf alles war ich vorbereitet und trat aufrecht ins Büro des Direktors. Er schien niedergeschlagen und äußerst verlegen zu sein. Ich wußte sofort, daß die Nachrichten schlecht waren. Schantzer erhob sich von seinem Sessel und kam auf mich zu. Er drückte mir die Hand, als müsse er mir kondolieren, und sagte dann leise:
»Ich habe Ihnen eine peinliche Mitteilung zu machen, Herr Kiebitz. Die Zensur ist einverstanden. Ihre Sendung findet statt.«
»Peinlich?« rief ich aus, »was ist daran peinlich? Das ist doch die beste Nachricht seit Jahren. Ich schöpfe neue Hoffnungen. Vielleicht habe ich alles viel zu schwarz gesehen. Schließlich bin ich auf offener Straße verprügelt worden. Ich habe daran gezweifelt, daß man mir erlauben würde, dieses heiße Eisen anzufassen. Jetzt weiß ich wenigstens, daß wir trotz allem noch in einem sozialistischen Staat leben.«
»So? Meinen Sie? Ich hörte, daß man Sie mit Stahlruten gefeiert hat...«
»Zwei Faschisten. Das ist noch lange nicht die ganze Welt.«
»Aber es heißt, daß zwei Polizisten ganz in der Nähe waren. Gewehr bei Fuß, und sie wollten nicht eingreifen.«
»Ich darf meine Sendung machen, Herr Schantzer. Das ist doch die Hauptsache...«
Schantzer nahm seine Hornbrille von der Nase, putzte

sie mit einem Taschentuch und schaute mit leeren Augen aus dem Fenster hinaus. Es war ein frostiger Wintermorgen. Die Bäume waren mit Rauhreif überzogen, doch im Büro des Direktors war es behaglich und warm. Ich spürte, daß es ihm schwerfiel zu sprechen. Seine Stimme zerbröckelte, und er vermied es, mir in die Augen zu blicken: »Ich verliere mit Ihnen meinen besten Mitarbeiter.«

»Woher wissen Sie das, Herr...«

»Unser Gespräch ist beendet, Herr Kiebitz. Leben Sie wohl!«

Um meine Sendung vorzubereiten, verbrachte ich einige Tage in Olkusz, einem trostlosen Provinzloch, und redete mit den Leuten. Ich befragte sie zum Gerichtsfall des jüdischen Ingenieurs. Merkwürdigerweise nannte man ihn hier nicht Herr oder Genosse oder Doktor Fischbein, sondern »das Jüdlein«, was in dieser Verkleinerungsform besonders bedrohlich klang. Zum Schluß besuchte ich die Frau des Verurteilten, des christlichen Ingenieurs, der »das Jüdlein« vom Turm geworfen hatte. Ich kann nicht umhin, sie kurz zu beschreiben, denn sofort, als ich sie sah, hatte ich das Gefühl, diese Person von irgendwoher zu kennen. Sie war der Typ von Provinzschönheit, um die man sich früher zu duellieren pflegte. Eine Zirkusreiterin, die etwas Kokottenhaftes ausstrahlte. Ich fühlte mich beunruhigt durch ihre Üppigkeit, durch die Düfte, die sie ausströmte, und die glitzernden Augen, mit denen sie mich zu verwirren suchte. Ich muß gestehen, daß es mich ein wenig schwindelte, doch eine innere Stimme flüsterte mir zu, vorsichtig zu sein. Ich mimte also den betriebsamen Reporter, der sich alle Details ansieht, um mehr über die zentrale Figur zu erfahren. Zuerst bestaunte ich das Mobiliar, das von einer überwältigenden Geschmacklosigkeit war. Ich hatte kein Wohnzimmer betreten, sondern ein Boudoir. Die ganze Hinterwand

bestand aus einem riesigen Spiegel. Auf dem Sofa saßen dekolletierte Puppen, die – so wirkte es wenigstens – auf Kunden warteten. Auf Tischchen und Gestellen lagen bauschige Puderquasten herum. In einer speziellen Vitrine gab es Dutzende von Fläschchen zu bewundern, die teure Parfums zu enthalten schienen. Sie blitzten in den grellsten Farben und verbreiteten eine Atmosphäre wohligen Nichtstuns.
»Hüte dich, Kiebitz!« säuselte meine innere Stimme, und gleichzeitig quälte mich die Frage, warum mir diese Person so bekannt vorkam. Sie hieß Danka Makowska – aber der Name sagte mir nichts. Einer Danka Makowska war ich nie begegnet. Vor der Ehe mußte sie anders geheißen haben, aber wie? Das Sicherste war, ihr ein paar direkte Fragen zu stellen. Ich sah ihr ins Gesicht und sagte unverbindlich: »Sie müssen es schwer haben ohne Ihren Mann.«
Gelangweilt erwiderte sie: »Männer kommen und gehen. Wir Frauen finden immer einen Ausweg, und übrigens... Unkraut verdirbt nie.« Sie schien nicht allzusehr unter ihrer Einsamkeit zu leiden. Im Gegenteil. Außerdem fügte sie hinzu: »Dieser Makowski ist ein Waschlappen. Er hätte doch in die Berufung gehen können. Er hätte die höhere Instanz anrufen müssen. Je höher, desto besser, weil die da oben weniger Hemmungen haben. Ich meine, in Sachen Fischbein.«
»Ich verstehe Sie nicht, Frau Makowska.«
»Sie verstehen mich sehr gut – das zählt doch heute nicht. Heute weniger denn je. Ein Jüdlein mehr oder weniger. Aber Makowski ist eben ein Versager. Sein Jähzorn ist verraucht, und er verzieht sich in seine Ecke. Eine Million Zloty läßt er sich entgehen, der Schlappschwanz, obwohl ich sie gut brauchen könnte.«
Sie ekelte mich an, doch hatte ich, offen gestanden, durchaus Appetit auf sie. Herrgott im Himmel, warum

bin ich so ein Triebmensch? Konnte ich nicht von ihrem Fleisch wegschauen? Von diesen Brüsten. Diesen Schenkeln. Nimm dich zusammen, Kiebitz! sagte ich mir, das ist die große Falle. Aber woher kannte ich sie nur? Also fragte ich, hoffend, mehr zu erfahren: »Seit wann sind Sie verheiratet, Frau Makowska?
»Viel zu lange«, entgegnete sie und blickte mich an, als wäre ich kein schlechter Ersatz für ihren Waschlappen. »Er ging mir von Anfang an auf die Nerven. Aber er hat mich genommen, und da mußte ich froh sein. Ich habe nicht lange nachgedacht und habe eingewilligt.«
»Was halten Sie von dem Verbrechen, für das er verurteilt wurde?«
Jetzt blickte sie mir unverschämt in die Augen. Mir wurde heiß, und ich rückte ab von ihr. Sie musterte mich von Kopf bis Fuß und lächelte dann so berückend, daß mir schwach wurde: »Was möchten Sie hören, Herr Kiebitz? Sie sind ja selber ein Jüdlein. Ich kann Ihnen die Wahrheit sagen. Ich stehe auf die Dunklen, und Fischbein war ganz in Ordnung. Eine Nummer war er und hatte den knalligsten Hintern, den ich je gesehen habe. Schön war er nicht, aber... Verstehen Sie. Er hatte das gewisse Etwas. Manchmal kam er zu uns nach Hause, und ich bot ihm dann Schnaps an und ungarische Weine. Aber nein, er war nüchtern wie ein Schwein. Das sagt man so bei uns, wenn einer nicht mittrinkt. Aber wenn er nichts gemerkt hat, hab' ich ihm auf die Hosen geschaut und gedacht, daß da was zu machen wäre. Ich sag ja, daß mir die Jüdlein gefallen. Sie auch, Herr Kiebitz. Darf ich Ihnen etwas anbieten?«
»Woher wollen Sie wissen, Frau Makowska, daß ich auch ein Jüdlein bin?«
»Das merkt man, Herr Kiebitz. Das riecht man von weitem.«
»Woran?«

»Schwierig zu sagen, Herr Kiebitz. Ihr seid eben so... irgendwie seid ihr... Spielverderber. Ihr macht nicht mit. Man möchte ja gerne mit euch, aber dann wird's einem ganz kalt. Weil ihr von weit herkommt, stell' ich mir vor.«
»Und Ihr Mann ist kein Spielverderber?«
»Der kann mir gestohlen bleiben. Den kann ich haben, wann ich nur Lust habe. Der ist doch wie alle anderen. Mein Mann taucht unter in der Menge und sieht aus, wie Männer halt aussehen.«
»Und trotzdem hat er Ihr Spiel verdorben, wie Sie sagen. Er bringt Sie um eine Million.«
»Ich hab' gesagt, daß Frauen immer bekommen, was sie wollen.«
»Auch die Prämie?«
»Wenn Sie mir helfen wollen, Herr Kiebitz...«
Diese Makowska war von einer Unverfrorenheit, die mir den Atem nahm. Ich war noch nie bei einer Hure gewesen, aber so mußten sich Huren wohl aufführen. Sie signalisierte mir, daß sie zur Verfügung stand. Daß ich ihr gefiel. Daß sie für ein entsprechendes Entgegenkommen bereit war, sich hinzugeben. Warum eigentlich nicht, flüsterte der Teufel in mir. Sie war doch eine süße Frucht, die nur darauf wartete, gepflückt zu werden. Ihr Seidenkleid entblößte an verschiedenen Stellen ihre Haut, die weiß war wie Elfenbein. Ihre Formen forderten mich heraus, und wenn ich wollte, konnte ich mich bedienen. Ich wollte zwar, doch war ich gelähmt. Würde ich sie jetzt in meine Arme nehmen, war die Sendung zum Teufel. Sie würde natürlich als Zeugin auftreten und mich entlarven, wenn es ihr in den Kram paßte. Als bestechlichen Lustbock würde sie mich bloßstellen, als einen, der seine Stellung mißbraucht, um verheiratete Frauen zu verführen.
»Und?« fragte ich mit einem Klumpen in der Kehle.

»Werden Sie versuchen, Makowski herauszubekommen? Vielleicht könnte man dann an die Million herankommen.«
»Wollen Sie etwas tun in dieser Richtung?«
»Das habe ich nicht gesagt, Frau Makowska. Ich dachte nur so. Die Zeiten haben sich geändert. Mag sein, daß man heute andere Maßstäbe anlegt.«
»Ich weiß«, entgegnete die Frau mit einem listigen Lächeln, »die Juden sitzen wieder am kürzeren Hebel...«
Danka Makowska. Woher kannten wir uns nur? Unsere Wege mußten sich einmal gekreuzt haben. In der Eisenbahn? Bei einem Empfang? Vielleicht erinnerte sie mich auch nur an jemanden. Ich suchte krampfhaft nach der Lösung des Rätsels und sagte ganz beiläufig: »Sie haben doch Verwandte, nehme ich an.«
Da erbleichte sie. Diese Frage schien sie nicht erwartet zu haben, und mir wurde klar, daß ich an ihren schwachen Punkt gerührt hatte. Sie zischte mich an: »Was geht Sie das an, verdammt nochmal? Gehört das auch zu Ihrer Sendung? Ich bin – wie man so sagt – eine Vollwaise. Alle meine Leute sind kaputtgegangen. Ich hab' niemanden auf der Welt.«
Jetzt dämmerte mir etwas – doch noch immer tappte ich im dunkeln. »War das während des Kriegs?«
»Natürlich. Wann denn sonst?«
»Wollen Sie mir nicht erzählen, wie Sie Ihre Leute verloren haben?«
»Wir wechseln jetzt das Thema, Herr Kiebitz. Was möchten Sie sonst noch wissen?«
»Eigentlich nichts. Mich interessiert nur Ihr Lebenslauf. Sie haben so eine merkwürdige Art, über die Dinge zu sprechen. So eine Distanz, als hätten Sie Schreckliches überstanden. Und dann dieser geheimnisvolle Satz: Er hat mich genommen, und da mußte ich froh sein! Eine Frau wie Sie bekommt doch jeden, den sie haben will.

Warum haben Sie sich mit Makowski begnügt, von dem Sie sagen, er sei ein Schlappschwanz?«

Die Klippe war umsegelt – meinte sie –, und unser Gespräch kam wieder in Fluß. Ich hatte ihr geschmeichelt, als ich sagte, eine Frau wie sie könne jeden Mann haben, den sie wolle. Da war ich natürlich miteingeschlossen, und sie lächelte: »Finden Sie mich begehrenswert?«

»Ich finde Sie sogar außerordentlich begehrenswert, Frau Danka...«

Frau Danka. Das führte mich auf die Fährte. Dieser Vorname war mir nicht geläufig, aber ich hatte ihn schon gehört. Doch wo, verdammt nochmal? Jetzt mußte ich das herausfinden. Ich durfte nur nicht schwach werden. Außerordentlich begehrenswert bedeutete schließlich, daß auch *ich* sie begehrte. Daß ich nur auf ein Zeichen wartete, um mich auf sie zu stürzen. Aber das durfte nicht passieren. Ich war in Todesgefahr. Nahm ich sie, war ich verloren. Darum führte ich meinen Satz so schlau zu Ende, daß der Funke erlosch und ich wieder zur Besinnung kam: »Selten habe ich eine so begehrenswerte Frau wie Sie gesehen. Aber ich berufe mich auf *Ihre* Worte. Wir Jüdlein sind Spielverderber. Wir machen nicht mit. Wir erleben im Geist, was die anderen im Fleisch erfahren. Ich möchte doch wissen...«

Da ging mir ein Licht auf: der Schlappfuß. Natürlich. Er hatte eine Schwester gehabt, die er für tot hielt. Versengt in den Flammen der untergehenden Hauptstadt. Eine Hure war sie gewesen, die es mit den Partisanen getrieben hatte. Syphilitisch bis ins Knochenmark. Wie war das doch gewesen? Ihr Bruder hatte sie an einen Deutschen verschachert, um selber entrinnen zu können. Jetzt war mir klar: Diese Frau war das perfekte Ebenbild meines Freundes. Sie sah ihm ähnlich wie ein Ei dem anderen. Sie war wohl eine Frau, aber sie hatte dasselbe seidene Haar – und ich platzte heraus: »Ich kenne Ihren Bruder, Frau

Danka. Er hat keine Beine mehr. Er konnte aus Warschau entfliehen. Auf einer Todesplattform. Die Partisanen haben ihn in die Luft gesprengt. Alle Kinder bis auf ihren Bruder sind damals zugrunde gegangen. Er lebt, aber ohne Unterleib.«

Damit hatte ich den Teufel aus dem Schlaf geweckt. Wie eine Furie schoß Danka Makowska auf mich zu. Aus der verführerischen Hetäre war eine entfesselte Megäre geworden. Mit ihren Fäusten trommelte sie auf mich ein und zerkratzte mir das Gesicht mit ihren Fingernägeln. Dabei überhäufte sie mich mit den unflätigsten Ausdrücken: »Was sagst du, du beschnittenes Scheusal? Keinen Unterleib hat er? Hast selbst keinen, du Jammerlappen. Ein trauriger Feiglaps bist du. Hast 'ne Stange unterm Hemd, eine steife Flinte, aber schießen willst du nicht. Weil du in die Hosen scheißt vor Schreck. Ein Bananenpeller bist du. Ein Klötenstriegler, ein gottverlassener Hinterwichser, und du redest mir ein Kind in den Bauch. Einen Bruder willst du mir anhängen. Ich hab' aber keinen, hörst du? Wer das sagt, den schlage ich tot.«

Ich hatte alles erwartet, aber nicht diese Explosion. Jetzt raffte ich mich auf, packte das Weib an beiden Schultern und schleppte es ins Badezimmer. Dort hielt ich Danka den Kopf unter die Dusche, bis sie ruhig wurde. Sie ließ sich auf den Boden fallen und gab ein hündisches Gewinsel von sich, ein verzweifeltes Gejaule, als flehte sie Gott um Verzeihung an. Ich betrachtete mich im Wandspiegel und stellte fest, daß sie mich übel zugerichtet hatte. Wie konnte ich in diesem Aufzug ins Hotel zurückkehren – und wie nach Warschau? Was würde ich Irena erzählen, und würde sie mir glauben? Was aber das Peinlichste war: Wir standen kurz vor der Sendung. Wie sollte ich mit meinen Kratzern vor die Kamera treten? Ich wusch meine Wunden, trocknete sie mit dem Taschentuch und

wollte mich aus dem Staub machen, als ich etwas Entsetzliches bemerkte: Danka küßte mir die Füße.
Noch am gleichen Tag fuhr ich nach Bialystok ins Bezirksgefängnis, wo Makowski seine Strafe absaß. Er sah aus wie die Quintessenz aller Polen. Eine knochige Visage. Naßblaue Augen und eine schnurgerade Nase. Er hockte in seiner Zelle und starrte die Mauer an. Er schnaufte dabei so, als könnte er jeden Augenblick in die Luft gehen. Ich begrüßte ihn und stellte mich vor. Dann erklärte ich ihm meine Absicht, eine Fernsehsendung über ihn zu machen. Ich gäbe ihm die Chance, seinen Fall noch einmal aufzurollen. Oder sogar entlassen zu werden, wenn er seine Unschuld beweisen könnte. Er musterte mich argwöhnisch: »Wer hat dich so zugerichtet?«
Ich ging darauf nicht ein, sondern kam zur Sache: »Bereuen Sie Ihre Tat, Herr Makowski?«
»Auf wessen Seite stehst du?«
»Ich will die Wahrheit finden und stehe auf keiner Seite. Antworten Sie bitte auf meine Frage!«
»Du bist doch selber ein Monjek, oder nicht? Ich weiß schon, was ihr wollt. Mich zur Sau machen. Vor ganz Polen soll ich als Mörder dastehen...«
»Dann frage ich Sie ohne Umschweife, Herr Makowski: Sind Sie ein Mörder oder sind Sie keiner? Wer hat wen vom Turm geworfen – Sie Fischbein oder Fischbein Sie?«
»Ich bin ein Pole. Der Monjek hat mir die Prämie gestohlen. Es geht um meine Ehre.«
»Und darum haben Sie versucht, den Rivalen fertigzumachen?«
»Bei uns gilt Hamurabi, Herr Kiebitz. Auge um Auge, Zahn um Zahn.«
»Ich frage Sie noch einmal. Wer hat wen übers Geländer gestoßen?«

»Ich sagte, daß es um meine Ehre gegangen ist. Um nichts anderes.«
»Um welche Ehre hat er Sie gebracht, Herr Makowski? Um die Million?«
»Um die Gerechtigkeit. Die Lichtschleuder ist *mein* Werk und nicht seines.«
»Sie wollen sagen, daß *Sie* die Maschine konstruiert haben?«
»Jawohl.«
»In den Akten steht aber, daß die Idee von Ihrem Kollegen ist.«
»In den Akten stehen lauter Lügen.«
»Haben Sie schon andere Erfindungen gemacht, Herr Makowski? Was für Patente haben Sie sonst noch angemeldet?«
»Und übrigens ist Fischbein alles andere als mein Kollege.«
»Was denn sonst?«
»Ein Judenschwein.«
»Sie verwenden Ausdrücke der Nazis. Stört Sie das nicht?«
»Fischbein ist ein Judenschwein. Das ist wahr, und es reimt sich. Du bist ebenfalls eines und Karl Marx auch. Wir werden von Judenschweinen regiert, und mit beschnittenen Schwänzen ficken sie uns in den Arsch...«
Neben mir stand der Gefängniswärter. Eine Bohnenstange mit dümmlicher Sehnsucht in den Pupillen. Jetzt hellte sich sein Gesicht auf. Die Worte des Gefangenen schienen ihm zu gefallen. An der Wand hing ein Bild des Staatspräsidenten. Es hing schief, und der Wärter ging hin, um es geradezurücken. Der Mörder und ich standen uns alleine gegenüber. Er war um einen halben Kopf größer als ich. Ich mußte ihm zeigen, daß ich keine Angst vor ihm hatte: »Sie möchten auch mich vom Turm stürzen, oder? Aber es wird Ihnen nicht gelingen. Ich betreibe Ka-

rate und andere Sportarten. Eine Bewegung, und ich schleudere Sie an die Mauer, daß Sie mich nie mehr vergessen werden.«

»Wir können's ja probieren, du Schabbesdeckel.«

»Fangen Sie an! Sie werden feststellen, daß man mit mir nicht fertig wird!«

»Aber jemand hat dir die Fresse zerkratzt...«

»Dieser Jemand war flinker als Sie. Sie sind vielleicht stark, aber nicht besonders hell auf der Platte. Zum Zweikampf braucht man unter anderem Verstand, und der fehlt Ihnen, wie ich sehe. Sie sind einer, der fremde Ideen ausführen kann. Ich bezweifle aber, daß Sie je einen eigenen Gedanken zur Welt gebracht haben.«

»Schweig, Monjek, oder ich hau' dir die Knochen krumm.«

»Klar – das wollten Sie ja auch mit Fischbein. Sie haben ihn auf die Straße geworfen – und wissen Sie, was geschah? Er lebt. Ihr baut Gasöfen und Krematorien, um uns auszutilgen. Es geht aber nicht. Wir sind immer noch da. Wir werden dasein bis zum Ende des Kalenders. Können Sie sich das erklären?«

»Weil ihr Schmeißfliegen seid. Man kann euch nicht loswerden.«

»Ich will mich mit Ihnen nicht herumstreiten, Herr Makowski. Sagen Sie nur, ob Sie an meiner Sendung teilnehmen wollen?«

»Das kommt darauf an.«

»Und zwar...«

»Ob ich sagen darf, was ich möchte.«

»Sie können sagen, was Ihnen durch den Kopf schießt. Vor drei Millionen Zuschauern.«

»Dann mache ich mit.«

Die Sendung fand statt – unter Mitwirkung des Mörders und seines Opfers. Daß die Zensur keine Einwände hatte, machte mich stutzig. Da war ein Haken, aber ich wußte

nicht, welcher. Jungerwirth hatte gesagt, man ließe mich in den Hammer laufen, und ich wäre blöd genug, hier mitzuspielen. Natürlich spielte ich mit, und Jungerwirths Unkenrufe ermutigten mich. Schon aus Prinzip machte ich, wovon er mir abriet. Ich wollte ihm beweisen, daß ich die Flinte nicht ins Korn warf. Nie und nimmer, und schon gar nicht in diesem Fall, der mir exemplarisch schien. Offizieller Antisemitismus! So nannte er die Kampagne, die das Land schüttelte. Aber auch er blieb damit an der Oberfläche. Denn wenn die Judenfeindlichkeit von oben kam, wie er behauptete, wenn sie der Regierung aus der Patsche helfen sollte, warum erlaubte mir dann die Zensur, meine Sendung zu realisieren? Die Zensur war schließlich ein Organ der Regierung, und die wußte genau, was sie wollte. Ich dachte an die Millionen meiner Brüder und Schwestern, die in die Gaskammer gegangen waren. So etwas durfte nie wieder passieren – und ich jedenfalls war entschlossen, den Henkern, wer immer sie waren, die Stirn zu bieten.
Normalerweise liebe ich Schlesien. Weil es so häßlich ist. So mißgeboren. So unvergleichlich karg. Ich liebe Schlesien wegen seiner Fabrikschlote. Wegen der fahlen Sonne, die durch den Rauch schimmert. Wegen der blutarmen Kinder und der Bergleute, die auf den Trittbrettern überfüllter Straßenbahnen zur Grube fahren. Ich liebe den Gestank von Katowice und die Stickluft von Chorzów. Mir scheint – oder es schien mir bis zum Tag meiner Sendung –, als bebe hier die Erde vom Marschtritt der Proletarier, vom Trommelschlag der Revolution. Doch diesmal war alles anders. Ich kam nach Olkusz und fühlte mich beobachtet. Hinter den Straßenecken spähten mich fremde Augen an. Feindseligkeit wogte mir entgegen. Mir war übel, als ginge ich zu meiner Hinrichtung. Ich stieg den Turm hinauf, auf dem am Vortag die Lichtschleuder installiert worden war. Auf der Leiter blickte

ich mich um, ob keiner versuchte, mir ein Bein zu stellen. Ich stand jetzt oben auf der Plattform und prüfte, ob das Stahlgeländer vielleicht locker war. Unter mir lag der Marktplatz, der mir kitschig und abstoßend vorkam. Noch wenige Augenblicke, und es würde anfangen. Schon kletterte der Staatsanwalt hinauf. Die Scheinwerfer blitzten – es konnte losgehen.

Ich erteilte das Wort dem Ankläger, der noch vor ein paar Monaten eine mutige Rede gegen den Antisemitismus gehalten hatte. Gegen die Ideologie der Zukurzgekommenen, gegen das Lumpengesindel, das nie den Mut hat, die wirklichen Bedrücker zu bekämpfen, und deshalb stets gegen die Schwächsten in den Krieg zieht. Aber heute tönte seine Rede anders. Der gleiche Staatsanwalt ergriff das Wort, doch hielt er eine andere Rede. Ich merkte sofort, daß nicht *er* den Text verfaßt hatte. Der war ihm offenbar mitgegeben worden, denn jetzt hieß es plötzlich, das Vergehen – damals hatte er von einem Verbrechen gesprochen – sei zweifellos strafbar, doch bis zu einem gewissen Grade verständlich. Schließlich sei Makowski in seinem Selbstwertgefühl verletzt worden. Er habe – das bestreite nicht einmal sein Rivale Moische Fischbein – die ganze schwere Arbeit geleistet. Fischbein habe nicht ein Schräubchen herangeschafft, geschweige denn eingeschraubt. Die Idee sei zwar vom Juden, aber eine Idee bleibe Idee, wenn sie nicht von fleißigen Händen verwirklicht werde. Bei aller Hochachtung für den Erfinder der Pyramiden beispielsweise – das eigentliche Wunder läge in der Ausführung, im Heranschleppen der Felsbrocken, was das Werk von hunderttausend Sklaven gewesen sei. Ihnen gebühre unsere Bewunderung. Wenn da eine Prämie bezahlt worden sei, dann bestimmt an die Namenlosen, die das Wunder möglich gemacht hätten. »So ist es«, sagte der Ankläger, »auch mit dem Streitfall Makowski–Fischbein. Fischbein verlangte die Prämie, die dem polnischen Ingenieur zustand, und der polnische Ingenieur sah darin eine typisch jüdische Arroganz. Von einem Mordversuch kann hier also keine Rede sein. Es war dies nur ein unüberlegter Schrei nach Gerechtigkeit...«

Vor einigen Monaten noch war von einem perversen Mordversuch die Rede gewesen. Jetzt rekonstruierten wir das Verfahren fürs Fernsehen, und alles klang anders. Die politischen Umstände hatten sich verändert, und plötzlich wollte man das Opfer zum Schuldigen machen und nicht den Täter. Man sprach jetzt vom anmaßenden Charakter des Juden – und vorher hatte es geheißen, Makowski habe sich von einer faschistischen Ideologie leiten lassen, von primitivem Rassenhaß und selbstsüchtigen Motiven. Jetzt unterstrich man die Habgier des Moische Fischbein und sprach seinen Vor- und Nachnamen immer wieder pedantisch aus. Man bewies seinen häßlichen Eigennutz, der schließlich den Polen zur Verzweiflungstat getrieben hatte. Bisher durften die Zeugen in meinen Sendungen stets frei von der Leber weg ihre Meinung äußern. Und jetzt waren sie einsilbig geworden. Sie redeten hölzern und gestelzt, als hätten sie ihre Aussagen auswendig gelernt.

Ich vernahm die Nachbarn des Opfers, seine Kollegen und Vorgesetzten. Ich hoffte, das Zünglein an der Waage würde endlich zugunsten des Juden ausschlagen. Aber ich irrte mich. Damals hatten sie alle den ritterlichen Charakter des Doktor Fischbein unterstrichen: Er sei vielleicht etwas zurückhaltend gewesen, nicht besonders gesellig, zerstreut wie ein Professor, immer in seine Gedanken vertieft, aber ungemein gütig und hilfsbereit. Jetzt hatte eine Akzentverschiebung stattgefunden, und es hieß: »Es stimmt, daß dieses Jüdlein zurückhaltend und nicht gerade gesellig war – das habe ich gesagt. Doch wollte ich damit ausdrücken, daß er hochmütig war und

kurz angebunden. Solche Leute halten sich für den Stiel der Birne und verachten uns, weil wir gewöhnliche, arbeitsame Bürger sind...«
»Ich möchte nicht mißverstanden werden. Ich erwähnte den ritterlichen Charakter des Moische Fischbein, doch meinte ich damit sein undemokratisches, sein hoffärtiges Benehmen. Er war – wie soll man das ausdrücken – eben anders als wir. Grundverschieden von uns...«
»Es ist weder gut noch böse, wenn ich gesagt habe, er sei zerstreut wie ein Professor. Professoren halten sich eben für etwas Besseres als wir. Sie sind wichtigtuerisch veranlagt. Ihr Zerstreutheit drückt Fremdheit aus. Sie zeigen, daß sie nicht zum Volk gehören, sondern zu einer höheren Kaste...«
»Das ist tatsächlich sein hervorstechendes Merkmal. Immer ist er in Gedanken vertieft. Aber was bedeutet das? Daß ihm die Sorgen seiner Mitbürger egal sind. Jawohl. Einen Dreck gehen sie ihn an. Er ist ja besser als unsereins und steht im Abseits...«
»Gutmütig sei er und hilfsbereit. Richtig. Das habe ich gesagt, aber das ist nicht unbedingt ein erfreulicher Charakterzug. Ich bin selbst ein Erfinder und weiß genau, wie hinterfotzig meine Kollegen sein können. Moische Fischbein war schlau. Mehr als schlau. Er gab zwar viel und gerne, doch nur, wenn er dabei einen Gewinn witterte. Wenn es nachher etwas zu nehmen gab. Die Lichtschleuder faszinierte ihn nur insoweit, als er nachher eine Prämie einzustecken hoffte. Er spielte den großzügigen Wissenschaftler, doch im Innern pochte das Herz eines Krämers...«
Mein Gott, was war das nur? Gab es denn niemanden in Olkusz, der zu seinen früheren Aussagen stehen wollte? Waren die Leute beeinflußt worden oder standen sie unter einem Druck, den ich nicht kannte? Oder hatten sie einfach Mitleid mit dem Polen, der wegen eines Juden im

Knast saß? Mir blieb eine einzige Hoffnung: die spontane Menschlichkeit zufällig vorbeikommender Passanten. Ich hatte ja meine Außenstationen. In Stettin, Nowa Huta, Tarnów und Walbrzych. In jeder Stadt stand ein Eidophor, um den sich die Menge drängte. Ich entschied mich, die Straße nach ihrer Meinung zu fragen. Von da erwartete ich Vernunft und unbefangene Stellungnahmen...

Herr Kiebitz,
Sie brauchen gar nicht weiterzuerzählen. Ich kann mir vorstellen, was sich ereignet hat. Die Polen sind eben so: heute hü und morgen hott. Sie wissen ja, daß ich keine besonderen Sympathien für die Juden hege. Ich erinnere mich sogar an eine Prügelei, in die wir beide verwickelt waren; ich hatte damals ziemlich konservative Standpunkte vertreten, und mir waren Ihre sozialistischen Wahnvorstellungen herzlich auf die Nerven gegangen. Nichtsdestoweniger halte ich den Antisemitismus für eine der großen Torheiten unserer Welt, und ich wußte immer schon, daß die Pöbelherrschaft im Osten früher oder später zur Judenverfolgung greifen mußte, um sich am Ruder zu erhalten. Das liegt im Charakter der Unterklassen, und daran läßt sich nichts ändern. Was ich aber *nicht* verstehe, ist Ihre intellektuelle Trägheit. Wie konnten Sie so lange mitmachen bei diesem Theater? In Ihren Briefen berichten Sie schon seit langem von Anzeichen eines heraufziehenden Pogroms – doch Sie haben diese Anzeichen hartnäckig verdrängt. Von Anfang an kannten Sie diesen Zahnarzt, der Sie gewarnt hatte. Die Geschichten Ihrer vier Freunde mußten Ihnen die Augen öffnen über das Land, in dem Sie lebten. Sie haben mir erzählt, daß Sie zum Fernsehfestival nach Monte Carlo gereist sind. Warum um Himmels willen sind Sie nicht

dortgeblieben? Die Judenhetze ist ja nicht vom Himmel gefallen. Die verschiedensten Personen haben Ihnen ans Herz gelegt, Polen zu verlassen – aber Sie wollten weder sehen noch hören. Das kommt mir vor wie eine endogene Perzeptionsstörung, die ich zu Beginn unserer Analyse in Betracht gezogen habe. Ich habe dann diese Möglichkeit von mir geschoben, da ich immer zahlreichere Anzeichen von normalen Sinneswahrnehmungen feststellen konnte. Sei es, wie es wolle. Sie hatten sich mit dieser Sendung offenbar in eine Krise begeben, aus der es keinen vernünftigen Ausweg gab. Sie hatten damit die ganz große Erfolgsverweigerung Ihres Lebens gewählt. Sie hätten zu Dutzenden anderer Themen greifen können, doch Sie wollten die unausweichliche Pleite. Da Sie aber noch leben, muß ich annehmen, daß Sie sich irgendwie herauswinden konnten. Erzählen Sie, denn ich spüre, daß wir jetzt endlich auf den Kern Ihrer Krankheit stoßen.

Sehr geehrter Herr Doktor,
ich muß zuerst drei Mißverständnisse aus dem Weg räumen. Erstens die Behauptung, Sie hätten schon immer den Antisemitismus für eine der großen Torheiten unserer Welt gehalten. Auf unsere gemeinsame Gymnasialzeit trifft das jedenfalls nicht zu. Ihre Sympathien gehörten damals den faschistischen Diktatoren, und während des spanischen Bürgerkriegs standen Sie eindeutig auf seiten von Franco. Sie erinnern sich doch wohl an die Drohungen, die Sie gegen mich ausgestoßen haben – als Jude sollte ich das Maul halten und mich so unauffällig benehmen wie möglich. Daß darin ein gefährlicher Unterton mitschwang, überhörte ich nicht, und ich wußte sehr wohl, was mit mir geschähe, falls die Deutschen in der Schweiz einmarschierten. Zweitens muß ich Ihrer Behauptung widersprechen, ich sei aus intellektueller

Trägheit so lange bei den Kommunisten geblieben. Auch hier irren Sie, Herr Doktor. Ich bin so lange bei den Kommunisten geblieben, weil ich die Perversionen des kapitalistischen Systems kannte und die naive Illusion hegte, die Abschaffung der Lohnsklaverei, die Verteilung des Großgrundbesitzes und gleiche Chancen für alle würden die Menschheit auf eine höhere Stufe ihrer Entwicklung heben. Ich mußte dann – aus erster Hand, wie man sagt – leidvoll erfahren, daß meine Hoffnungen nichts anderes waren als kindische Illusionen. Drittens gab es einen wichtigen Grund, warum ich damals nicht im Westen geblieben bin. Ich hatte das Glück – oder wenn Sie lieber wollen, das Unglück –, in Monte Carlo zu weilen. In einem Sündenbabel ohnegleichen. Ich habe dort eine Welt des skandalösen Müßiggangs, des unverschämten Überflusses einer Oberschicht privilegierter Nichtstuer kennengelernt. Taugenichtse, die am Spieltisch mit Millionen um sich werfen, während drei Viertel aller Erdbewohner hungern. Überlegen Sie doch selbst, Herr Doktor, ob eine Flucht aus dem Regen des Ostens in die Traufe des Westens nicht einem Verrat gleichgekommen wäre. Einer Denunziation meiner selbst!

Nach meiner Sendung in Olkusz wußte ich natürlich, daß meine Karriere als Fernsehproduzent beendet war. Die Außenstationen brachten den gleichen Schlamm wie die Einvernahme der Zeugen. Ganz unzweideutig konnte man hören, die Gelegenheit, einen Monjek vom Turm zu schmeißen, biete sich nicht alle Tage. Am ganzen Unglück Polens sei der Gudlaj schuld. *Er* habe den Kommunismus erfunden und die Russen ins Land gerufen. Die besten Wohnungen bekomme er und die höchstbezahlten Stellen. Polen – so tönte es immer wieder – sei ein katholisches Land, doch die Hebräer hätten es in eine einzige Judenschule verwandelt. Immer schrecklichere

Anschuldigungen wurden laut. Alte Märchen vom Mord an christlichen Kindern wurden aufgetischt. Vom Pessachbrot, das angeblich mit dem Blut von abgestochenen Polen getränkt sei – und was alles noch die Phantasie primitiver Menschen erfinden kann. Und niemand protestierte. Niemand forderte den Abbruch der Sendung. Ich spürte, daß hier und jetzt meine Welt unterging. Als jemand aufstand und in die Kamera schrie, Hitler hätte wenigstens *ein* Gutes gemacht: die Ausrottung der Juden, verlor ich die Nerven. Ich schaltete zurück nach Olkusz, nahm das Mikrophon in die Hand und wetterte mit zornbebender Stimme: »Meine Damen und Herren. Das Tribunal des Volkes ist ab sofort abgeschafft. Das Volk hat versagt. Auf Nimmerwiedersehen!«

Das war an einem Montag im März des Jahres 1968 geschehen. In der Nacht verfaßte ich einen Aufruf an meine Zuschauer. Kampflos wollte ich nicht abtreten. Ich war jahrelang der Liebling des Fernsehpublikums gewesen. Jetzt war ich das schwarze Schaf. Trotzdem hoffte ich, daß man wenigstens meinen Abschiedsbrief zur Kenntnis nehmen würde. Ich schrieb also die folgenden Zeilen:

Tief verachtetes Volk. In meiner letzten Sendung sagte ich, ihr hättet versagt. Ich kann mir vorstellen, mit welchem Widerwillen ihr jetzt von mir sprecht. Euer Zorn muß um so heißer sein, als euch wohl langsam klar wird, was in meiner Sendung geschehen ist. Ein anonymer Mitbürger hatte den Mut zu sagen, Hitler hätte wenigstens *ein* Gutes gemacht: die Ausrottung der Juden. Ich finde es niederschmetternd, daß ein Pole so sprechen konnte. Noch niederschmetternder aber ist, daß ihm niemand das Wort abgeschnitten hat. Tausende hatten die Möglichkeit einzugreifen. Tausende hätten sich distanzieren können von dieser Ungeheuerlichkeit. Nicht einer hat sich gemeldet! Ich weiß, daß es Bürger gibt in diesem Land, die anders denken. Doch was hilft das, wo doch das Judenpogrom bereits begonnen hat. Nicht *gegen* den Willen des Volkes, sondern *mit* seiner mehr oder weniger schweigenden Zustimmung. Der Kommunismus ist nun in seine faschistische Phase getreten. Mit Unterstützung des schmutzigsten Pöbels schiebt man die Schuld für den Staatsbankrott den Juden in die Schuhe. Der Abschaum brüllt Beifall. Die Denkenden sagen nichts. Das Volk versagt in seiner Gesamtheit. Man applaudiert dem Massenmörder Hitler, ja, man tritt sein Vermächtnis an. Man macht sich damit mitschuldig an der Vergangenheit und der Gegenwart. Ich habe nicht im Sinn, ein einziges Wort zurückzunehmen. Ich stehe zu dem, was ich gesagt und getan habe. Vor wem soll ich mich denn entschuldigen, wenn ihr euch global verantwortlich macht? Ihr seid nicht besser als die Deutschen. Auch sie haben geschwiegen. Von heute an ist der Judenmord eine gemeinsame Ruhmestat von Deutschen und Polen. Schweigen ist nicht Gold, Schweigen ist Mitschuld. Ihr werdet mich nie mehr sehen. Ab heute bin ich vom Bildschirm verbannt. Weil ihr mich nicht mehr wollt, und umgekehrt. Ich werde jetzt untertauchen. In der Illegalität werde ich die Gerechten suchen, die mit mir weiterkämpfen wollen. Ihr werdet lange nichts hören von mir. Ihr sollt aber wissen, daß ich im Untergrund gegen den Strom schwimme. Eines Tages werdet ihr aus dem Schlaf erwachen. Es wird ein grauenvoller Morgen sein.

Gideon Esdur Kiebitz, Jude

Es gelang mir, einen jüdischen Drucker zu finden, der bereit war, meinen Aufruf zu vervielfältigen. Wir stellten zehntausend Flugblätter her und hofften, sie baldmöglichst verteilen zu können. Als wir durch eine Mauerluke auf die Straße blickten, schien es uns, als würden wir beobachtet. Innerhalb weniger Sekunden mußten wir entscheiden: Wer würde diesen »Abschiedsbrief« bei sich verstecken? Wer hatte den Mut, für die Juden seine Freiheit aufs Spiel zu setzen? Ich kannte nur *einen*, von dem ich wußte, daß er unerschrocken war. Janek Duch. Der Mann, der sich nach Stalins Tod die Schlagader aufgeschlitzt hatte. Er war nicht nur ein Held, er war mir auch verpflichtet, und so entschloß ich mich, ihn aufzusuchen. Zum ersten Mal seit vielen Jahren, und gleich mit einem lebenswichtigen Anliegen. Durch eine Heizungsklappe machte ich mich aus dem Staub, und spät in der Nacht klingelte ich an seiner Tür.

Der Empfang war merkwürdig. Janek Duch starrte auf mein Paket und sagte leise: »Ich habe Gäste, Herr Kiebitz. Was wünschen Sie?«

»Sie wissen, daß ich Sie nie um etwas gebeten habe, Herr Duch. Aber heute...«

»Was kann ich für Sie tun?«

»Ich möchte Sie fragen, ob ich diese Akten bei Ihnen lassen darf.«

»Warum lassen Sie die Akten nicht bei sich?«

»Ich sehe, daß es Ihnen nicht bequem ist. Auf Wiedersehen, Herr Duch.«

»Da wird wohl gefährliches Zeug verpackt sein, oder nicht?«

»Eine einzige Nacht, Herr Duch. Morgen hole ich es ab.«

»Geben Sie her, Herr Kiebitz! Eine Hand wäscht die andere...«

Ich reichte ihm das Paket und verschwand in der Finsternis. Ich hoffte, alles würde gutgehen, und eilte zu Irenas Schwester. Bei ihr war unser Treffpunkt für den Fall, daß irgendwann etwas schiefgehen würde. Alle warteten auf mich. Sogar Mikolaj und der Hund, der wie verrückt an mir emporsprang. Irena schaute mich lange an und fragte dann traurig: »Was wirst du jetzt tun, Gideon?«

»Untertauchen natürlich. Was bleibt mir noch übrig?«

»Du könntest abhauen, zum Beispiel. In den Westen, wo du herkommst.«
»Und du, Irena? Würdest du mitkommen?«
»Ich müßte darüber nachdenken.«
Von diesem Moment an war ich illegal. Illegal im einundzwanzigsten Jahrhundert. Ich hatte Angst und war fast sicher, daß man mich beschattete. Ich wagte nicht, bei mir zu übernachten. Ich hatte zwar beschlossen, in den Untergrund zu gehen, doch wußte ich nicht, wie man das macht. Ich hatte ja auch keine Freunde, an die ich mich wenden konnte. Vielleicht die Waisenhäusler – aber wo standen sie überhaupt? Sie bewunderten meine Sendungen, aber das war auch alles. Sie hatten eine Wut über die Zustände, haßten die Bonzen und frohlockten über jeden, der sich auflehnte, aber persönlich konnten sie sich nicht beklagen. Jeder von ihnen hatte Karriere gemacht. Sie waren Kinder der Nation. Bevorzugte des kommunistischen Regimes. Was würde sich ereignen, wenn ich plötzlich ankäme und um Hilfe bäte? Um was für Hilfe zudem? Geld? Kleider? Ein Bett, um die Nacht zu verbringen? Hatte ich überhaupt das Recht, sie in meine Sorgen zu verwickeln? Sie waren in der Hölle gewesen, saßen nun auf dem Trockenen, was wollte ich da von ihnen! Unsere Intimität war einseitig: Sie tolerierten mich, fanden mich interessant, erzählten von ihren Dornenwegen, aber von *meinem* Leben wußten sie nichts. Sonderbar. Sie hatten nie danach gefragt. Sie wußten nur, daß ich aus der Schweiz kam. Ich, ein Idiot mit Körben voller Illusionen, ein Nestlékommunist, ein Pralinésoldat, ein Luxusrevolutionär, der nach Polen emigriert war, um das Gruseln zu lernen. Sie würden lachen, wenn ich bei ihnen anklopfte. Sie würden auch gar nicht glauben, daß ich nun plötzlich auf der anderen Seite war. Nein, zu den Waisenhäuslern konnte ich nicht gehen. Unmöglich. Vielleicht zu Jungerwirth? Er würde sich freuen und sa-

gen, er hätte alles längst gewußt. Auf keinen Fall also. Er war ein verdammter Spötter, auf den kein Verlaß war. Verlassen konnte ich mich nur auf Irena – aber sie hatte das Kind. Sie mußte sich um den Jungen kümmern. Geld verdienen, damit er nicht verhungerte. Ich war allein. So allein wie nie zuvor, und was noch schlimmer war: Die Gegner des Regimes – und davon gab es Heerscharen – waren alles andere als meine Freunde. Sie hörten die Hetzsender aus dem Westen. Sie hofften auf die Wiederherstellung ihrer Privilegien. Sie wollten den alten Besitzstand. Ihre Landgüter. Ihre Fabriken. Ihre Staatsämter. Auch sie haßten die Juden. Auf solche Verbündete mußte ich verzichten.

Am Nachmittag des folgenden Tages schlich ich in meine Wohnung. Ich holte ein paar Hemden, Waschzeug und Medikamente. Immer wieder schielte ich ängstlich durch die Vorhänge, aber ich sah niemanden. Die Luft war offenbar rein. Ich blickte mich noch einmal um, ob ich nichts vergessen hatte. Da schrillte das Telefon. Ich zuckte zusammen. Wer mochte das sein? Ich nahm ab und fragte mit verstellter Stimme, wer da anriefe. Es war Ariel. Der Professor. Er hatte mich erkannt und sagte nur: »Heute abend um acht. Ich warte auf Sie...«

Der Kerl war übergeschnappt. Es war Donnerstag, und *er* wollte Karten spielen! Seit Jahren traf man sich am Sonntag. Was sollte das bedeuten? Wollte er wirklich Karten spielen? Oder war das ein Angebot? Sollte das heißen, ich sollte zu *ihm* kommen? Unterschlupf suchen in seiner Wohnung? Nur *das* konnte es bedeuten. Ich wußte doch, daß man donnerstags nicht pokert. Darum fragte ich: »Geht es Ihnen gut?«

Er antwortete nicht. Er hängte den Hörer auf, und *ich* jubilierte. Ganz allein war ich also nicht. Ich würde zu *ihm* gehen heute nacht. Zuerst zu Duch, um die Flugblätter abzuholen. Und dann zum Professor.

Es war genau 20 Uhr, als ich an der Wohnungstür läutete. An ihr prangte ein Messingschild, auf dem Name und Titel eingraviert waren: Janek Duch. Abteilungsleiter beim Polnischen Fernsehen. Ich fand das lächerlich. Harmlos und unheimlich zugleich. Ein um Mitleid heischender Vampir, ein Ungeheuer, das sich mit seinem Titel Respekt verschaffte. Abteilungsleiter beim polnischen Fernsehen! Wie hatte er gesprochen? Ich habe Gäste, Herr Kiebitz, was wünschen Sie? Der Kerl hatte sich emporgearbeitet. Als ich ihn kennengelernt hatte, wohnte er in den Trümmern eines ausgebombten Hauses. Jetzt hatte er eine Adresse, ein Namensschild und Gäste, die ihn besuchten, um seine Gastfreundschaft zu genießen. Zu Janek Duch allein wären sie bestimmt nicht gekommen. Sie besuchten den Abteilungsleiter. Den Mann, der jetzt über Dutzende von Schicksalen bestimmte. Was wünschen Sie, Herr Kiebitz? Ich habe Gäste. Das hatte Gewicht! Ein Würdenträger sprach da zu mir. Einer, der keine Zeit hat. Machen Sie schnell, hatte das bedeutet. Wie kommen Sie dazu, mich zu stören? Unangemeldet bei seiner Exzellenz, dem Nationalhelden. Jungerwirth hatte mich vor ihm gewarnt. Janek Duch würde mich verraten. Mich fertig machen, früher oder später – aber Jungerwirth warnte mich ja vor allen. Hätte ich auf ihn gehört, würde ich mich längst erhängt haben.

Ich läutete also, und die Tür ging auf. Vor mir stand ein Koloß. Nicht Janek Duch, sondern ein Kleiderschrank, der mit poltriger Stimme fragte, ob ich der Kiebitz sei.

»Der Herr Kiebitz«, antwortete ich, »und mit wem habe *ich* die Ehre?«

»Das geht Sie einen Dreck an. Sie sind verhaftet.«

Herr Kiebitz,
in Ihrem letzten Brief haben Sie mich beschuldigt, in meinen Gymnasialjahren ein Faschist gewesen zu sein. Ich nehme Ihnen das nicht übel. Solche Flegelhaftigkeiten sind natürlich. Die meisten Patienten lehnen sich in einem gewissen Stadium der Analyse gegen ihren Analytiker auf. Der Analytiker bekommt ja eine gewisse Macht über den Patienten. Er kennt ihn so gut wie den eigenen Sohn. Und so ist der Widerstand gegen den Psychiater ein Widerstand gegen die väterliche Autorität, gegen die Tyrannei des Elternhauses. Daher Ihr Vorwurf, der mich zwar verletzt, doch keineswegs vom Stuhl kippt: Ihr Aufbäumen ist ein erfreuliches Anzeichen der beginnenden Genesung. Sie versuchen, sich meiner Autorität zu entziehen und erwachsen zu werden. Das ist ein neuer Akzent in unserer Korrespondenz. Er beleidigt mich einerseits, doch bin ich andererseits darüber äußerst zufrieden. Was nun den Rest Ihres Schreibens betrifft, sehe ich in den sich überstürzenden Geschehnissen eine ganze Serie von interessanten Symptomen. Sie haben – was ich eine Zeitlang bezweifelt habe – einen starken Charakter. In Ihrer Einbürgerungsphase – was Ihr Ausdruck ist und nicht meiner – haben Sie konsequent den Weg des Ungehorsams beschritten. Bis zum Auftauchen der Feuerlilie und der vier Waisenhäusler waren Sie noch ein autoritätsgläubiger Mensch, der zur Partei gebetet hat, zur alleinseligmachenden Ideologie und den Führern ihrer Bewegung. Nun wurden Sie gegen alle Erwartungen ein Neinsager. Unaufhaltsam waren Sie nach vorne gestürmt und hatten sich nicht vor den Folgen gefürchtet. Das alles erfüllt mich mit Hoffnung, doch was mich verblüfft, ist Ihre Einsamkeit. Das totale Fehlen von Freunden, auf die Sie sich hätten verlassen können. Sie waren doch ein Kommunist. Ein Anhänger von Kollektivaktionen. Wie konnte ein Mann der Masse so allein sein? So maßlos iso-

liert? Und was mich noch nachdenklicher stimmt: Ihre Einsamkeit hat offenbar angedauert. Sie wurde in der Folge zum organischen Gebrechen. Sie haben die Sprache verloren, das wichtigste Kommunikationsmittel von Mensch zu Mensch. Sie schreiben mir stets nur von Ihrer Vergangenheit. Das ist in Ordnung. Das habe ich auch verlangt von Ihnen, doch von Ihrer Gegenwart weiß ich nichts. Ein einziges Mal erwähnten Sie eine Dame, die Sie im Prater angesprochen habe – doch dann fügten Sie nur flüchtig hinzu, daß Sie entsetzt das Weite gesucht hätten. Kennen Sie denn niemanden in Wien? Soll ich mir vorstellen, daß Sie tagein, tagaus in Ihrem möblierten Zimmer sitzen und Briefe verfassen?

Sehr geehrter Herr Doktor,
es stimmt, was Sie annehmen. Ich sitze tagein, tagaus in meiner Behausung, und nur ausnahmsweise begebe ich mich an die Luft, um lebenswichtige Besorgungen zu machen. Meine Einkäufe erledige ich in Selbstbedienungsläden, wo ein Gespräch mit dem Verkaufspersonal überflüssig ist. Ich wähle die Lebensmittel aus und bezahle. Kontakte habe ich nicht – mit einer einzigen Ausnahme. Am Lerchenfelder Gürtel, gleich bei der S-Bahnstation, steht ein Kriegsblinder, der seine Violinsoli zum besten gibt. Seit ich in Wien bin, fasziniert mich dieser Mensch mit seiner ungewöhnlichen Bogenführung, die sein Spiel ins Absurde – ich möchte fast sagen: ins Selbstironische – hebt. Im allgemeinen spielt er die Solosonaten von Bach, die ich ganz besonders liebe. Dabei hat er eine Art, pathetische Komik zu erzeugen, wenn er seine Dreiklänge streicht. Als fände er sich salbungsvoll oder gar etwas schwülstig, weil er nicht die Subtilität besitzt, um die himmlische Gewichtslosigkeit jener Akkorde aus der Geige zu locken. Mit diesem Kriegsblinden pflege ich

inzwischen eine vollkommen unsinnliche Freundschaft. Ich bleibe vor ihm stehen und lausche seinem Spiel, ohne je ein Wort mit ihm zu wechseln. Er sieht und hört mich nicht, doch spürt er irgendwie, daß ich mich in seiner Nähe befinde. Jedes Mal werfe ich eine Zehnschillingmünze in seinen Hut und freue mich über sein unmerkliches Nicken, das wie eine geheimnisvolle Komplizenschaft wirkt, wie eine behutsame Kontaktaufnahme. Wir kennen uns seit bald zwanzig Monaten – seit meiner Ankunft in Wien –, und ich habe mir vorgenommen, ihn anzusprechen, wenn ich meine Sprache wiedergefunden habe. Bevor es aber soweit ist, will ich Ihnen erzählen, wie es mir im Warschauer Gefängnis ergangen ist.

Meine Zelle war von niederschmetternder Nacktheit, die Wände waren voller regimefeindlicher Losungen. Obszönitäten gab es in sämtlichen Schattierungen: »Ich begehre sexuell die Volkskommissarin Jekaterina Furzewa – ein Perverser.« Oder: »Ich ficke euch alle ins Ohr – ein Symphoniker.« Oder: »Das Politbüro soll leben mit 34 Zloty pro Tag und meinem Schwanz im Arsch – ein Hinterlader.« Sechs Pritschen standen nebeneinander. Im linken Eck war ein Kübel für die Fäkalien. In der Mitte stand ein Tisch, auf dem – Gott weiß, warum – ein Strafgesetzbuch lag. Wir waren ein halbes Dutzend Männer. Drei Politische und drei Kriminelle. Man empfing mich mit höchster Ehrerbietung – ich war ja ein Fernsehstar. Sie alle kannten mein Gesicht und meine Sendungen, mit Ausnahme der letzten. Die hatte keiner gesehen, weil alle schon seit Wochen hier saßen. Wir kamen jedenfalls sofort ins Gespräch, und ich hatte das euphorische Gefühl, nun endlich unter Freunden zu sein. Und dann wurde ich verhört. Der Untersuchungsbeamte wußte nicht, wie er mit mir umgehen sollte. Er kannte mich ja vom Bildschirm. Alle meine Sendungen waren ihm gegenwärtig.

Es war ihm gar nicht möglich, mich zur Sau zu machen. Er war so verlegen, daß ich mich verpflichtet fühlte, ihn irgendwie aufzumuntern. Ich bot ihm eine Zigarette an, und er lächelte, als bäte er mich um Verzeihung, daß er ein so peinliches Geschäft erledigen mußte. Er öffnete eine Schublade und entnahm ihr ein Flugblatt. Verzagt stellte er mir die Frage, ob ich es kennen würde. Natürlich kannte ich es. Und den Verfasser? »Klar, Herr Verhörrichter. Der bin ich. Darunter steht ja mein Name, wie Sie sehen.«
»Sie gestehen also, dieses Elaborat verfaßt zu haben?«
»Sicher.«
»Aber sind Sie sich bewußt, das Gesetz verletzt zu haben?«
»Ganz im Gegenteil. Ich habe zwar diesen Text verfaßt, aber ich glaube kaum, daß er gesetzwidrig ist.«
»Dann täuschen Sie sich, Herr Kiebitz.«
»*Sie* täuschen sich, Herr Verhörrichter. Ich kenne das Strafgesetzbuch. Es liegt in meiner Zelle, und ich habe es gelesen.«
»Und?«
»Im Strafgesetzbuch steht schwarz auf weiß, daß die Verbreitung rassistischen Gedankenguts ein Verbrechen gegen den Staat und die sozialistische Gesellschaftsordnung ist.«
»Das stimmt, Herr Kiebitz, aber die Verbreitung illegaler Schriften ist ebenfalls ein Verbrechen und wird aufs härteste bestraft.«
»Aber mein Aufruf ist nicht illegal. Er wendet sich gegen die Verbreitung rassistischen Gedankenguts – also habe ich mich an das Gesetz gehalten.«
»Sie sagen in Ihrem Flugblatt, daß das Volk versagt hat.«
»Das ist die Wahrheit, Herr Verhörrichter.«
»Das Volk versagt nie, Herr Kiebitz. Ihr Aufruf ist eine Beleidigung des Vaterlandes.«

»Ich habe aber gehört, daß in Deutschland das Volk versagt haben soll.«
»In Deutschland schon. Bei uns nicht.«
»Da sind wir verschiedener Meinung, Herr Verhörrichter.«
Jetzt saß er da und knabberte an seinem Daumen. Offensichtlich hatte er keine Antwort zu dem Problem. Er stierte intensiv auf einen Punkt und sagte dann hilflos:
»Es wäre uns lieber, Sie würden Ihr Delikt abstreiten.«
»Aber erstens war es kein Delikt, und zweitens kann ich es nicht abstreiten.«
»Aber Sie könnten doch sagen, Sie seien von einem Unbekannten angestiftet worden.«
»Ich kenne keinen Unbekannten, Herr Verhörrichter.«
»Von diesem jüdischen Drucker, zum Beispiel. Der hat doch Ihr Flugblatt vervielfältigt.«
»Sie kennen ihn?«
»Er arbeitet für uns und hat Sie denunziert.«
»Ich dachte, Janek Duch hätte mich denunziert.«
»Er auch. Da haben Sie recht, Herr Kiebitz, aber wir haben viele Mitarbeiter...«
Mir wurde weich in den Beinen. Ich glaubte, umfallen zu müssen. Mit schwacher Stimme fragte ich: »Und was hätte ich davon, wenn ich sagen würde, daß ein Unbekannter mich angestiftet hat?«
»Dann könnten wir Sie freilassen. Auf Bewährung natürlich.«
»Und was hättet *ihr* davon, wenn ihr mich auf Bewährung freilassen würdet?«
»Sie würden dann auch mit uns zusammenarbeiten. Wie der Drucker oder Janek Duch.«
»Ich bleibe im Gefängnis, Herr Verhörrichter. Hier gefällt es mir.«
»Ist das Ihr letztes Wort, Herr Kiebitz?«
»Jawohl.«

Ich wurde in die Zelle zurückgeführt, wo meine Mitgefangenen wissen wollten, wie es gewesen war. Ich wiederholte jedes Wort. Ich erzählte auch von den beiden Denunzianten – und daß man mir angeboten hatte, ein Spitzel zu werden. Gleichzeitig sagte ich, daß es mir unklar sei, weshalb man mich loswerden wollte. Gut, sie wollten einen Spitzel mehr, aber warum mich? Da entbrannte eine Debatte, an der alle teilnahmen, sogar die Kriminellen, die mich offenbar in ihr Herz geschlossen hatten. Einer von ihnen sagte: »Die haben dich halt gern, Kiebitz. Bist nicht so 'n Knallkopp wie die anderen. Kannst reden. Bist 'n feiner Pinkel. Einer vom Fernsehen mit guten Manieren...«
Die Politischen lachten sich krumm: »Die und jemanden gern haben. Die brauchen doch den Kiebitz als Trumpf in ihrem Spiel. Die wollen uns zeigen, daß du nur gestehen mußt, und schon bist du draußen.«
Ich war wütend und sagte, daß ich nicht gestanden hätte. Nur erklärt, daß *ich* den Text verfaßt hätte und kein anderer.
»Klar war es so, aber dazu sagt man dann Geständnis. In der Zeitung werden sie schreiben, der bekannte Fernsehproduzent Gideon Esdur Kiebitz hätte zugegeben, ein volksfeindliches Flugblatt geschrieben zu haben...«
»Und das ist erst der Anfang. Dann werden sie den Inhalt des Aufrufs verdrehen und sagen, Kiebitz sei der Meinung, die Polacken seien eine Bande von Versagern. Ein Lumpengesindel von unbelehrbaren Antisemiten und keine Spur besser als die Deutschen...«
»Das hab' ich tatsächlich gesagt.«
»Dann bist du ein altes Arschloch.«
»Warum?«
»Weil du keine Ahnung hast.«
»Ich verstehe dich nicht.«
»Die Mehrzahl der Polen leistet Widerstand.«

»Ich hab' davon leider nichts gesehen.«
»Natürlich nicht. Die stellen sich doch nicht vor die Kamera und erzählen, was sie treiben. Sie schweigen, und damit basta.«
»Da haben wir viel davon.«
»Sie schweigen nicht nur, sondern sabotieren. Sie lassen sich nicht erwischen. Sie verfassen keine Aufrufe, die sie Spitzeln zum Drucken geben. Sie schütten den Kommunisten Sand ins Getriebe. Jeder auf seine Art, und am Ende entsteht das tollste Schlamassel der Welt.«
»Willst du sagen, auch ich hätte schweigen sollen?«
»Nicht im Fernsehen natürlich. Da hast du gesagt, was du denkst, und das ganze Land hat sich gefreut darüber.«
»Wo also hätte ich schweigen sollen?«
»Im Verhör, du Blödmann.«
»Und *du* hast geschwiegen?«
Der Mann knöpfte seine Jacke auf. Er zog das Hemd hoch und zeigte seinen Rücken, der voller Narben war: »Selbstverständlich. Jeder von uns hat geschwiegen – aber das kostet was. Fahrradketten. Stahlruten. Zigaretten, die sie dir auf dem Schenkel ausdrücken...«
Einer der Ganoven tätschelte mich freundschaftlich auf die Schulter und grinste: »Mach dir keine Zores, Junge. Bist halt besser als wir. Wehleidiger und schmerzempfindlicher. Aber sonst bist du in Ordnung.«
Da schlug einer der Politischen mit der Faust auf den Tisch und sagte grimmig: »Sie werden dich freilassen, du armes Würstchen. Du kommst raus, und kein anständiger Mensch wird mit dir reden. Nicht einmal ein paar Striemen hast du vorzuzeigen. Was haben sie dir angetan, wird man dich fragen. Und du antwortest mit blauen Augen: gar nichts. Sie waren nett zu mir und haben mir vorgeschlagen, ihr Spitzel zu werden. Niemand wird dir über den Weg trauen. Einen Bogen werden sie

machen um dich, und du verreckst vor lauter Einsamkeit...«
Mitten in diesem Satz ging die Tür auf, und man holte den Politischen zum Verhör. Zwei Stunden später kehrte er zurück. Blutüberströmt und mit gebrochenem Oberarm.
Am Freitag derselben Woche wurde ich entlassen. Im Zentralorgan der Partei konnte man lesen, daß ich nach einem vollen Geständnis begnadigt worden sei. In einem Boulevardblatt hieß es, ich hätte darum gebeten, in den Westen zurückzukehren, weil mir das Leben mit einem Volk von Versagern unerträglich geworden sei. In einer Kulturzeitschrift hieß es wörtlich: »Der Nestlérevolutionär Gideon Esdur Kiebitz ist von den Polen enttäuscht und sucht sich ein anderes Volk. In Israel wird er sich besser fühlen. Lebe wohl, du Fernsehstar. Auf Nimmerwiedersehn!«
Ich bekam ein Reisedokument und eine Frist von 72 Stunden, um das einundzwanzigste Jahrhundert zu verlassen. Ich schlich herum wie ein Aussätziger. Niemand wollte mich sehen. Ich kehrte zu Irena zurück, zu Mikolaj und dem Köter. Die Gefängniszelle war trostlos gewesen, aber mein Zuhause war noch trostloser. Vor mir klafften die drei traurigsten Tage meines Lebens.
Am ersten Abend nach meiner Entlassung bekam ich Besuch. Es waren Bronek, Schlappfuß und Leschek. Überrascht fragte ich: »Wo ist der Professor?«
Keiner wollte antworten. Da zog der Schlappfuß einen Brief aus der Tasche und gab ihn mir zu lesen:
Meine Weggefährten. Ich mache mir keine falschen Hoffnungen. Ich weiß, wie beschäftigt ihr seid. Bronek erzieht seine Waisenkinder und macht aus ihnen verläßliche Bürger unseres Staates. Leschek spielt in diesen Tagen – und das ist bezeichnend für unsere lustige Zeit – den Totengräber im Hamlet. Onkelchen schreibt Brandarti-

kel gegen den lieben Gott und wärmt sich an den prallen Brüsten seiner Frau. Kiebitz hingegen rennt hinter der Wahrheit her und verführt irgendeine blonde Venus, um sich zum hundertsten Mal davon zu überzeugen, welch unwiderstehlicher Mann er ist. Keiner von euch wird bei mir eintreffen. Um 20 Uhr öffne ich den Gashahn. Auf 20 Uhr habe ich euch eingeladen, um mit mir Karten zu spielen. Bei vollem Bewußtsein werde ich feststellen müssen, wie überflüssig ich bin – zweit- oder drittrangig im Fahrplan eures Lebens. Je nach dem Gehalt von Kohlenoxyd im Warschauer Leuchtgas wird es mir zwischen 20 Uhr 10 und 21 Uhr schwarz vor den Augen werden. Falls aber – gegen alle Erwartungen – doch einer von euch auftauchen sollte, verspreche ich hiermit hoch und heilig, bis zum Schluß der Komödie auszuharren und die Suppe des Daseins bis zum bitteren Ende auszulöffeln. Auf dem Hocker neben meinem Küchentisch werdet ihr ein Fläschchen mit schmerzstillenden Tabletten finden. Daraus könnt ihr schließen, daß ich wieder einen Anfall meiner Zahnschmerzen hatte und Wert darauf legte, in wohliger Benommenheit hinüberzugleiten. Auch eine leere Konservenbüchse liegt da. In ihr werdet ihr einige Überreste von Corned Beef finden. Das war meine Henkersmahlzeit, die ich jetzt, da ich euch schreibe, noch ungestört einnehme. Eine kulinarische Schlußorgie von wahrhaft polnischen Ausmaßen. Jawohl, meine Lieben. Corned Beef aus der Konservenbüchse, um die Einsamkeit zu vergessen und nicht zu weinen. Dazu ein Analgetikum zur Betäubung der Neuralgie. Ich bin nicht traurig, meine Weggefährten. Ich wünsche auch nicht, von euch betrauert zu werden – denn ein Toter scheidet von euch. Einer, der nie gelebt hat. Ich gehöre zu den Millionen von Totgeburten, die unser Volk – was schreibe ich? – euer Volk zu beklagen hat. Euer Volk. Eure Volksrepublik. Eure Rasse von katholischen Übermenschen. Ich gehöre nicht dazu. In meiner Kindheit wollte man mich zwingen, dazuzugehören. Ich habe mich dagegen gewehrt. Ich zog es vor, im Abseits zu stehen. Bis zum heutigen Tag, da ich im Abseits zu sterben suche. Als der jüdische Professor Ariel Altmann. Ihr habt es ja in der Sendung unseres Freundes aus der Schweiz gehört und gesehen. Daß Hitler wenigstens *ein* Gutes getan habe – die Juden habe er ausgerottet. Ich rotte mich lieber selber aus, um euch nicht im Weg zu stehen. Um mir selbst nicht im Weg zu stehen. Um ein vollkommener Niemand zu werden. Ich bin zwar immer ein Niemand gewesen, weil ich es immer vermieden hatte, Entschlüsse zu fassen, Entscheidungen zu treffen. Ich bin nie vor einer Alternative gestanden, andere haben die Weichen für mich gestellt, mein Tun gesteuert. Ich war nur ein Spielball des staatlichen Planungsamtes, und darum war ich eine Totgeburt. Ein lebender Leichnam war ich, der von euch scheidet, ohne seinen Status zu ändern. Ihr werdet mit dem Kopf schütteln. Bronek wird sagen, ich sei ein Buchstabengelehrter, der vor lauter Begriffen die Gegenstände nicht sieht. Ich habe sie genau gesehen. Doch ich stellte fest, daß sie erstarrt waren. Meteoriten, die den Kosmos durchqueren. Tote Zeugen eines längst erfrorenen Lebens. Partikel von Materie, die am Himmel aufleuchten. Sie rasen durch die Unendlichkeit, doch sie leben nicht. Es gehört zu den Besonderheiten des Menschseins, sich zu behaupten. Widerstand zu leisten. Hindernisse zu überwinden. Wir aber sind dazu abgerichtet worden, mit dem Strom zu schwimmen, mit der Meute zu heulen und unsere Individualität zu verneinen. Individuum, Individualität, Individualismus: Schimpfwörter in unserem Paradies, Störfaktoren, Hemmschuhe der kommunistischen Planung. In meinen Dokumenten steht, ich sei ein Kleinbürger. Was das wirklich bedeutet, weiß niemand. Wahrscheinlich, daß ich nicht ganz verläßlich bin. Zwischen proletarisch und bürgerlich, weder Fisch noch Fleisch, keine Kerze für den lieben Gott und keine Mistgabel für den Teufel. Ein Zwitter in jeder Hinsicht, habsüchtig, engstirnig und charakterlos. So will es die offizielle Lesart, weil mein Vater weder ein Unterhund war noch ein Herrenmensch. Und was noch bedenklicher ist: Unter der Rubrik »Nationalität« steht bei mir Jude. Damit gehöre ich zu einer höchst problematischen Kategorie, die mein genetisches Programm entscheidend beeinflußt hat. Ich bin also kein Einzelwesen. Ich gehöre zu einer Rasse. Zu einer Nationalität von Krämern, die Christus ans Kreuz geschlagen haben. Mein Charakter ist also kleinbürgerlich und jüdisch, und mein Handeln ist geplant vom Zentralkomitee der Partei und dem Ministerium für höhere Schulbildung. Ich bin eine Ziffer. Ein Posten in der nationalen Buchführung. Wer sich dagegen auflehnt, wird unschädlich gemacht. Wer es nicht tut, und ich habe es *nicht* getan, ist eine Null. So ist es schlecht, meine Freunde, und anders ist es auch nicht gut. Ich verlasse euch für immer und bin euch eine Erklärung schuldig. Eine philosophische Erklärung, denn so gehört es sich für einen Professor der Warschauer Universität. Was ist, ist vernünftig – heißt es bei Hegel. Ich bin eine Totgeburt, und da ich es bin, *muß* es so sein. Nicht vernünftig ist jedoch, daß ich noch immer auf einer Gehaltsliste stehe. Diesem absurden Zustand muß ich ein Ende machen. In zwei Minuten – genau um 20 Uhr – werde ich den Gashahn aufdrehen. Das habe ich mit meinem freien Willen beschlossen. Der erste und letzte freie Entschluß in meiner Laufbahn. Ich werde weiterschreiben, bis ich nicht mehr kann. Achtung! Es ist Zeit. Ich drehe den Hahn nach rechts – es beginnt der Akt meiner Selbstauslöschung, den ich für logisch halte. Ich muß gehen, weil ich ein Nichts bin. Meine Existenz steht im Widerspruch zu meiner Wertlosigkeit. Auf dem Wandgestell steht meine

Geliebte. Der Weinbecher aus grünem Glas, den ich Mathilde nenne. Eigentlich ist sie häßlich und fürchterlich geschmacklos, aber Leschek sagt, sie sei der Treibstoff unserer Freundschaft – die Galgenfrist unseres Daseins. Solange das Glas voll sei, stehe die Zukunft noch *vor* uns. Wenn es aber leer sei, gehe die Zeit zur Neige. Ich habe nicht mehr lange zu leben, denn Mathilde ist leer. Neben ihr steht eine Flasche. Sie wird mich hinübergeleiten. In den Garten der Lüste. Und auch die Flasche wird bald leer sein. Sie ist der Schlüssel zum Nirwana. Sie enthält noch einige Tropfen der köstlichen Flüssigkeit, des himmlischen Branntweins ohne Geruch und Geschmack. Hergestellt aus den häßlichsten Früchten unserer Heimaterde. Aus braunen Kartoffeln und gelbem Korn. Diese Flasche enthält mindestens 40 Prozent reinen Alkohol. Die vierzigprozentige Freiheit, das einzige Menschenglück, das sich der Einmischung des Zensors entzieht. Die flüssige Kunst, die jedermann zugänglich ist und auch die Namenlosen beflügelt. Ich trinke dich aus, Mathilde, und wenn ich im Suff krepiere. Die Welt dreht sich. Hurra. Sie dreht sich *doch*. Ich hocke im Mittelpunkt und will es euch sagen: Sie hat mir telegraphiert. Mathilde hat mir eine Depesche geschickt. Aus Leningrad. Nicht Mathilde, sondern Vera. Der Traum meines Lebens. Am nächsten Montag will sie ankommen. Zehntausend Monde habe ich gewartet. Ich habe mich totgewartet. Ich will es nicht erleben. Die schönste Mathilde der Welt. Vera. Du mein alles. Du mein Engel. Jetzt kommst du, wo es keinen Sinn mehr hat. Was wird aus mir, wenn ich nicht mehr warten muß. Kiebitz hat mich ermordet. Mit seiner Sendung hat er mir die Schlagader durchgeschnitten. Er hat mir gezeigt, daß ich allein bin, allein wie eine Warze auf der Nase. Niemand braucht uns. Die Zeitbombe tickt. Niemand will uns. Achtung. Ich schreibe meine letzten Worte. Ich bin besoffen. Wor-

über schreibt man seine letzten Worte? Über die Liebe, nehme ich an. Sogar die Liebe habt ihr beschlagnahmt. Sie ist euch suspekt. Sie ähnelt dem Privateigentum. Sie hat den Anruch von Ausschließlichkeit. Sie ist zu hermetisch, zu diskret, zu wenig überprüfbar. Sie entzieht sich dem Zugriff der Staatspolizei. Ich werde müde. Das sind die organischen Schwefelverbindungen. Der charakteristische Geruch von verbrannten Autoreifen. Das Kohlenoxyd beginnt, mein Blut zu zersetzen. Die Liebe ist ein Wahn. Etwas Unsichtbares. Sie läßt sich nicht messen. Nicht abwägen. Nicht in Teile zerlegen. Also gibt es sie nicht. Vom wissenschaftlichen Standpunkt aus gibt es keine Liebe. Wie sagt ihr so schön, meine marxistischen Brüder und Schwestern? Liebe ist eine Funktion der Materie. Eine Widerspiegelung materieller Prozesse. Ein Reflex hormonaler Veränderungen. Es gibt keine Liebe. Es gibt nur Vera. Ich vergehe vor Brunst – doch Brunst hat nichts mit Liebe zu tun. Ich berste vor Sehnsucht. Das Gas fängt an zu stinken, aber wer A sagt, muß auch B sagen. Ich ersticke in einer Wolke von Zärtlichkeit. Ich sage deinen Namen: Vera. Ich schreibe ihn auf ein Stück Papier. Ich schreie: Vera! Noch einmal: Vera! Zwei und drei Mal: Vera, du meine Morgendämmerung. Du mein Anfang. Ich kann nicht mehr atmen. Warum kommt niemand? Ich habe keine Freunde auf der Welt. Sie haben mich geliebt auf ihre Weise, und ich habe sie verraten. An die Deutschen. Ein Schuß in den Nacken, und alles war zu Ende. Kiebitz hat recht. Allein wie ein Hund. Keine Luft mehr zum Atmen. Jetzt...
Weltuntergang, Herr Doktor. Keiner konnte reden. Wir standen da. Vier Männer, die keinen Laut hervorbrachten. Keiner von uns hatte Zeit gehabt. Keiner hatte es verhindern können. Wir hatten ihn ersticken lassen, weil wir nur *uns* sahen. Unsere Sorgen hatten uns blind gemacht! Da plötzlich platzte ich mit einer Frage heraus. Blöd und

geschmacklos, weil sie vom Himmel seiner Tragödie auf die Erde plumpste wie ein Klumpen Kot: »Wo habt ihr ihn begraben?«
Leschek verzog die Lippen zu einem müden Grinsen und paraphrasierte seinen Dialog aus Hamlet, den er jeden Abend einem johlenden Publikum vorspielte: »Der dürfte nicht in christlichem Begräbnis bestattet werden.«
»Warum?«
»Weil er sich selber umgebracht hat.«
»Und?«
»Weil er ein Jude ist, kein Pole.«
Ich bat die drei, sich zu setzen. Es war wie ein Fiebertraum. Wir waren voller Fragen, doch keiner sprach. Schließlich sagte ich heiser, die letzten Worte des Totengräbers seien nicht von Shakespeare. Darauf antwortete Leschek, er habe den Text ein bißchen aktualisiert – das mit dem Juden sei von *ihm*. Dann schwiegen wir. Nach einer beklemmenden Pause fragte Irena, die sich zu uns gesetzt hatte, was Leschek an jenem Abend getan habe.
»Gespielt wie immer. Das Volk zum Lachen gebracht.«
»Und nachher?«
»Mich verbeugt. Ich hatte elf Vorhänge. Einen mehr als der Hauptdarsteller.«
»Und dann?« schrie ich – sie wußten doch alle, daß etwas nicht stimmte. Er hatte doch alle angerufen, nicht nur mich...
»Dann ging ich mit Ophelia ins Bett. Sie ist eine große Schauspielerin.«
»In der Liebe?«
»Auch auf der Bühne. Sie hat eine schneeweiße Haut. Ihre Stimme ist weich und falsch. Sie hat mich dreimal fertiggemacht in dieser Nacht. Und dreimal geschworen, ich sei der beste Liebhaber aller Zeiten.«

»Was hat er Ihnen gesagt, als er Sie angerufen hat?«
»Heute abend um acht, hat er gesagt, wir spielen Poker.«
»Statt dessen gingen Sie mit Ophelia ins Bett, wenn ich recht verstehe.«
»An Donnerstagen pokern wir doch nicht, dachte ich mir, und außerdem war ich niedergeschlagen. Ich wollte nicht zu diesem Miesepeter hingehen...«
»Und ließen ihn krepieren?«
»Kurz vor dem Höhepunkt... hat sie eine Art zu winseln. Das treibt mich zur Raserei.«
»Aber Sie konnten sich doch ausrechnen, daß der Professor etwas wollte von Ihnen.«
»Auf der Bühne ist sie Ophelia. Im Privatleben die Tochter eines Verhörrichters. Eine höchst perverse Dame. So wie sie winseln die Opfer, wenn man ihnen die Schrauben an den Daumen legt. Ich wollte vergessen an diesem Abend. Ich war traurig und hatte keine Lust auf diesen Muffel. Das werden Sie doch verstehen, Herr Kiebitz, nachdem Sie im Knast saßen.«
»Ich verstehe nichts«, antwortete ich ratlos, »ich werde nie etwas verstehen. Und Sie, Bronek?«
»Auch ich hatte keine Zeit. Man hatte mich gerufen, weil ein Kind verschwunden war. Ein Mädchen namens Mariska. Kaum elf Jahre alt. Etwas zurückgeblieben. Mit großen Augen. Schweigsam und immer nachdenklich. Es war kalt draußen, und ich machte mir Kummer, wo sie wohl sein mochte. Sie hatte doch keinen Grund davonzulaufen. Wo war sie also? Jedenfalls nicht im Waisenhaus, wo wir alles durchsucht hatten. Estrich und Keller, Speisekammer und Waschküche. Mariška war weg. Eine Panik packte mich: Es konnte ihr etwas zugestoßen sein. Zuletzt – es war schon bald zehn Uhr – ging ich in den Garten hinaus. Es hatte geschneit, und ich sah verwehte Fußspuren am Boden. Da fand ich sie. Stehend vor einer

Zwergtanne. Am äußersten Ende des Parks. Sie betete leise vor sich hin.
»Was machst du da, Mariśka?«
»Ich stehe Wache.«
»Warum?«
»Weil die Tanne so allein ist.«
»Und *darum* stehst du Wache?«
»Sie ist meine Schwester. Ich bin auch allein.«
»Und darum stehst du im Schnee? Mitten in der Nacht, wenn die andern Kinder schon schlafen?«
»Ich muß aufpassen, daß ihr nichts passiert.«
Ich fragte Bronek, ob er *deswegen* nicht gekommen sei. Er mußte doch bemerkt haben, daß mit dem Professor etwas nicht stimmte. Bronek antwortete wie im Halbschlaf: »Mariśka hatte blaue Lippen. Sie schlotterte am ganzen Körper, und ich nahm sie in die Arme, um ihr Wärme zu geben. Ich streichelte sie übers Haar und küßte sie auf beide Wangen. So blieben wir zu zweit vor der einsamen Zwergtanne und standen Wache, bis dem Kind die Augen zufielen. Als ich Mariśka ins Bett trug, war es Mitternacht.«
Eine rührselige Geschichte, dachte ich, aber die Tränen liefen mir übers Gesicht. Ich schämte mich vor den anderen. Warum bin ich, verdammt nochmal, so sentimental? Jedenfalls waren mir die Tränen peinlich, und ich schneuzte mich, um nicht lächerlich zu erscheinen. Dabei fragte ich den Schlappfuß, warum denn *er* nicht hingegangen sei.
»Ich bin hingegangen«, gab er zurück, »aber mit Verspätung. Weil ich im Bett lag und meine Prothesen nicht anhatte. Das dauert nämlich, bis man die falschen Knochen draufkriegt. Wenn einem niemand hilft, mehr als eine Stunde.«
»Ihre Frau war nicht zu Hause?«
»Doch – aber ich mußte warten, bis sie einschlief.«

»Ich verstehe nicht.«
»Weil sie sich ekelt vor mir. Schenkelstummel sind nichts für schöne Frauen. Ich würde lieber verrecken, als sie ihr zu zeigen. Als ich aus dem Haus ging, war es schon spät. Dann fand ich ein Taxi, und gegen elf Uhr kam ich an.«
»Und?«
»Er hockte in der Küche. Mit hängendem Unterkiefer. Die Augen gläsern und starr. Auf dem Schemelchen die schmerzstillenden Tabletten. Auf dem Fußboden die Konservenbüchse, von der er schreibt. Corned Beef zum würdigen Abschied. Und dann eben: die Mathilde aus grünem Glas. Leergesoffen. Am Tischrand, als müsse sie gleich zu Boden stürzen. Das ganze Haus stank nach Gas. Und Sie?«
»Was meinen Sie?« fragte ich unsicher.
»Sie sind ja auch nicht hingegangen.«
»Ich wurde verhaftet. Am selben Abend. Und blieb fast drei Wochen im Gefängnis.«
»Hat man Sie gefoltert?«
»Mich nicht. Man war eher höflich zu mir.«
Eine lange Pause trat ein. Argwohn hing in der Luft. Vielleicht eine Spur von Abscheu. Dann sagte Leschek: »Sehen Sie, Herr Kiebitz. Sogar im Gefängnis fahren sie erste Klasse. Ein Glückspilz sind Sie. Und man hat Sie nicht einmal verprügelt?«
»Einen Mitgefangenen haben sie blutig geschlagen. Mich hat man verschont.«
»Sonderbar«, sagte Leschek, »in der Zeitung steht, daß Sie ein Geständnis abgelegt haben und danach freigelassen wurden. War das so?«
»Es hatte keinen Zweck zu leugnen. Die Sache war klar.«
»Dann leben Sie wohl, Herr Kiebitz. Es war uns ein Vergnügen.«
Das, Herr Doktor, war das Ende meiner Freundschaft

mit den Waisenhäuslern. Sie hatten alle mein Leben verändert – und jetzt verließen sie mich. Ich hatte keinen Grund mehr, in Polen zu bleiben. Bis zur Abreise blieben mir zwei Tage.

Herr Kiebitz,
Ihr letzter Brief ist wohl der Schlüssel zu Ihrem Rätsel. Und außerdem das Scheußlichste, was ich je gelesen habe. Ihre Erfahrungen an sich waren vielleicht erträglich – man hat auch schon Schlimmeres gehört. Aber diese Vereinsamung! Dieses tierische Mißtrauen. Die Angst und der Verrat. Das alles übersteigt meine Vorstellungskraft. Ich nehme an, daß Sie damals den Tiefpunkt Ihrer Enttäuschung erreicht haben und daß es von da an nur noch aufwärts gehen konnte. Theoretisch müßten wir nun zur Lösung Ihres Problems kommen.

Sehr geehrter Herr Doktor,
Sie irren sich in Ihrer Annahme, ich hätte den Tiefpunkt erreicht. Es blieben mir ja noch achtundvierzig Stunden, und das bittere Ende sollte erst kommen. Bevor ich aber weitererzähle, muß ich über einen Traum schreiben, der mich allnächtlich aus dem Schlaf reißt. Ich befinde mich in einem italienischen Garten am Comer See. In einem märchenhaften Magnolienhain, und süße Düfte betören meine Sinne. Auf einem Rasen steht eine Marmorskulptur in neoklassizistischem Stil. Sie stellt einen Hund dar, der stumm zum Himmel heult. Die Ähnlichkeit ist phantastisch. Das ist Haschek, mein armer Köter, den ich auf dem Gewissen habe. Haschek, mein Gewissen. Mein besseres Ich, dessen Liebe ich nie erwidern konnte. Jedesmal, wenn ich von ihm träume, werfe ich mich auf die Knie und flehe um Vergebung: Du mein lieber Gott,

Allah akhbar, Adonaj hu hoelejhim, und dabei erwache ich. Die letzten Worte, die hebräischen, strömen aus meinem Herzen. Ich spreche sie aus – im Traum allerdings, da ich ja weder sprechen noch beten kann. Adonaj hu hoelejhim. Meine einzigen Worte, und der Marmorhund fängt an zu bellen. Jede Nacht ereignet sich dieses Wunder. Ein doppeltes Wunder, wenn man es genaunimmt. Der tote Hund heult, und der stumme Kiebitz spricht. Was soll das nur bedeuten? Daß ich bald die Sprache zurückgewinne? Das wäre zu schön, um wahr zu sein...
Ich muß jetzt zurückkurbeln. Um volle zwei Jahre. Zu jenem 30. März 1968, als ich erfahren habe, daß Haschek dableiben mußte. Er durfte nicht ausreisen. Wir mußten in den Westen. Irena, Mikolaj und ich – mit drei Koffern, aber der Hund bekam keinen Paß. Wir hatten in diesen achtundvierzig Stunden noch tausend Kleinigkeiten zu erledigen – und plötzlich also dieses Problem. Mit wem sollte ich mich beraten? Ich war ja ein Aussätziger. Ein Regimegegner für die Behörden, ein Saujud für den Pöbel und meinen Freunden suspekt. Ich hatte keine Striemen auf dem Rücken und keine Narben in der Haut, obwohl ich im Gefängnis war. Sorge dich selber um deinen Hund, würden alle sagen. Kehre zurück, wo du herkommst! Laß uns in Frieden! Mir blieb nur Jungerwirth, den ich um Rat fragte. Der Zahnarzt empfing mich mit einer schrecklichen Grimasse: »Sie fragen mich, was zu tun sei, Sie Hornochse? Nie haben Sie gefragt, und jetzt kommen Sie. Ich habe Ihnen immer gesagt, daß Sie gehen müssen, aber Sie waren gescheiter. Sie sind dageblieben. Haben nicht gehört auf mich. Jetzt erst kommen Sie, wo es zu spät ist. Das Pogrom ist ausgebrochen, und man wird uns totschlagen wie die Fliegen. Sie warten auf uns. Stahlruten in der Hand und den Teufel im Herzen. Heute ist der 30. März. Sie hat es Ihnen vorausgesagt, die alte

Hexe. Aber auch *ihr* haben Sie nicht geglaubt. Jetzt sitzen wir im gleichen Boot, Herr Kiebitz. Jetzt haben wir *beide* Angst. Ein großer Held sind Sie gewesen. Der Kommunist aus dem Westen. Der tapfere Fernsehproduzent. Jetzt sind Sie ein Würstchen wie ich. Eine Null. Ein stinkender Jude, den man zum Teufel jagt.«
»Aber *Sie* bleiben?«
»Ich flüchte, wenn ich den heutigen Tag überstehe. Wenn ich mich lebend bis zum Bahnhof durchschlagen kann. Ich fahre morgen, wenn Gott es will, und zwar nach Israel. Woanders will man uns nicht. Ich bin zu alt, um noch einmal anzufangen. Ich will im Frieden sterben. Das ist alles, was ich wünsche.«
»Aber Sie hatten doch andere Pläne, Herr Jungerwirth. Sie wollten sehen, wie man sie aufknüpft, die Herrschaften. Den Tag der Vergeltung wollten Sie erleben, oder nicht?«
»Diesmal werden sie nicht baumeln, die Schurken. Sie sind noch einmal davongekommen. Die Kommunisten haben sich verbrüdert mit dem Pöbel. Gemeinsam gegen *uns*.«
»Sagen Sie mir, was ich tun soll.«
»Abfahren. Sofort!«
»Ich meine, was ich mit dem Hund tun soll.«
Er setzte sich auf den Instrumentenschrank und seufzte tief: »Ihre Sorgen möcht' ich haben, Herr Kiebitz. Man wird uns mit Teer beschmieren und anzünden wie lebende Fackeln, aber *Sie* kümmern sich um Ihren Hund.«
»Machen Sie keine Witze, Herr Jungerwirth! Ich bitte Sie um Rat!«
»Dann fahren Sie nach Świder! Dort gibt es ein Hundehotel.«
Wir fuhren also nach Świder. In meinem Luxusauto. Mikolaj, Haschek und ich. Mikolaj war vier Jahre alt und

wußte nicht, was ihm bevorstand. Er fragte ahnungslos, wo es denn hinginge. Ich sagte, wir würden Haschek ins Hotel bringen. Der Junge fand das lustig und sagte, er wolle auch ins Hotel. Darauf antwortete ich mit seifiger Stimme: »Da lassen sie dich nicht hinein, Mikolaj. Das ist ein Hotel für Hunde. Während wir in die Ferien fahren, bleibt Haschek dort und spielt mit anderen Hunden.«
»Wohin fahren wir denn in die Ferien?«
»Zuerst einmal nach Wien. Dann sehen wir weiter.«
»Und Mama kommt mit?«
»Natürlich kommt sie mit. Wir fahren doch nicht ohne sie.«
»Aber ohne Haschek?«
»Weil er ein Hund ist.«
»Im Sommer waren wir in der Tatra. Da war Haschek dabei.«
»In den Bergen ist das etwas anderes. Da fühlt er sich wohl.«
»Und in Wien fühlt er sich nicht wohl?«
»Wien ist eine große Stadt, Mikolaj. Das ist nichts für Hunde.«
»Warschau ist auch eine große Stadt, und da fühlt er sich zu Hause.«
Haschek bellte vergnügt, und Mikolaj sah sich bestätigt. Ich mußte also anders argumentieren: »Wir bringen Haschek in ein Fünf-Sterne-Hotel.«
»Was ist das?«
»Ein Hotel erster Klasse. Mit Teppichen in der Hundehütte und dicken Würsten, die von der Decke hängen.«
»Und kann er weglaufen, wenn er Lust hat?«
»Wahrscheinlich schon.«
»Dann läuft er nach Hause zurück. Ich bin ganz sicher, daß er uns findet.«
»Aber wir werden doch nicht zu Hause sein. Wir fahren ins Ausland, und die Wohnung ist verschlossen.«

»Dann setzt er sich vor die Tür und wartet, bis wir zurückkommen.«
Die Fahrt durch die Wälder war ein Alptraum. Ich spürte, was auf uns zukam. Warum hatte ich nur den Jungen mitgenommen? Ich hätte ihn zu Hause lassen können. Bei Irena, die mit Packen beschäftigt war. Ich rollte über einen Nebenpfad und sah einen Wegweiser, auf dem geschrieben stand: »Tierhotel Heimat – Asyl für verlassene Hunde«. Das Herz blieb mir stehen, Herr Doktor. Ein Asyl für verlassene Hunde. Für mich, zum Beispiel. Das war es doch, was ich brauchte. Ein Asyl. Eine Zuflucht. Ein Obdach. Wir bogen um eine Kurve und waren am Ziel. Vor uns stand das Tierhotel »Heimat«. Es erstreckte sich über eine Fläche von 20 000 Quadratmetern und war mit drei Hecken aus Stacheldraht umzäunt. Alle 20 Meter stand ein Wachturm aus Holz. Mit überkreuzten Streben und Scheinwerfern, die in der Nacht das Fünf-Sterne-Hotel zu erleuchten hatten. Die Knie wurden mir weich. Ich war in Auschwitz. In einem Konzentrationslager für Obdachlose. Einem Vernichtungslager in Miniaturformat. Mikolaj war gelähmt. Er brachte kein Wort hervor, aber Entsetzen zeigte sich in seinem Gesicht. Er wollte nicht aussteigen und drückte Haschek fest an seine Brust. Ich stieg aus und ging aufs Hotelbüro zu. Eine dicke Frau empfing mich und fragte argwöhnisch, was ich wünschte.
»Ich möchte meinen Hund in Pension geben. Man sagt mir, bei Ihnen wäre er gut aufgehoben.«
»Sie wollen ihn loswerden, nehme ich an.«
»Ich will ihn in Pension geben, habe ich gesagt.«
»Warum?«
»Weil wir ins Ausland fahren.«
»Für wie lange?«
»Das wissen wir noch nicht.«
»Für immer, stell' ich mir vor – ihr seid wohl Juden.«

»Müssen Sie das wissen?«
»Unser Hotel ist voll von jüdischen Hunden. Ihre Herren haben in die Hosen geschissen und reißen aus. Nach Israel oder Amerika.«
»Haben Sie einen Platz für meinen Hund? Ja oder nein?«
»Baracke 281. Da ist noch was frei. 500 Zloty am Tag.«
»Das ist ja doppelt soviel wie im Hilton.«
»Das ist ein Hundehotel und kostet seinen Preis. Wenn Sie ihn nach einem Monat nicht abholen, wird er vergast.«
»Eine andere Lösung gibt es nicht?«
»Entscheiden Sie sich! Wir haben zu tun.«
Was sollte ich machen, Herr Doktor? Es blieben noch 24 Stunden. Ich hatte keine Wahl: Ich bezahlte 15 000 Zloty, damit mein Hund noch 30 Tage leben durfte. Ein Vermögen. Ein Monatsverdienst. Du mein guter Haschek. Adonaj hu hoelejhim. Verzeihe mir. Ich konnte nicht anders. Ich haßte dieses Weib. Wenn Sie ihn nicht abholen, wird er vergast. Dieser Satz zerriß mir das Herz. Sie wollte mich damit bestrafen. Weil ich ein Jude war. Weil ich den Heiland ans Kreuz geschlagen hatte. Unser Hotel ist voll von jüdischen Hunden. 500 Zloty am Tag. Die sollen nur zahlen, die Saukerle. Sie haben ja Geld. Bereichern sich an unserer Armut. Doch jetzt haben sie in die Hosen geschissen und türmen nach Israel oder Amerika. Das Weib hatte eine Peitsche in der Hand. Wie Ilse Koch, die Bestie von Auschwitz. Es gab keinen Ausweg. Ich ging zum Auto zurück und sagte scheinheilig: »Jetzt nehmen wir Abschied, Mikolaj. Kurz und schmerzlos.«
»Ich bleibe da.«
»Das kannst du aber nicht. Das ist ein Hotel für Hunde, nicht für Kinder, und übrigens...«
»Ich bleibe da.«
»Komm her, Haschek. Ich muß dich abgeben.«

Haschek schmiegte sich an den Leib des Kindes. Er spürte, daß ich log. Beide spürten, daß ich log, und Mikolaj sagte: »Bring uns nach Hause zurück! Wir bleiben zusammen.«
»Ich bitte dich, Mikolaj. Mach keine Faxen und gib mir den Hund!«
»Nein.«
»Dann muß *ich* ihn nehmen!« Ich packte das Tier am Halsband, zerrte es aus dem Auto und rannte hinüber zu der Baracke, die sich Hotelempfang nannte.
Da schrillte ein Schrei durch die Lichtung. Mein Sohn brüllte wie ein verletztes Wild. Er lief mir nach und kreischte: »Ich will nicht, ich will nicht, ich will nicht!« Jetzt hatte mich Mikolaj eingeholt. Er packte mich am Mantel. Klammerte sich an meine Hosen. Riß mir die Leine aus der Faust. Ich mußte sie ihm wieder entwinden. Ich wußte weder ein noch aus und wollte schon aufgeben, als das Weib herbeirannte. Die Lagerkommandantin kam mir zu Hilfe. Jeder hat die Verbündeten, die er verdient. Sie zerrte mir den Strick aus der Faust, und das Gerangel war zu Ende. Sie führte Haschek ab. Und er gab keinen Laut von sich, was noch schrecklicher war, als wenn er geheult hätte. Er zog den Kopf ein und schlich durch die Eingangspforte. Ein jüdischer Hund. Stumm. Ergeben in sein Schicksal. Mikolaj warf sich auf die Erde und riß Grasbüschel aus. Verzweifelt stopfte er sie sich in den Mund und gab herzzerreißende Schreie von sich. Plötzlich richtete er sich auf und rief so schrill, daß mir das Blut in den Adern erstarrte: »Haschek, komm!«
Da ereignete sich etwas Grauenvolles. Hunderte von Hunden heulten auf. Das ganze Vernichtungslager schien zu protestieren. Die Judenhunde wollten nicht vergast werden! Nun stürzte mein Sohn auf die Eingangspforte zu. Er wollte sie aufreißen, Haschek be-

freien, doch es ging nicht. Er rannte mit dem Kopf gegen die Brettertür. Er trommelte gegen die Blechverschalung, bis ich ihn aufhob und ins Auto zurückbrachte. Er war vollkommen erschöpft, und beim Gejaule von ein paar hundert Todeskandidaten, unter dem Gebell eines wildgewordenen Konzentrationslagers fuhren wir nach Hause zurück. An diesem Tag, Herr Doktor, verlor ich meine Sprache. Ich konnte zwar noch reden, und die Worte sprühten wie immer von meiner Zunge. Als ob nichts passiert wäre – aber ich hatte nichts mehr zu sagen. Ich wußte, daß ich in die Hölle gesehen hatte. Mit eigenen Augen. Ich war kein unbeschriebenes Blatt mehr.

Herr Kiebitz,
verzeihen Sie, daß ich mich einige Zeit nicht mehr gemeldet habe. Ihr letzter Brief hat mich völlig aus dem Gleichgewicht geschleudert. Sie sagen, an jenem Tag hätten Sie die Sprache verloren. Ich auch, nachdem ich Ihren Brief gelesen habe. Den ganzen Tag blieb ich allein und ließ sogar das Telefon läuten, weil ich nicht gewußt hätte, was ich den Anrufern hätte sagen sollen. Was kann man noch sagen nach so einem Abschied. Merkwürdig ist das. Von Menschen kann man sich trennen, denn die Sprache hilft uns, den Schmerz zu überspielen. Die Sprache ist eine Maske. Talleyrand soll gesagt haben, Gott hätte uns die Zunge gegeben, um die Gedanken zu verbergen. Das tönt wie eine müßige Geistreichelei, aber es ist wahr. Wie kann man von einem Hund Abschied nehmen? Mit welchen Worten? Lügen kann man nicht. Nur schweigen, und das versteht er. Aber lassen wir das! Es ist mir unerträglich, diese Dinge weiterzudenken. Jetzt aber muß ich Sie etwas fragen. Sie haben mir nie geschrieben, wo Ihre Frau ist und Ihr Sohn. Seit zwei Jahren leben Sie in Wien

und berichten von Ihrer Vereinsamung. Wie kommt es, daß Sie die beiden nicht erwähnt haben?

Sehr geehrter Herr Doktor,
Sie fragen mich nach meiner Frau und meinem Sohn. Ich will versuchen, Ihre Frage zu beantworten. Ich schrieb in meinem letzten Brief, daß mir noch vierundzwanzig Stunden blieben. Während dieser Zeit war Irena damit beschäftigt, die drei Koffer zu packen. Man erlaubte jedem von uns, zwanzig Kilo seines persönlichen Eigentums mitzunehmen. Praktisch nichts. Zwanzig Kilo. Das Packen war also mehr eine Selektion als etwas anderes. Ein Nachdenken, was wichtig ist und was nicht. Ich besaß Tausende von Büchern. Welche waren unentbehrlich? Sie werden lachen, Herr Doktor: die Bibel. Und die Dünndruckausgabe von Shakespeares Werken. Den Shakespeare hatte ich ja aus der Schweiz mitgebracht. Sie erinnern sich? In einem meiner ersten Briefe schrieb ich, wie verdächtig er den Zöllnern war, weil er in London und New York verlegt wurde. Westliche Propaganda, hatten sie gemeint, Richtig: Es gibt keine westlichere Propaganda als eben Shakespeare. Als diesen größten Zweifler aller Zeiten, der gezeigt hat, daß in unserer Sprache weder ja ja noch nein nein sein kann. Daß die Wahrheit geheimnisvoll und unergründlich von zahllosen Schichten des Scheins überwuchert wird. Ich war zwar ein schwachsinniger Enthusiast, als ich nach Polen emigrierte, doch ganz verkommen bin ich nie. Dank jener Dünndruckausgabe, die ich so zerlesen habe, daß manche Seiten in Fetzen aus dem Band hervorlugten. Shakespeare nahm ich also mit und die Bibel – die hatte ich erst in Polen erworben. Erst im Fegefeuer dieses Unglückslands hatte ich Lust auf die Heilige Schrift bekommen. Nicht daß ich nun an Wunder glaubte. Ich spürte nur, daß es

einen Sinn gibt im Leben. Daß man nicht flüchten darf vor dem Leiden. Daß es nötig ist, den Schmerz zu erfahren – und nicht aus zweiter Hand, sondern an der eigenen Haut. Ich haderte aber mit Gott, dem Allmächtigen, weil er Hiob leichtfertig auf die Probe stellte, weil er eine Wette abgeschlossen hatte mit dem Teufel, ob Hiob seine Prüfungen überstehen würde oder nicht. Ist das ein Gott, der uns zerschmettert, um zu sehen, ob wir seiner würdig sind? Warum erhebt er uns nicht? Warum krönt er uns nicht zu gottesähnlichen Wesen? Ich fand keine Antwort auf meine Frage. Ich las weiter in meiner polnischen Bibel und witterte eine Verheißung. Nicht die Antwort, aber den Schatten eines Trostes. Ich will Ihnen sagen, Herr Doktor, warum mich das Buch Hiob bis ins Innerste erschüttert hat. Weil ich, verehrter Herr Doktor, selbst ein Hiob geworden war.

Am nächsten Morgen fuhren wir zum Westbahnhof. Es war ein messingbleicher Tag. Wie damals, als ich nach Polen reiste, um endlich das Gruseln zu lernen. Als ich vor achtzehn Jahren angekommen war, lag Warschau in Trümmern, und ich hatte einen Berg von Illusionen. Jetzt lagen meine Illusionen in Trümmern, und Warschau war wieder aufgebaut. Merkwürdig: Als ich ins einundzwanzigste Jahrhundert fuhr, erfüllten mich die Ruinen mit Hoffnung. Sie waren ein Anfang. Wir wollten aus der Stunde Null aufbrechen, um das Paradies zu schaffen. Jetzt war die Zeit ins Land gewuchert, und ich wußte, daß hinter den schmucken Fassaden der Zorn lauerte. Die Aussichtslosigkeit und die Verzweiflung.

Ein kalter Wind pfiff durch die Straßen, die Menschen waren in Pelzmäntel gehüllt. Man sah kaum ihre Gesichter – aber auch im Sommer sah man sie nicht. Ein Volk von Masken! Jeder verbarg sich und blieb ein Rätsel. Wir schleppten unser Gepäck über den Bahnsteig. Der Zug

stand schon da. Ich stieg als erster ein und hievte meinen Koffer ins Gepäcknetz. Dann sagte ich Mikolaj, er solle mir folgen. Mir war aufgefallen, daß er – seit unserer Rückkehr aus Świder – kein Wort gesprochen hatte. Ich dachte, die Zeit würde alle Wunden heilen, und machte mir keine Sorgen: »Gib mir deinen Koffer, Mikolaj, und steige ein!«
»Ich bleibe da.«
»Wir werden später über alles reden. Aber jetzt tue, was ich dir befehle.«
»Ich bleibe da.«
»Zum letzten Mal, Mikolaj. Steige jetzt ein!«
»Gib mir den Hund zurück!«
Was wußte das Kind von meiner Tragödie? Es hatte ja keine Ahnung, daß ich verjagt wurde. Man wollte mich nicht in diesem Land. Ich war ja ein Feind. Ein Überläufer. Ein Feigling, und was das Schlimmste war: ein Jude. Mikolaj war vier Jahre alt und hätte nichts verstanden – auch wenn ich versucht haben würde, mich zu rechtfertigen.
»Ich werde dich zwingen einzusteigen. Ob es dir gefällt oder nicht.«
»Ich bleibe da.«
Wo war mein Verstand geblieben? Wo mein Humor? Ich stürzte mich auf den Jungen, meinen einzigen Erben, den Menschen, in den ich meine ganze Hoffnung gesetzt hatte, und schlug ihn ins Gesicht. Du mein lieber Gott! Ich versündigte mich. An dir und all meinen Grundsätzen. Ich weiß, daß du mir nie verzeihen kannst. Ich weiß es mit Gewißheit. Weder im Himmel noch auf Erden. Ich schlug Mikolaj mit der Dumpfheit der Verzweiflung, und *er* strafte mich mit Schweigen. Er weinte nicht. Er sah mich an mit dem Abscheu des Schwächeren. Und er sagte drei Worte, die ich nie vergessen werde: »Ich hasse dich.«

Irena stand auf dem Bahnsteig. Sie hatte sich nicht eingemischt. Sie wußte ja alles. Sie begriff meinen Ausbruch – doch was sollte sie machen? Sie tat das einzige, was in diesem Augenblick richtig war. Sie ging auf mich zu, umarmte mich wortlos und nahm dann Mikolaj an die Hand: »Wir bleiben da, Gideon. Lebe wohl!«

Das war das Ende – oder fast das Ende, denn der eigentliche Schlußakkord sollte noch kommen. Ich hasse dich, hatte mein Sohn gesagt. Sonst nichts. Seine Worte dröhnten mir in den Ohren. Das war also die Bilanz meiner Vaterschaft. Ich hasse dich – und Irena wußte nichts hinzuzufügen. Damit begann das große Schweigen. Die Stille des Meeresgrundes. Ich weiß nicht, Herr Doktor, ob Sie mich verstehen können, aber es gab einfach nichts mehr zu sagen. Der Grund dessen, daß ich ein paar Tage später verstummte und mir in der Folge die Zunge versagte, liegt in meiner Vereinsamung. In der Verödung meiner Seele. Ich hatte das Gruseln gelernt – doch sah es anders aus, als ich gemeint hatte. Es bestand nur noch aus Schmerz und Verlassenheit.

Der Zug setzte sich in Bewegung. Ich spähte durchs Fenster und hoffte auf irgendein Zeichen. Auf einen letzten Gruß dieses Landes, das ich als meine Heimat erkoren hatte. Es kam nichts. Der Bahnsteig war leer. Jetzt wußte ich, daß ich keine Heimat besaß.

Sie fragen mich nach meiner Frau und meinem Sohn. Sie sind tot. Ich werde sie nie wiedersehen. Nicht einmal im Himmel.

Lieber Herr Kiebitz,
ich gebrauche diese Anrede zum ersten Mal, weil mich Ihre Geschichte betroffen macht, und zwar über die Grenzen meines wissenschaftlichen Interesses hinaus. Ich sage »lieber Herr Kiebitz«, weil ich nicht umhin

kann, Sie zu lieben. Auf eine sonderbare, vielleicht christliche Art. Ich will Sie nicht trösten, ich will auch kein Süßholz raspeln. Wenn jemand ermessen kann, daß Sie Ihr Schicksal nicht verdient haben, bin *ich* es. Sie haben mir alles erzählt, und ich muß gestehen, daß ich Ihnen monatelang mißtraut habe. Ich dachte, Sie wollten mich hinters Licht führen oder einfach nur Mitleid erwecken für Ihr Los, das Sie selber verschuldet hatten. Jetzt weiß ich, daß ich mich getäuscht habe. Sie haben mir – auf Ihre etwas pathetische Art – die Wahrheit erzählt. Eine Wahrheit, die möglicherweise mein Verständnis überstiegen hat. Zumindest im ersten Teil unserer Korrespondenz. Ich mußte lernen, daß es verschiedene Wahrheiten gibt. Die kleine und die große. Daß es auch zweierlei Varianten der Logik gibt. Die Mikrologik des Alltags und die Makrologik der Ewigkeit. Ich habe nun beinahe die Gewißheit, Sie mit falschen Maßstäben gemessen zu haben. Aus diesem Grund habe ich auch Schiffbruch erlitten. Ich warte nun auf den Schluß Ihres Berichts und werde dann wissen, ob ich, therapeutisch gesprochen, einen falschen Weg eingeschlagen habe. Sollte das der Fall sein, wäre das die beschämendste Schlappe meiner Laufbahn.

Sehr geehrter Herr Doktor,
Sie sprechen von der beschämendsten Schlappe Ihrer Laufbahn. So hart würde ich nicht urteilen. Natürlich wäre es mir lieber, ich könnte nun – mit wiedergewonnener Sprache – nach Zürich reisen, um Ihnen in Worten für Ihren Erfolg zu danken. So weit sind wir noch nicht. Allerdings sehe ich, offen gestanden, in Ihrem letzten Schreiben einen Grundfehler Ihres Denksystems. Sie anerkennen nur den therapeutischen Erfolg einer Analyse. Die seelische Annäherung zählt offenbar nicht. Sie haben es fertiggebracht, mich mit »lieber Herr Kiebitz« anzu-

sprechen, und ahnen gar nicht, wie lösend – um nicht zu sagen: erlösend – diese Floskel gewirkt hat. Ich nehme an, daß meine Biographie Ihr Mitgefühl hervorgerufen hat. Daß Sie berührt worden sind, und zwar – wie Sie schreiben – über die Grenzen Ihres wissenschaftlichen Interesses hinaus. Ich behaupte jetzt, daß Sie mit Ihrer Anrede die Kruste um meine Seele durchbrochen haben. Für mich ist das ein Erfolg, zu dem ich Sie beglückwünschen muß. Nichtsdestoweniger glaube ich, Ihnen noch das Ende meiner Geschichte zu schulden.

Ich nahm also Platz in meinem Waggon und bemerkte anfänglich gar nicht, wer meine Reisegefährten waren. Alle waren so vollkommen mit sich selber beschäftigt, daß sie in sich verloren da hockten und tonlos vor sich hinweinten. Unsere Reise mochte etwa zwei Stunden gedauert haben, als ich anfing, mich genauer umzusehen. Da stellte ich mit größter Verblüffung fest, daß unter den Leuten ein Bekannter saß, der mit beiden Handflächen seine Augen bedeckte. Ich erkannte ihn sofort: Jungerwirth. Das Scheusal, das mir von allem Anfang geraten hatte, dieses Land zu verlassen. Doch warum verdeckte er die Augen mit seinen Händen? Er mußte doch glücklich sein, über diesen Abschied jubilieren. Das war doch der schönste Tag seines Lebens: Der Alptraum war vorbei, und er fuhr hinüber in die bessere Welt. Er hatte mehr Glück als ich. Er war Junggeselle. Er hinterließ weder Frau noch Kind. Alle seine Verwandten waren umgekommen. Was hielt ihn hier zurück? Und dennoch weinte er. Er schluchzte sogar und verbarg sein Gesicht vor Gott und den Menschen, die nicht merken sollten, wie er litt. Er schämte sich. Der Eisenbahnwagen war voller Juden, und keiner durfte erraten, welches die Gefühle von Jungerwirth waren. Ich spürte, daß ich ihn trösten mußte, und legte die Hand auf seine Schulter: »Seien Sie nicht so verzweifelt, Sie Konzertvirtuose! Früher reisten Sie auf der ganzen Erdkugel herum. Auf allen fünf Kontinenten, wie Sie gesagt haben. Eine Fahrt mehr oder weniger ist kein Unglück. Sie wären nicht der erste Jude, der seinen Wohnsitz wechselt.«

Der Griesgram starrte mich an und flüsterte dann mit erloschener Stimme: »*Du* verlierst nur eine Frau. Und einen Sohn, der nicht weiß, was passiert. *Ich* verliere meine Heimat, über die ich schimpfen konnte. Wen werde ich jetzt verachten? Wem werde ich in den faulen Zähnen herumstochern? Ich muß ein Land verlassen, das ich mit der ganzen Leidenschaft meines Herzens zum Teufel gewünscht habe. Ich haßte die Polen, und die Polen haßten mich. Wir waren wie ein altes Ehepaar. Jeder Morgen war für mich ein Hoffnungsstrahl, daß ich neue Argumente finden würde, diese Meute zu verabscheuen. Und umgekehrt. Meine Mitbürger konnten nicht warten, bis ich über eine Türschwelle stolpern, auf einer Bananenschale ausrutschen oder unter eine fahrende Straßenbahn stürzen würde. Wir wünschten uns gegenseitig das Schlimmste, und das Leben war ein Kasperletheater. Wen werden die Polen bespucken, wenn wir alle weg sind? Sie werden sich zu Tode langweilen. Ohne uns ist dieses Land ein Altersheim. Nichts wird sich ereignen. Ich habe Mitleid mit ihnen. Der Kommunismus war noch halbwegs erträglich, solange man *uns* für alles verantwortlich machen konnte. Jetzt aber jagen sie uns davon und werden gähnen am Morgen und am Abend. Sie werden feststellen, daß man ohne uns nicht atmen kann.«

»Und Sie gehen nach Israel, Herr Jungerwirth?«

»Warum fragen Sie?«

»Weil es dort nicht viel lustiger sein wird als in Polen. Wen werden Sie dort verwünschen?«

»Es wird noch schlimmer sein als in Polen, Herr Kiebitz. Ich werde besser essen, besser trinken, besser schlafen als in Warschau. Aber ohne Leidenschaft. Wen soll ich dort

hassen? Die Araber? Die sind meine Verwandten. Die kann man nicht einmal richtig von uns unterscheiden. Sie sehen alle aus wie ein Onkel aus Wilno oder eine Tante aus Bialystok. Pfui Teufel! *Das* sollen Feinde sein? Mit denen werden wir uns eines Tages versöhnen, und wir werden unter uns sein. Israel ist nichts für mich. Ich brauche Gegner. Ich brauche Widersacher, die sich messen können mit mir.«
»Dann will ich Sie was fragen, Herr Jungerwirth. Warum fahren Sie weg? Sie konnten doch bleiben. Niemand hat Sie rausgeschmissen.«
»Bleiben? In Polen? Dieses Vergnügen gönne ich ihnen nicht, den verdammten Lumpen. Damit sie sich amüsieren? Weil etwas los ist in ihrer Einöde? Ich bin kein Unterhaltungsgegenstand für gelangweilte Idioten, Herr Kiebitz. Sie sollen wehklagen, lamentieren, ein Jammergeschrei erheben, daß ihnen ihre geliebten Feinde davonlaufen. Darum gehe ich weg. Das ist mein einziger Grund.«
»Sie sagen, Israel sei nichts für Sie. Warum also Israel? Es gibt noch ein paar andere Länder, wo man Zahnärzte braucht.«
»Das stimmt und stimmt nicht. Man braucht Zahnärzte, einverstanden. Aber worüber rede ich mit den Patienten? Über das Wetter? Über die Wirtschaftskrise? Worüber soll man reden, wenn nicht über die Polacken? Das sind unsere idealen Feinde. Sie bewundern uns. Sie meinen, daß wir begabter sind als sie. Sie haben eine ohnmächtige Wut auf uns, und wenn man genau hinhört, bemerkt man so etwas wie Achtung. Eine Spur von Respekt.«
»Und darum fahren Sie ins Heilige Land? Wo ist die Logik?«
»Das Heilige Land ist voll von Juden, und nur die Juden wissen, wie teuer ihnen die Polen sind, wie unentbehrlich und lebenswichtig. Ich stochere meinen Landsleuten in

den Zähnen herum, ich bohre und quäle und foltere sie, doch ich narkotisiere sie mit süßen Flüchen über den Todfeind. Polen ist das einzige Thema, mit dem man die Juden faszinieren kann.«
»Also lieben Sie Ihre Feinde wie sich selbst?«
»Wenn Sie so wollen. Ich hasse die Polen wie mich selbst...«
Er war meschugge, dieser Jungerwirth. Ich wußte es immer schon, daß er verrückt war. Er saß in der Eisenbahn und weinte. Er bedeckte die Augen mit seinen Händen und schluchzte über das verlorene Paradies. Doch kaum hatte er *mich* gesehen, lebte er auf. Fast zwanzig Jahre lang hatte er mich gewarnt vor diesem Land – nun verließen wir es, und er gestand mir seine Liebe. Die zärtliche Leidenschaft für den Gegenstand seines Hasses.
Wir hatten inzwischen die Grenze erreicht. In Zebrzydowice, wo ich vor 18 Jahren die Postkarte geschrieben hatte: Herzliche Grüße aus dem einundzwanzigsten Jahrhundert! Der Kreis schloß sich. Wo ich zu Beginn meiner Reise den goldenen Turm errichten wollte, kam ich nun an als ein Bettler. Ein armer Schlucker, der alles verloren hatte. Da wurde die Tür unseres Abteils aufgerissen, und zwei Uniformierte traten ein. Den polnischen Adler auf der Mütze, Revolver am Gürtel und sibirische Kälte in den Augen. Ein Mann und eine Frau. Der Mann strahlte blöde Verständnislosigkeit aus. Er verkörperte die Macht, die physische Überlegenheit und die Bereitschaft, jeden Befehl auszuführen. Die Frau war furchterregend. Ihre Lippen schienen wegoperiert zu sein, ihre Haare waren kahlgeschoren, die Finger von einer prallen Gemeinheit. Aber das Schlimmste war ihre Stimme. Sie sprach nicht, sondern artikulierte. Wie ein automatischer Anrufbeantworter. Wie ein Computer: »Hat je-mand von den an-wesenden Ju-den fremde Va-luta bei sich?

Wenn ja, soll er sie vor-weisen. Wer beim il-legalen Transport von Geld oder Wert-gegenständen er-wischt wird, ge-wärtigt eine Ge-fängnisstrafe bis zu zwanzig Jahren...«

Im Abteil saßen acht Personen, die – mit Ausnahme von Jungerwirth und mir – stumm waren und nur in sich hineinstarrten. Niemand antwortete. Ein unerträgliches Schweigen vibrierte in der Luft. Das Weib ratterte zum zweiten Mal seine Drohung heraus: »Ich ra-te den Ju-den, ihre Schmug-gelware vorzuzeigen. An-dern-falls schrei-ten wir zur Lei-besvisitation.«

Niemand meldete sich. Da drehte sich die Kahlgeschorene zu ihrem Gehilfen und zischte: »Wir fan-gen beim Fen-ster an. Los!«

Am Fenster saß Jungerwirth. Der Mann stellte sich vor den Zahnarzt und näselte: »Zieh die Hosen runter, Knoblauchjude!«

»Mein Name ist Jungerwirth. Wie heißen *Sie*?«

»Die Hosen runter, sonst hauen wir dir die Eier ab.«

»Ich werde nicht tun, was Sie befehlen, und wenn Sie sich auf den Kopf stellen.«

Da zückte die Polizistin ihren Revolver. Sie zielte auf Jungerwirths Schläfe und sagte tonlos: »Zieh ihm die Ho-sen runter! Wenn er Wi-derstand leistet, schieß ich ihn tot.«

Der Gehilfe zerrte Jungerwirth von seinem Sitz und riß ihm die Hosen herunter. Dann die Unterhosen. Mein Zahnarzt stand da wie ein Skelett. Alles Blut war ihm aus dem Gesicht gewichen.

Der Kerl packte Jungerwirth an den Hoden und drückte ihn an die Wand. Alle Mitreisenden wandten sich ab. Sie verbargen die Augen hinter den Fäusten. Nur das Weib schämte sich nicht und knurrte: »Jetzt mach mal die Arsch-backen auseinander! Wolln doch sehn, was da ver-steckt ist.« Die Uniformierte zog eine Taschenlampe her-

vor: »Jetzt kneif ihm das Loch aus-einander. Wir wolln da hin-einleuchten...«
Der Gehilfe führte aus, was ihm befohlen wurde. Die Polizistin fuchtelte mit ihrer Taschenlampe herum, zog dann einen Gummihandschuh an und steckte Jungerwirth den Zeigefinger in den Hintern.
Jetzt liefen dem Zahnarzt dicke Tränen übers Gesicht. Nie hatte man ihn so gedemütigt, und er stöhnte: »Kannst mich erschießen, du polnische Vogelscheuche. Ich hab' keine Angst vor dir.«
Die Kahlgeschorene schien nichts gehört zu haben. Sie zog den Zeigefinger heraus und bestrich ihn jetzt mit Vaseline. Sie steckte ihn noch einmal hinein, noch tiefer, denn sie war überzeugt, daß sie Dollars finden würde. Sie fand keine und polterte: »Du buck-liges Ju-denschwein. Be-schnittene Dreck-sau. Wolln doch gleich sehn, ob du Angst hast oder nicht...«
Da geschah das Wunder. Der zweite Aufstand des Warschauer Ghettos. Jungerwirth entwand sich den Klauen des Gehilfen und schlug dem Weib ins Gesicht. Einmal. Noch einmal. Und ein drittes Mal. In diesem Moment löste sich der Schuß. Die Polizistin knallte dem Zahnarzt in den Bauch. Der Konzertpianist hatte ausgespielt. Er sackte zusammen und war tot.
Das war, verehrter Herr Doktor, die letzte Illusion, die ich verlor. *Ich* hatte Glück gehabt. Die zwei Polacken waren zu sehr mit Jungerwirths Leichnam beschäftigt, so daß ich keiner Leibesvisitation unterzogen wurde. Nach zweistündigem Aufenthalt am Bahnhof von Zebrzydowice fuhren wir weiter. Am nächsten Morgen, gegen sieben Uhr, kamen wir am Wiener Ostbahnhof an.
Ich frage mich, Herr Doktor, wie hätte ich gehandelt, wäre ich in der Situation des verrückten Zahnarztes gewesen? Ich weiß es nicht. Ich weiß nicht, ob ich den grimmigen Mut des Zahnarztes gehabt hätte, wenn

man mir den Finger in den Hintern gesteckt hätte. Ich weiß nur eines: Die Wahnsinnstat Jungerwirths war der eindrucksvollste Augenblick meines Lebens. Ich sah den Juden, der sich nicht beleidigen ließ. Einen Baum, der aufrecht sterben wollte. Ich gestehe, daß ich von Zebrzydowice bis Wien geweint habe. Wie alle meine Reisegefährten aus Warschau. Trotzdem war ich neugeboren. Ich gelobte, daß man mich nie mehr beleidigen würde.

Lieber, armer Herr Kiebitz,
jetzt weiß ich endgültig, daß unsere Analyse ein Irrtum war. Sie konnte keine Erfolge zeitigen, weil ich mehr als zwei Jahre lang in meinen Vorurteilen befangen blieb. Ich verstehe nun, warum ich Sie nicht heilen konnte. Verzeihen Sie meine Weitschweifigkeit, aber ich muß Ihnen das erklären, obwohl ich weiß, daß ich keine therapeutischen Resultate mehr erzielen werde.
Ich bin ein Schweizer, Herr Kiebitz. Ich bin immer davon ausgegangen, daß unsere Grundsätze normal und alle Abweichungen davon widernatürlich sind. Das scheint selbstgerecht zu sein – aber vergessen Sie nicht, daß wir mit unserer Art bisher gut gefahren sind. Wir sind das reichste Land der Welt. Es geht uns besser als allen anderen. Es fragt sich nur, ob wir auch glücklich sind. Wir stehen – wie wir immer betonen – mit beiden Füßen auf dem Boden. Wir beten zu Newton und seinem Universalgesetz von der Schwerkraft. Wir zweifeln nicht daran, daß die Äpfel vom Baum auf die Erde fallen. Das Gegenteil ist undenkbar und deshalb absurd. Nachdem ich nun sechsundzwanzig Monate lang Zeuge Ihres Lebens war, muß ich beginnen, meine Leitsätze in Frage zu stellen.
Ich sehe, daß Sie auf Ihrer Irrfahrt von den höchsten Hö-

hen in die tiefsten Tiefen gestürzt sind. Ich will nicht sagen, daß ich Sie darum beneide. Ich fürchte nur, daß *ich* mein Leben versäumt habe. Ich kenne nur Durchschnittswerte. Was Hitze ist oder Kälte, weiß ich bestenfalls aus der Literatur. Aus dritter Hand, wie Sie sagen. In allen meinen Briefen habe ich Ihren infantilen Enthusiasmus belächelt. Jetzt stehen wir am Ende unseres Briefwechsels, und ich muß nun fragen, wer von uns beiden das bessere Leben gelebt hat. Ich bin stets davon ausgegangen, daß Sie erwachsen werden sollten. Warum eigentlich? Wer weiß, ob das Ziel nicht ganz woanders liegt. Auf einem anderen Planeten vielleicht. Mag sein, daß der Mensch mit allen Mitteln danach trachten müßte, seine Milchzähne zu bewahren und ein Kind zu bleiben. *Auf keinen Fall* erwachsen zu werden. Ich war stets davon überzeugt, daß man sich zurücklehnen, Abstand wahren, kühl bleiben müsse. Jetzt frage ich mich, ob es nicht vorteilhafter wäre, blindlings in die Tatsachen hineinzurasen, um mit ihnen in Hautkontakt zu treten. *Sie* sind nie kühl geblieben, doch dürften sie heute mehr wissen als ich.

Eine junge Dame hat mir einst gesagt – es ist schon viele Jahre her –, sie wolle sich nicht verlieben in mich. Auf keinen Fall, denn sie wünsche nicht, nachher enttäuscht zu werden. Lebensklug war sie, nüchtern und typisch schweizerisch. Ich wette, daß sie nie enttäuscht worden ist. Aber auch nie beglückt. Wahrscheinlich ist sie heute fad verheiratet. Oder eine alte Jungfer mit gelber Haut und matten Augen. O Gott! Ich lache über sie. Dabei müßte ich über mich selbst lachen. Auch ich bin fad verheiratet und weiß längst nicht mehr, was Liebe ist.

In einem Ihrer Briefe haben Sie geschrieben, ich sei in meinen Jugendjahren ein Faschist gewesen. Wo sind sie, meine Jugendjahre? Ich kann mich nicht mehr erinnern. Ich habe verdrängt, was damals war. Ich war schwer beleidigt über Ihren Ausdruck – aber wenn Sie es so empfunden haben, muß es so gewesen sein. Die Methode, mit der ich Sie kurieren wollte, scheint Ihnen recht zu geben. Es war die Methode der Ungleichheit. Der Herrschaft des Herrn über seinen Knecht. Jedenfalls weiß ich jetzt, was Sie meinten, als Sie gesagt haben, ich sei ein Faschist gewesen. Ich bin einer geblieben. Am Tag meiner Konfirmation hat mir der Pfarrer einen Spruch auf den Weg gegeben: »Und wenn du mit Menschen- und mit Engelszungen redetest und hättest der Liebe nicht, so wärst du ein tönend Erz und eine klingende Schelle.« Er hat sich wohl etwas gedacht dabei, der gute Mann, doch habe ich jahrelang darüber gespottet. Freche Witze habe ich gerissen und wußte nicht, was ich tat. Mag sein, daß er meine Härte im Sinn hatte. Meinen Sarkasmus. Meine Unfähigkeit mitzuleiden. Ich war ein geistreicher Jüngling, und es verging kein Tag, an dem ich nicht mein Gift verspritzt habe. Alle warteten auf meine Boshaftigkeiten und wären enttäuscht gewesen, wenn ich einmal etwas Liebenswürdiges gesagt hätte. Nur der Pastor hatte durchschaut, wie gefährdet ich war, und so hatte er mich vor mir selbst gewarnt. Mit dem Spruch des Apostels Paulus aus dem Brief an die Korinther. Er hatte mich vor der Lieblosigkeit gewarnt. Vor der Gemütskälte, die das eigentliche Wesen des Faschismus ist.

Bis vor wenigen Wochen waren Sie mir so gleichgültig wie alle meine Patienten. Es war mir eigentlich egal, ob Sie Ihre Sprache wiedergewinnen würden oder nicht. Was mich interessierte, war der Erfolg. Tönend Erz und klingende Schellen. Ich wollte ein greifbares Resultat, mit dem ich mich hätte rühmen können. Der Mensch Kiebitz blieb mir fremd. Ich forderte sogar die eiskalte Sachlichkeit unserer Beziehung und behauptete, sie sei die Voraussetzung Ihrer Heilung. Ich war auf dem Holzweg. Mein Prinzip hat zum Mißerfolg geführt. Zur therapeuti-

schen Pleite. Sie sind so stumm wie zu Beginn der Analyse. Von Heilung sehe ich keine Spur, und das ist *meine* Schuld.
Ich lege – wie die Rechtsanwälte sagen – mein Mandat nieder. Mehr noch. Ich will Ihnen die Honorarzahlungen zurückerstatten. Ich werde noch diese Woche die Summe von 24400 Schweizer Franken auf Ihr Bankkonto überweisen lassen und hoffe, Sie damit zu befriedigen.
Ich will aber nicht schließen, ohne Ihnen meine innerste Überzeugung zu offenbaren. Sie sind – und das scheint in diesem Zusammenhang eher merkwürdig – nur scheinbar ein Verlierer. In Wirklichkeit sind Sie ein glücklicher Mensch. Einer der Glücklichsten, mit denen ich jemals zu tun hatte... Sie werden spotten über meine Worte und sagen, das ist ja nur ein billiger Trost, nachdem ich meinen Sohn, meine Frau, meine Heimat *und* meine Sprache verloren habe. Ich sehe das anders, Herr Kiebitz. Ich weiß aus Erfahrung, daß jeder einmal seine Heimat verliert, seine Frau und vor allem seine Kinder. Ich weiß aus Dutzenden von Krankheitsgeschichten, daß Dutzende von Ehen ins Kraut schießen. Das können Sie *nicht* sagen von *Ihrer* Ehe. Im Gegenteil. Ich beneide Sie um Ihre Feuerlilie, um die Ekstasen, die sie mit ihr verlebt haben. Sie hat ja nicht das Weite gesucht, um einen anderen Mann zu lieben. Sie entschied sich für das Kind, das ihren Schutz brauchte. Ihr Sohn hat zwar gesagt, daß er Sie haßt. Ob er das wirklich so gemeint hat, bleibt dahingestellt. Sicher ist nur, daß er es mit Leidenschaft gesagt hat. Er sprach, er schrie, er raste im Affekt. Wie viele Söhne wenden sich affektlos an ihre Väter! Wenden sich ab von ihnen ohne jede Leidenschaft. Ohne Zu- noch Abneigung. Überdrüssig und müde. Es ist eine Auszeichnung, von seinen Kindern gehaßt zu werden. Auch ich bin ein Vater. Wahrscheinlich wäre ich stolz, einmal mit schrecklichen Verwünschungen überhäuft zu wer-

den. Ich wüßte dann, daß ich eine Rolle spiele im Leben meiner Kinder.
Ich weiß, daß dieser Brief zu spät kommt. Mit meinen Einsichten hätten wir beginnen müssen. Ich bitte Sie um Verzeihung, Herr Kiebitz. Warum eigentlich »Herr«? Und warum »Sie«? Warum diese lächerliche Distanz, die ich von Ihnen verlangt habe, als wir unsere Korrespondenz anfingen? Wollen wir nicht wieder »Du« sagen zueinander? Wir sind ja zusammen in die Schule gegangen. Mein Vorschlag klingt wie ein Scherz. Jetzt, wo ich versagt habe, biete ich Ihnen die Freundschaft an. Ich bitte Sie aufrichtig. Nein. Ich bitte *Dich* aufrichtig: verzeihe mir!

Lieber Paul,
ich nehme Dein Angebot an. Ich freue mich, das kalte »Sie« gegen das vertraute »Du« einzutauschen. Und außerdem ist heute etwas geschehen, was Du nie erwartet hättest. Ich kann wieder sprechen. Es ist wie ein Traum. Ich kann es noch nicht fassen. Ich habe das Gefühl, zum zweiten Mal auf die Welt gekommen zu sein. Laß mich erzählen, was geschehen ist.
Nach dem Frühstück bin ich hinuntergegangen, um Zigaretten zu kaufen am Kiosk. Dort stand, wie jeden Morgen, mein kriegsblinder Geiger und spielte die Follia von Corelli. Ich weiß nicht, ob das ein Zufall war. Follia bedeutet ja »Wahnsinn«, vielleicht auch »Veitstanz«, und in diesem Zustand – im Zustand überhitzter Euphorie und zügelloser Erregung – eilte ich hin, um mein Morgenkonzert zu genießen. Es war noch nichts passiert, doch spürte ich, daß etwas passieren würde... Ich will nicht bestreiten, daß ich beflügelter war als sonst. Dein Brief hatte mich zum Nervenbündel gemacht. Ich hörte die wundervollen Variationen, als wären sie eine Himmels-

botschaft – ich wußte ja, daß unsere Analyse wenigstens zur Hälfte gelungen war. Ich war noch immer sprachlos, doch *Du* warst gesundet. Du hattest dich gehäutet und warst zurückgekehrt zum Apostel Paulus. Der Konfirmationsspruch des alten Pastors war aufgegangen wie eine Saat. Spät, aber er war aufgegangen. Ich hörte dem Geiger mit offenem Mund zu, und als er fertig war, nahm ich eine große Banknote, die ich ihm in die Hand drückte. Da ist es passiert! Der Geiger nahm die Blindenbrille ab und mit ihr eine Hautmaske, die bis zu diesem Augenblick sein Gesicht verborgen hatte. Ich traute meinen Augen nicht. Onkel Adam. Mein toter Onkel, der fünfmal gestorben war. Er sah mich mit funkelnden Pupillen an und sagte: »Ich danke dir, Gideon. Gott wird es dir vergelten.«
Ich glaubte, den Verstand zu verlieren, und schrie: »Onkel Adam, es kann nicht wahr sein. Du lebst?«
Ich brachte diese Worte mit größter Anstrengung heraus. Seit fast siebenundzwanzig Monaten hatte ich kein Wort sprechen können. Und jetzt dieses Wunder: die Auferstehung des toten Onkels, der inmitten von Wien die Follia von Corelli spielte. Das alles überstieg meine Kräfte. Ich verlor das Bewußtsein und stürzte auf den Gehsteig.
Ich erwachte in einem Ambulatorium des Roten Kreuzes, wo man mich nach den Umständen meiner Ohnmacht befragte. Ich versuchte zu rekonstruieren und gab knappe Auskünfte, bis mir plötzlich klarwurde, daß ich sprechen konnte. Ich sprach ganz natürlich. Vielleicht etwas langsam, doch ohne zu stottern. Ohne mit der Zunge anzustoßen. Eine Stunde später wurde ich entlassen und kehrte in meine Wohnung zurück. Ich danke Gott für meine Genesung.

                         In herzlicher Verbundenheit,
                         Dein Gideon

Lieber Gideon,
ich kann es nicht glauben. Du bist geheilt. Aber die Frage stellt sich trotzdem: von wem? Von Deinem toten Onkel? Von Deinem lebendigen Psychiater? Oder von Gott, dem Allmächtigen? Ich weiß es nicht. Ich schicke Dir jedenfalls die genannte Summe und überlasse es *Deinem* Ermessen, was damit zu geschehen hat.

         In Freundschaft,
         Dein Paul

Neue deutschsprachige Literatur in den suhrkamp taschenbüchern

Udo Aschenbeck: Südlich von Tokio. st 1409
Margrit Baur: Überleben. Eine unsystematische Ermittlung gegen die Not aller Tage. st 1098
Katja Behrens: Die weiße Frau. Erzählungen. st 655
Ulla Berkéwicz: Josef stirbt. Erzählung. st 1125
– Michel, sag ich. st 1530
Silvio Blatter: Kein schöner Land. Roman. st 1250
– Love me Tender. Erzählung. st 883
– Schaltfehler. Erzählungen. st 743
– Die Schneefalle. Roman. st 1170
– Wassermann. Roman. st 1597
– Zunehmendes Heimweh. Roman. st 649
Franz Böni: Die Fronfastenkinder. Aufsätze 1966–1985. Mit einem Nachwort von Ulrich Horn. st 1219
– Ein Wanderer im Alpenregen. Erzählungen. st 671
Thomas Brasch: Der schöne 27. September. Gedichte. st 903
Hans Christoph Buch: Die Hochzeit von Port-au-Prince. Roman. st 1260
– Jammerschoner. Sieben Nacherzählungen. st 815
– Karibische Kaltluft. Berichte und Reportagen. st 1140
Fritz H. Dinkelmann: Das Opfer. Roman. st 1591
Werner Fritsch: Cherubim. st 1672
Herbert Gall: Deleatur. Notizen aus einem Betrieb. st 639
Herbert Genzmer: Cockroach Hotel. Ängste. st 1243
– Freitagabend. st 1540
– Manhattan Bridge. Geschichte einer Nacht. st 1396
Rainald Goetz: Irre. Roman. st 1224
Reto Hänny: Flug. st 1649
Wilhelm Hengstler: Die letzte Premiere. Geschichten. st 1389
Ulrich Horstmann: Das Glück von Omb'assa. Phantastischer Roman. PhB 141. st 1088
– Das Untier. Konturen einer Philosophie der Menschenflucht. st 1172
Thomas Hürlimann: Die Tessinerin. Geschichten. st 985
Franz Innerhofer: Die großen Wörter. Roman. st 563
– Schattseite. Roman. st 542
– Schöne Tage. Roman. st 349
Bodo Kirchhoff: Dame und Schwein. Geschichten. st 1549
– Die Einsamkeit der Haut. Prosa. st 919
– Mexikanische Novelle. st 1367
– Ohne Eifer, ohne Zorn. Novelle. st 1301
– Zwiefalten. Roman. st 1225
Ady Henry Kiss: Da wo es schön ist. st 914

Neue deutschsprachige Literatur
in den suhrkamp taschenbüchern

Bettina Klix: Tiefenrausch. Aufzeichnungen aus der Großstadt. st 1281
Alfred Kolleritsch: Gedichte. Ausgewählt und mit einem Vorwort versehen von Peter Handke. st 1590
– Die grüne Seite. Roman. st 323
Marcel Konrad: Stoppelfelder. Roman. st 1348
Jürg Laederach: Nach Einfall der Dämmerung. Erzählungen und Erzählungen. st 814
– Laederachs 69 Arten den Blues zu spielen. st 1446
– Sigmund oder Der Herr der Seelen tötet seine. st 1235
Gertrud Leutenegger: Gouverneur. st 1341
– Ninive. Roman. st 685
– Vorabend. Roman. st 642
Thomas Meinecke: Mit der Kirche ums Dorf. Kurzgeschichten. st 1354
E. Y. Meyer: Eine entfernte Ähnlichkeit. Erzählungen. st 242
– In Trubschachen. Roman. st 501
– Ein Reisender in Sachen Umsturz. Erzählungen. Neufassung. st 927
– Die Rückfahrt. Roman. st 578
Bodo Morshäuser: Die Berliner Simulation. Erzählung. st 1293
– Blende. st 1585
Judith Offenbach: Sonja. Eine Melancholie für Fortgeschrittene. st 688
Erica Pedretti: Harmloses, bitte. st 558
– Heiliger Sebastian. Roman. st 769
– Sonnenaufgänge, Sonnenuntergänge. Erzählungen. st 1653
Nikolaus Pietsch: Der Gefangene von Heidelberg. st 1129
Peter Rosei: Der Fluß der Gedanken durch den Kopf. Logbücher. st 1656
– Reise ohne Ende. Aufzeichnungsbücher. st 875
– Wege. Erzählungen. st 311
Ralf Rothmann: Messers Schneide. Erzählung. st 1633
Hansjörg Schertenleib: Die Ferienlandschaft. Roman. st 1277
Jochen Schimmang: Das Ende der Berührbarkeit. Eine Erzählung. st 739
– Der schöne Vogel Phönix. Erinnerungen eines Dreißigjährigen. st 527
Einar Schleef: Gertrud. st 942
Peter Sloterdijk: Der Zauberbaum. Die Entstehung der Psychoanalyse im Jahr 1785. Ein epischer Versuch zur Philosophie der Psychologie. st 1445
Angelika Stark: Liebe über Leichen. st 1099
Harald Strätz: Frosch im Hals. Erzählungen. st 938
Karin Struck: Lieben. Roman. st 567
– Die Mutter. Roman. st 489
– Trennung. Erzählung. st 613

Neue deutschsprachige Literatur
in den suhrkamp taschenbüchern

Volker Wachenfeld: Camparirot. Eine sizilianische Geschichte. st 1608
– Keine Lust auf Pizza. Roeders Story. st 1347
Daniel Wigger: Auch Spinnen vollführen Balzgesänge. st 1550
Josef Winkler: Der Ackermann aus Kärnten. Roman. st 1043
– Menschenkind. Roman. st 1042
– Muttersprache. Roman. st 1044